JULES
VERNE
BEST
COLLEC
TION

쥘 베른 베스트 컬렉션

＊

80일간의 세계일주

김석희 옮김

Le Tour du monde en quatre–vingts jours

열림원

나는 80일 이내에 세계일주를 하겠다는 데 2만 파운드를 걸고,
누구하고든 기꺼이 내기를 하겠습니다.
어떤가요? 받아들이겠습니까?

|차례|

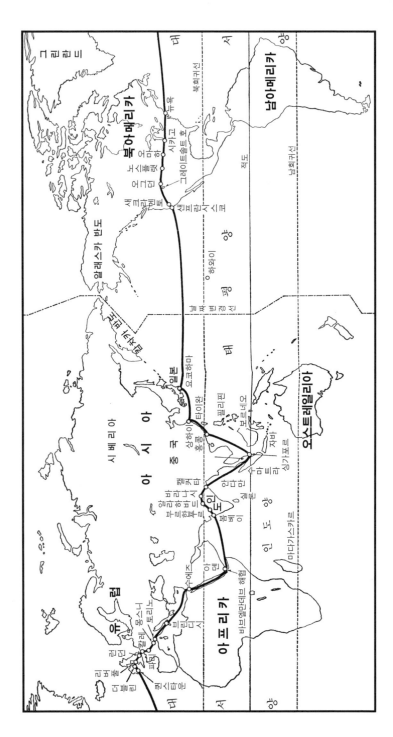

1

필리어스 포그와 파스파르투,
주인과 하인이 되기로 합의하다

1872년, 벌링턴 가든스의 새빌로 가 7번지. 한때 셰리던[1]이 살았던 이 집에는 이제 필리어스 포그라는 신사가 살고 있었다. '혁신 클럽'[2] 회원인 그는 세상의 이목을 끄는 일은 절대 하지 않으려고 나름대로 애쓰는 것처럼 보였지만, 클럽 회원들 중에서 가장 괴상하고 눈에 띄는 존재였다.

영국이 자랑하는 위대한 웅변가의 한 사람인 셰리던의 뒤를 이어 벌링턴 가든스에 살고 있는 필리어스 포그는 실로 수수께끼 같은 인물이어서, 그에 대해 알려진 것이라고는 내단한 멋쟁이라는 것과 영국 상류사회에서도 가장 훌륭한 신사라는 것뿐이었다.

사람들은 그가 바이런[3]과 닮았다는 얘기를 많이 했다. 그러나 닮은 것은 얼굴뿐이고, 두 다리는 나무랄 데 없이 멀쩡했다. 그는 말하자면 콧수염과 턱수염을 기른 바이런, 감정을 드러내지 않는 냉정한 바이런, 천 년을 살아도 늙지 않을 것 같은 그런 바

필리어스 포그

이런이었다.

필리어스 포그가 영국 사람인 것은 분명했지만, 런던 토박이는 아닌 듯했다. 그의 모습은 증권거래소나 은행에도, 또 시티[4]의 어떤 상점에도 나타난 적이 없었다. 런던의 어느 항구나 부두에도 필리어스 포그라는 사람이 소유하고 있는 배가 정박한 적이 없었다. 이 신사는 어떤 행정위원회에도 속해 있지 않았다. 그의 이름은 어느 법학원[5]에서도―그러니까 템플에서도 링컨스인에서도 그레이즈인에서도―울려 퍼진 적이 없었다. 그는 고등법원에서도 형사법원에서도 교회법원에서도 변론한 적이 없었다. 그는 공업에도 사업에도 상업에도 농업에도 종사하지 않았다. 그는 영국 왕립연구원에도 런던협회에도 장인(匠人)협회에도 러셀협회에도 서양문학협회에도 법률협회에도, 여왕 폐하가 직접 후원하는 학술협회에도 소속되어 있지 않았다. 요컨대 그는 하모니카협회에서부터 해충 박멸을 목적으로 설립된 곤충연구소에 이르기까지, 영국 수도에 넘쳐나는 그 수많은 단체의 어느 곳에도 가입되어 있지 않았다.

필리어스 포그는 혁신 클럽의 회원이었다. 단지 그뿐이었다.

이 수수께끼 같은 신사가 그 명예로운 단체의 회원이라는 데 놀라는 사람도 있겠지만, 그가 베어링 형제[6]의 추천으로 가입했다고 대답하는 것으로 충분하리라. 포그 씨는 베어링 형제 은행에 당좌를 개설하고 있었는데, 그가 발행한 수표는 언제든 은행에 가져가기만 하면 즉시 현금으로 지불되었고, 그의 계좌는 늘 흑자였기 때문에 그의 신용은 확실했다.

그럼, 필리어스 포그는 부자였을까? 그것은 의심할 여지가 없었다. 하지만 그가 어떻게 재산을 모았는지는 세상사에 가장 정통한 사람도 답변할 수 없는 문제였고, 그 해답을 아는 사람은 결국 포그 씨 자신밖에 없었다. 어쨌든 포그 씨는 사치를 부리지도 않았지만, 그렇다고 인색한 구두쇠도 아니었다. 고상하거나 유익한 일, 또는 자선이 필요한 일인데도 도움이 부족한 경우에는 눈에 띄지 않게, 때로는 익명으로 도와주곤 했기 때문이다.

요컨대, 이 신사만큼 자기를 밝히고 싶어하지 않는 사람도 드물었다. 그는 되도록 말을 아꼈고, 그래서 더욱 신비로워 보였다. 그의 생활은 비밀스러운 데가 전혀 없었지만, 그가 하는 일은 항상 수학적일 만큼 똑같아서 사람들의 상상력이 끼여들 여지가 없었다. 그래서 방해받은 상상력은 그 꼼꼼한 행동 너머에 무엇이 숨어 있는지를 알아내려고 애썼다.

포그 씨는 여행을 한 적이 있을까? 아마 있을 것이다. 그만큼 훌륭한 세계지도를 갖고 있는 사람도 없었기 때문이다. 그는 아무리 외지고 동떨어진 고장에 대해서도 뭔가 특별한 지식을 가지고 있는 듯했다. 이따금 행방불명된 여행자에 대한 구구한 억측이 클럽 안에 퍼지면, 그는 간단명료한 몇 마디 말로 그 수많은 억측을 바로잡곤 했다. 그가 내놓는 결론은 가장 그럴싸했고, 나중에 보면 사실로 밝혀지는 경우가 많았기 때문에, 그의 말은 마치 천리안을 갖고 있는 것처럼 보였다. 그는 세계 곳곳을 ─ 적어도 머릿속에서 ─ 안 가본 곳이 없는 남자였다.

그래도 포그 씨가 지난 몇 년 동안 런던을 떠난 적이 없다는 것은 확실한 일이었다. 그를 남들보다 좀더 잘 아는 명예를 가진 이들은 그가 날마다 집에서 클럽으로 오가는 지름길 외에는 어디에도 간 적이 없고, 다른 곳에서 그를 보았다고 주장할 수 있는 사람은 아무도 없을 거라고 장담했다. 그의 소일거리는 신문을 읽는 것과 휘스트(카드놀이의 일종)를 하는 것뿐이었다. 게임 중에 말이 필요없는 휘스트는 그의 성질에도 안성맞춤이어서, 그는 이 게임에 자주 이겼다. 하지만 게임에서 돈을 따도, 그 돈은 그의 지갑 속에 남아 있지 않고 상당한 금액이 자선사업 예산에 쓰였다. 게다가―이것은 특히 기억해야 할 점이지만―포그 씨가 카드놀이를 하는 것은 돈을 따기 위해서가 아니라 게임 자체를 즐기기 위해서였다. 도박은 그에게 하나의 도전, 어려움과 맞서는 투쟁이었지만, 몸을 움직이거나 자리를 떠날 필요도 없고 피곤하지도 않은 투쟁, 요컨대 그의 성격에 딱 맞는 놀이였다.

필리어스 포그에게는 아내도 자식도 없고(존경할 만한 사람에게는 흔히 있는 일이다), 친구도 친척도 없었다(이런 경우는 확실히 드물다). 필리어스 포그는 새빌로의 저택에 혼자 살았고, 그 집에는 아무도 들어간 적이 없었다. 그의 가정 문제에 대해서는 아무도 질문하지 않았다. 그에게는 시중을 들어줄 하인 한 명만 있으면 충분했다. 그는 클럽에서 매일 정해진 시각에 시계처럼 정확하게, 같은 방 같은 테이블에서 점심과 저녁을 먹었으며, 동료에게 식사를 대접한 적도 없고, 외부인을 초대한 적도 없었다. 혁신 클럽 회원이라면 자유롭게 쓸 수 있는 안락한 방을 이용한 적도 없고, 자정이 되면 어김없이 집으로 돌아가 잠자리에 들었다. 하루 24시간 가운데 그가 집에서 보내는 시간은 10시간뿐이었으며, 이 10시간을 그는 잠자거나 옷을 차려입는 데 썼다.

때때로 산책하는 일도 있었지만, 그 산책이란 것도 마루판이 모자이크식으로 배열된 현관 홀이나 둥근 갤러리를 규칙적인 걸음으로 몇 바퀴 도는 게 고작이었다. 갤러리에는 파란 유리로 채광창을 끼운 둥근 지붕을 붉은 반암으로 만든 20개의 이오니아식 기둥이 떠받치고 있었다.

그가 점심이나 저녁식사를 들 때에는, 클럽의 주방이나 식품 저장고, 클럽에서 운영하는 생선가게나 낙농장이 총동원되어 영양이 풍부한 음식을 그의 식탁에 공급했다. 그의 테이블에는 훌륭한 작센제 식탁보가 깔렸고, 클럽에 소속된 연미복 차림의 급사들이 두꺼운 펠트천을 밑창에 댄 신발을 신고 자못 엄숙한 얼굴로 특제 도자기에 담긴 음식을 날랐다. 그가 마시는 셰리주나 포트와인, 또는 계피 · 곽향 · 육계 등을 섞은 적포도주는, 이제는 사라진 지 오래인 주형으로 만든 클럽 전용 크리스탈 잔에 담겨졌다. 그리고 그가 마시는 음료는 클럽이 엄청난 비용을 들여 미국의 호수에서 가져온 얼음 덕분에 늘 만족스러울 만큼 차가운 온도를 유지했다.

이렇게 사는 것이 괴팍하다면, 괴팍하게 사는 것도 나름대로 의미가 있다고 인정할 수밖에 없다!

새빌로의 저택은 궁궐처럼 호화롭지는 않지만 매우 편안하고 쾌적했다. 주인의 생활 습관이 규칙적이어서, 하인도 일거리가 그다지 많지 않았다. 하지만 필리어스 포그는 하나뿐인 하인에게 유별난 정확성과 규칙성을 요구했다. 바로 그날, 즉 10월 2일, 그는 제임스 포스터라는 하인을 해고했다. 그 하인이 면도용 물은 섭씨 30도라고 정해져 있는데도 29도의 물을 가져왔기 때문이다. 그래서 포그 씨는 11시에서 11시 반 사이에 오기로 되어 있는 후임자를 기다리고 있었다.

필리어스 포그는 열병식을 하고 있는 군인처럼 두 발을 가지

런히 맞추고, 두 손을 무릎 위에 단정히 올려놓고, 고개를 높이 쳐들고 안락의자에 꼿꼿이 앉아 있었다. 그의 눈은 시곗바늘의 움직임을 응시하고 있었다. 그 시계는 시와 분과 초는 물론, 날과 달과 해까지 표시되는 아주 정교한 장치였다. 시계가 11시 반을 치면, 포그 씨는 평소의 습관에 따라 클럽에 갈 예정이었다.

그때 필리어스 포그가 앉아 있는 작은 객실 문을 두드리는 소리가 들렸다.

해고된 제임스 포스터가 들어와서 말했다.

"새로운 하인이 왔습니다."

서른 살쯤 되어 보이는 사내가 따라 들어와서 꾸벅 인사를 했다.

"자네는 프랑스 사람이고, 이름은 존이지?"

"말대답해서 죄송합니다만, 제 이름은 장입니다. 모두들 장 파스파르투[7]라고 부르지요. 처음엔 융통성이 많다고 해서 붙은 별명인데, 어느새 찰싹 달라붙어버렸지 뭡니까. 저는 *스스로* 정직한 놈이라고 생각하지만, 솔직히 말씀드리면 여러 직업을 전전했습니다. 유랑극단 가수도 했고, 서커스단에서 곡예사 노릇도 했습지요. 그래서 레오타르처럼 공중그네를 타기도 했고, 블롱댕처럼 *익줄타기도 했습니다.*[8] 그러다가 제 기술을 좀너 활용하려고 체조 강사가 되었다가, 마지막에는 파리의 소방대원이 되어 몇 번 큰 화재를 진압한 경험도 있습지요. 하지만 5년 전에 프랑스를 떠났습니다. 차분한 가정생활을 맛보고 싶어서, 영국으로 건너와 가정집에 하인으로 들어갔습지요. 그러다가 얼마 전에 일자리를 잃었는데, 때마침 필리어스 포그 님이 영국에서 가장 꼼꼼하고 차분한 분이라는 소문을 듣고, 그런 분 곁에서 조

장 파스파르투

용히 살다 보면 파스파르투라는 별명도 잊을 수 있게 되겠지 하는 기대를 가지고 이렇게 뵈러 왔습니다……."

"파스파르투라는 별명이 나는 마음에 꼭 드는군. 자네에 대한 추천도 있었고, 자네에 관한 좋은 소문도 들었네. 그런데 자네는 내 조건을 알고 있나?"

"네, 나리."

"좋아. 그런데 지금 몇 시지?"

"열한 시 22분입니다." 파스파르투는 조끼 주머니에서 커다란 은시계를 꺼내 보고 대답했다.

"자네 시계는 늦게 가는군."

"죄송하지만 그럴 리가 없습니다."

"4분 늦어. 하지만 그건 아무래도 좋아. 중요한 건 자네 시계가 4분 늦게 간다는 걸 기억해두는 거야. 그러니까 지금 이 순간, 그러니까 1872년 10월 2일 수요일 오전 열한 시 29분부터 자네는 나의 하인으로 고용된 길세."

이 말이 끝나기가 무섭게 필리어스 포그는 의자에서 일어나 왼손으로 모자를 집어들어 자동인형처럼 기계적인 동작으로 머리에 얹고는 한마디 말도 없이 나갔다.

파스파르투는 현관문이 닫히는 소리를 들었다. 새 주인이 나가는 소리였다. 이어서 두 번째로 현관문이 닫히는 소리가 들렸다. 전임자인 제임스 포스터가 떠나는 소리였다.

파스파르투는 새빌로의 저택 안에 혼자 남겨졌다.

2

파스파르투,
마침내 꿈꾸던 집을 찾았다고 확신하다

파스파르투는 처음에 좀 얼떨떨하여 중얼거렸다.

"이거야 정말, 새 주인은 타소 부인[9]의 박물관에서 만난 녀석들 못지않게 생기발랄하군!"

타소 부인의 '녀석들'이란 런던의 명물인 밀랍인형으로, 말하는 능력만 없을 뿐 살아 있는 인간과 조금도 다름이 없다는 것을 여기서 말해두는 게 좋을 듯싶다.

면접이 진행되는 짧은 동안, 파스파르투는 미래의 주인을 재빨리, 그러면서도 꼼꼼하게 관찰하고 있었다. 마흔 살 남짓한 나이에 얼굴이 단정하고 고상하게 생겼으며, 키가 훤칠하고 조금 뚱뚱한 편이긴 하나 보기 싫을 정도는 아니고, 머리털과 구레나룻은 금빛이고, 이마는 매끄럽고 관자놀이에도 잔주름 하나 없고, 안색은 핏기가 엷어 창백한 편이고, 치아는 나무랄 데가 없었다. 그는 골상학자들이 '동중정(動中靜)'이라고 부르는 자질을 남다르게 많이 지니고 있는 것처럼 보였다. 이것은 소란을 떨기보다는 묵묵히 수고하는 사람들에게 공통된 특질이다. 침착하고 차분하며 맑은 눈과 안정된 시선을 갖고 있다. 그것은 영국에서 흔히 볼 수 있는 냉정한 사람의 전형적인 표본이라고 할 수 있는 것으로서, 안젤리카 카우프만[10]이 약간 아카데믹한 태도를 포착하여 화필로 능숙하게 나타낸 초상화 그대로였다. 이 신사는 그 생활의 온갖 양상을 통해서 바라보건대, 모든 요소가 르루아나 언쇼[11]가 만든 시계처럼 평형 상태를 유지하며 완벽하게 균형을 이루고 있다는 인상을 주었다. 실제로 필리어스 포그는 시계처럼 정확한 인물이었다. 이 점은 '그의 손과 발의 표정'에서 쉽게 알아차릴 수 있었다. 동물과 마찬가지로 인간의 경우에도 진정한 감정을 드러내는 기관은 바로 손과 발이기 때문이다.

필리어스 포그는 말하자면 수학적 정확성을 가진 사람으로, 어떤 경우라도 서두르지 않고 늘 준비가 되어 있어서, 걸음과 동작이 경제적이었다. 한 걸음도 쓸데없이 내딛지 않았고, 언제나 지름길로 다녔다. 쓸데없이 천장을 쳐다보지도 않았고, 불필요한 몸짓은 절대 하려고 들지 않았다. 그가 흥분하거나 고민하는 모습을 본 사람은 하나도 없었다. 그는 세상에서 가장 여유만만한 사람이었지만, 언제나 정확한 시간에 맞추어 나타났다. 그렇기는 하지만 그는 혼자 살았다는 것, 그래서 모든 사회적 관계에서 자유로웠다는 점을 지적해야 할 것이다. 사람이 살다 보면 남들과의 마찰을 피할 수 없고, 또한 마찰은 시간을 빼앗아간다는 것을 알고 있었기 때문에, 포그 씨는 누구하고도 가까이 사귀지 않았다.

한편 파스파르투라는 별명을 가진 장은 파리 태생의 파리 사람이었다. 5년 전에 영국으로 건너와 런던에서 하인 노릇을 하며 한 몸 맡길 만한 주인을 찾았지만 허사였다.

파스파르투는, 자만심에 빠져 어깨를 으쓱거리거나 남을 얕보는 듯한 거만한 태도와 차가운 눈으로 세상을 바라보는, 저 프롱탱이나 마스카리유[12]처럼 뻔뻔스럽고 건방진 족속이 아니었다. 파스파르투는 정직한 사람이었다. 그의 인상은 누구에게나 호감을 주었고, 약간 튀어나온 입술은 언제라도 맛있는 음식을 먹거나 키스할 준비를 갖추고 있는 듯이 보였다. 항상 남을 도와줄 준비가 되어 있는 친절하고 다정한 성격이었고, 누구나 친구로 삼고 싶어할 만한, 사람 좋아 보이는 둥글넓적한 얼굴을 갖고 있었다. 눈은 파랗고, 불그레한 얼굴은 포동포동 살이 쪄서 제 눈으로 제 볼을 볼 수 있을 정도였다. 가슴은 딱 바라지고 큰 체격에 늠름한 근골을 갖고 있었다. 젊은 시절의 신체 활동으로 체력이 놀랄 만큼 강해져서 헤라클레스처럼 힘이 장사였다. 밤색 머리는 조금 제멋대로였다. 고전시대의 조각가는 미네르바[13]의 머리를 단정하게 빗는 방법을 열여덟 가지나 알고 있었다지만, 파스파르투는 한 가지 방법밖에 알지 못했다. 빗살이 넓적한 빗으로 세 번 빗으면 그것으로 머리 손질은 끝이었다.

이 젊은이의 대범한 성격이 필리어스 포그의 꼼꼼한 성격과 잘 맞을지 어떨지, 그것은 섣불리 단정할 수 없는 일이다. 파스파르투는 과연 주인이 요구하는 것처럼 철저하고 정확한 하인일까? 그것을 알려면 그를 시험해볼 수밖에 없다. 파스파르투는 젊은 시절을 방랑 생활 속에서 보냈기 때문에 지금은 휴식을 찾고 있었다. 그래서 영국인의 규칙적인 생활 습관과 영국 신사들의 전설적인 자제심을 사람들이 칭찬해 마지않기에 행운을 찾아서 영국으로 건너온 것인데, 지금까지 운명의 여신은 그에게 미소를 보내지 않았다. 그는 어디에도 뿌리를 내리지 못했다. 그 동안 열 군데의 집에서 고용살이를 했지만, 그가 섬긴 주인들은 하나같이 주책없고 변덕스러워서 여자들 꽁무니를 쫓아다니거나 외국 여행만 돌아다녔다. 그런 생활은 이제 그에게 아무 매력도 없었다. 마지막 주인이었던 젊은 롱스페리 경은 하원의원이었지만, 저녁마다 헤이마켓[14]의 굴 요리점에서 밤새 술을 마시고 경찰관에게 업혀 집에 돌아오는 것이 습관이었다. 파스파르투는 주인을 존경할 수 있기를 바라는 마음에서 위험을 무릅쓰고 몇 번 정중하게 의견을 말했지만, 불행히도 주인은 그의 의견을 기분좋게 받아들인 적이 없었다. 그래서 그는 주인을 떠났다. 바로 그때 필리어스 포그 씨가 하인을 구하고 있다는 이야기를 들었다. 포그 씨가 어떤 사람인지 알아보았더니, 생활이 규칙적이고, 외박이나 여행을 한 일이 없으며, 하루도 집을 비운 적이 없는 사람이라는 것이다. 그로서는 안성맞춤의 주인이었다. 그래서 포그 씨의 집을 찾아왔는데, 독자들도 이미 알고 있는 사정에 의해 하인으로 고용되기에 이르렀던 것이다.

이리하여 시계가 11시 반을 쳤을 때 새빌로의 집에 혼자 남게 된 파스파르투는, 지하실에서 지붕 밑 나락방으로 올라가면서 집안을 체계적으로 점검하기 시작했다. 집안은 깨끗하고 잘 정돈되어 있었다. 검소하고 청교도적이며 하인에게 편하게 되어 있어서, 그는 완전히 마음에 들었다. 집은 달팽이 껍질 같은 인상을 주었지만, 조명과 난방이 모두 가스로 이루어지는 껍질이었다. 탄소와 화합된 수소가 빛과 열의 온갖 수요를 충족시키고 있었기 때문이다. 파스파르투는 자기에게 주어질 방을 3층에서 어렵지 않게 찾아냈다. 그 방도 마음에 들었다. 전기 초인종과 전성관(傳聲管)이 2층과 1층으로 이어져 있었다. 벽난로 위에는 필리어스 포그의 침실에 있는 시계와 연결되어 동시에 움직이는 전기시계가 놓여 있었다.

"이 집은 나한테 딱 맞아. 아주 안성맞춤이야!"

그는 자기 방 시계 위에 쪽지 한 장이 붙어 있는 것을 알아차렸다. 그것은 일과표였다. 필리어스 포그 씨가 잠자리에서 일어나는 아침 8시부터 혁신 클럽으로 점심을 먹으러 가는 11시 반까지 하인이 해야 할 일이 조목조목 적혀 있었다. 8시 23분에 차와 토스트, 9시 37분에 면도용 더운 물, 10시 20분 전에 머리 손질 등등. 그리고 오전 11시 반부터 이 꼼꼼한 신사가 잠자리에 드는 자정까지의 일거리도 상세히 기입되고 예정되고 규정되어 있었다. 파스파르투는 그 일과표를 바라보고 하나하나 기억에 새기면서 큰 기쁨을 느꼈다.

다음으로 주인의 옷장을 열어보았더니, 온갖 경우에 맞춘 옷들이 두루 갖추어진 채 잘 정리되어 있었다. 바지와 조끼와 재킷에는 일일이 번호가 매겨져 있고, 그 번호는 출납부에도 기록되어 있어서, 계절에 따라 어느 옷을 언제 갈아입을 것인지 알려주고 있었다. 구두도 마찬가지였다.

요컨대 새빌로의 저택은, 유명했지만 방탕했던 셰리던이 살던 시절에는 난잡의 전당이었을 테지만, 지금은 안락한 가구를 두루 갖춘, 여유만만한 생활터임을 나타내고 있었다. 집에는 서재도 없고 책도 없었다. 하기야 포그 씨에게는 그런 것이 필요없었으리라. 왜냐하면 혁신 클럽에 문학 서적과 법률·정치 서적을 모아놓은 도서실이 각각 따로 마련되어 있어서, 그곳을 마음대로 이용할 수 있었기 때문이다. 그의 침실에는 화재나 도난을 막을 수 있도록 제작된 중간 크기의 금고가 놓여 있었다. 무기는 하나도 찾아볼 수 없었다. 사냥용 무기도 전쟁용 무기도 전혀 보이지 않았다. 여기에 있는 모든 것이 평화를 사랑하는 주인의 습관을 말해주고 있었다.

저택 안을 구석구석 자세히 돌아보고 나서 파스파르투는 만족하여 두 손을 맞비볐다. 넓적한 얼굴이 기쁨으로 환하게 빛났다.

"나에겐 더 이상 좋을 수 없어." 그는 신이 나서 소리쳤다. "내가 원했던 직장이야. 포그 씨와 나는 잘 해나갈 수 있을 거야. 여행을 싫어하고 규칙적인 것을 좋아하는 사나이. 진짜 기계 같은 사람. 그래, 기계를 섬기는 것도 나쁘지는 않아!"

3

필리어스 포그,
비싼 대가를 치를 수도 있는 대화에 말려들다

필리어스 포그는 11시 반에 새빌로의 집을 나와, 오른발을 왼발 앞으로 575번 내딛고 왼발을 오른발 앞으로 576번 내디뎌 혁신 클럽에 도착했다. 팰맬 가에 있는 혁신 클럽은 건축비로 적어도 12만 파운드(3백만 프랑)가 든 거대한 건물이었다.

포그 씨는 곧장 식당으로 들어갔다. 식당에 있는 아홉 개의 창문은 아름다운 정원 쪽으로 활짝 열려 있었다. 정원의 나무들은 가을을 맞아 벌써 노랗게 단풍이 들어 있었다. 포그 씨는 여느 때처럼 그를 위한 식기 세트가 차려져 있는 테이블에 자리를 잡았다. 그의 점심식사는 전채부터 시작되어, 최고급 '리딩 소스'로 간을 맞춘 생선찜, 버섯을 곁들인 선홍빛 로스트비프, 장군풀과 구스베리로 만든 파이, 그리고 체스터산(産) 치즈로 이어졌다. 그리고 식사하는 동안, 혁신 클럽의 식당용으로 특별히 채집된 아주 향기로운 차를 몇 잔 마셨다.

이 신사는 12시 47분에 식탁에서 일어나 휴게실로 자리를 옮겼다. 휴게실은 정교한 액자에 든 그림들로 호화롭게 꾸며진 커다란 방이었다. 급사가 아직 페이지를 자르지 않은 〈타임스〉지한 부를 갖다주었다. 필리어스 포그는 신문을 펼쳐 페이지를 잘랐다. 그 숙달된 솜씨는 그가 이 까다로운 작업에 풍부한 경험을쌓은 것을 말해주었다. 필리어스 포그는 3시 45분까지 이 신문을 읽은 다음, 저녁식사 시간까지는 다음에 배달된 〈스탠더드〉지를 읽었다. 저녁식사는 점심과 똑같은 방식으로 이루어졌지만, 이번에는 '로열 브리티시 소스'가 추가되었다.

6시 20분 전에 포그 씨는 휴게실로 돌아와 〈모닝 크로니클〉지를 읽는 데 열중했다.

한 시간 뒤, 혁신 클럽의 다양한 회원들이 휴게실에 들어와 탄불이 활활 타고 있는 난로 쪽으로 다가왔다. 그들은 필리어스 포그 씨의 카드놀이 친구로서, 포그 씨와 마찬가지로 열광적인 휘스트 애호가들이었다. 토목기사인 앤드루 스튜어트, 은행가인존 설리번과 새뮤얼 폴런틴, 양조업자인 토머스 플래너건, 영국은행 부총재인 고티에 랠프―하나같이 부자에다 명사들로서,산업계와 금융계의 거물들을 회원으로 하는 이 클럽에서도 손꼽히는 인물뿐이었다.

"이보게 랠프. 그 도난사건은 이렇게 됐나?" 토머스 플래너건이 물었다.

"은행에서는 절대로 그 돈을 찾지 못할 겁니다." 앤드루 스튜어트가 대답했다.

"천만에……" 고티에 랠프가 말했다. "나는 범인이 곧 잡힐거라고 기대하고 있다네. 아주 노련한 형사들이 미국과 유럽의주요 항구에 파견되어 출입국자들을 빠짐없이 조사하고 있으니까, 그 그물을 빠져나가기는 힘들 거야."

"하지만 도둑의 인상착의는 알고 있나요?" 스튜어트가 물었다. 그러자 랠프가 정색을 하고 대답했다.

"우선, 그 자는 도둑이 아닐세."

"뭐라고요? 5만 5천 파운드의 은행권을 들고 달아난 자가 도둑이 아니라고요?"

"그렇다네." 고티에 랠프가 대답했다.

"그럼 실업가인가?" 존 설리번이 물었다.

"〈모닝 크로니클〉지는 그 자가 신사일 거라고 단정하고 있더군요."

이 말을 한 사람은 다름아닌 필리어스 포그였다. 그는 주위에 산더미처럼 쌓인 신문지의 물결 속에서 이제야 고개를 내밀고 동료들에게 인사를 했다. 동료들도 그 인사에 답례했다.

지금 화제에 올라 있는 사건은 영국의 여러 신문들이 열심히 다루고 있는 일로, 사흘 전인 9월 29일에 일어났다. 영국은행 출납계장의 책상 위에 놓아두었던 5만 5천 파운드라는 거액의 돈뭉치가 감쪽같이 사라진 것이다.

그런 도둑질이 그토록 쉽게 일어날 수 있다는 데 놀라는 사람들에게 영국은행 부총재인 고티에 랠프는, 그때 출납계장은 3실링 6펜스를 받고 영수증을 쓰느라 바빴고, 그래서 다른 일에 눈을 돌릴 겨를이 없었던 거라고만 대답했다.

그런데 여기서 염두에 두어야 할 일이 있다. 그것은 이번 사건을 이해하는 데 도움이 되는 것이기도 한데, 영국은행이라는 이 존경할 만한 기관은 고객의 명예를 아주 중요시하고 있다는 점이다. 그래서 영국은행에는 경비원도 없고 퇴역군인도 없고 출납창구 앞에 그물창살도 없다. 금화와 은화와 지폐가 아무렇게나 널려 있어서, 말하자면 먼저 집어가는 사람이 임자라고 할 수 있었다. 고객의 정직성을 의심하는 것은 생각도 할 수 없는 일이다. 영국 사회를 날카롭게 관찰해온 어떤 사람은 이런 일화까지 전하고 있다. 어느 날 그는 영국은행에 들렀다가 출납계 책상 위에 무게가 7~8파운드쯤 되어 보이는 금괴가 놓여 있는 것을 보았다. 좀더 자세히 살펴보고 싶은 욕망에 금괴를 집어들고 살펴본 다음, 옆에 있는 사람에게 건네주었다. 옆사람은 금괴를 또 다른 옆사람에게 건네주었고, 그렇게 손에서 손으로 건너가 결국에는 어두운 복도 끝까지 이르렀다. 금괴가 원래 자리로 돌아온 것은 30분쯤 뒤였지만, 그동안 출납계원은 고개도 들지 않았다는 것이다.

그러나 9월 29일에는 일이 그렇게 되지 않았다. 지폐 뭉치는 끝내 되돌아오지 않았고, 객장에 걸린 위풍당당한 벽시계가 폐점 시간인 5시를 알렸을 때 영국은행은 5만 5천 파운드를 손실금으로 장부 처리할 수밖에 없었다.

도난사건이 정식으로 신고되자, 가장 우수한 경찰관들 중에서 특별히 선발된 형사들이 리버풀·글래스고·르아브르·수에즈·브린디시·뉴욕 등 온 세계의 주요 항구로 파견되었나. 그들은 범인을 잡아서 돈을 되찾으면 회수한 금액의 5퍼센트에 현상금 2천 파운드를 더 얹어주겠다는 약속을 받았다. 당장 수사가 시작되었고, 그 수사에서 나올 정보를 기다리는 동안 형사들에게는 항구를 통해 입출국하는 여행자들을 자세히 조사할 임무가 주어졌다.

〈모닝 크로니클〉지가 지적했듯이, 도둑은 영국의 어느 범죄

단체에도 가입해 있지 않다고 믿을 만한 이유가 있었다. 사건이 일어난 9월 29일, 태도와 행동거지에 기품이 있고 옷차림도 말쑥한 신사가 사건 현장인 출납계 사무실을 왔다갔다하는 모습이 목격되었다. 수사본부는 이 신사의 인상서(人相書)를 상당히 정확하게 작성할 수 있었고, 인상서는 당장 영국과 대륙에 파견된 모든 형사들에게 보내졌다. 그래서 고티에 랠프 같은 낙관론자들은 도둑이 수사망을 빠져나가기 어려울 거라고 믿었다.

누구나 짐작할 수 있겠지만, 이 사건은 런던만이 아니라 영국 어디에서나 화제가 되어 있었다. 사람들은 런던 경찰이 성공할 것인지에 대해 저마다 낙관적이거나 비관적인 주장을 내놓고 열띤 논쟁을 벌였다. 따라서 혁신 클럽 회원들도 그 문제를 화제로 삼은 것은 놀라운 일이 아니다. 더구나 그들 가운데 하나는 사건 당사자인 영국은행 부총재였다.

존경받는 고티에 랠프는 현상금을 내걸었으니 형사들도 그만큼 열의와 지혜를 발휘하리라 믿고, 수사가 성공할 것을 조금도 의심하지 않았다. 하지만 앤드루 스튜어트는 거기에 동조하지 않았다. 따라서 토론은 스튜어트와 플래너건, 폴런틴과 필리어스 포그가 짝을 지어 휘스트 테이블에 둘러앉은 뒤에도 계속되었다. 게임을 하는 동안은 규칙에 따라 아무도 말을 하지 않았지만, 막간에는 그만큼 더 열띠게 대화가 재개되곤 했다.

"승산은 도둑한테 있다고 생각합니다. 아마도 산전수전 다 겪은 자일 게 분명하니까요." 스튜어트가 말했다.

"천만에!" 랠프가 대꾸했다. "녀석이 숨을 수 있는 나라는 하나도 없어."

"글쎄, 그럴까요?"

"그럼 자네는 녀석이 어디로 도망칠 수 있다고 생각하나?"

"그건 모르지요. 하지만 어쨌거나 세상은 넓으니까 말입니다."

"옛날엔 그랬지요." 필리어스 포그가 나직한 목소리로 말했다. 그러고는 플래너건에게 카드를 내밀면서 덧붙였다. "당신이 나누어줄 차례요."

게임을 하는 동안에는 토론이 중단되었다. 하지만 곧 앤드루 스튜어트가 말했다.

"옛날엔 그랬다는 게 무슨 뜻이오? 지구가 갑자기 작아지기라도 했단 말인가요?"

"물론이지." 랠프가 대답했다. "나도 포그 씨와 같은 생각일세. 지금은 백 년 전보다 열 배나 빠른 속도로 지구를 돌 수 있으니까, 지구가 그만큼 작아진 셈이지. 그러니까 우리가 지금 논의하고 있는 사건에서도 그만큼 범인을 더 빨리 찾을 수 있을 걸세."

"하지만 도둑도 달아나기가 그만큼 쉬워지겠죠!"

"스튜어트 씨, 당신 차례요." 포그가 말했다.

하지만 의심이 많은 스튜어트는 납득하지 않았고, 일단 게임이 끝나자 다시 말을 이었다.

"지구가 작아졌다는 말은 아무래도 이상해요. 비록 지금은 석 달 안에 지구를 한 바퀴 돌 수 있다 해도……."

"80일이면 족해요." 포그가 끼여들었다.

"실제로 그럴 거야." 설리번이 포그의 말을 뒷받침했다. "로탈에서 알라하바드까지 '인도 반도 철도'가 개통된 뒤로는 80일이면 충분해. 여기에 〈모닝 크로니클〉지가 세운 계산이 나와 있는

데, 읽어볼까.

런던에서 수에즈까지, 몽스니와 브린디시를 경유하여,
철도와 기선으로 · 7일
수에즈에서 봄베이까지, 기선으로 · · · · · · · · · · · 13일
봄베이에서 캘커타까지, 철도로 · · · · · · · · · · 3일
캘커타에서 홍콩까지, 기선으로 · · · · · · · · · · · · · 13일
홍콩에서 요코하마까지, 기선으로 · · · · · · · · · · · · 6일
요코하마에서 샌프란시스코까지, 기선으로 · · · · · 22일
샌프란시스코에서 뉴욕까지, 철도로 · · · · · · · · · 7일
뉴욕에서 런던까지, 기선과 철도로 · · · · · · · · · · · 9일
모두 합하여 80일."

"정말 80일이군요!" 스튜어트가 외쳤다. 그러나 흥분하는 바
람에 비장의 카드를 잘못 내놓았다. "하지만 그건 악천후와 역
풍, 난파, 열차의 탈선 따위를 전혀 고려하지 않고 계산한 거라
고요."

"그것도 다 포함되어 있어요." 포그는 게임을 계속하면서 말
했다. 이제는 휘스트의 규칙을 존중할 수 없을 만큼 토론이 열을
띠게 되었기 때문이다.

"인도인과 인디언들이 기차를 세우고 짐을 빼앗거나 승객들
머리가죽을 벗겨버릴지도 모르는데?" 스튜어트가 소리쳤다.

"그것도 다 포함되어 있습니다." 필리어스 포그는 똑같은 말을
되풀이하면서 손에 든 카드를 테이블에 깔았다. "으뜸패 두 장."

앤드루 스튜어트는 카드를 집어들고 섞기 시작했다.

"이론적으로는 당신 말이 옳을지 모르지만, 실제로는……."

"실제로도 맞습니다, 스튜어트 씨."

"그럼 실제로 한번 해보시지 그래요."

"원하신다면야…… 우리 함께 갑시다."

"천만에!" 스튜어트가 소리쳤다. "하지만 나는 그 조건에서 그런 여행은 불가능하다는 쪽에 4천 파운드를 걸겠소."

"충분히 가능합니다." 포그가 대꾸했다.

"그럼 해보시오!"

"80일간의 세계일주를?"

"그렇소!"

"그럼 좋습니다."

"언제 떠날 거요?"

"지금 당장."

"그건 미친 짓이오." 앤드루 스튜어트는 동료의 고집에 짜증이 나기 시작했다. "게임이니 계속합시다!"

"그럼 카드를 다시 섞으세요. 패를 잘못 돌렸으니까." 필리어스 포그가 말했다.

앤드루 스튜어트는 떨리는 손으로 카드를 집어들었다가 갑자기 도로 내려놓았다.

"좋습니다, 포그 씨. 4천 파운드를 걸겠소."

"이보게, 스튜어트." 폴런틴이 말했다. "진정하게. 설마 진담은 아니겠지?"

"내가 건다고 말할 때는 언제나 진담입니다." 스튜어트가 대답했다.

"좋습니다!" 포그 씨가 말하고는 동료들을 둘러보았다. "베어

"좋습니다, 포그 씨. 4천 파운드를 걸겠소."

링 형제 은행에 2만 파운드의 저축이 있는데, 나는 그 돈을 다 걸겠습니다."

"2만 파운드!" 존 설리번이 외쳤다. "이보게 포그, 예기치 않은 재난이라도 당하게 되면 2만 파운드를 몽땅 날려버릴 수도 있어."

"예기치 않은 재난은 세상에 존재하지 않아요."

"하지만 80일이란 날수는 최소한으로 잡은 기간일 뿐이야!"

"적절히 활용하기만 하면 충분합니다."

"하지만 그러기 위해서는 기차에서 기선으로, 다시 기선에서 기차로, 그야말로 수학적일 만큼 정확하게 건너뛰지 않으면 안 돼."

"수학적일 만큼 정확하게 건너뛸 겁니다."

"농담이 아닐세!"

"내기와 같은 진지한 일에 대해 선량한 영국인은 절대로 농담을 하지 않습니다. 나는 80일 이내에, 다시 밀해서 1920시간, 아니 11만 5200분 안으로 세계일주를 하겠다는 데 2만 파운드를 걸고, 누구하고든 기꺼이 내기를 하겠습니다. 어떤가요? 받아들이겠습니까?"

스튜어트와 폴런딘·설리번·플래너건·랠프는 삼시 의논한 뒤에 승낙한다고 대답했다.

"좋습니다. 도버행 기차는 여덟 시 45분에 떠나니까, 그걸 타겠습니다."

"오늘 저녁에 떠나겠단 거요?" 스튜어트가 물었다.

"물론입니다." 필리어스 포그가 대답했다. 그러고는 수첩을 들여다보면서 말을 이었다. "오늘이 10월 2일 수요일이니까, 나는 12월 21일 토요일 오후 여덟 시 45분까지 이곳 런던 혁신 클럽의 휴게실에 돌아와야 합니다. 만약 그렇지 못하면 지금 베어링 은행의 내 계좌에 예치되어 있는 2만 파운드는 여러분 것이 될 겁니다. 자, 2만 파운드의 수표입니다. 받아두세요."

내기에 참여한 여섯 사람은 그 자리에서 당장 약정서를 작성하고 서명했다. 필리어스 포그는 끝까지 태연했다. 그는 물론 돈벌이를 위해 내기를 한 것이 아니었다. 온 재산의 절반에 해당하는 2만 파운드만 내깃돈으로 내놓은 것은, 나머지 절반을 아주 불가능하다고는 할 수 없지만 어렵기 짝이 없는 모험에 쓸 계획이었기 때문이다. 반면에 내기 상대가 된 동료들은 다소 심란해 보였다. 그것은 내기에 걸린 액수 때문이 아니라, 이길 게 뻔한 승부를 겨루는 것이 왠지 꺼림칙하게 느껴졌기 때문이다.

시계가 7시를 쳤다. 동료들은 휘스트를 그만두고 떠날 준비를 하는 게 어떠냐고 포그 씨에게 권했다.

"나는 늘 준비가 되어 있지요." 냉정한 신사는 카드를 돌리면서 대답했다. "나는 다이아몬드입니다. 스튜어트 씨, 당신 차례요."

4

필리어스 포그,
하인 파스파르투를 놀라 자빠지게 하다

7시 25분에 필리어스 포그는 20기니를 따고 나서 훌륭한 동료들에게 작별인사를 한 다음 혁신 클럽을 나섰다. 7시 50분에 그는 자기 집 현관문을 열고 안으로 들어갔다.

파스파르투는 일과표를 꼼꼼하게 외고 있었으므로, 포그 씨가 너무 이른 시간에 돌아온 것을 보고 무척 놀랐다. 시계처럼 정확한 포그 씨가 이런 파격적인 면을 보이다니. 일과표에 따르면 새빌로의 주인은 시계가 자정을 친 뒤에야 돌아올 예정이었다.

필리어스 포그는 우선 자기 방으로 올라가서 하인을 불렀다.

"파스파르투."

하인은 대답하지 않았다. 주인이 자기를 부를 리가 없다고 생각한 것이다. 지금은 정해진 시간이 아니었다.

포그 씨는 목청을 높이지 않고 다시 한 번 불렀다.

"파스파르투."

그러자 하인이 나타났다.

"두 번이나 불렀어."

"하지만 아직 자정이 안 됐는데요." 파스파르투는 회중시계를 꺼내 보면서 대답했다.

"나도 알아. 자네를 나무라는 게 아니야. 우리는 10분 뒤에 도 버와 칼레로 떠날 거야."

프랑스인의 둥글넓적한 얼굴에 우거지상이 떠올랐다. 잘못 들은 게 분명하다고 생각한 것이다.

"여행을 떠나신다고요?"

"그래. 우리는 세계일주를 떠날 거야."

파스파르투는 눈을 크게 뜨고 눈썹을 한껏 치켜올리고 두 팔 을 축 늘어뜨리고 온몸에서 맥이 빠져 휘늘어졌다. 요컨대 넋이 나갈 만큼 놀란 기색을 모두 드러냈다.

"세계일주라고요?" 그가 중얼거렸다.

"80일 동안에." 포그 씨가 말하고는 덧붙였다. "그러니 잠시 도 낭비할 시간이 없어."

"하지만 짐은 어떻게 하고요?" 파스파르투는 무의식적으로 고개를 저으면서 물었다.

"짐은 필요없어. 작은 손가방 하나만 있으면 돼. 거기에 셔츠 두 벌과 양말 세 켤레만 넣게. 자네도 마찬가지야. 도중에 필요 한 물건이 있으면 그때그때 사면 돼. 내 비옷과 여행용 담요를 가져오게. 구두는 튼튼한 걸로 신도록. 걷는 일은 거의 없겠지 만. 자, 어서 서둘러."

파스파르투는 뭐라고 한마디 대꾸하려고 애썼지만 말이 나오 지 않았다. 그는 포그 씨의 방을 나와 자기 방으로 올라가서 의 자에 털썩 주저앉았다. 그러자 모국어가 저절로 튀어나왔다.

"제기랄. 모처럼 조용히 살 수 있겠구나 싶었는데, 이게 뭐야! 정말 어처구니가 없군!"

그러고는 기계적으로 떠날 준비를 시작했다. 80일간의 세계 일주라니! 주인님이 미친 게 아닐까? 그건 도저히 불가능해. 아마 농담이겠지. 도버에 가는 건 좋아. 칼레로 건너가는 것도 괜찮아. 어쨌든 5년 동안 조국 땅을 밟아보지 못했으니까, 칼레에 가면 신이 날 거야. 어쩌면 파리까지 가게 될지도 모르지. 그 대도시를 다시 보게 되면 기쁠 거야. 하지만 행동을 조심하는 신사라면 거기서 걸음을 멈출 거야…… 그래, 그게 틀림없어. 하지만 그래도 정말 대단한 일이군. 그렇게 런던에만 틀어박혀 한 발짝도 밖으로 나가지 않던 양반이 여행을 떠나 다른 나라에 갈 결심을 하다니!

8시까지 파스파르투는 작은 가방에 자신과 주인의 옷가지를 챙겨넣었다. 그러고는 여전히 심란한 기분으로 방을 나와 조심스럽게 문을 닫고 포그 씨의 방으로 갔다.

포그 씨는 벌써 준비를 갖추고 있었다. 여행에 필요한 정보를 제공해줄 브래드쇼[15]의 《대륙의 기차 및 기선 여행 안내》를 겨드랑이에 끼고 있었다. 그는 파스파르투의 손에서 가방을 받아들더니, 그것을 열고 이느 나라에시나 통용되는 영국은행권 다발을 쓸어넣었다.

"잊은 건 없나?"

"없습니다."

"내 비옷과 담요는?"

"모두 들어 있습니다."

"좋아. 그럼 이걸 받게." 포그 씨는 가방을 건네면서 말했다.

"조심해야 돼. 2만 파운드의 돈이 들어 있으니까."

파스파르투는 하마터면 가방을 떨어뜨릴 뻔했다. 2만 파운드가 순금으로 되어 있기라도 한 것처럼 묵직하게 느껴졌다.

주인과 하인은 아래층으로 내려가 현관문을 이중으로 잠갔다.

새빌로 거리 끝에 마차 정류장이 있었다. 필리어스 포그와 그의 하인은 마차를 타고 동남선 철도의 종착역 가운데 하나인 체링크로스 역으로 쏜살같이 달려갔다.

8시 20분에 마차는 역 앞에 멈춰섰다. 파스파르투가 먼저 마차에서 뛰어내리고, 그의 주인이 뒤따라 내려 마부에게 요금을 치렀다.

그때 한 어린애의 손을 잡은 여자 거지가 다가와 포그 씨에게 동냥을 구했다. 진흙 속에 맨발로 서 있었고, 누더기가 다 된 숄에 가려진 옷은 다 찢어지고, 너덜너덜한 모자에는 구중중한 깃털 하나가 축 늘어져 있었다.

포그 씨는 아까 휘스트에서 딴 20기니를 꺼내 거지에게 주었다.

"자, 받으세요. 마침 알맞은 때에 만났군요."

그러고는 지나쳐, 가던 길을 재촉했다.

파스파르투는 눈시울이 뜨거워지는 것을 느꼈다. 그의 마음속에서 주인에 대한 평가가 한 단계 더 올라갔다.

두 남자는 역의 큰 대합실로 들어갔다. 필리어스 포그는 파리행 1등 차표를 두 장 사오라고 파스파르투에게 일렀다. 그리고 고개를 돌린 포그 씨는 혁신 클럽의 동료 다섯 명이 거기에 있는 것을 보았다.

"여러분, 그럼 갔다 오겠습니다. 이 여행을 위해서 가져가는

여자 거지

여권에는 여러 나라의 사증을 받아올 테니, 내가 돌아온 뒤에 나의 여행 경로를 심사해주시기 바랍니다."

"천만에, 포그!" 고티에 랠프가 정중하게 대답했다. "그럴 필요는 없네. 우리는 자네의 신사로서의 명예를 신뢰하고 있으니까."

"그래 준다면야 더욱 좋습니다만……."

"언제까지 돌아와야 하는지는 잊지 않았겠죠?" 앤드루 스튜어트가 물었다.

"물론입니다." 포그 씨가 대답했다. "80일 뒤, 1872년 12월 21일 토요일 오후 여덟 시 45분까지. 그럼 다시 만날 때까지 안녕히들 계십시오."

8시 40분에 필리어스 포그와 그의 하인은 기차의 같은 객실에 자리를 잡았다. 8시 45분에 기적이 울리고 기차가 움직이기 시작했다.

캄캄한 밤이었다. 이슬비가 내리고 있었다. 필리어스 포그는 한쪽 구석에 몸을 기댄 채 아무 말도 하지 않았다. 파스파르투는 아직도 충격에서 벗어나지 못한 채, 지폐가 든 가방을 저도 모르게 꽉 끌어안고 있었다.

그러나 기차가 막 시드넘을 지날 무렵, 파스파르투는 실로 절망감에서 터져나오는 비명을 내질렀다!

"왜 그러나?" 포그 씨가 물었다.

"실은…… 너무 서두르느라…… 당황한 나머지 그만 깜박 잊고……."

"무엇을?"

"제 방의 가스등 끄는 걸……."

"그래? 그렇다면 가스가 계속 타고 있겠군." 포그 씨가 쌀쌀하게 대답했다. "가스 요금은 자네가 치르게!"

5

런던 시장에 새로운 주식이 등장하다

 필리어스 포그는 런던을 떠날 때 자신의 출발이 얼마나 큰 반향을 불러일으킬지 전혀 몰랐을 것이다. 하지만 내기의 소문은 먼저 혁신 클럽 안에 퍼져서, 그 근엄한 회원들 사이에 상당한 흥분을 자아냈다. 이어서 소문은 신문기자들의 입을 통해 신문사에 전해졌고, 신문을 통해 런던과 영국 전역의 독자들에게 전해졌다.

 이 '세계일주 문제'는 '앨라배마' 호 사태[16]와 마찬가지로 열띤 정열을 가지고 해설되고 논의되고 분석되었다. 필리어스 포그를 지지하는 사람도 있었고 반대하는 사람도 있었지만, 곧 반대하는 쪽이 압도적 다수를 차지하게 되었다. 이론이나 종이 위에서가 아니라 실제로 존재하는 교통수단을 이용하여 마감 시간까지 세계를 한 바퀴 돈다는 것은 불가능할 뿐만 아니라 미친 짓이라는 게 중론이었다!

 〈타임스〉〈스탠더드〉〈이브닝 스타〉〈모닝 크로니클〉을 비롯한 20여 종의 주요 신문들은 포그 씨에게 반대하는 입장을 밝혔다. 오직 〈데일리 텔레그래프〉지만이 어느 정도 포그 씨를 지지했다. 필리어스 포그는 대체로 미치광이나 괴짜로 취급되었고, 혁신 클럽의 동료 회원 다섯 사람은 포그 씨의 정신력 쇠퇴를 증명하는 그런 내기를 받아들였다는 이유로 세상의 비난을 받았다.

이 문제에 대해 지극히 열정적이면서도 논리적인 기사가 잇달아 신문에 실렸다. 영국인이 지리와 관계가 있는 것이라면 무엇에든 흥미와 관심을 갖는 것은 누구나 아는 사실이다. 따라서 계층의 높고 낮음에 관계없이, 필리어스 포그 사건을 다룬 기사를 열심히 읽지 않는 독자는 하나도 없었다.

처음 며칠 동안은 소수의 대담한 사람들이 포그 씨를 지지했다. 특히 〈런던 뉴스〉가 혁신 클럽 자료실에 보관되어 있는 사진을 토대로 포그 씨의 초상을 게재했을 때는 그를 지지하는 사람—주로 여자들—이 늘어났다. 일부 신사들은 "아니, 그게 어때서? 세상에는 그보다 더 이상한 일도 얼마든지 있잖아!" 하고 말하기까지 했다. 이들은 대개 〈데일리 텔레그래프〉의 독자들이었다. 그러나 며칠 지나지 않아서 이 신문마저 논조가 흔들리기 시작했나.

그 이유는 10월 7일의 왕립지리학회 〈회보〉에 장문의 기사가 실렸기 때문이다. 그 기사는 이 문제를 여러 각도에서 검토하여, 포그 씨가 큰소리친 계획이 완전히 미친 짓이라는 것을 증명했다. 이 기사에 따르면, 인간에 의한 것이든 자연에 의한 것이든 모든 장애가 여행자에게 불리했다. 이 여행에 성공하려면 출발과 도착 시간이 기적적으로 조화를 이루어야 하는데, 그런 조화

독자들은 계층의 높고 낮음에 관계없이……

는 애당초 없으며 또한 존재할 수도 없었다. 유럽의 열차는 주행거리가 비교적 짧기 때문에 대부분 정시에 도착한다고 기대해도 좋다. 하지만 인도를 횡단하려면 사흘이 걸리고 미국을 횡단하는 데에는 일주일이 걸리는데, 과연 거기에서 시간 엄수의 원칙을 찾을 수 있을까? 게다가 고장·탈선·충돌·악천후·폭설같은 장애물이라도 만나면 어떻게 되겠는가? 모든 게 필리어스 포그에게 불리하지 않은가? 기선을 타면 겨울철의 돌풍이나 안개의 처분에 맡겨야 하지 않을까? 가장 빠른 대서양 횡단 정기선도 사나흘씩 늦는 경우가 흔하지 않은가? 게다가 한 번만 연착해도 다음에 갈아타야 할 교통기관을 놓치게 될 테니까, 사슬은 돌이킬 수 없이 끊어져버린다. 필리어스 포그가 겨우 한두 시간 차이로 기선을 놓치면 다음 배편을 기다려야 할 테고, 그것만으로도 그의 여행 스케줄은 엉망이 되고 말 것이다.

이 기사는 엄청난 반향을 불러일으켰다. 거의 모든 신문이 이기사를 옮겨 실었고, 그 때문에 필리어스 포그의 인기는 순식간에 땅에 떨어지고 말았다.

그가 떠난 뒤 처음 며칠 동안은 그가 성공할 가능성을 놓고 큰돈을 건 도박이 행해졌다. 영국에서 도박을 즐기는 사람들이 단순한 노름꾼보다 빈틈없고 명석하다는 것은 세상에 잘 알려진 사실이다. 도박은 영국인들의 타고난 기질이다. 따라서 혁신 클럽의 회원들만이 아니라 일반 대중도 내기에 참여하여 필리어스 포그의 성공 여부에 많은 돈을 걸었다. 필리어스 포그는 경주마처럼 일종의 '혈통서'에 등록되었다. 또한 그의 도박 약정서가 증권으로서의 가치를 낳고, 곧 런던 주식시장에 상장되었다. 이른바 '필리어스 포그 주(株)'는 실물(實物)과 선물(先物)로 활발히 거래되었고, 그 거래고도 엄청난 액수에 이르렀다. 하지만 그가 떠난 지 닷새 뒤 예의 〈회보〉에 그 기사가 실리자 '팔자' 주문이 쏟아지기 시작했고, '필리어스 포그 주'는 바닥 모를 추락을 거듭했다. 처음에는 5대 1로 거래되던 그의 주식이 10대 1에서 20대 1을 거쳐 50대 1이 되었고, 막판에는 100대 1이야 겨우 매매가 이루어질 정도였다.

그래도 포그를 지지하는 사람이 딱 하나 남아 있었다. 그것은 앨버메일 경이라는, 중풍을 앓고 있는 노인이었다. 이 고귀한 노신사는 의자에서 꼼짝도 못하는 신세였지만, 설령 10년이 걸리더라도 세계일주를 할 수만 있다면 전 재산을 아낌없이 내놓았을 것이다. 그는 필리어스 포그에게 5천 파운드를 걸었다. 사람들은 포그의 계획이 얼마나 부질없고 미련한 것인가를 앨버메일 경에게 설명했지만, 그때마다 노인의 대답은 한결같았다.

"그게 조금이라도 가능성이 있는 일이라면, 영국인이 선구자로서 그 일을 해내는 게 좋지 않은가!"

상황이 이 지경에 이르자 필리어스 포그의 지지자는 더욱 줄어들어 결국에는 모든 사람이 그에게 등을 돌렸다. 그의 주식은 150대 1에서 200대 1로 떨어졌다. 그런데 그가 떠난 지 정확히 7일째 되는 날 전혀 뜻하지 않은 사건이 일어나, 이제는 아무도 그의 주식을 거들떠보지도 않게 되었다.

그날 밤 9시에 런던 경찰청장은 다음과 같은 전보를 받았다.

수에즈에서 런던으로.
런던 경찰청장 로언 귀하.
은행 절도범 필리어스 포그를 미행 중임.

봄베이로 즉시 체포영장을 보내주기 바람.

픽스 형사.

이 전보는 엄청난 효과를 발휘했다. 존경할 만한 신사는 사라지고, 은행 절도범이 그 자리를 대신 차지했다. 경찰은 혁신 클럽에 동료 회원들의 사진과 함께 보관되어 있던 그의 사진을 정식으로 조사했다. 그것은 수사본부가 이미 작성하여 배포한 범인의 인상서와 조금도 다르지 않았다. 사람들은 필리어스 포그의 생활이 수수께끼에 싸여 있었고, 혼자 살면서 남들과 어울리기를 싫어했으며, 그러다가 어느 날 갑자기 서둘러 영국을 떠난일 등을 생각했다. 그리하여 이 인물이 세계일주 이야기를 꺼내고 터무니없는 내기를 구실로 영국을 떠난 것은 바로 경찰의 추적을 벗어나기 위한 속임수가 틀림없다고 믿었다.

6

픽스 형사, 초조한 기색을 드러내다

필리어스 포그 씨에 대한 전보가 런던으로 보내진 상황은 이러했다.

10월 9일 수요일, '인도-중동 해운회사' 소속의 '몽골리아' 호는 오전 11시에 수에즈에 입항할 예정이었다. 이 배는 적재량 2800톤, 명목상 출력 500마력에 경갑판과 스크루를 갖춘 철제 증기선으로, 브린디시에서 수에즈 운하를 거쳐 봄베이까지 정기적으로 오가고 있었다. 이 회사에서는 가장 빠른 배여서, 규정 속도―브린디시에서 수에즈까지는 10노트, 수에즈에서 봄베이까지는 9.5노트―보다 빨리 달리기 일쑤였다.

수에즈에서는 '몽골리아' 호가 도착하기를 기다리면서, 그곳 주민과 외국인들로 북적거리는 부두를 두 신사가 서성거리고 있었다. 얼마 전까지만 해도 이 도시는 쓸쓸한 어촌에 불과했지만, 레셉스[17] 씨의 위대한 사업 덕분에 찬란한 미래가 보장되어 있었다.

두 신사 가운데 하나는 수에즈 주재 영국 영사였다. 그는―영국 정부의 악의적인 예측과 토목기사 스티븐슨[18]의 불길한 예언과는 반대로―날마다 영국 배들이 이 운하를 지나는 것을 바라보고 있었다. 이 운하 덕분에 영국에서 인도까지 가는 뱃길을, 희망봉을 도는 항로보다 절반이나 줄일 수 있었다.

다른 한 신사는 작달막하고 깡마른 체격에, 꽤 영리하고 신경질적인 얼굴인데, 눈살을 쉴새없이 찌푸리고 있었다. 긴 속눈썹을 통해 반짝이는 눈이 날카롭게 번득이고 있었지만, 그는 마음대로 그 눈빛을 감출 수 있었다. 지금 그는 한곳에 가만히 서 있지 못하고 오락가락하면서 초조한 기색을 드러내고 있었다.

이 남자는 이름이 픽스였고, 영국은행에서 도난사건이 일어난 뒤 각지의 항구에 파견된 영국 형사들 가운데 하나였다. 픽스는 수에즈 항로를 지나는 모든 여행자를 유심히 감시하고, 만약 수상한 자가 있으면 체포영장이 올 때까지 미행하는 임무를 띠고 있었다.

정확히 이틀 전에 그는 런던 경찰청장으로부터 절도 용의자의 인상서를 받았다. 그것은 은행에서 목격된, 그 훌륭한 차림새와 기품을 갖춘 신사의 인상서였다.

형사는 범인을 잡을 경우 약속된 서액의 현상금에 눈이 어두워진 듯, 보기에도 안타까울 정도로 조바심을 내며 '몽골리아' 호가 도착하기를 기다리고 있었다.

"영사님, 배는 연착하지 않는다고 하셨죠?" 그가 영사에게 물었다. 벌써 열 번째 던지는 질문이었다.

"그렇다니까요." 영사가 대답했다. "어제 포트사이드[19] 앞바다를 지났다는 통신이 왔으니까, 그 배의 빠른 속도로 보자면 운

픽스 형사

하의 거리 160킬로미터쯤은 아무것도 아니지요. 되풀이 말하지만, '몽골리아' 호는 정부가 규정 소요 시간보다 24시간 빨리 도착한 배에 주는 25파운드의 상금을 한 번도 놓친 적이 없어요."

"그 배는 브린디시에서 곧장 온다면서요?"

"브린디시에서 인도로 가는 짐을 싣고 토요일 오후 다섯 시에 떠났지요. 그러니까 이제 머지않아 도착할 겁니다. 그러니 인내심을 가지고 조금만 기다리세요. 하지만 설령 범인이 '몽골리아' 호에 타고 있다 해도 당신이 받은 인상서만으로 알아볼 수 있을지 모르겠군요."

"그런 족속은 얼굴로 알아보기보다 냄새로 찾아내는 겁니다. 예민한 후각이 무엇보다 중요하지요. 그건 청각과 시각과 후각이 합쳐진 육감 같은 겁니다. 저는 지금까지 그런 신사를 몇 명이나 잡았지요. 따라서 그 범인이 정말로 배에 타고 있다면, 내 손아귀에서 절대 벗어나지 못할 겁니다."

"나도 그러기를 바랍니다. 정말 굉장한 도둑이니까요."

"최고의 도둑이죠!" 형사도 흥분하여 대꾸했다. "훔친 돈이 5만 5천 파운드나 되잖습니까! 우리한테도 그렇게 큰 사냥감은 자주 생기지 않습니다. 도둑들도 점점 송사리가 되어가고 있어요. 셰피드[20] 같은 족속은 아예 없고, 요즘은 겨우 몇 실링 훔친 죄로 붙잡히게 되었지요."

"픽스 씨, 그렇게 열정적으로 말씀하시니 나도 당신의 성공을 빌어주고 싶군요. 그러나 거듭 말하지만, 지금 형편으로는 어쩐지 어려운 것 같군요. 당신이 받은 인상서를 보면 도둑은 훌륭한 신사인 것 같지 않습니까?"

"영사님!" 형사는 단호한 투로 대답했다. "큰 도둑은 언제나 훌륭한 신사를 가장하고 있는 법입니다. 흉악한 얼굴을 가진 자들은 오히려 정직하게 살려고 애쓰지 않으면 안 되지요. 안 그러면 당장 체포될 테니까요. 하지만 신사인 체하는 놈들이야말로 낯가죽을 벗겨보지 않으면 안 됩니다. 어려운 일이라는 건 저도 인정합니다. 하지만 그건 직업의 문제가 아니라 기술의 문제예요."

보다시피 픽스는 꽤나 자부심이 강한 남자였다.

그러는 동안 부두는 점점 더 혼잡해졌다. 다양한 국적의 선원들과 이집트인 장사꾼·거간꾼·짐꾼·일꾼들이 떼지어 몰려들고 있었다. 머지않아 배가 입항할 게 분명했다.

날씨는 화창했지만, 바람이 동풍이라 공기가 차가웠다. 몇몇 이슬람 사원의 뾰족탑이 희미한 햇빛을 받아 도시 위에 검은 윤곽으로 떠올라 있었다. 남쪽에는 2킬로미터에 달하는 긴 방파제가 수에즈 만 쪽으로 팔처럼 길게 뻗어 있었다. 홍해 해상에서는 고깃배와 내항선 몇 척이 바람에 흔들리고 있었다. 개중에는 고대 갤리선의 우아한 모습을 간직하고 있는 것도 있었다.

픽스는 잡다한 사람들 속을 돌아다니면서 직업적인 버릇으로 스쳐 지나는 이들의 얼굴에 날카로운 눈길을 던지고 있었다.

그때 시각은 10시 반이었다.

부두의 큰 시계가 울리는 소리를 듣자마자 형사가 소리를 질렀다.

"배가 혹시 오지 않는 거 아닙니까?"

"이제 곧 들어올 겁니다." 영사가 대답했다.

"수에즈에는 얼마쯤 정박합니까?"

"네 시간. 석탄을 싣는 시간이지요. 수에즈에서 홍해 끝에 있는 아덴까지는 1310해리나 되니까, 여기서 연료를 보급할 필요가 있는 겁니다."

"수에즈를 떠나면 봄베이까지 곧장 갑니까?"

"짐도 부리지 않고 곧장 갑니다."

"그럼 도둑놈이 이 항로를 택해서 배에 탔다고 한다면, 여기 수에즈에서 내려 네덜란드나 프랑스의 아시아 식민지로 도망치기 위해 다른 길을 찾으려 할 게 분명합니다. 인도는 영국령이므로 인도에 가는 건 안전하지 않다는 걸 잘 알고 있을 테니까요."

"실로 대담한 놈이 아니라면 그렇겠지요. 하지만 말입니다, 영국에서 죄를 저지른 자라면 외국으로 달아나기보다도 런던 시내에 숨어 있는 편이 더 안전하다고 생각되지 않습니까?"

영사는 이렇게 말하더니 근처에 있는 사무실로 돌아갔다. 영사의 이 말은 형사에게 뭔가 생각할 거리를 주었다. 그러나 혼자 남겨지자 형사는, 도둑이 틀림없이 '몽골리아' 호에 타고 있을 거라는 야릇한 예감이 들어 다시금 신경질적인 초조감에 사로잡혔다. 그 도둑이 신세계로 달아나려는 의도를 가지고 영국을 떠났다면, 대서양 항로보다 감시가 허술하거나 어려운 인도 항로를 택할 게 분명하다.

픽스는 언제까지나 이런 상념에 잠겨 있을 수 없었다. 이윽고 요란한 뱃고동 소리가 배의 도착을 알렸다. 짐꾼과 일꾼들이 부두 쪽으로 우르르 내달렸다. 승객들의 팔다리를 짓밟든 의복을 잡아찢든 아랑곳하지 않았다. 십여 척의 거룻배가 해안을 떠나 '몽골리아' 호를 맞으러 나갔다.

곧이어 '몽골리아' 호의 거대한 선체가 시야에 들어왔다. 배는 운하 양쪽의 제방 사이로 미끄러지듯 다가오고 있었다. 기선이 배기관으로 요란하게 증기를 내뿜으며 항구 밖에 닻을 내렸을 때, 부두의 큰 시계가 11시를 쳤다.

배에는 꽤 많은 승객이 타고 있었다. 도시의 아름다운 풍경에 감탄하며 갑판 위에 남아 있는 사람들도 있었지만, 대부분은 '몽골리아' 호를 마중나간 거룻배에 올라탔다.

픽스는 뭍으로 올라오는 승객들을 하나하나 유심히 살폈다.

그때 승객 하나가 도와주겠다면서 귀찮게 따라붙는 일꾼들을 거칠게 밀치며 픽스 곁으로 다가왔다. 그러고는 영국 영사관이 어디 있는지 가르쳐줄 수 있겠느냐고 정중하게 물었다. 그러면서 여권 하나를 내밀었다. 영국의 사증을 받고 싶은 게 분명했다.

픽스는 본능적으로 여권을 받아들고 재빨리 인상서를 읽었다.

그 순간 그는 흠칫하며, 무심코 소리를 내지를 뻔한 동작을 간신히 억눌렀다. 손에 든 여권이 바르르 떨렸다. 여권에 적힌 인상서가 런던 경찰청장이 보내준 인상서와 똑같았기 때문이다.

"이 여권은 당신 것이 아니군요?"

"주인님 여권입니다."

"그래, 주인은?"

"아직 배에 계십니다."

"신원을 확인하려면 주인이 직접 영사관에 가야 할 거요."

"네? 그럴 필요가 있나요?"

"절대 필요합니다."

"그래, 영사관은 어디 있죠?"

"저기 광장 모퉁이에." 형사는 2백 걸음쯤 떨어진 건물을 가리키며 대답했다.

승객 하나가 귀찮게 따라붙는 일꾼들을 거칠게 밀치며……

"그렇다면 가서 주인님을 불러와야겠군요. 하지만 주인님이 귀찮아하실 텐데……."

그 승객은 이렇게 말하더니 모자를 들어 픽스에게 고맙다는 인사를 하고 배로 돌아갔다.

7

여권은 경찰 수사에 무용지물이라는 것이
다시 한 번 입증되다

형사는 다시 부두로 내려가 영사관 사무실로 서둘러 걸어갔다. 그리하여 긴급히 면회를 청하고 영사 앞으로 안내되었다.

"영사님, 범인이 '몽골리아' 호에 타고 있다고 믿을 만한 유력한 증거를 잡았습니다."

형사가 다짜고짜 말하고는, 조금 전에 하인과 주고받은 이야기를 설명했다.

"다행입니다, 픽스 씨. 나도 그 녀석의 낯짝을 한번 보고 싶군요. 하지만 그가 정말로 당신이 상상하는 그런 인간이라면 과연 내 사무실에 나타날지 의문입니다. 도둑이라면 행방을 감추려 드는 게 당연하고, 게다가 여권은 이제 더 이상 필요하지 않으니까요."

"하지만 녀석이 우리가 생각하는 것처럼 교활한 놈이라면 반드시 나타날 겁니다."

"여권에 사증을 받으러 말입니까?"

"물론입니다. 여권이란 정직한 시민에게는 귀찮을 뿐이지만, 범죄자는 도망을 위해 이것을 이용하지요. 장담하건대 그 자의 여권은 적법한 것일 테지만, 거기에 사증을 해주지 않도록 부탁드리고 싶군요."

"왜요? 여권이 적법한 것이라면 나로서는 사증을 거부할 권리가 없어요."

"하지만 영사님, 저는 런던에서 체포영장이 올 때까지 녀석을 여기에 붙들어둬야 합니다."

"그건 당신 문제지요. 하지만 나는 그럴 수가……."

영사는 말을 끝맺지 못했다. 그 순간 문을 두드리는 소리가 나고, 사동이 낯선 두 사람을 안내해왔기 때문이다. 그중 한 사람은 아까 형사와 이야기를 나눈 하인이었다.

두 사람은 사실 주인과 하인이었다. 주인은 영사에게 여권을 제시하고 사증을 요구했다.

영사는 여권을 받아서 주의 깊게 살펴보았다. 그동안 픽스는 사무실 한구석에서 낯선 그 사내를 관찰, 아니 집어삼킬 듯이 바라보았다.

영사는 여권을 살펴보고 나서 물었다.

"필리어스 포그 씨인가요?"

"그렇습니다." 신사가 대답했다.

"그럼, 이 사람은 당신의 하인입니까?"

"그렇습니다. 파스파르투라는 프랑스인이지요."

"두 분은 런던에서 오셨습니까?"

"예."

"어디로 가십니까?"

"봄베이요."

"좋습니다. 그런데 이제는 사증 수속도 필요 없고, 또 여권을 제시하지 않아도 괜찮게 되었는데, 그런 사실을 모르셨습니까?"

"알고 있습니다." 필리어스 포그가 대답했다. "하지만 제가 수에즈를 통과했다는 증거로 영사님의 사증이 필요합니다."

"좋습니다."

영사는 여권에 날짜를 적고 서명을 한 다음 영사의 관인을 찍었다. 포그 씨는 수수료를 치르고 모자를 들어 인사를 한 다음 하인을 데리고 나갔다.

"어떻습니까?" 형사가 물었다.

"태도를 보면 더없이 훌륭한 신사가 아닙니까?"

"그럴 수도 있겠죠. 하지만 문제는 태도가 아닙니다. 저 침착한 신사는 내가 받은 인상서의 도둑과 조금도 다른 데가 없다는 것을 알아차리지 못하셨습니까?"

"그건 인정합니다. 하지만 아시다시피 인상서라는 것은……."

"일을 확실히 해두려고 합니다. 그 하인은 그래도 주인만큼 뻐기는 것 같지는 않더군요. 게다가 프랑스 사람이니까 그 입을 계속 디물고 있지는 못할 겁니다. 그럼, 나중에……."

이렇게 말하더니 형사는 파스파르투를 찾으러 나갔다.

그동안 포그 씨는 영사관을 나오자 부두 쪽으로 갔다. 그곳에서 하인에게 몇 가지 지시를 내린 다음, 혼자 거룻배를 타고 '몽골리아' 호로 돌아갔다. 선실에 들어간 포그 씨는 수첩을 꺼내들었다. 거기에는 이렇게 적혀 있었다.

10월 2일 수요일 오후 8시 45분, 런던 출발

10월 3일 목요일 오전 7시 20분, 파리 도착

목요일 오전 8시 40분, 파리 출발

10월 4일 금요일 오전 6시 35분, 몽스니를 거쳐 토리노 도착

금요일 오전 7시 20분, 토리노 출발

10월 5일 토요일 오후 4시, 브린디시 도착

토요일 오후 5시, '몽골리아' 호에 승선

10월 9일 수요일 오전 11시, 수에즈 도착

소요 시간 합계 : 158.5시간/6.5일

포그 씨는 이 날짜들을 일정표에 적어두고 있었다. 10월 2일부터 12월 21일까지의 월일과 요일이 표시된 일정표는 세로칸으로 나뉘어 있어서, 파리 · 브린디시 · 수에즈 · 봄베이 · 캘커타 · 싱가포르 · 홍콩 · 요코하마 · 샌프란시스코 · 뉴욕 · 리버풀 · 런던 같은 주요 경유지에 도착할 예정 일시와 실제로 도착한 일시를 양쪽에 따로 적도록 되어 있었다. 이렇게 하면 통과한 각 고장마다 절약하거나 낭비한 시간이 얼마나 되는지를 명확히 계산할 수 있었다.

이 체계적인 일정표에는 이처럼 모든 것이 명시되어 있었기 때문에, 포그 씨는 자신의 일정이 예정보다 빠른지 늦은지를 항상 알고 있었다.

10월 9일 수요일에 수에즈에 도착한 것도 그래서 일정표에 써넣었는데, 그것은 예정 시간과 일치했기 때문에 이득도 손실도 없었다.

그리고 나서 포그 씨는 식사를 선실로 가져오게 하여 점심을

먹었다. 시내 구경은 생각도 하지 않았다. 영국인이란 관광조차 하인을 통해서 대리 체험하는 족속이기 때문이다.

8

파스파르투, 필요 이상으로 많이 지껄이다

픽스는 부둣가에서 재빨리 파스파르투를 따라잡았다. 파스파르투는 이것저것 구경할 필요가 없다고는 생각지 않았기 때문에, 주위를 두리번거리며 어슬렁어슬렁 걷고 있었다.

"아, 여보시오! 여권에 사증은 받았소?" 픽스는 다가가면서 말을 걸었다.

"아, 댁이시군요." 프랑스인은 반갑게 대답했다. "아까는 정말 고마웠습니다. 덕분에 규정대로 잘 끝났어요."

"그래서 이제 관광을 하고 계시나 보군요?"

"예, 하지만 너무나 바쁜 여행이라서, 마치 꿈속을 걷고 있는 듯한 기분입니다. 여기는 수에즈인 것 같은데?"

"수에즈, 맞습니다."

"이집트에 있는?"

"물론 이집트에 있지요."

"그렇다면 아프리카에 와 있겠군요?"

"아프리카에 와 있지요."

"아프리카에 와 있다니!" 파스파르투는 같은 말로 받았다. "도저히 믿을 수가 없군요. 파리보다 더 멀리 오게 되리라고는 꿈에도 생각지 못했어요. 내가 그 멋진 도시에 있었던 시간은 아침 일곱 시 20분부터 여덟 시 40분까지뿐이에요. 그것도 북역에서 리옹 역으로 가는 동안, 쏟아지는 빗속에서 영업용 마차의 유리창으로 내다본 게 전부였지요. 얼마나 섭섭하던지 원! 페르라셰즈 공동묘지와 샹젤리제 광장을 다시 보았다면 정말 좋았을 텐데!"

"그러니까 당신은 좀 서두르고 있군요?"

"나는 아니에요. 주인님이 서두르고 계시죠. 그러고 보니 양말과 셔츠를 좀 사야 합니다. 우리는 트렁크도 없이 작은 여행가방 하나만 달랑 챙겨서 떠났거든요."

"내가 시장으로 안내하지요. 거기에 가면 무엇이든 구할 수 있을 거요."

"정말 친절하시군요!"

그래서 두 사람은 시장으로 출발했다. 파스파르투는 여전히 지껄여댔다.

"그런데 배를 놓치면 큰일납니다."

"시간은 충분합니다. 아직 열두 시도 안 됐으니까."

파스파르투는 커다란 회중시계를 꺼냈다.

"열두 시라고요? 내 시계는 이제 겨우 아홉 시 52분인데!"

"당신 시계가 늦은 겁니다."

"그럴 리가 없어요. 이 시계는 우리 증조부님으로부터 전해 내려온 가보인데, 1년에 5분 이상 틀린 적이 없어요. 진짜 정밀

이 시계는 우리집 가보인데……

시계지요!"

"어떻게 된 일인지 알겠습니다. 당신 시계는 아직도 런던 시간에 맞추어져 있어요. 런던 시간은 수에즈보다 두 시간쯤 늦지요. 이제부터는 나라가 바뀔 때마다 열두 시에 맞춰서 시계를 손봐야 합니다."

"나더러 이 시계에 손을 대라고요? 당치도 않아요!"

"그러면 시계가 태양과 맞지 않게 될 거요."

"태양이 안됐군요! 태양 쪽이 고장난 거니까!"

선량한 젊은이는 호들갑스런 몸짓으로 시계를 조끼 주머니에 집어넣었다.

잠시 뒤에 픽스가 물었다.

"그러니까 급히 런던을 떠난 거군요?"

"그렇다고 할 수 있죠. 지난주 수요일에 포그 씨는 어찌된 일인지 저녁 여덟 시에 클럽에서 돌아오셨어요. 그 시간에 귀가하는 법은 결코 없는데 말입니다. 그리고 45분 뒤에 런던을 떠났지요."

"그런데 당신 주인은 대체 어디로 가는 거요?"

"곧장 앞으로! 세계일주를 하는 것이니까."

"세계일주?"

"예. 그것도 80일 동안에! 내기를 했다지 뭡니까. 하지만 우리끼리 얘긴데, 나는 전혀 믿지 않아요. 말도 안 되는 일이니까요. 뭔가 다른 사정이 있는 게 분명합니다."

"아, 그러니까 그 포그 씨라는 사람은 괴짜로군요?"

"그런 것 같습니다."

"굉장히 부자인 것 같던데."

"물론입니다. 빳빳한 새 지폐로 이만한 돈뭉치를 가져왔으니까요. 게다가 여행비용은 조금도 아끼지 않아요. 봄베이에 예정시간보다 빨리 도착하면 사례금을 두둑이 주겠다고 '몽골리아'호 기관사한테 약속했을 정도니까요."

"주인을 모신 지는 오래됐소?"

"천만에요. 런던을 떠나던 바로 그날 고용됐는걸요."

이런 대답이 이미 꽤 흥분해 있는 형사의 마음에 어떤 영향을 주었을지는 쉽게 짐작할 수 있을 것이다.

도난사건이 일어난 직후에 서둘러 런던을 떠난 것, 많은 돈을 지니고 있는 것, 멀리 떨어진 나라에 가려고 서두르고 있는 것, 터무니없는 내기를 구실로 내세운 것—이 모든 정황이 픽스의 확신을 굳혀주었다. 그는 프랑스인에게 계속 말을 시켜서, 그가 주인을 거의 모르고 있다는 것, 주인이 런던에서 혼자 살았고, 부자로 알려져 있지만 그 돈이 어디서 났는지는 아무도 모른다는 것 등을 알아냈다. 그리고 픽스는 필리어스 포그가 수에즈에서 내리지 않고 정말로 봄베이에 가려 한다고 확신하게 되었다.

"봄베이는 아주 먼가요?" 파스파르투가 물었다.

"아주 멀지요. 뱃길로 열흘 정도는 가야 하니까."

"봄베이는 어디 있습니까?"

"인도에."

"아시아에 있는?"

"물론이죠."

"맙소사! 사실을 말하면…… 한 가지 고민거리가 있는데…… 꼭지 때문에……."

"꼭지? 무슨 꼭지?"

"깜박 잊고 내 방의 가스 꼭지를 잠그지 않았거든요. 그래서 가스 요금을 내가 물어내야 해요. 한번 계산해봤는데 하루에 2실링이에요. 저의 하루치 봉급보다 6펜스나 많아요. 그러니 아시겠죠? 여행이 조금이라도 길어지면……."

가스 요금에 대한 불평을 픽스가 이해했을까? 아마 아닐 것이다. 어쨌든 그는 더 이상 파스파르투의 말에 귀를 기울이지 않고 이미 결론에 도달해 있었다. 프랑스인과 픽스는 시장에 도착했다. 픽스는 프랑스인이 혼자 물건을 사게 내버려두고, '몽골리아' 호의 출항에 늦지 않도록 조심하라고 이른 뒤 서둘러 영사관으로 돌아왔다.

확신을 굳혔기 때문에 픽스는 완전히 침착을 되찾고 있었다.

"영사님, 이제는 조금도 의심할 여지가 없습니다. 드디어 범인을 찾아냈어요. 놈은 80일 동안에 세계일주를 하겠다는 등 괴짜인 것처럼 가장하고 있지만 말입니다."

"정말 그렇다면 보통 교활한 놈이 아니군요! 두 대륙의 경찰을 따돌린 뒤에 런던으로 돌아갈 속셈인 게 분명합니다."

"우리도 그 점을 고려해서 손을 쓸 겁니다."

"하지만 설마 잘못 생각하신 건 아니겠지요?" 영사가 다시 한번 물었다.

"틀림없습니다."

"그럼 왜 그 자는 자신이 수에즈에 온 것을 증명하려고 그렇게 사증을 받고 싶어했을까요?"

"왜냐고요? 그건 저도 모르겠습니다. 하지만 제 이야기를 좀 들어보세요."

그러고는 포그라는 남자의 하인과 나눈 대화를 요점만 간단히 설명했다.

그러자 영사가 말했다.

"과연 모든 증거가 그 사람한테 불리해 보이는군요. 그래, 어떻게 하실 작정입니까?"

"런던에 전보를 쳐서 체포영장을 당장 봄베이로 보내달라고 요청하겠습니다. 그런 다음 '몽골리아' 호를 타고 인도까지 놈을 뒤쫓아가겠어요. 영국 땅인 인도에 도착하면, 그에게 정중히 다가가서 한 손을 어깨에 걸치고 또 한 손으로는 체포영장을 내밀겠습니다."

형사는 쌀쌀한 말투로 이렇게 말한 뒤, 영사에게 작별인사를 하고 전신국으로 갔다. 그리하여 예의 그 전보를 런던 경찰청장에게 보낸 것이다.

15분 뒤, 픽스는 작은 가방을 들고, 돈도 넉넉히 지니고 '몽골리아' 호에 올라탔다. 얼마 후 기선은 홍해의 물결을 헤치며 전속력으로 달리고 있었다.

9

홍해와 인도양이
필리어스 포그의 계획에 호의를 보이다

수에즈에서 아덴까지의 거리는 정확히 1310해리다. 회사 규정에 따르면 기선은 이 거리를 138시간에 달리도록 되어 있다. 연료를 보급받은 '몽골리아' 호는 그 규정 시간을 줄이려고 쏜살같이 달리고 있었다.

브린디시에서 탄 승객들은 대부분 인도로 가고 있었다. 봄베이까지만 가는 사람도 있고, 봄베이를 거쳐 캘커타로 갈 사람도 있었지만, 이제는 인도 반도를 횡단하는 철도가 놓였기 때문에 배를 타고 실론 끝을 돌아서 캘커타로 갈 필요가 없었다.

'몽골리아' 호의 승객들 중에는 온갖 직책의 문관과 온갖 계급의 무관들이 있었다. 장교들 중에는 엄밀한 의미의 영국군에 소속된 사람도 있고, 인도 원주민으로 구성된 세포이[21] 연대 장교도 있었지만, 영국 정부가 옛 동인도회사[22]의 권리와 의무를 인계받은 지금도 모두 후한 봉급을 받고 있었다. 이를테면 소위가 1년에 280파운드, 여단장이 2400파운드, 장군은 4000파운

드였다.[23]

　게다가 관리들 중에는 5만 파운드라는 거금을 품안에 넣고 멀리 떨어진 곳에서 사업을 시작하러 가는 젊은 영국인도 몇 명 섞여 있어서, '몽골리아' 호의 선상 생활은 그야말로 호화판이었다. 해운회사의 심복인 사무장은 선장과 동등한 자격을 가지고 모든 일을 호화롭게 처리했다. 아침식사, 오후 2시의 점심식사, 5시 반의 저녁식사, 8시의 밤참 때는 배에 딸린 푸줏간과 주방에서 공급하는 신선한 고기와 푸딩으로 상다리가 휘어질 정도였다. 몇 명 있는 여자 승객들은 하루에 두 번씩 옷을 갈아입었다. 바다가 잔잔할 때는 음악회나 무도회도 열렸다.

　그러나 홍해는 길고 좁은 만이 그렇듯이 무척 변덕스러워, 파도가 거칠어지는 때가 많았다. 바람이 아시아나 아프리카 쪽에서 불어닥칠 때마다, 꽁무니에 스크루가 달린 물렛가락 같은 '몽골리아' 호는 옆바람을 받아 심하게 흔들렸다. 그럴 때면 부인들은 모습을 감추고, 피아노는 잠잠해지고, 노래와 춤도 그쳤다. 하지만 돌풍이나 폭풍우가 몰아쳐도, 강력한 엔진으로 움직이는 '몽골리아' 호는 끄떡도 하지 않고 바브엘만데브 해협[24]을 향해 착실히 나아갔다.

　한편, 필리어스 포그는 그동안 무엇을 하고 있었을까? 바람이 변덕을 부려 항해를 방해하지나 않을까, 거친 파도에 엔진이 고장나지나 않을까, '몽골리아' 호가 어느 항구로 피난하지 않을 수 없는 재난이 일어나 여행에 차질이 생기지나 않을까 하고 끊임없이 걱정하면서 불안과 초조에 사로잡혀 있었을 거라고 생각할지도 모른다.

　그런데 실제로는 전혀 그렇지 않다. 포그 씨도 그런 가능성을 생각했을지 모르지만, 적어도 겉으로는 아무 내색도 하지 않았다. 그는 여전히 냉정하고 침착한, 혁신 클럽의 이름에 부끄럽지 않은 회원이었다. 어떤 사건이나 사고도 그를 놀라게 할 수는 없었다. 그는 마치 항해용 정밀시계처럼 무슨 일이 일어나도 끄떡하지 않는 듯이 보였다. 그는 갑판에도 좀처럼 모습을 나타내지 않았다. 홍해는 인류 역사의 서막이 열린 무대였지만, 그는 태고의 추억들이 서려 있는 이 홍해를 구경하려고 하지도 않았다. 그 양쪽 연안을 따라 흩어져 있는 매혹적인 도시들이 이따금 지평선에 그림처럼 아름다운 실루엣을 드러냈지만, 그것을 보러 나오지도 않았다. 이 아라비아 만의 위험에 대해서 고대의 역사가들—스트라본, 아리아누스, 아르테미도로스, 이드리시[25]—은 두려움에 사로잡혀 이야기했고, 뱃사람들은 제물을 바쳐 바다를 달래지 않고는 감히 홍해에 나갈 엄두도 내지 않았다고 하는데, 그러나 포그 씨는 그런 위험에 대해 꿈에도 생각지 않았다.

그러면 '몽골리아' 호 안에 갇힌 이 괴짜의 생활은 과연 어떤 것이었을까? 우선 하루에 네 번씩 푸짐한 식사를 했다. 배의 요동도 기계처럼 조절되는 그의 상태를 뒤틀리게 하지는 못했다. 그리고 휘스트 게임을 했다.

그는 배에서 자기만큼 열렬한 휘스트 애호가들을 찾아냈다. 한 사람은 고아[26]에 부임하는 세무 관리였고, 또 한 사람은 봄베이로 돌아가는 데시머스 스미스라는 목사였고, 나머지 한 사람은 바라나시에 주둔해 있는 부대로 돌아가는 영국 육군 여단장이었다. 이들 세 명의 승객은 포그 씨만큼 휘스트를 좋아했고, 몇 시간씩 계속 게임을 해도 포그 씨처럼 말없이 게임에만 열중했다.

한편 파스파르투는 전혀 배멀미에 시달리지 않았다. 그는 이물(배의 앞쪽)에 있는 선실을 차지한 채, 그 역시 주인처럼 푸짐하게 식사를 했다. 이런 조건에서 이루어지는 여행에 파스파르투도 이제 더는 불만이 없었다. 그는 여행을 최대한 즐기고 있었다. 맛있는 식사에 편안한 잠자리를 제공받으면서 곳곳을 여행하고 있으니 이 얼마나 좋은가. 게다가 이 환상적인 여행도 봄베이에서 끝이 날 거라고 혼자 속으로 정하고 있었다.

수에즈를 떠난 이튿날인 10월 10일, 파스파르투는 갑판에 올라갔다가, 이집트에 상륙했을 때 말을 걸었던 사람과 뜻하지 않게 마주쳤다.

그는 반가운 미소를 지으며 다가가서 말을 걸었다.

"제가 잘못 본 게 아니라면, 수에즈에서 친절하게 길안내를 해주신 분이 아니신가요?"

"그랬지요." 형사가 대답했다. "나도 당신을 기억하고 있습니다. 그 별난 영국인의 하인 아닙니까?"

"맞습니다. 그런데 성함이……?"

"픽스라고 합니다."

"아아, 픽스 씨. 배에서 이렇게 또 뵙게 되니 정말 기쁘군요. 그런데 어디로 가시는 길입니까?"

"당신과 마찬가지로 봄베이까지 갑니다."

"그거 잘됐군요. 전에도 이 배를 타보신 적이 있나요?"

"몇 번 있지요. 이 선박회사 직원이니까요."

"그럼 인도를 잘 아시겠군요?"

"음…… 뭐……" 픽스는 그 화제에 너무 깊이 끌려들고 싶지 않아서 얼버무렸다.

"인도는 재미있는 곳인가요?"

"매우 흥미진진한 곳이죠! 이슬람 사원, 뾰족탑, 불교 사원, 탁발승, 불탑, 호랑이, 뱀, 무희들! 그 나라를 구경하고 다닐 시간이 있으면 좋겠군요."

"저도 그러고 싶군요. 머리가 온전한 사람이라면, 80일 동안에 세계를 일주한다는 따위의 구실로 기선에서 기차로, 다시 기차에서 기선으로 건너뛰면서 여행을 계속할 수는 없지요. 하지만 이 별난 광대극도 봄베이에서 끝이 나겠지요. 틀림없어요."

"그런데 포그 씨는 잘 지내고 계십니까?" 픽스는 지극히 자연스러운 말투로 물었다.

"아주 잘 지내십니다. 저와 마찬가지죠. 저는 굶주린 아귀처럼 식욕이 왕성하답니다. 바다 공기 때문이겠지요."

"그런데 주인 양반은 갑판에 통 나오질 않더군요."

"호기심이 전혀 없는 분이니까요."

"그런데 파스파르투 씨, 그 80일간의 세계일주라는 게 뭔가 비밀스런 임무를 숨기고 있는 것은 아닐까요. 예를 들면 외교적 임무라든가……."

"설마요. 실은 저도 잘 모르겠습니다. 그리고 솔직히 말하면 알고 싶지도 않아요."

이 만남 이후 파스파르투와 픽스는 자주 만나서 이야기를 나누었다. 형사는 포그 씨의 하인과 친해지는 것이 중요하다고 생각했다. 하인을 잘 사귀어두면 언젠가는 도움이 될지도 모른다. 그래서 그는 자주 파스파르투를 '몽골리아' 호의 바로 데려가서 위스키나 맥주를 사주었다. 선량한 젊은이는 사양하지 않고 접

대를 받았으며, 너무 신세를 지는 것도 좋지 않다고 생각하여 답
례를 하기도 했다. 그는 픽스라는 남자를 점잖은 신사라고 믿고
있었다.

그러는 동안에도 배는 줄곧 빠른 속도로 달렸다. 13일에는 모
카[27]가 시아에 들어왔다. 도시를 띠처럼 둘러싸고 있는 무너진
성벽 위로 푸른 야자나무 몇 그루가 삐죽 튀어나와 있었다. 멀리
떨어진 산들 사이로 드넓은 커피 농장이 펼쳐져 있었다. 파스파
르투는 이 유명한 도시를 보게 된 것이 기뻤다. 그리고 폐허가
된 요새가 둥근 성벽에서 손잡이처럼 삐죽 튀어나와 있어서 도
시 전체가 거대한 커피잔처럼 보인다고 생각했다.

그날 밤 '몽골리아' 호는 바브엘만데브 해협을 지났다. 이 지
명은 아랍어로 '눈물의 문'이라는 뜻이다. 그리고 이튿날인 14일
에는 아덴 항 북서쪽에 있는 정박지에 닻을 내렸다. 여기서 다시
연료를 보급할 예정이었다.

석탄 산지에서 멀리 떨어진 곳에서 기선에 연료를 보급하는
것은 매우 중대한 문제였다. 이 회사만 해도 연간 80만 파운드
를 지출하고 있었다. 곳곳의 항구에 석탄 저장고를 세울 필요가
있었고, 더구나 이렇게 멀리 떨어진 해안에서는 석탄 값이 톤당
4파운드나 했다.

봄베이까지 가려면 '몽골리아' 호는 아직도 1650해리를 더 달
려야 했으므로, 선창(船艙)을 석탄으로 가득 채우기 위해 정박
지에 네 시간 동안이나 머물러야 했다.

하지만 필리어스 포그는 이 시간도 고려하여 여행 계획을 짰
기 때문에, 네 시간의 지연은 그의 일정에 아무 지장도 주지 않
았다. 어쨌든 '몽골리아' 호는 15일 아침에야 아덴에 도착할 예

정박지에 닻을 내렸다

정이었는데 실제로는 14일 저녁에 도착했다. 따라서 15시간을
번 셈이다.

포그 씨와 하인은 배에서 내렸다. 여권에 사증을 받기 위해서
였다. 픽스는 눈치채이지 않도록 몰래 뒤를 밟았다. 이 형식적인
절차를 마치자마자, 필리어스 포그는 중단했던 휘스트 게임을
계속하려고 배로 돌아갔다.

파스파르투는 여느 때처럼 사람들 사이를 어슬렁거리며 돌아
다녔다. 2만 5000명의 아덴 주민은 소말리아인, 인도 상인, 파르
시,[28] 유대인, 아랍인, 유럽인 등으로 이루어져 있었다. 파스파
르투는 이 도시를 인도양의 지브롤터[29]로 만든 요새들과 웅대한
저수조를 구경하며 감탄했다. 이 저수조는 2천 년 전에 솔로몬
왕[30]의 기사들이 공사를 시작하여 지금도 영국인 기사들이 손
질하고 있었다.

"굉장하다! 굉장해!" 파스파르투는 배로 돌아가면서 계속 중
얼거렸다. "새로운 것을 보고 싶어하는 사람한테는 여행만큼 유
익한 것도 없다고 했는데, 이제야 깨달았어."

오후 6시에 '몽골리아' 호가 스크루의 날개로 아덴 만의 물을
휘젓더니, 곧이어 인도양으로 달리기 시작했다. 아덴에서 봄베
이까지는 168시간이 할당되어 있었다. 그런데 인도양이 호의를
베풀어주었다. 계속 서북풍이 불었기 때문이다. 서북풍을 받은
돛이 모처럼 증기기관을 도와주었다.

돛을 올리자 배의 흔들림도 줄어들었다. 여자 승객들은 가벼
운 옷차림으로 갑판에 다시 나타났다. 노래와 춤이 다시 시작되
었다.

다시 말해서 여행은 더없이 좋은 여건에서 계속되고 있었다.

파스파르투는 운좋게도 픽스라는 유쾌한 길동무를 만나 기분이 좋았다.

10월 20일 일요일 정오 무렵, 인도 해안이 시야에 들어왔다. 두 시간 뒤에 수로 안내인이 '몽골리아' 호에 올라왔다. 지평선에 하늘을 배경으로 떠오른 언덕들이 아름다운 윤곽선을 드러냈다. 곧이어 도시를 뒤덮은 야자나무들이 또렷이 보였다. 기선은 살세트·콜라바·엘레판타·바처 등의 섬들로 둘러싸인 항구로 들어가, 4시 반에 봄베이의 부두에 접안했다.

이때 필리어스 포그는 그날의 33번째 게임을 막 끝낸 참이었다. 그는 파트너와 함께 대담한 작전을 펴서 모두 13점을 땄다. 그래서 그는 이 멋진 항해를 대승으로 마무리했다.

'몽골리아' 호는 10월 22일 봄베이에 도착할 예정이었는데, 실제로는 20일에 도착했다. 런던을 떠난 이후 이틀을 번 셈이다. 필리어스 포그는 그 이득을 일정표의 이익란에 정확히 적어넣었다.

10

파스파르투, 구두만 잃고
무사히 끝난 것을 다행으로 여기다

거대한 역삼각형을 이루고 있는 인도 반도는 360만 제곱킬로미터의 면적을 가지고 있고, 그 위에 1억 8천만 명이라는 인구가 불균등하게 흩어져 있다는 것은 누구나 알고 있다. 영국 정부는 캘커타에 총독, 마드라스와 봄베이와 벵골에는 주지사, 아그라에는 총독대리를 두고 이 광대한 영토를 실질적으로 통치하고 있었다.

하지만 엄밀한 의미의 영국령 인도는 면적이 180만 제곱킬로미터에 인구는 1억에서 1억 1천만 정도에 불과하다. 다시 말해서 영토의 상당 부분이 아직도 여왕[31]의 지배권에서 벗어나 있었다. 실제로 사납고 무시무시한 토후들이 위세를 떨치는 내륙 지방에서는 인도가 여전히 절대적 독립을 유지하고 있었다.

1756년 — 오늘날 마드라스가 차지하고 있는 지역에 최초의 영국 상관이 세워진 해 — 부터 세포이의 반란[32]이 일어난 1857년까지는 저 유명한 동인도회사가 전능의 힘을 휘두르고 있었다.

동인도회사는 토후들에게 연금을 주는 대가로 그들의 나라를 차례로 사들여 병합했지만, 약속한 연금은 거의 지급되지 않았다. 동인도회사는 총독을 비롯하여 모든 문관과 무관을 임명했다. 하지만 동인도회사는 이제 존재하지 않으며, 인도에 있는 영국 영토는 여왕의 직접 지배를 받고 있었다.

따라서 인도 반도의 전반적인 양상과 관습, 그리고 인종적 구분도 날마다 변하고 있었다. 전에는 인도를 여행할 때 온갖 전통적인 수송수단이 이용되었다. 말·수레·가마·마차를 타기도 하고, 두 발로 걷거나 남의 등에 업히기도 했다. 하지만 이제는 기선이 인더스 강과 갠지스 강을 빠른 속도로 달리고 있고, 철도가 그물코를 이루며 대륙을 횡단하고 있기 때문에 봄베이에서 캘커타까지 사흘밖에 걸리지 않았다.

이 철도는 물론 직선으로 뻗어 있는 것은 아니었다. 직선거리는 천 내지 천오백 킬로미터에 지나지 않으므로, 기차가 천천히 달려도 사흘씩 걸리지는 않을 터였다. 하지만 철도가 반도 북쪽의 알라하바드로 활처럼 우회하기 때문에 거리가 적어도 3분의 1은 늘어나는 셈이었다.

'인도 반도 철도'의 경로를 대충 소개하면 이렇다. 봄베이 섬을 떠난 철도는 살세트 섬을 가로질러 타나 건너편의 본토에 상륙한 뒤, 서고츠 산맥을 넘어 부르한푸르까지 동북쪽으로 나아간다. 그곳에서 독립국에 가까운 분델칸드의 영토를 지나 알라하바드로 올라간 뒤, 동쪽으로 활 모양을 그리며 뻗어나가 바라나시에서 갠지스 강과 만난다. 다시 갠지스 강과 헤어진 철도는 동남쪽으로 방향을 돌려 부르드완과 프랑스령 도시인 찬데르나고르를 지나 마침내 종착역인 캘커타에 도착한다.

'몽골리아' 호 승객들은 4시 반에 봄베이에 상륙했고, 캘커타 행 기차는 8시 정각에 떠날 예정이었다.

함께 휘스트 게임을 즐긴 사람들에게 작별인사를 하고 배에서 내린 포그 씨는 하인에게 사야 할 물건을 지시하고, 기차가 떠나는 8시에 늦지 않게 기차역으로 오라고 단단히 일렀다. 그러고는 천문시계의 시계추처럼 규칙적인 발걸음으로 여권 사무소를 향해 걸어갔다.

포그 씨는 봄베이의 명소를 방문할 생각은 꿈에도 하지 않았다. 시청, 도서관, 요새, 부두, 시장, 이슬람 사원, 유대 교회, 아르메니아 교회, 쌍둥이 다면탑이 있는 말라바르 언덕의 아름다운 힌두교 사원에도 가볼 생각을 하지 않았다. 엘레판타 섬에는 항구 남동쪽에 신비로운 지하묘지가 숨어 있고, 살세트 섬에는 놀라운 불교 건축 유적인 칸헤리 석굴이 있었지만, 그는 어느 것도 보고 싶어하지 않았다.

정말이지 그는 아무것에도 눈길을 보내지 않았다. 여권 사무소에서 나오자 차분하게 기차역으로 향했다. 그러고는 식당에서 저녁식사를 주문했다. 급사장은 다양한 요리 가운데 '토종 토끼찜'이라는 요리가 아주 맛있다면서 먹어보라고 권했다.

필리어스 포그는 토끼찜을 주문하고 조심스럽게 맛을 보았지만, 소스에 향신료를 듬뿍 넣었는데도 맛이 역겨웠다.

포그 씨는 급사장을 불러 그의 얼굴을 지그시 쏘아보았다.

"이게 토끼요, 이것이?"

"예, 손님. 밀림의 토끼지요." 급사장은 천연덕스럽게 대답했다.

"그런데 이 토끼는 죽을 때 '야옹' 하고 울지 않았소?"

"야옹이라고요? 토끼가 말입니까? 맹세코……."

"이봐요, 급사장." 포그 씨가 쌀쌀하게 말했다. "맹세는 그만두고 이것만 잘 기억해두시오. 옛날 인도에서는 고양이를 신성한 동물로 여겼다는 걸 말이오. 그때가 좋은 시절이었지."

"고양이한테 말입니까?"

"여행자한테도!"

그러고는 침착하게 식사를 계속했다.

픽스 형사는 포그 씨보다 조금 늦게 '몽골리아' 호에서 내려 봄베이 경찰서장을 만나러 달려갔다. 그러고는 형사라는 신분을 밝히고, 자신에게 주어져 있는 임무와 절도 용의자에 관한 상황을 설명했다. 런던에서 체포영장이 도착했습니까?……아무것도 받은 게 없습니다. 사실 체포영장은 포그보다 나중에 런던을 떠났으므로 벌써 봄베이에 도착했을 리가 없었다.

픽스는 안달이 났다. 봄베이 경찰서장을 설득해서 포그 씨에 대한 체포영장을 받으려고 했지만, 서장은 단호히 거절했다. 이 사건은 런던 경찰 관할이기 때문에 런던 경찰만이 영장을 발부할 수 있다는 것이다. 이렇게 원칙을 존중하고 법률을 준수하는 것은 개인의 자유에 관해서는 규칙을 멋대로 바꾸는 것을 용납하지 않는 영국인의 관습에 따른 것이다.

픽스는 체포영장이 도착할 때까지 기다릴 수밖에 없다는 것을 깨닫고 더는 고집을 부리지 않았다. 하지만 수수께끼 같은 악당이 봄베이에 머물러 있는 동안 잠시도 그에게서 눈을 떼지 않으리라 결심했다. 어쨌든 픽스는 필리어스 포그가 봄베이에 머물 거라고 믿어 의심치 않았다. 파스파르투도 그렇게 믿고 있지 않은가. 그러면 체포영장이 도착할 시간은 충분할 것이다.

그러나 파스파르투는 '몽골리아' 호에서 내리자마자 주인의 지시를 받고 곰곰 생각한 끝에, 파리와 수에즈에서 일어난 일이 봄베이에서도 반복되리라는 것을 깨달았다. 여행은 여기서 끝나지 않고 적어도 캘커타까지, 어쩌면 그보다 더 멀리까지 계속될 모양이었다. 그리하여 파스파르투는 포그 씨가 그 내기를 정말로 한 것이 아닐까 생각하기 시작했다. 조용히 살고 싶어하는 나까지 운명에 이끌려 80일 동안 지구를 한 바퀴 돌게 되는 것은 아닐까?

파스파르투는 셔츠와 양말을 산 뒤, 봄베이 시내를 돌아다니며 시간을 보냈다. 가는 곳마다 사람들이 북적거렸다. 온갖 국적의 유럽인, 뾰족한 모자를 쓴 페르시아인, 둥근 터번을 두른 인도 상인, 네모난 모자를 쓴 파키스탄인, 긴 옷을 입은 아르메니아인, 검은 모자를 쓴 파르시. 오늘은 마침 파르시의 축제일이었다. 조로아스터 교도의 직계 후손인 파르시는 인도인 중에서도 가장 근면하고 교양 있고 똑똑하고 엄격한 종족으로, 봄베이 토착의 부유한 상인 계층을 이루고 있었다. 이날 그들은 일종의 종교적 축제를 열고 있었다. 행렬이 있고 여흥이 있었다. 축제에 참가한 무희들은 금실과 은실로 수놓은 분홍색 망사옷을 걸치고 쟁과 징 소리에 맞추어 매혹적인 춤을 추었지만, 그러면서도 정숙한 품위를 잃지 않았다.

파스파르투는 그 진기한 의식에 넋을 잃고, 좀더 잘 보고 듣기 위해 눈과 귀를 활짝 열었다. 그 태도나 표정이 그야말로 '얼뜨기 촌놈' 그대로였다는 것은 여기서 새삼 말할 필요도 없을 것이다.

그런데 파스파르투와 그의 주인에게는 불행한 일이지만, 그

파스파르투는 사람들 사이를 어슬렁거리며 돌아다녔다

봄베이의 무희

의 호기심이 도가 지나쳐서 여행을 위기에 빠뜨릴 뻔했다.

파르시의 축제를 구경한 뒤 기차역으로 가고 있던 파스파르투는 말라바르 언덕의 웅장한 힌두교 사원 앞을 지나게 되었다. 그 때 문득 안을 들여다보고 싶은 불운한 호기심이 발동한 것이다.

그는 그때 두 가지를 알고 있지 못했다. 첫째, 인도의 일부 사원에는 기독교도가 들어가는 것이 엄격히 금지되어 있다는 것. 둘째, 사원에 들어갈 때는 신자조차도 입구에서 신발을 벗어야 한다는 것. 영국 정부는 인도의 종교를 보호할 뿐만 아니라 아주 사소한 관습까지도 존중하고, 그것을 어기는 자는 누구를 막론하고 엄격히 처벌하는 현명한 정책을 취하고 있었다.

파스파르투는 말라바르 언덕의 힌두교 사원에 들어가, 단순한 관광객으로서 아무런 악의도 없이 브라만의 찬란한 장식을 구경하며 넋을 잃고 있다가, 느닷없이 신성한 바닥돌 위에 내동댕이쳐졌다. 눈에 심지를 켠 세 명의 승려가 그에게 덤벼들더니, 구두와 양말을 벗기고 고함을 지르며 때리기 시작했다.

프랑스인은 힘도 세고 동작도 재빨랐으므로 곧 일어났다. 그러고는 거추장스러운 도포 때문에 동작이 굼뜬 상대 두 명을 주먹질 한 번과 발길질 한 번으로 때려눕히고, 걸음아 날 살려라 하고 사원 밖으로 뛰쳐나왔다. 세번째 승려가 소리쳐 군중을 불러모으며 뒤쫓아왔지만, 파스파르투는 곧 그들을 멀찌감치 따돌렸다.

7시 55분, 기차가 떠나기 불과 몇 분 전에 파스파르투는, 모자도 없이 맨발로, 격투의 와중에 셔츠와 양말 꾸러미까지 잃어버린 채 기차역에 간신히 도착했다.

픽스는 발차 플랫폼에 있었다. 그는 기차역까지 포그를 미행

두 명을 주먹질 한 번과 발길질 한 번으로 때려눕히고······

하여, 그 악당이 결국 봄베이를 떠날 작정이라는 것을 알았다. 그래서 자기도 캘커타까지, 필요하다면 그보다 더 멀리까지라도 포그를 쫓아가리라 굳게 결심했다. 파스파르투는 그늘진 곳에 서 있는 픽스를 보지 못했지만, 픽스는 파스파르투가 주인에게 짤막하게 보고하는 모험담을 엿들을 수 있었다.

필리어스 포그는 객차에 자리를 잡으면서 말했다.

"다시는 그런 일이 없기를 바라네."

가엾은 젊은이는 당황해하면서 맨발로 말없이 주인을 따라갔다. 뒤따라 기차에 타려던 픽스는 문득 좋은 생각이 떠올라 마음을 바꾸었다.

'아니, 잠깐만…… 나는 여기 남아 있자. 인도 땅에서 범죄를 저질렀으니, 이제 저놈은 내 거야!'

그때 기관차가 요란한 기적을 울렸다. 열차는 곧 밤의 어둠 속으로 사라져갔다.

11

필리어스 포그, 엄청난 값으로 탈것을 사다

기차는 정시에 출발했다. 열차에는 장교 몇 명과 관광객, 문관, 그리고 사업상 인도 반도의 동부로 가고 있는 아편 장수와 인디고 물감 장수가 타고 있었다.

파스파르투는 주인과 같은 칸에 있었다. 맞은편 구석 자리에 또 다른 승객이 앉아 있었다.

그 사람은 수에즈에서 봄베이까지 오는 동안 포그 씨와 함께 휘스트 게임을 즐긴 프랜시스 크로마티 경이었다. 영국군 여단장인 크로마티 경은 바라나시 교외에 주둔해 있는 부대로 돌아가는 길이었다.

키가 크고 금발에 쉰 살 남짓 되어 보이는 프랜시스 경은 지난번 세포이의 반란을 진압할 때 큰 공을 세웠다. 그는 사실 인도 토박이라고 할 만했다. 어릴 적부터 줄곧 인도에서 살았고, 태어난 고향에는 어쩌다 한 번씩밖에 돌아가지 않았기 때문이다. 그는 교양이 있는 사람이었기 때문에, 필리어스 포그가 묻기만 했다면 인도의 풍습과 역사와 사회 구조에 대해 자세히 들려주었을 것이다. 그러나 포그 씨는 아무것도 묻지 않았다. 그는 여행을 하고 있는 것이 아니라, 하나의 원주를 그리고 있을 뿐이었다. 그는 이론역학의 법칙에 따라 지구 주위의 궤도를 돌고 있는 무거운 물체였다. 지금 이 순간 그는 런던을 떠난 뒤 소비한 시간을 다시 계산하고 있었다. 쓸데없는 동작을 하는 버릇이 있었다면 그는 만족해서 두 손을 맞비볐을 것이다.

프랜시스 크로마티 경이 필리어스 포그를 관찰한 것은 손에 카드를 쥐고 있거나 게임을 한 판 끝내고 다음 게임을 기다릴 때뿐이었지만, 길동무가 상당히 괴짜라는 인상을 받았다. 따라서 필리어스 포그의 냉정한 겉모습 속에 인간의 심장이 고동치고 있는지, 필리어스 포그한테도 자연의 아름다움이나 도덕적 열망을 느낄 수 있는 영혼이 있는지 궁금하게 여긴 것은 무리도 아니다. 하지만 대답을 찾기는 어려웠다. 여단장이 지금까지 만난 괴짜들 가운데 정밀 과학의 산물 같은 필리어스 포그와 비슷한 사람은 아무도 없었다.

필리어스 포그는 자신의 세계일주 계획에 대해 프랜시스 크로마티 경에게 숨기지 않았고, 거기에 따른 조건도 솔직히 털어놓았다. 여단장에게는 그 내기가 실질적인 쓸모라고는 전혀 없는 별난 변덕으로 여겨졌을 뿐이다. 정신이 제대로 박힌 사람이라면 이 세상을 살아가는 동안 유익한 일을 하겠다는 정신에 따라 행동하겠지만, 그 내기에서는 분별 있는 사람에게 없어서는 안될 그런 정신을 전혀 찾아볼 수 없었다. 이 별난 신사가 매사에 이런 식이라면, 자신만이 아니라 어느 누구에게도 유익한 일을 하지 않고 평생을 살아갈 게 뻔했다.

봄베이를 떠난 지 한 시간 뒤, 기차는 철교를 건너고 살세트 섬을 가로질러 본토에 도착했다. 칼리안 역에서는 칸달라와 푸나를 거쳐 인도 남동부로 가는 지선이 오른쪽으로 뻗어 있었다. 기차는 파울레 역을 지나 수많은 가지로 갈라진 서고츠 산맥의 복잡한 지맥 속으로 들어갔다. 화성암과 현무암으로 이루어진 이 산맥의 높은 봉우리들은 울창한 숲으로 덮여 있었다.

이따금 프랜시스 크로마티 경과 필리어스 포그는 몇 마디 말을 나누었다. 한번은 여단장이 자꾸만 툭툭 끊기는 대화를 억지로 끌고 나가려고 이런 말을 꺼냈다.

"포그 씨, 몇 년 전이었다면 이 근방에서 시간이 지체되어 당신의 일정에 차질이 생겼을지도 모릅니다."

"왜요?"

"철도가 이 산기슭에서 끊겼거든요. 그래서 가마나 말을 타고 산을 넘어 건너편 기슭에 있는 칸달라 역까지 가야 했지요."

"그 정도의 지연이라면 제 일정에는 조금도 차질이 없었을 겁니다. 처음부터 얼마쯤 장애가 있으리라 예상하고 일정을 짰으니까요."

"하지만 포그 씨." 여단장이 다시 말을 이었다. "당신은 저 젊은이가 저지른 사건 때문에 말썽에 휘말릴 뻔했었지요."

파스파르투는 맨발을 여행용 담요로 휘감고 깊이 잠들어 있었기 때문에 자기가 화제에 오르고 있는 줄은 꿈에도 몰랐다.

"영국 정부는 그런 위법 행위에 대해 아주 엄격하고, 사실 그래야 마땅합니다. 영국 정부는 인도인의 종교적 관습을 철저히 존중해야 한다고 주장하고 있지요. 그러니 당신 하인이 붙잡혔다면……"

"붙잡혔다면 유죄 판결을 받고 감옥에 갇혀 있다가 조용히 유럽으로 돌아가겠죠. 하인이 일으킨 사건이 어떻게 주인의 여행을 방해할 수 있는지, 그 까닭을 모르겠군요."

여기서 대화는 또 끊어졌다. 밤사이에 기차는 고츠 산맥을 넘어 나시크를 지났고, 이튿날인 10월 21일에는 비교적 평탄한 칸데시 지방을 가로질러 달리고 있었다. 잘 경작된 들판에 작은 촌락들이 점점이 흩어져 있고, 유럽에서라면 교회의 첨탑이 보이겠지만 여기서는 힌두교 사원의 뾰족탑이 솟아 있었다. 대부분 고다바리 강의 지류인 수많은 물줄기가 이 기름진 지방에 물을 대주고 있었다.

파스파르투는 잠에서 깨어나 창 밖을 내다보았다. 자신이 '인도 반도 철도'를 타고 인도를 가로지르고 있다는 사실을 도무지 믿을 수가 없었다. 하지만 어떤 것도 이보다 더 진실일 수는 없었다. 영국인 기관사가 조종하는 기관차는 영국산 석탄을 태우면서 고추와 면화·커피·육두구·정향을 재배하는 농장 위로 시커먼 연기를 내뿜고 있었다. 연기는 소용돌이를 치며 야자나무 숲을 휘감았다. 야자나무 숲에는 그림처럼 아름다운 방갈로식 별장과 버려진 암자, 인도 건축물의 특징인 복잡한 장식으로 뒤덮여 있는 환상적인 사원들이 숨어 있었다. 이어서 드넓은 벌판이 시야 끝까지 펼쳐지는가 하면, 뱀이며 호랑이가 우글거리는 밀림이 이어지고, 그 동물들이 기차가 내는 소리에 놀라 달아나는 모습도 보였다. 울창한 숲이 선로 때문에 끊기기도 했지만 아직도 코끼리들이 살고 있었다. 코끼리들은 연기를 흩날리며 지나가는 열차를 생각에 잠긴 눈으로 지켜보았다.

그날 아침 여행자들은 말레가온 역을 지나, 칼리 여신[33]의 신

연기는 소용돌이치며 야자나무 숲을 휘감았다

봉자들이 자주 피를 뿌린 그 음산한 지방을 가로질렀다. 거기서 그리 멀지 않은 곳에 엘로라 마을과 환상적인 석굴사원이 있었다. 유명한 아우랑가바드도 그리 멀지 않았다. 잔악한 아우랑제브[34]의 수도였던 아우랑가바드는 이제 니잠의 하이데라바드 왕국에서 분리된 한 지방의 주도에 불과했다. 이곳은 투그[35]의 두목으로 '암살자들의 왕'이라고 불린 페링게아가 위세를 떨친 곳이었는데, 이 암살자들은 좀처럼 잡히지 않는 결사를 조직하고 죽음의 여신인 칼리를 섬기면서 남녀노소를 가리지 않고 닥치는 대로 사람을 목졸라 죽였지만, 피는 한 방울도 흘리지 않았다. 한때는 이 지방의 어디를 파도 시체가 나오지 않는 적이 없었다. 영국 정부는 이들을 소탕하는 데 꽤 성공했지만, 그 무서운 집단은 아직도 사라지지 않고 활동을 계속하고 있었다.

기차는 12시 반에 부르한푸르 역에 도착했다. 파스파르투는 가짜 진주로 장식된 가죽신을 터무니없이 비싼 값으로 사서, 자못 자랑스러운 듯이 신고는 우쭐댔다.

여행자들은 서둘러 점심을 끝냈고, 기차는 탑티 강과 나란히 뻗어 있는 선로를 따라 아세르구르 역으로 달렸다. 탑티 강은 수라트 근처에서 캄베이 만으로 흘러드는 작은 강이다.

여기서 파스파르투의 마음속에 오긴 생각을 밝혀두는 것이 좋을 듯싶다. 봄베이에 올 때까지만 해도 그는 거기서 여행이 끝나리라 믿고, 또 그러기를 바라고 있었다. 하지만 이제 기차를 타고 인도를 가로지르는 동안 마음이 정반대로 바뀌었다. 타고난 본성이 빠른 속도로 되살아나고, 젊은이다운 상상력이 되돌아왔다. 그는 주인의 계획을 진지한 것으로 받아들이고, 그 내기의 진실성을 믿게 되었다. 따라서 세계일주가 80일이라는 시간의 한도를 넘어서는 안 되는 것도 꿈은 아니라고 생각하자, 도중에 일어날지도 모르는 사고와 지연이 걱정되기 시작했다. 자신도 이 내기에 얽혀 있는 듯한 기분이 들었고, 어제 용서할 수 없는 잘못을 저질렀기 때문에 하마터면 내기에 질 뻔했다고 생각하자 등골이 오싹했다. 결국 포그 씨만큼 냉정하지 못한 그는 포그 씨보다 훨씬 심한 불안에 사로잡혔다. 그는 지금까지 지나간 날짜를 수없이 세고 또 세었다. 기차가 멈출 때마다 저주를 퍼붓고, 속력이 떨어지면 신경질을 부리고, 포그 씨가 기관사에게 보상금을 약속하지 않는 것을 속으로 나무랐다. 이 단순한 젊은이는 기선에서는 가능한 일도 속력이 제한되어 있는 기차에서는 불가능하다는 사실을 몰랐던 것이다.

저녁 무렵, 기차는 칸데시 주와 분델칸드 주를 가르는 수트푸르 산맥을 넘기 시작했다.

이튿날인 10월 22일, 프랜시스 크로마티 경이 몇 시냐고 물었다. 파스파르투는 회중시계를 꺼내보고 오전 3시라고 대답했다. 사실 이 멋진 시계는 아직도 서쪽으로 77도나 떨어진 그리니치 자오선에 맞추어져 있기 때문에, 당연한 일이지만 네 시간 늦어져 있었다.

그래서 프랜시스 경은 파스파르투가 알려준 시간을 고쳐주면서 전에 픽스가 들려준 것과 똑같은 충고를 했다. 그리고 자오선이 바뀔 때마다 시간을 조정해야 한다는 것을 파스파르투에게 깨우쳐주려고 애썼다. 기차는 태양을 향해 계속 동쪽으로 달리고 있으니까, 경도 1도를 지날 때마다 낮이 4분씩 짧아진다. 하지만 아무리 설명해도 소용이 없었다. 이 고집불통인 젊은이는 여단장의 설명을 이해했든 안 했든 고집스럽게 시계를 그리니치 표준시에 맞춰놓은 채, 바늘을 앞으로 돌리려 하지 않았다. 어쨌든 그것은 아무한테도 해를 끼치지 않는 우직한 고집이었다.

오전 8시, 로탈 역을 25킬로미터쯤 앞두고 기차가 방갈로와 인부들의 오두막으로 둘러싸인 넓은 개간지 한복판에 멈춰섰다. 차장이 통로를 따라 걸어가면서 소리를 질렀다.

"여러분, 모두 내리세요! 모두 내리세요!"

필리어스 포그는 프랜시스 크로마티 경을 바라보았다. 프랜시스 경은 기차가 타마린드와 카주르 숲 한복판에 갑자기 멈춰선 것을 전혀 이해하지 못하는 눈치였다.

파스파르투도 놀라서 밖으로 달려나갔지만, 이내 돌아오면서 소리를 질렀다.

"나리, 선로가 없어요!"

"그게 무슨 소린가?" 프랜시스 크로마티 경이 물었다.

"기차가 더 이상 갈 수 없단 말입니다."

여단장은 당장 객차에서 나갔다. 필리어스 포그도 그 뒤를 따랐지만 서두르는 기색은 전혀 없었다. 두 사람은 차장을 찾아갔다.

"여기가 어딘가?" 프랜시스 경이 물었다.

"콜비 마을입니다." 차장이 대답했다.

"여기서 멈출 건가?"

"어쩔 수 없습니다. 선로가 아직 완성되지 않았으니까요"

"뭐라고? 선로가 완성되지 않았다고?"

"예. 여기서 선로가 다시 시작되는 알라하바드까지 80킬로미터를 더 깔아야 합니다."

"하지만 신문에는 철도가 완전 개통되었다고 나와 있던데."

"제가 그걸 어떻게 압니까? 신문이 잘못 보도한 거겠죠."

"하지만 봄베이에서 캘커타까지 표를 팔았잖나?" 프랜시스 크로마티 경은 끓어오르는 분노를 터뜨리기 시작했다.

"그건 그렇지만, 손님들은 모두 콜비에서 알라하바드까지는 걸어서 가야 한다는 걸 잘 알고 있습니다."

프랜시스 크로마티 경은 노발대발했다. 차장도 이런 상황에서는 어쩔 도리가 없었지만, 파스파르투는 차장을 때려눕히고 싶었다. 그는 감히 주인을 쳐다보지도 못했다.

"프랜시스 경." 포그 씨가 말했다. "알라하바드로 갈 방법을 궁리해야 합니다. 경께서도 도와주십시오."

"포그 씨, 이 지연이 당신에게는 대단히 불리하겠는데요?"

"아닙니다, 프랜시스 경. 처음부터 예상했던 일입니다."

"아니, 그럼 알고 계셨소? 선로가 없다는 것을……."

"전혀 몰랐습니다. 하지만 조만간 장애물이 나타나리라는 것은 알고 있었지요. 어쨌든 여행에는 아무 지장도 없습니다. 그동안 벌어둔 시간이 이틀이나 비축되어 있으니까, 그걸 쓰면 됩니다. 25일 정오에 캘커타에서 홍콩으로 가는 배가 있는데, 오늘은 22일이니까 캘커타에 늦지 않게 도착할 겁니다."

그렇게 자신만만한 말에는 대꾸할 말이 없었다.

선로 공사가 그 지점에서 중단된 것은 사실이었다. 신문은 빨리 가는 시계와 비슷해서, 성급하게 선로가 완성되었다고 보도한 것이다. 그러나 여행자들은 대부분 선로 공사가 중단된 것을 알고 있었다. 그들은 기차에서 내려, 작은 마을에서 구할 수 있는 온갖 탈것을 동원했다. 바퀴가 네 개인 팔키가리, 낙타처럼 등에 혹이 난 일종의 황소가 끄는 수레, 이동식 사원과 비슷한 마차, 가마, 조랑말 등등. 그래서 포그 씨와 프랜시스 크로마티 경이 마을을 찾아갔을 때는 탈것이 하나도 남아 있지 않았다. 그들은 빈손으로 돌아왔다.

"저는 걸어서 가겠습니다." 필리어스 포그가 말했다.

바로 그때 파스파르투가 화려하지만 망가지기 쉬운 가죽신을 보고 의미심장하게 얼굴을 찌푸리면서 돌아왔다. 주인과는 따로 탈것을 찾으러 갔던 그는 좀 망설이는 투로 보고했다.

"나리, 제가 탈것을 하나 발견했는데요."

"뭔데?"

"코끼리입니다. 여기서 백 걸음쯤 떨어진 곳에 사는 인도인이 키우고 있답니다."

"한번 가보세." 포그 씨가 말했다.

5분 뒤, 필리어스 포그와 프랜시스 크로마티 경과 파스파르투는 높은 울타리로 둘러싸인 우리 옆에 있는 오두막에 도착했다. 오두막 안에는 인도인이 한 명 있었고, 우리 안에는 코끼리가 한 마리 있었다. 코끼리를 보여달라고 하자 인도인은 포그 씨와 두 길동무를 우리 안으로 데려갔다.

우리 안에는 주인이 키우고 있는 코끼리가 있었다. 주인은 그 코끼리를 짐 운반용이 아니라 코끼리 싸움용으로 길들이고 있었다. 이 목적을 위해 그는 코끼리가 타고난 온순한 성질을 광포하고 발작적인 성격으로 바꾸어놓기 시작했다. 덩치 큰 포유류, 특히 코끼리 수컷이 성적으로 흥분하여 광포해진 상태를 인도어로 '무트쉬'라고 한다. 성격을 개조하는 방법은 코끼리에게 석 달 동안 설탕과 버터를 먹이는 것이다. 설탕과 버터를 먹인다

우리 안에는 코끼리가 한 마리 있었다

고 원하는 결과를 얻을 수 있을지는 의심스럽지만, 실제로 코끼리 사육자들은 그 방법으로 성공을 거두고 있었다. 포그 씨에게는 다행한 일이지만, 문제의 코끼리는 이 식이요법을 시작한 지 얼마 되지 않았기 때문에 아직 실제로 '무트쉬' 상태가 되지는 않았다.

키우니—이것이 그 코끼리의 이름이었다— 는 코끼리들이 모두 그렇듯이 오랫동안 빠른 속도로 이동할 수 있었다. 다른 탈것이 없었기 때문에 필리어스 포그는 이 코끼리를 이용하기로 결정했다.

하지만 인도에서는 코끼리가 줄어들고 있기 때문에 값이 비쌌다. 특히 관중 앞에서 격투를 벌이는 싸움용 코끼리로는 수놈밖에 쓸 수 없으므로, 수코끼리는 몹시 귀하게 여겨졌다. 게다가 사육 상태에서는 거의 번식을 하지 않기 때문에, 코끼리를 구하는 방법은 사냥뿐이다. 인도인들은 코끼리를 매우 귀하게 여긴다. 포그 씨가 코끼리를 세내고 싶다고 하자, 주인은 딱 잘라 거절했다.

포그 씨는 한 시간에 10파운드라는 엄청난 삯을 주겠다고 제의했지만 역시 퇴짜를 맞았다. 20파운드는? 역시 퇴짜였다. 40파운드는? 코끼리 주인은 그것도 거설했다. 파스파르투는 포그 씨가 값을 부를 때마다 놀라서 펄쩍 뛰었지만, 인도인은 끄떡도 하지 않았다.

그래도 한 시간에 40파운드면 상당한 액수였다. 알라하바드까지 15시간이 걸린다고 하면, 코끼리 주인은 600파운드를 벌게 되는 셈이다.

필리어스 포그는 조금도 동요하지 않고 천 파운드를 줄 테니 코끼리를 팔라고 제의했다.

그러나 인도인은 거절했다. 아마 호박이 넝쿨째 굴러들어온 것을 냄새 맡았을 것이다.

프랜시스 크로마티 경은 포그 씨를 옆으로 데리고 가서, 부르는 값을 더 올리기 전에 잘 생각해보라고 충고했다. 필리어스 포그는 이렇게 대답했다—나는 생각도 하지 않고 행동하는 성미가 아니다. 결국 2만 파운드짜리 내기가 걸려 있다. 그래서 이 코끼리가 필요하다. 코끼리 값의 스무 배를 내더라도 어떻게든 이 코끼리를 손에 넣고야 말겠다.

포그 씨는 인도인 곁으로 돌아왔다. 인도인의 작은 눈이 욕심으로 빛났다. 그 눈빛은 이제 가격만이 문제라는 것을 분명히 보여주었다. 필리어스 포그는 차츰 값을 올렸다. 1200파운드, 1500파운드, 다음에는 1800파운드, 마지막으로 2000파운드를 제시했다. 여느 때에는 불그레한 파스파르투의 안색이 놀라서 새파래졌다.

2천 파운드에 인도인은 굴복했다.

"제 가죽신발에 걸고 맹세하지만……" 파스파르투가 소리쳤다. "코끼리 한 마리를 몽땅 스테이크로 만들어도 그렇게 비싸지는 않을 겁니다."

거래가 성립되었기 때문에, 이제 남은 문제는 안내인을 찾는 것뿐이었다. 이 일은 훨씬 쉬웠다. 영리해 보이는 젊은 파르시가 안내인을 맡겠다고 나섰다. 포그 씨는 그 제의를 받아들이고 보수를 듬뿍 주겠다고 약속했다. 그러자 젊은이의 얼굴은 더욱 영리해진 것처럼 보였다.

파르시는 당장 코끼리를 끌고 나와 장비를 갖추었다. 그는 코끼리를 부리는 '마후트'라는 직업에 종사한 적이 있었다. 그는 코끼리 등에 안장용 헝겊을 덮고, 몸통 양쪽에 약간 불편한 가마를 달았다.

필리어스 포그는 가방에서 돈을 꺼내 인도인에게 코끼리 값을 치렀다. 파스파르투는 정말로 제 창자에서 돈뭉치가 끌려나오는 듯한 기분을 느꼈다! 이어서 포그 씨는 프랜시스 크로마티 경에게 알라하바드 역까지 함께 코끼리를 타고 가자고 제의했다. 프랜시스 경은 기꺼이 승낙했다. 승객이 한 사람 늘었다고 해서 그 거대한 코끼리가 지칠 리는 없었다.

그들은 콜비 마을에서 식량을 구입했다. 프랜시스 크로마티 경과 필리어스 포그는 양쪽 가마에 각각 자리를 잡았다. 파스파르투는 주인과 여단장 사이의 안장용 헝겊에 걸터앉았고, 파르시는 코끼리 목에 올라탔다. 9시에 코끼리는 마을을 떠나 지름길인 울창한 야자나무 숲속으로 들어갔다.

12

필리어스 포그와 그 일행,
위험을 무릅쓰고 인도의 밀림 속으로 들어가다

거리를 줄이기 위해 안내인은 아직도 공사가 진행중인 선로에서 벗어나 왼쪽으로 방향을 돌렸다. 선로는 빈디아 산맥의 변덕스러운 지맥에 막혀 있어서, 필리어스 포그가 택해야 하는 지름길은 아니었다. 이 지방의 크고 작은 길을 훤히 꿰차고 있는 안내인이 숲을 곧장 가로지르면 30킬로미터를 줄일 수 있다고 주장했기 때문에, 그 의견에 따르기로 했다.

코끼리는 부리는 사람의 지시에 따라 뻣뻣한 걸음으로 상당히 빠르게 종종걸음을 쳤기 때문에, 필리어스 포그와 프랜시스 크로마티 경은 가마 속에 목까지 파묻힌 채 이리저리 뒤흔들렸다. 두 사람은 영국인답게 차분한 태도로 이 상황을 견뎠지만, 말은 거의 하지 않았고 서로 얼굴을 보기도 어려웠다.

한편 파스파르투는 코끼리 등에 올라타 있었으므로 코끼리의 흔들림을 온몸으로 고스란히 받아내야 했다. 그는 주인의 충고에 따라 혀가 이빨 사이에 끼이지 않도록 조심했다. 그렇지 않으면 혀가 싹둑 잘려버렸을 것이다. 선량한 젊은이는 코끼리의 목과 엉덩이 사이를 오락가락하며 뜀틀 위에서 펄쩍펄쩍 뛰는 광대처럼 곡예를 부렸다. 그런데도 그는 줄곧 농담을 하고 웃어댔다. 때로는 가방에서 각설탕을 꺼내 코끼리에게 주기도 했다. 영리한 코끼리는 잠시도 걸음을 멈추지 않고 긴 코로 각설탕을 받아먹었다.

두 시간쯤 달리고 나서 안내인은 코끼리를 세우고 한 시간의 휴식을 주었다. 코끼리는 가까운 웅덩이에서 물을 마시고, 나뭇가지와 잎사귀를 우적우적 먹어댔다. 프랜시스 크로마티 경은 너무 지쳐 있었기 때문에 이 휴식을 마다하지 않았다. 그런데 포그 씨는 잠자리에서 방금 일어난 것처럼 팔팔해 보였다.

그런 포그 씨를 여단장은 경탄하는 눈으로 바라보면서 말했다.

"정말 철인이군!"

"쇠도 그냥 쇠가 아니라 무쇠죠." 파스파르투는 간단한 점심 식사를 준비하면서 대답했다.

12시에 안내인이 출발 신호를 보냈다. 지형은 곧 울퉁불퉁한 황무지로 변했다. 숲은 사라지고 덤불과 야자나무가 나타났다. 이윽고 그것마저 사라지고, 비쩍 마른 관목 사이에 거대한 섬장암 덩이리가 점점이 흩어져 있는 메마른 황야가 눈앞에 펼쳐졌다. 나그네들이 거의 오가지 않는 이 분델칸드 고지에는 광신적인 힌두교 신자들이 살고 있었다. 영국 정부도 아직 토후의 영향권 안에 있는 지방에 대해서는 지배력을 갖지 못했고, 토후들은 험한 빈디아 산맥의 요새에 틀어박혀 있어서 접근하기도 어려웠다.

사나워 보이는 인도인 무리가 여러 번 눈에 띄었다. 그들은 네

그는 줄곧 농담을 하고 웃어댔다

발짐승이 빠른 속도로 지나가는 것을 보고 성난 몸짓을 보냈다. 파르시는 그들과 마주치면 좋지 않다고 생각하고 되도록 그들을 피했다. 이날은 온종일 동물을 거의 볼 수 없었다. 원숭이 몇 마리가 코끼리를 보고는 몸을 뒤틀고 낯을 찡그리면서 부리나케 달아나 파스파르투를 즐겁게 해주었을 뿐이다.

이 젊은이에게는 많은 걱정 가운데 특히 마음에 걸리는 것이 하나 있었다. 그것은 포그 씨가 알라하바드 역에 도착했을 때 이 코끼리를 어떻게 처리할까 하는 것이었다. 설마 함께 데리고 가지는 않겠지? 말도 안돼! 비싼 돈을 주고 산 데다 수송비까지 치르면, 이 코끼리 한 마리 때문에 파산하고 말 거야. 코끼리를 팔아치울까? 아니면 그냥 풀어줄까? 이 멋진 동물은 충분히 존중받을 자격이 있어. 하지만 만약에 포그 씨가 코끼리를 나한테 선물로 주면 어떡하지? 파스파르투는 이 걱정을 떨쳐버릴 수가 없었다.

오후 8시에 여행자들은 빈디아 산맥을 넘어, 북쪽 기슭에 있는 황폐한 오두막 앞에 멈춰섰다.

그날 온 거리는 40킬로미터였다. 알라하바드 역까지는 다시 그만큼 가야 한다.

밤에는 춥다. 파르시가 삭정이를 모아다가 오두막 안에 불을 피우자 고맙게도 집안이 따뜻해졌다. 저녁식사는 콜비에서 구입한 음식으로 때웠다. 여행자들은 지치고 온몸이 멍든 상태로 저녁을 먹었다. 썰렁한 몇 마디 말로 대화가 시작되었지만, 대화는 곧 요란하게 코를 고는 소리로 끝났다. 안내인은 코끼리 옆에서 불침번을 섰다. 코끼리는 큰 나무 줄기에 기대어선 채 잠이 들었다.

그날 밤에는 아무 일도 일어나지 않았다. 이따금 치타와 표범이 으르렁대는 소리가 정적을 깨뜨리고, 그 소리에 섞여 원숭이들이 날카롭게 끽끽대는 소리가 들렸다. 하지만 육식동물은 으르렁거리기만 할 뿐, 오두막 안에 있는 사람들에게 적대적인 태도를 보이지는 않았다. 프랜시스 크로마티 경은 훈련으로 녹초가 된 병사처럼 깊이 잠들었다. 파스파르투는 전날 온종일 계속한 재주넘기가 꿈에서도 계속되어 잠을 설쳤다. 포그 씨는 새빌로의 조용한 집에 있는 것처럼 평화롭게 자고 있었다.

오전 6시에 다시 행진이 시작되었다. 안내인은 그날 저녁에 알라하바드 역에 도착하기를 바라고 있었다. 그러면 포그 씨는 여행을 시작한 뒤 벌어둔 48시간의 일부만 쓰면 될 터였다.

일행은 빈디아 산맥의 마지막 비탈을 가로지르고 있었다. 코끼리는 다시 빠른 걸음으로 걷기 시작했다. 정오 무렵, 안내인은 갠지스 강의 지류인 카니아 강 연안에 있는 칼링거 마을 쪽으로 방향을 돌렸다. 하지만 갠지스 강물이 모이기 시작하는 황량한 저지대가 더 안전하다고 생각하고, 주거지역을 피해 사람이 살지 않는 저지대로 돌아갔다. 이제 알라하바드 역은 동북쪽으로 20킬로미터도 채 떨어져 있지 않았다. 그들은 바나나나무 밑에서 잠시 길을 멈추었다. 여행자들이 '크림처럼 달콤한 즙으로 가득 차 있다'고 하는 그 열매는 빵과 마찬가지로 영양분이 많고 맛있었다.

2시에 안내인은 울창한 숲으로 들어갔다. 이 숲을 빠져나가려면 몇 킬로미터는 가야 했다. 하지만 안내인은 숲속에 몸을 숨기고 여행하기를 좋아했다. 어쨌든 아직까지는 아무 일도 일어나지 않았다. 여행은 무사히 끝날 것처럼 보였다. 그런데 바로 그

때 코끼리가 갑자기 불안한 기색을 보이며 걸음을 세웠다.

오후 4시였다.

"왜 그러나?" 프랜시스 크로마티 경이 가마 위로 고개를 쳐들고 물었다.

"모르겠습니다, 장군님." 파르시는 울창한 밀림 속에서 들려오는 알 수 없는 소리에 귀를 기울이면서 대답했다.

잠시 후, 그 알아들을 수 없는 웅얼거림이 더한층 뚜렷해졌다. 아직도 멀리 떨어져 있지만, 사람 목소리와 징소리가 뒤섞여 있는 것 같았다.

파스파르투는 눈을 크게 뜨고 귀를 세웠다. 포그 씨는 한마디도 하지 않고 참을성 있게 기다리고 있었다.

파르시는 땅바닥으로 뛰어내리더니, 코끼리를 나무에 묶어놓고 울창한 덤불 속으로 들어갔다가 잠시 후에 돌아왔다.

"브라만 승려 행렬이 이리로 오고 있습니다. 그 사람들 눈에 띄지 않도록 조심해야 합니다."

안내인은 코끼리의 밧줄을 풀어 잡목림 속으로 끌고 갔다. 여행자들에게는 코끼리에서 내려오지 말라고 일렀다. 그리고 자기는 달아날 필요가 있으면 잽싸게 코끼리 목에 올라탈 준비를 하고 있었지만, 울창한 나뭇잎이 그들을 완전히 가려주었기 때문에 힌두교도들은 눈치채지 못하고 지나갈 거라고 생각했다.

사람 목소리와 악기 소리가 뒤섞인 불협화음이 점점 가까워졌다. 단조로운 노랫소리가 북소리와 징소리에 섞여 들려왔다. 곧이어 행렬의 선두가 포그 일행이 숨어 있는 곳에서 50미터쯤 떨어진 나무 아래에 나타났다. 나뭇가지가 방해가 되었지만, 그래도 이 종교 의식에 참여한 기묘한 무리를 알아볼 수 있었다.

맨 앞줄에서 걸어오는 것은 높은 모자를 쓰고 수놓은 도포를 걸친 승려들이었다. 남녀노소가 그들을 에워싸고 장례식 때 부르는 일종의 만가를 웅얼거리고 있었다. 북소리와 징소리가 규칙적으로 울려 퍼졌다. 이어서 화려하게 치장한 등뿔소 두 마리가 끄는 수레가 나타났다. 커다란 수레바퀴의 바퀴살과 바퀴테는 수많은 뱀들이 뒤얽혀 있는 듯한 모양을 하고 있었다. 수레 위에는 소름끼치는 신상이 실려 있었다. 팔이 넷에다 몸은 새빨갛고, 눈에는 광기가 어려 있고, 머리카락은 헝클어지고, 혀는 축 늘어져 있고, 입술에는 헤나와 빈랑자[36]에서 추출한 적갈색 물감이 칠해져 있었다. 목에는 해골을 꿰어 만든 화환을 걸고, 허리에는 잘린 손을 엮어 만든 허리띠를 두르고 있었다. 신상은 목이 잘려나간 채 바닥에 엎드려 있는 한 거인을 딛고 서 있었다.

프랜시스 크로마티 경이 그 신상을 알아보았다.

"칼리야. 사랑과 죽음의 여신 칼리."

"죽음의 여신이라면 납득이 가지만, 사랑의 여신이라니 당치도 않습니다! 저 늙은 마녀가!" 파스파르투가 말했다.

파르시가 그에게 조용히 하라는 몸짓을 보냈다.

늙은 힌두교 행자들이 신상을 에워싸고 펄쩍펄쩍 뛰거나 몸짓을 하거나 경련을 일으킨 것처럼 몸을 뒤틀고 있었다. 황토색 줄무늬로 치장한 그들의 몸뚱이는 십자 모양의 칼자국으로 온통 뒤덮여 있었다. 거기에서 피가 방울방울 배어나오고 있었다. 힌두교 의식이 벌어지면 아직도 크리슈나[37] 신상이 실린 수레의 바퀴 밑에 몸을 던지는 어리석은 광신자들이었다.

이어서 호화로운 동양풍 의상을 차려입은 브라만 승려 몇 명이 제대로 서 있지도 못하는 여인 하나를 질질 끌고 왔다.

그 여자는 젊었고 유럽인처럼 하얀 피부를 갖고 있었다. 머리와 목·어깨·귀·팔, 손가락과 발가락에는 보석과 목걸이·팔찌·귀고리·반지 따위를 주렁주렁 달고 있었다. 금실로 짠 짧은 망사옷은 얇은 모슬린으로 덮여 있었다. 짧은 저고리 아래로 잘록한 허리선이 드러나 있었다.

이 젊은 여인과는 너무나 대조적인 모습의 호위병들이 그 뒤를 따라왔다. 칼집 없는 긴 칼을 허리에 차고 보석을 아로새긴 권총을 든 호위병들은 송장이 실린 가마를 메고 있었다.

그것은 토후의 화려한 의상을 입은 노인의 시체였다. 송장은 마치 살아 있는 것처럼 진주로 수놓은 터번을 두르고, 명주실과 금실로 짠 긴 옷을 걸치고, 다이아몬드를 아로새긴 캐시미어 허리띠를 두르고, 인도 군주들이 사용하는 훌륭한 무기를 차고 있었다.

몇몇 악사와 광신자 후위대가 귀청을 찢는 악기 소리를 삼켜버릴 만큼 큰 소리로 울부짖으면서 장례 행렬의 맨 마지막을 장식했다.

프랜시스 크로마티 경은 기묘하게 슬픈 표정으로 이 행렬을 지켜보다가 안내인을 돌이보며 말했다.

"서티[38]로군."

파르시는 고개를 끄덕이고 입술에 손가락을 댔다. 긴 행렬은 나무들 사이를 꾸불꾸불 지나 천천히 나아갔다. 이윽고 행렬의 꼬리가 숲속으로 사라졌다.

노랫소리도 차츰 잦아들고 있었다. 아직도 멀리서 이따금 울부짖는 소리가 들렸지만, 마침내 모든 소동이 끝나고 깊은 정적이 깔렸다.

행렬이 사라지자마자 필리어스 포그가 여단장에게 물었다.

"서티가 뭡니까?"

"서티란 하나의 인신공양인데, 자발적인 희생이지요. 당신이 방금 본 여자는 내일 새벽에 불태워질 겁니다."

"나쁜 놈들!" 파스파르투가 분노를 참지 못하고 소리쳤다.

"그럼 송장은?" 포그 씨가 물었다.

"그 여자의 남편인 토후의 시체입니다." 안내인이 대답했다. "분델칸드의 토후국을 다스리던 족장 가운데 하나지요."

"아니, 그런 야만적인 풍습이 아직도 인도에 남아 있다니! 그런데도 영국인은 아직 그걸 없애지 못했습니까?" 필리어스 포그가 아무 감정도 드러내지 않는 목소리로 말했다.

"인도의 대부분 지역에서는 서티 풍습이 사라졌지만……" 프랜시스 크로마티 경이 대답했다. "이 근방의 미개한 지역, 특히 분델칸드에 대해서는 우리의 힘이 미치지 못하고 있습니다. 빈디아 산맥의 북쪽 기슭은 온통 살인과 약탈의 무대가 되어 있지요."

"산채로 불태워지다니, 여자가 너무 가엾습니다." 파스파르투가 중얼거렸다.

"그렇긴 한데……" 여단장이 말했다. "하지만 남편을 따라 죽지 않으면 친척들한테 얼마나 몹쓸 짓을 당하는지, 당신들은 도저히 믿어지지 않을 거요. 친척들은 그 여자 머리를 빡빡 밀어버리고, 먹을 것도 쌀 두어 줌밖에는 주지 않아요. 부정(不淨)한 인간처럼 취급되어 어디를 가나 따돌림을 받고, 비루먹은 개처럼 어느 구석에서 비참하게 죽는 수밖에 없지요. 그래서 그 불행한 여자들은 그렇게 비참하게 살 생각을 하면 너무 끔찍해서 차라리 불길에 몸을 던지지요. 남편에 대한 사랑이나 종교적 광신보다는 그런 과부 생활에 대한 두려움이 여자를 서티로 내모는 경우가 훨씬 많아요. 하지만 정말로 자발적인 희생도 있지요. 그것을 막으려면 정부가 강력하게 개입할 필요가 있어요. 몇 년 전 내가 봄베이에 있을 때인데, 한 젊은 과부가 지사를 찾아와서 남편과 함께 불타 죽도록 허락해달라고 요구한 적이 있었지요. 당신도 짐작할 수 있겠지만, 지사는 당연히 거절했지요. 그러자 그 과부는 봄베이를 떠나 독립적인 토후국으로 가서 끝내 자신을 제물로 바쳤다고 하더군요."

안내인은 여단장이 말하는 동안 계속 고개를 젓고 있다가, 이야기가 끝나자 입을 열었다.

"내일 새벽에 제물로 바쳐질 저 여자는 자청한 게 아닙니다."

"그걸 어떻게 알지?"

"분델칸드에서는 모르는 사람이 없는 이야기예요."

"하지만 그 여자는 조금도 저항하지 않는 것 같던데." 프랜시스 크로마티 경이 말했다.

"그건 아편과 대마초 연기로 마취시켰기 때문이에요."

"그렇다면 놈들은 여자를 어디로 데려가고 있지?"

"필라지 사원입니다. 여기서 3킬로미터쯤 떨어져 있지요. 여자는 의식이 거행될 때까지 거기서 오늘밤을 보낼 겁니다."

"의식은 언제 행하지?"

"내일 동이 트는 것과 동시에 시작됩니다."

안내인은 코끼리를 울창한 덤불 속에서 끌어내어 목에 올라탔다. 하지만 안내인이 독특한 휘파람소리로 코끼리를 몰려 할

그 여자는 조금도 저항하지 않는 것 같았다

때, 포그 씨가 그를 막고 프랜시스 크로마티 경을 돌아보았다.

"그 여자를 구출해주면 어떻겠습니까?"

"구출한다고요?" 여단장이 소리쳤다.

"저한테는 아직 열두 시간의 여유가 있습니다. 그 시간을 그런 식으로 써도 좋습니다."

"당신도 인간의 심장을 갖고 있군요!"

"뭐, 가끔 그렇지요. 시간이 있을 때 말입니다." 포그 씨가 솔직하게 대답했다.

13

파스파르투, 행운은 대담한 자에게
미소짓는다는 것을 새삼 입증하다

계획은 대담한 것이었다. 온갖 어려움으로 가득 차 있어서 어쩌면 실행할 수 없을지도 모른다. 포그 씨는 이 일에 목숨을 걸고 있었다. 목숨까지 잃지는 않더라도 일이 잘못되면 자유를 잃을 위험은 충분했다. 자유를 빼앗기면 여행 일정도 망칠 수밖에 없다. 하지만 포그 씨는 망설이지 않았다. 게다가 프랜시스 크로마티 경이라는 든든한 지원자도 얻었다.

파스파르투도 무슨 일이든 기꺼이 할 각오가 되어 있었다. 그도 믿을 만한 지원자였다. 그는 주인의 계획에 완전히 흥분했다. 얼음처럼 차가운 주인의 겉모습 속에서 따뜻한 가슴과 영혼을 찾아내어, 필리어스 포그를 진심으로 좋아하기 시작했다.

이제 남은 것은 안내인뿐이었다. 안내인은 누구 편을 들까? 어쩌면 인도인을 지지하지 않을까? 그의 협력을 바랄 수 없다 해도, 최소한 중립은 확보해둘 필요가 있었다.

크로마티 경이 솔직하게 물었다.

그러자 안내인은 대답했다.

"장군님, 저는 파르시입니다. 그 여자도 파르시구요. 명령만 내려주십시오."

"좋아." 포그 씨가 말했다.

"하지만 잘 알아두셔야 할 것은, 만약 붙잡히게 되면 목숨만 위태로운 게 아니라, 끔찍한 고문을 당하게 될 겁니다. 그러니 잘 생각해서 하세요."

"충분히 생각했네." 포그 씨가 대답했다. "어쨌든 행동에 나서려면 어두워질 때까지 기다리는 게 좋을 것 같은데."

"저도 그렇게 생각합니다."

이 착한 인도인은 희생자의 신상에 대해 몇 가지 들려주었다. 그녀는 파르시 출신의 이름난 미인이고, 부유한 봄베이 상인의 딸이었다. 봄베이에서 철저한 영국식 교육을 받고, 유럽인 못지 않은 예절과 교양을 갖추고 있어서 누구라도 유럽 여자로 생각할 정도였다. 이름은 아우다라고 했다.

일찍 부모를 여의고 고아가 된 그녀는 본의 아니게 분델칸드의 늙은 토후와 결혼했다. 그러나 석 달 뒤에 남편이 세상을 떠났다. 자신을 기다리는 운명이 어떤 것인지를 알고 도망쳤지만, 당장 붙잡혔다. 그녀가 죽는 것이 자기네한테 이롭다고 생각한 토후의 친척들은 그녀를 토후와 함께 불태워 죽이기로 결정했다. 이 운명에서 벗어날 길은 전혀 없어 보였다.

이 이야기를 듣고 포그 씨와 그 일행들의 결심은 더욱 굳어졌다. 안내인은 코끼리를 필라지 사원 쪽으로 몰고 가서 최대한 가까이 접근하기로 결정했다.

30분 뒤, 일행은 사원에서 5백 걸음쯤 떨어진 잡목림에 이르렀다. 사원은 아직 보이지 않았지만 광신자들의 외침소리는 또 렷이 들려왔다.

그들은 희생자에게 접근할 방법을 의논했다. 안내인은 젊은 여인이 갇혀 있는 필라지 사원을 잘 알고 있었다. 모두들 마약에 취해서 깊이 잠들어 있을 때 문으로 들어갈 수 있을까? 아니면 벽에 구멍이라도 뚫어야 하리라. 그것은 일단 사원에 도착한 뒤에 결정할 수밖에 없었다. 하지만 분명한 것은, 그날 밤 안으로 여자를 구출해내야 한다는 것이었다. 해가 떠오르면 화형대로 끌려나갈 것이기 때문이다. 그렇게 되면 어느 누구도 그녀를 구출할 수 없게 될 것이다.

포그 씨 일행은 밤이 되기를 기다렸다. 6시쯤 어스름이 깔리자마자 그들은 사원 주변을 정찰하기로 했다. 힌두교 신자들의 마지막 외침소리가 잦아들고 있었다. 그 인도인들은 관습에 따라 '항' —대마초 달인 물을 섞은 액체 아편 —을 마시고 정신이 몽롱해져 있었다. 그들 사이를 몰래 빠져나가 사원에 도달할 수도 있을 것 같았다.

파르시가 일행을 안내하여 밀림을 소리 없이 뚫고 지나갔다. 나뭇가지 아래를 10분쯤 살금살금 나아가자 작은 시내가 나왔다. 거기에서는 거대한 장작더미가 보였다. 쇠막대에 송진을 발라서 만든 횃불들이 장작더미를 비추고 있었다. 그것은 귀중한 백단나무를 높이 쌓아올린 화장용 장작더미였다. 백단나무에는 벌써 향유가 듬뿍 뿌려져 있었다. 꼭대기에는 아내와 함께 불태워질 토후의 송장이 향유로 방부처리된 상태로 놓여 있었다. 백 걸음쯤 떨어진 곳에 사원이 있었다. 뾰족탑이 나무 우듬지를 뚫고 밤하늘에 검은 윤곽으로 떠올라 있었다.

"갑시다." 안내인이 낮은 소리로 말했다.

그러고는 더한층 조심스럽게 키자란 풀숲 속을 소리 없이 헤치고 나아갔다. 나머지 세 사람도 그 뒤를 따랐다.

정적을 깨뜨리는 것은 나뭇가지를 스치는 바람 소리뿐이었다.

안내인이 숲속의 빈터 가장자리에서 걸음을 멈추었다. 송진 횃불 몇 개가 빈터를 비추고 있었다. 땅바닥에는 마약에 취해서 잠든 몸뚱이들이 여기저기 누워 있었다. 시체가 널려 있는 전쟁터 같았다. 남자와 여자가 뒤섞여 있고 어린애들도 있었다. 아직도 몇몇은 여기저기서 끙끙거리고 있었다.

빈터 뒤로는 나무 무더기 사이에 필라지 사원이 어렴풋이 솟아 있었다. 그러나 사원 입구에서 토후의 호위병들이 불침번을 서고 있는 것을 보고 안내인은 몹시 실망했다. 그을음이 많이 나는 횃불이 입구를 비추고 있었다. 호위병들은 칼을 빼든 채 어슬렁거리고 있었다. 사원 안에서는 승려들이 불침번을 서고 있을 것이다.

파르시는 거기에서 걸음을 멈추었다. 사원에 억지로 밀고 들어갈 수는 없다는 것을 깨달았기 때문이다. 그래서 그는 일행을 데리고 출발점으로 돌아왔다.

필리어스 포그와 프랜시스 경도 이쪽에서는 도저히 사원에 접근할 수 없다는 것을 이해했다.

그들은 속삭이는 소리로 방법을 의논했다.

"기다려봅시다." 여단장이 말했다. "아직 밤 여덟 시밖에 안 됐고, 밤이 깊으면 호위병들도 졸음에 지고 말지 모르니까."

"그럴지도 모르지요." 파르시가 말했다.

필리어스 포그와 일행은 나무 밑에 드러누워 기다렸다.

사원 입구에는 호위병들이 불침번을 서고 있었다

시간은 아주 느리게 지나가는 것 같았다. 이따금 안내인은 그들 곁을 떠나 숲 가장자리까지 상황을 살피러 갔다. 토후의 호위병들은 여전히 횃불빛 속에서 불침번을 섰고, 사원 창문에서는 희미한 불빛이 새어나왔다.

그들은 자정까지 기다렸지만 상황은 바뀌지 않았다. 사원 밖에서는 여전히 감시가 계속되고 있었다. 호위병들이 잠들기를 기대할 수는 없게 되었다. 그들은 '항'에 취하지 않은 듯했다. 무언가 다른 방법을 시도해볼 수밖에 없었다. 이를테면 사원 벽에 구멍을 뚫는 것도 한 가지 방법이었다. 사원 안에 있는 승려들도 입구를 지키는 호위병들처럼 열심히 희생자를 감시하고 있을지 어떨지는 아직 알 수 없었다.

마지막 의논이 끝난 뒤, 안내인은 출발할 준비가 되었다고 말했다. 포그 씨와 프랜시스 경과 파스파르투는 그 뒤를 따랐다. 그들은 사원 뒷벽을 통해 사원 안으로 들어가려고 길을 멀리 돌아갔다.

12시 반쯤 그들은 아무한테도 들키지 않고 사원 뒷벽에 도착했다. 이쪽에는 창문도 문도 없었기 때문에 파수꾼이 배치되어 있지 않았다.

어두운 밤이었다. 하현달이 지평선 위에 낮게 떠서 구름에 싸여 있었다. 키큰 나무들에 가려 달빛은 더욱 어두워져 있었다.

하지만 벽에 도착한 것만으로는 충분치 않았다. 이제 벽에 구멍을 뚫어야 했다. 필리어스 포그와 일행이 가진 도구라고는 주머니칼뿐이었다. 다행히 사원 벽은 벽돌과 목재로 되어 있으니까 구멍을 뚫기는 어렵지 않을 것이다. 일단 벽돌 하나만 빼내면 다른 벽돌은 쉽게 빠져나올 것이다.

그들은 되도록 조용히 작업을 시작했다. 60센티미터 너비의 구멍을 내기 위해 파르시와 파스파르투가 양쪽에 자리를 잡고 벽돌에 덤벼들었다.

한창 작업이 진행되고 있을 때, 사원 안에서 별안간 외침소리가 울려 퍼졌다. 그러자 당장 사원 밖에서도 거기에 응답하는 외침소리가 들려왔다.

파스파르투와 안내인은 작업을 멈추었다. 놈들을 놀라게 했나? 잠을 깨운 것일까? 이럴 때는 잽싸게 달아나 숨는 것이 상책이었다. 그래서 네 사람은 모두 그곳을 떠났다. 그들은 다시 숲속에 웅크리고 앉아, 실제로 경보가 울렸는지 어떤지는 모르지만 경보가 해제되면 다시 작업에 착수할 준비를 하고 기다렸다.

그러나 하필이면 호위병들이 사원 뒤쪽에 나타나 자리를 잡았다. 이제는 거기에 접근할 수 없게 되었다.

작업이 중단된 네 사람의 실망감은 이루 다 표현할 수 없을 정도였다. 희생자에게 접근할 수 없는데 어떻게 구출할 수 있겠는가? 프랜시스 크로마티 경은 초조해서 손톱을 물어뜯었다. 파스파르투는 이성을 잃고 뛰쳐나가려 했기 때문에 안내인이 그를 말리느라 애를 먹었다. 포그 씨는 감정을 드러내지 않고 침착하게 기다렸다.

"그냥 떠날 수밖에 없지 않을까?" 여단장이 속삭였다.

"그냥 떠날 수밖에 없습니다." 안내인이 대답했다.

"기다립시다!" 포그가 말했다. "알라하바드에는 정오까지만 도착하면 되니까."

"하지만 뭘 기대할 수 있겠소?" 프랜시스 크로마티 경이 물었다. "두어 시간만 있으면 동이 틀 텐데……."

"지금은 행운이 우리한테 등을 돌렸지만, 결정적인 순간에 돌아올지 모릅니다."

여단장은 필리어스 포그의 눈을 들여다보고 그의 속내를 읽고 싶었다.

이 냉정한 영국인은 도대체 무슨 생각을 하고 있을까? 처형이 시작된 순간에 뛰쳐나가 처형자들의 손아귀에서 그녀를 낚아채려는 것일까?

그런 짓은 미치광이나 하는 짓이다. 이 사람이 그렇게까지 미쳤다고는 믿기 어려웠다. 그래도 프랜시스 크로마티 경은 무서운 드라마가 절정에 이를 때까지 기다리기로 동의했다. 하지만 안내인은 여기에 계속 머무는 것은 위험하다면서, 그들을 개간지의 다른 쪽으로 데려갔다. 거기에서는 나무 덤불에 몸을 숨긴 채, 잠에 떨어져 있는 사람들을 지켜볼 수 있었다.

가장 낮은 나뭇가지 위에 올라앉은 파스파르투는 번갯불처럼 머리를 스치고 지나간, 그러나 이느덧 그의 미리에 딜라붙은 어떤 일을 곰곰이 생각하고 있었다.

처음에는 "미친 짓이야!" 하고 혼자 중얼거렸지만, 이제는 "어째서 안 된다는 거지? 가능성은 있어. 그게 유일한 가능성이야. 지런 짐승 같은 놈들에게는……" 하고 중얼거렸다.

파스파르투는 이런 생각을 혼잣말로밖에 표현하지 않았지만, 그는 이내 낮은 나뭇가지를 따라 뱀처럼 유연하게 미끄러져 갔다. 나뭇가지는 거의 땅바닥에 닿을 만큼 휘어졌다.

시간이 흘렀다. 아직은 캄캄했지만, 몇 줄기 햇살이 새벽이 다가오는 것을 알렸다.

마침내 때가 왔다. 잠들어 있던 무리가 부활한 것 같았다. 사람들이 떼지어 되살아났다. 북소리가 울려 퍼지고, 노랫소리와 외침소리가 다시 터져 나왔다. 불운한 여인이 죽을 때가 온 것이다.

사원 문이 열리고, 밝은 빛이 쏟아져 나왔다. 포그 씨와 프랜시스 크로마티 경은 휘황한 빛을 받은 희생자를 또렷이 볼 수 있었다. 승려 두 명이 그녀를 끌고 나왔다. 불운한 여인은 놀라운 자위본능으로 몽롱한 마취 상태에서 벗어나, 처형자들의 손아귀에서 벗어나려고 몸부림치는 것처럼 보였다. 프랜시스 크로마티 경은 심장이 두근거려, 자기도 모르게 필리어스 포그의 손을 움켜잡았다. 그리고 그제야 포그의 손에 칼이 쥐어져 있는 것을 알아차렸다.

군중이 환성을 지르며 움직이기 시작했다. 젊은 여인은 또다시 대마 연기를 쐬고 혼수 상태에 빠져들었다. 그녀는 행자들의 대열 사이를 지나갔다. 행자들은 단조로운 가락으로 성가를 부르면서 그녀를 호송했다.

필리어스 포그 일행은 행렬 끝에 끼여들어 그녀를 따라갔다.

2분 뒤, 그들은 시냇가에 이르렀다. 그러고는 토후의 시체가 눕혀 있는 화장용 장작더미에서 50걸음쯤 떨어진 곳에 멈춰섰다. 새벽의 어스름 속에서 남편의 송장 곁에 꼼짝도 하지 않고 누워 있는 희생자가 보였다.

이어서 횃불 하나가 다가왔다. 기름을 흠뻑 먹은 장작은 횃불이 닿자마자 이내 불이 붙었다.

그 순간 필리어스 포그가 의협심에 사로잡혀 장작더미 쪽으로 달려가려 했기 때문에, 프랜시스 크로마티 경과 안내인이 그를 재빨리 붙잡았다.

포그가 두 사람의 손을 뿌리쳤을 때, 별안간 장면이 확 바뀌었다. 공포의 비명소리가 들리더니, 군중은 놀란 나머지 모두 땅바닥에 엎드렸다.

그렇다! 늙은 토후는 죽지 않았던 것이다. 장작더미 위에 유령처럼 벌떡 일어서더니, 젊은 여인을 두 팔에 안고는 소용돌이치는 연기를 뚫고 귀신처럼 장작더미에서 내려왔다.

행자와 호위병과 승려들은 하나같이 기절초풍하여 땅바닥에 꿇어 엎드린 채, 그런 기적을 감히 바라볼 엄두도 내지 못했다.

유령의 힘센 팔에 안긴 희생자는 정신을 잃고 축 늘어져 있었다. 그녀는 무게가 거의 없는 것처럼 보였다. 포그 씨와 프랜시스 경은 계속 서 있었지만, 파르시는 고개를 숙이고 있었고, 파스파르투도 틀림없이 놀라서…….

죽은 자들 사이에서 되살아난 유령은 포그 씨와 프랜시스 크로마티 경이 서 있는 곳에 이르자 짤막하게 말했다.

"달아납시다! 이서요!"

그것은 바로 파스파르투였다. 파스파르투가 자욱한 연기를 뚫고 장작더미로 숨어 들어갔던 것이다! 파스파르투가 어둠을 틈타 죽음의 아가리에서 젊은 여인을 낚아챈 것이다! 파스파르투가 대담하기 이를 데 없는 연기를 훌륭히 해내고, 무서워서 벌벌 떠는 군중 속을 유유히 지나왔던 것이다!

한순간이 지나자 네 사람은 숲속으로 모습을 감추었고, 코끼리가 그들을 태우고 빠른 걸음으로 내달렸다. 하지만 곧이어 외침소리와 울부짖는 소리가 들리더니, 총알 한 방이 날아와 필리어스 포그의 모자에 구멍을 냈다. 아무래도 계략이 들통난 모양이었다.

공포의 비명소리가 들리더니……

이제 활활 타오르는 장작더미 위에는 토후의 송장이 누워 있는 게 보였다. 승려들은 공포에서 깨어나, 제물이 납치된 것을 알아차렸다.

　그들은 당장 숲속으로 뛰어들었고, 호위병들도 그 뒤를 따랐다. 호위병들은 일제히 총과 활을 쏘아댔지만, 납치범들은 너무 빨리 달아나고 있었다. 잠시 후 그들은 화살과 총알의 사정권에서 벗어났다.

14

필리어스 포그, 갠지스 강의 아름다운 계곡을
내려가면서 그 풍경을 보려고도 하지 않다

대담무쌍한 납치극은 대성공을 거두었다. 한 시간이 지난 뒤에도 파스파르투는 여전히 낄낄거리고 있었다. 프랜시스 크로마티 경은 용감한 젊은이의 손을 잡고 흔들었다. 주인은 "잘했다"라고 말했을 뿐이지만, 사실 그 한마디는 천 마디의 칭찬이나 마찬가지였다. 파스파르투는 모든 것이 주인님의 공이라고, 자신은 다만 '재미난' 생각을 떠올렸을 뿐이라고 대답했다. 파스파르투는 일찍이 체조 강사였고 소방대원이었던 자신이 잠시나마 방부처리된 늙은 토후이며 아름다운 여인의 남편으로 변신한 것을 생각하면 웃음을 참을 수가 없었다.

젊은 인도 여인은 무슨 일이 일어났는지도 알지 못했다. 지금 그녀는 여행용 담요에 싸인 채 코끼리 몸통에 매달린 가마에서 쉬고 있었다.

그러는 동안 코끼리는 파르시의 능숙한 솜씨에 이끌려 아직도 어두운 숲속을 아주 빠른 속도로 달려갔다. 필라지 사원을 떠난 지 한 시간 뒤, 코끼리는 너른 들판을 가로지르고 있었다. 아침 7시에 파르시가 정지 신호를 보냈다. 젊은 여인은 여전히 기운을 차리지 못하고 축 늘어져 있었다. 안내인은 그녀에게 물 탄 브랜디를 몇 모금 먹였지만, 그녀를 짓누르고 있는 마약의 힘은 좀처럼 가시지 않았다.

프랜시스 크로마티 경은 대마초 연기를 들이마셨을 때의 도취 상태를 알고 있었기 때문에 조금도 걱정하지 않았다.

여단장은 젊은 여인이 회복되리라는 것을 조금도 의심하지 않았지만, 그녀의 미래가 더욱 걱정스러웠다. 그는 망설이지 않고 필리어스 포그에게 자신의 걱정을 털어놓았다. 아우다 부인이 인도에 머물러 있으면 처형자들 손아귀에 또다시 들어가고 말 것이다. 그 광신자들은 인도 반도 어디에나 있으니까, 마드라스든 봄베이든 캘커타든 어디에서나 희생자를 다시 붙잡을 수 있을 것이다. 영국 경찰이 어떤 조치를 취해도 소용없다. 프랜시스 경은 이 말을 뒷받침하기 위해 최근에 일어난 비슷한 사건을 들려주었다. 젊은 여인은 인도를 떠나지 않는 한 절대 안전하지 못하다는 것이 그의 의견이었다.

필리어스 포그는 생각해보겠다고 대답했다.

10시쯤 안내인이 이제 곧 알리히비드 역에 도착한다고 밀했다. 끊어진 철도는 거기서 다시 시작되어, 알라하바드에서 기차를 타면 캘커타까지 24시간도 채 걸리지 않는다.

따라서 포그는 10월 25일 정오에 캘커타를 떠나는 홍콩행 기선을 탈 수 있을 것이다.

그들은 젊은 여인을 역 구내의 방 하나에 눕혀놓고, 파스파르투에게 그녀의 용품을 사오는 일을 맡겼다. 주인은 드레스 ·

숄·모피 등 찾을 수 있는 옷가지는 뭐든지 사오라고 이르면서 돈은 얼마든지 써도 좋다고 말했다.

파스파르투는 당장 기차역을 떠나 시내를 돌아다녔다. 알라하바드는 인도에서 가장 존숭되고 있는 '신의 도시'다. 갠지스와 자무나의 신성한 두 강의 합류점에 자리잡고 있어서, 이 강을 따라 인도 전역에서 수많은 순례자가 모여든다. 《라마야나》[39]의 전설에 따르면 갠지스 강의 원천은 하늘이고, 브라만 신의 은총으로 강이 하늘에서 지구로 내려왔다고 한다.

파스파르투는 물건을 사러 돌아다니는 동안 시내를 금세 다 구경해버렸다. 일찍이 알라하바드를 지키고 있었던 웅장한 요새는 이제 정치범 감옥이 되었다. 전에는 상공업의 중심지였던 알라하바드에 이제는 상업도 공업도 전혀 남아 있지 않다. 파스파르투는 런던의 리젠트 가[40]에라도 있는 것처럼 최신 유행의 옷가게를 찾았지만, 이번에는 운이 따르지 않았다. 그가 겨우 찾아낸 것은 무뚝뚝한 유대인 노인이 운영하는 작은 가게뿐이었다. 그는 스코틀랜드산 직물로 만든 드레스 한 벌과 커다란 망토, 수달 모피로 만든 외투를 사고 거금 75파운드를 서슴없이 치렀다. 그러고는 의기양양하게 역으로 돌아왔다.

아우다 부인은 겨우 의식을 되찾기 시작한 참이었다. 필라지 사원의 승려들이 먹인 마약의 효력이 조금씩 사라지자 그녀의 아름다운 눈은 인도 여인 특유의 부드러움을 되찾았다.

시인이자 국왕이었던 유수프 아딜[41]은 아마드나가르 왕비의 매력을 이렇게 찬미했다.

반듯하게 둘로 나눈 삼단 같은 머리카락은 생기로 빛나는 섬세하고 하얀 볼을 균형 잡힌 윤곽으로 둘러싸고 있네. 흑단 같은 눈썹은 사랑의 신 카마[42]의 활과 같은 힘과 모양을 갖고 있구나. 비단 같은 긴 속눈썹 밑에 있는 해맑고 커다란 검은 눈동자 속에서는 히말라야의 성스러운 호수에 비치는 순결한 햇살처럼 천상의 빛이 헤엄치고 있도다. 작고 고른 이는 반쯤 열린 석류꽃 속에 맺힌 이슬방울처럼 미소짓는 입술 사이에서 하얗게 빛나네. 좌우 대칭의 곡선을 그리는 아담한 귀, 발그레한 손, 연꽃 봉오리마냥 봉긋하고 부드러운 발, 이 모든 것이 실론의 아름다운 진주나 골콘다[43]의 다이아몬드처럼 빛나는구나. 한 손으로 쥘 수 있을 만큼 가늘고 나긋나긋한 허리는 봉긋한 엉덩이의 우아한 곡선과 꽃 같은 젊음이 완벽한 보물을 과시하고 있는 풍만한 젖가슴을 더욱 돋보이게 하누나. 부드럽게 주름진 저고리를 입은 그녀의 모습은 불멸의 조각가 빅바카르마[44]의 신성한 손이 순은으로 빚은 듯하여라.

이렇게 공들여 문장을 만들지 않더라도, 분델칸드 토후의 미망인인 아우다 부인이 유럽적인 의미에서 매력 있는 여인이라고 말하면 그것으로 충분하다. 그녀는 나무랄 데 없는 영어를 구사했다. 영국식 교육이 이 젊은 파르시 여인을 탈바꿈시켰다는 안내인의 말은 과장이 아니었다.

기차는 알라하바드 역을 막 떠나려 하고 있었다. 파르시는 보수를 기다리고 있었다. 포그 씨는 합의한 급료를 주었지만, 그 이상은 한푼도 주지 않았다. 파스파르투는 주인이 이 헌신적인 안내인에게 얼마나 큰 신세를 졌는가를 알고 있기 때문에 놀라지 않을 수 없었다. 필라지 사원에서는 자진하여 목숨을 걸었고,

이런 사실을 나중에라도 힌두교도들이 알게 되면 그는 그들의 앙갚음을 피하기 어려울 터였다.

코끼리 문제도 있었다. 그렇게 비싼 돈을 주고 산 이 코끼리를 어떻게 처리할 것인가?

하지만 필리어스 포그는 이미 결정을 내려놓고 있었다.

"파르시." 그는 안내인에게 말했다. "자네는 정말 헌신적이었고 큰 도움이 되었네. 나는 자네의 수고에 대해서는 대가를 치렀지만, 자네의 헌신에 대해서는 아직 대가를 치르지 않았어. 어떤가, 사례로 이 코끼리를 받아주지 않겠나? 받아준다면 코끼리는 자네 것일세."

안내인의 눈이 빛났다.

"이렇게 큰 재산을 주시다니!"

"갖게나. 그래도 자네한테 진 빚을 다 갚을 수는 없을 것이야."

"어서 가져!" 파스파르투가 외쳤다. "키우니를 가져. 녀석은 정말 충실하고 용감한 코끼리야."

그러고는 코끼리에게 다가가 각설탕을 몇 개 주었다.

"자, 어서 먹어라, 키우니!"

코끼리는 몇 번 기쁜 듯이 울부짖더니 코로 파스파르투의 허리를 감고는 제 머리 높이까지 들어올렸다. 파스파르투는 조금도 겁내지 않고 코끼리를 다정하게 쓰다듬어주었다. 이윽고 코끼리는 파스파르투를 다시 땅바닥에 사뿐히 내려놓았다. 고귀한 키우니는 손이 아니라 코로 악수를 청했고, 정직한 젊은이는 애정 어린 악수로 거기에 답례했다.

잠시 후, 필리어스 포그와 프랜시스 경과 파스파르투는 쾌적한 객차에 자리를 잡았다. 아우다 부인이 가장 좋은 자리를 차지

파스파르투는 코끼리를 다정하게 쓰다듬어주었다

했다. 기차는 바라나시를 향해 쏜살같이 달리기 시작했다.

바라나시는 알라하바드에서 150킬로미터도 떨어져 있지 않으니까 두 시간이면 갈 수 있는 거리였다.

젊은 여인은 기차가 달리는 동안 완전히 회복되었다. '항'의 마취력이 말끔히 사라진 것이다.

그녀는 자신이 유럽풍의 옷을 입고 낯선 남자들에게 둘러싸여 기차의 칸막이 객실에 앉아 있는 것을 알고 깜짝 놀랐다.

길동무들은 브랜디 몇 모금으로 그녀에게 생기를 주고 친절과 배려를 아끼지 않았다. 이어서 여단장이 그동안 일어난 일을 설명해주었다. 그는 그녀를 구하기 위해 서슴없이 목숨을 내건 필리어스 포그의 헌신적인 행동과 모험의 대단원을 장식한 파스파르투의 대담한 상상력을 특히 강조했다.

포그 씨는 한마디도 하지 않고 여단장의 이야기를 듣고 있었다. 파스파르투는 몹시 멋쩍어하면서 계속 "그건 칭찬받을 만한 일도 아니지요" 하는 말만 되풀이했다.

아우다 부인은 자기를 구해준 사람들에게 말보다는 눈물로 고마움을 표현했다. 그녀의 아름다운 눈은 고마워하는 마음을 입술보다 훨씬 잘 나타내고 있었다. 이어서 그녀의 생각은 서티 장면으로 돌아갔고, 그녀의 눈은 아직도 숱한 위험이 기다리고 있는 인도 땅에 다시 초점을 맞추었다. 그러자 그녀는 공포에 사로잡혀 몸을 떨었다.

필리어스 포그는 아우다 부인의 마음을 스치고 있는 생각을 알아차렸다. 그는 부인을 안심시키기 위해 홍콩까지 데려다주겠다고 제의하면서, 이 사건이 잠잠해질 때까지 홍콩에 머물러 있으면 될 거라고 말했다.

아우다 부인은 이 제의를 고맙게 받아들였다. 사실 홍콩에는 그녀의 친척이 살고 있었다. 이 친척은 그녀와 같은 파르시로서, 중국 연안에 있으면서도 영국령인 그 도시에서 가장 이름난 사업가였다.

12시 반에 기차는 바라나시 역에 도착했다. 브라만교의 전설에 따르면 이 도시가 있는 자리에는 옛날 카시 왕국이 있었는데, 카시 왕국은 마호메트의 무덤처럼 하늘과 땅 사이의 공간에 매달려 있었다고 한다. 하지만 동양학자들이 인도의 아테네라고 부르는 바라나시도 좀더 현실적인 이 시대에는 단단한 땅 위에 산문적으로 놓여 있을 뿐이었다. 파스파르투는 그 도시의 벽돌집과 댓가지로 엮어 만든 오두막에 잠깐 눈길을 던졌다. 그곳은 독특한 지방색이 전혀 없는 황량한 느낌을 주었다.

프랜시스 크로마티 경은 여기서 내려야 했다. 그의 부대는 바라나시에서 북쪽으로 몇 킬로미터 떨어진 곳에 주둔해 있었기 때문이다. 그래서 여단장은 필리어스 포그에게 작별을 고하고, 여행이 성공하기를 빈다고 말했다. 그리고 앞으로는 여행이 좀 덜 모험적이면서도 좀더 유익하게 진행되기를 바란다고 덧붙였다. 포그 씨는 여기까지 함께 온 길동무와 악수를 나누었다. 아우다 부인의 작별 인사는 좀더 나성했다. 그녀는 프랜시스 경의 은혜를 평생 잊지 않겠다고 말했다. 파스파르투도 여단장에게 진심 어린 악수를 받는 영광을 누렸다. 깊이 감동한 그는 언제 어디서 이 호의에 보답할 수 있을까 생각했다. 이리하여 그들은 헤어졌다.

바라나시를 떠난 기차는 갠지스 강의 골짜기를 끼고 달렸다. 날씨가 쾌청했으므로, 차창에는 비하르 지방의 다채로운 풍경이 나타났다. 녹음으로 뒤덮인 산들, 보리밭과 옥수수밭과 밀밭, 초록빛 악어가 사는 연못과 시내, 손질이 잘된 마을, 아직도 푸른 잎이 무성한 숲들이 보였다. 이 성스러운 강물에는 코끼리와 등에 커다란 혹이 솟아 있는 소들이 와서 멱을 감았다. 힌두교도인 남자와 여자들도 갠지스 강을 찾아와, 철이 늦어 날이 쌀쌀해지기 시작한 것도 아랑곳하지 않고 물 속에서 경건하게 목욕재계를 하고 있었다. 이들은 바라문교의 독실한 신자들로, 불교를 적으로 삼는 대신, 태양신인 비슈누, 자연력의 화신인 시바, 승려와 입법자의 우두머리인 브라마의 삼신일체(三身一體)를 숭배한다. 그러나 갠지스의 성스러운 강물을 증기선들이 휘젓고 지나면서 갈매기들과 강둑 위에 떼지어 모여 있는 거북이들과 강가에 길게 드러누워 있는 신자들을 놀라게 할 때, 바야흐로 '영국화'하고 있는 이 인도를 브라마와 시바와 비슈누 신은 과연 어떤 눈으로 보고 있을까.

이같은 파노라마는 섬광처럼 빠르게 지나갔지만, 기차가 뿜어대는 하얀 증기가 풍경을 자주 가리곤 했다. 여행자들은 바라나시에서 동남쪽으로 30킬로미터쯤 떨어진 추나르 요새도, 비하르 토후들의 고대 성채도, 대규모 장미향수 공장이 있는 가지푸르도, 갠지스 강의 왼쪽 기슭에 서 있는 콘윌리스 경[45]의 무덤도, 성채도시 북사르도, 인도의 주요한 아편시장이 있는 거대한 상공업도시 파트나도 거의 보지 못했다. 맨체스터나 버밍엄만큼 영국적인 유럽풍의 도시 몽기르도 언뜻 볼 수 있었을 뿐이다. 주물공장과 도검·총포 공장으로 유명한 몽기르의 높은 굴뚝들은 시커먼 연기로 브라마의 하늘을 질식시키고 있었다. 뭉게뭉게 뿜어나오는 연기는 그야말로 꿈의 나라에 던지는 진짜 주먹

남자와 여자들도 갠지스 강을 찾아와……

질이었다!

이윽고 밤이 왔다. 기차는 기관차 앞에서 놀라 달아나는 호랑이와 곰과 늑대들의 포효 속을 쏜살같이 달리고 있었다. 벵골의 수많은 경이 가운데 다른 것은 아무것도 볼 수 없었다. 골콘다도, 구르의 유적도, 일찍이 수도였던 무르시다바드도, 부르드완도, 후글리도, 인도 땅에 있는 프랑스 전초기지인 찬데르나고르도 보지 못했다. 조국의 국기가 나부끼는 것을 보았다면 파스파르투는 얼마나 자랑스럽게 생각했을까.

마침내 오전 7시에 캘커타에 도착했다. 홍콩행 기선은 정오에 닻을 올릴 예정이었다. 따라서 필리어스 포그에게는 다섯 시간의 여유가 있었다.

그의 일정표에 따르면 이곳 인도의 수도에 도착하는 것은 런던을 떠난 지 23일 뒤인 10월 25일이었고, 바로 그 예정된 날짜에 도착했다. 따라서 예정보다 빠르지도 늦지도 않은 셈이다. 독자들도 이미 알고 있듯이, 그가 런던에서 봄베이까지 오는 동안 벌어둔 이틀은 인도 반도를 횡단하는 동안에 다 까먹어버렸다. 하지만 필리어스 포그는 그것을 조금도 아쉬워하지 않았다.

15

가방에 든 돈다발이
또다시 몇천 파운드 줄어들다

기차가 역에 멈춰섰다. 파스파르투가 맨 먼저 객실을 나가고 포그 씨가 그 뒤를 따랐다. 포그 씨는 젊은 길동무가 플랫폼에 내리는 것을 도와주었다. 포그는 곧장 홍콩행 기선으로 가서 아우다 부인이 편안하게 자리를 잡게 할 작정이었다. 위험한 나라에 그녀를 혼자 내버려두고 싶지 않았기 때문이다.

하지만 기차역을 막 떠나려 할 때 경찰관 한 명이 다가왔다.

"필리어스 포그 씨인가요?"

"그렇소만?"

"이 사람은 당신 하인이지요?"

"그렇습니다."

"두 분 다 잠깐 와주십시오."

포그 씨는 조금도 놀란 기색을 보이지 않았다. 경찰관은 법률의 대리인이었고, 법률은 모든 영국인에게 신성한 것이기 때문이다. 파스파르투는 프랑스 습관대로 항의하려 했지만, 경찰관이 경찰봉으로 그를 밀었다. 필리어스 포그는 얌전히 따라오라고 눈짓을 보냈다.

"이 젊은 부인과 함께 가도 괜찮습니까?" 포그 씨가 물었다.

"상관없습니다."

경찰관은 포그와 아우다와 파스파르투를 '팔키가리'라고 부르는, 두 필의 말이 끄는 4인승 사륜마차 쪽으로 데리고 갔다. 그리고 출발했다. 20분쯤 달리는 동안 아무도 입을 열지 않았다.

마차는 우선 좁은 거리를 따라 오두막들이 늘어서 있는 '암흑가'를 지나갔다. 이 거리에는 세계 각지에서 온 사람들이 누더기를 걸친 더러운 몰골로 우글거리고 있었다. 이어서 마차는 야자나무 아래 벽돌집이 늘어서 있고 돛대가 빽빽하게 들어찬 유럽인 거주구역을 지나갔다. 이른 아침인데도 당당한 말과 화려한 마차에 탄 우아한 남자들이 벌써 운동을 하러 나가고 있었다.

사륜마차는 어느 건물 앞에 멈춰섰다. 건물의 외관은 소박했지만, 개인 주택이 아닌 것은 분명했다. 경찰관은 '죄수들'—실제로 그들은 '죄수'라는 명칭이 딱 들어맞는 상태에 있었다—에게 마차에서 내리라고 요구한 뒤, 창문에 쇠창살이 박혀 있는 방으로 데려갔다.

"여덟 시 반에 오바디아 판사 앞에 출두하게 될 겁니다."

경찰관은 밖으로 나가더니 문을 잠갔다.

"그럼 우리는 체포됐군요!" 파스파르투가 소리를 지르고 의자에 털썩 주저앉았다.

아우다 부인은 당장 포그 씨에게 말했다. 그 목소리에는 그녀가 감추려고 애쓰는 감정이 고스란히 드러나 있었다.

"부디 저에게 상관 마시고 떠나세요! 당신이 붙잡힌 건 저 때문이에요! 저를 구해주셨기 때문이에요."

필리어스 포그는 그럴 수 없다고 대답했다. 그 서티 사건 때문에 기소되다니? 그럴 리가 없다! 고발인들이 어떻게 감히 나설 수 있겠는가? 뭔가 오해가 있었던 게 분명하다. 포그 씨는 어떤 상황에서도 젊은 여인을 버리지 않고 반드시 홍콩으로 데려갈 작정이라고 덧붙였다.

"하지만 배는 열두 시에 떠나요!" 파스파르투가 말했다.

"열두 시에는 배에 타고 있을 거야." 냉정한 신사는 침착하게 대답했다.

그 말투가 너무 자신만만해서 파스파르투는 속으로 중얼거리지 않을 수 없었다. "그래! 틀림없어! 열두 시에는 이미 배에 타고 있을 거야!" 하지만 마음이 놓이지는 않았다.

8시 반에 방문이 열렸다. 경찰관은 죄수들을 옆방으로 데려갔다. 그곳은 법정이었다. 수많은 유럽인과 원주민이 벌써 방청석을 가득 메우고 있었다.

포그와 아우다와 파스파르투는 판사와 서기를 위해 마련된 자리 맞은편에 놓여 있는 긴 의자에 나란히 앉았다.

그들이 자리를 집자마자 오바디아 판사가 들어오고, 뒤이어 서기가 들어왔다. 판사는 퉁퉁하게 살진 남자였다. 그는 못에 걸려 있는 가발을 벗겨 머리에 뒤집어썼다.

"첫 번째 사건."

그러고는 손을 머리로 들어올렸다.

"아니, 이건 내 가발이 아니잖아!"

"맞습니다, 판사님. 그건 제 가발입니다." 서기가 말을 받았다.

"이봐, 오이스터푸프. 자네는 판사가 서기의 가발을 쓰고도 올바른 판결을 내릴 수 있다고 생각하나?"

가발이 교환되었다. 그동안 파스파르투는 안절부절못하고 있었다. 그의 눈에는 법정에 걸린 큰 시계의 바늘이 문자반 위를 무서운 속도로 돌고 있는 것처럼 보였다.

그때 오바디아 판사가 아까 한 말을 되풀이했다.

"첫 번째 사건."

"필리어스 포그?" 서기가 불렀다.

"접니다." 포그 씨가 대답했다.

"파스파르투?"

"여기 있습니다." 파스파르투가 대답했다.

"좋아요." 오바디아 판사가 말했다. "피고들을 붙잡기 위해 이틀 전부터 봄베이에서 오는 열차를 감시하면서 행방을 찾고 있었소."

"하지만 무엇 때문에 고발당했습니까?" 파스파르투가 초조하게 소리쳤다.

"이제 곧 알게 될 거요." 판사가 대답했다.

그러자 필리어스 포그 씨가 나섰다.

"재판장님, 저는 영국 시민으로서 정당한 권리가……."

"피고는 뭔가 부당한 취급을 받았나요?" 오바디아 판사가 물었다.

"그런 일은 없습니다."

"그럼 좋습니다. 고발인을 부르세요."

판사의 명령에 따라 문이 열리고, 정리(廷吏)가 힌두교 승려 세 명을 들여보냈다.

"역시 그랬구나." 파스파르투가 중얼거렸다. "아우다 님을 불태워 죽이려 한 바로 그놈들이야."

승려들이 판사 앞에 서자, 서기가 필리어스 포그와 그의 하인에 대해 제출된 고발장을 큰 소리로 낭독했다. 두 사람은 브라만교의 성역을 침범한 죄로 고발당한 것이다.

"인정하십니까?" 판사가 필리어스 포그에게 물었다.

"예, 판사님." 포그 씨는 손목시계를 보면서 대답했다. "인정합니다."

"인정한다고요?"

"그렇습니다. 그러나 저 승려들도 필라지 사원에서 무슨 짓을 하려고 했는지 사실대로 자백할 것을 요구합니다."

승려들은 서로 얼굴을 마주보았다. 그들은 피고의 말이 무슨 소리인지 전혀 이해하지 못하는 눈치였다.

"그래요!" 파스파르투가 격렬하게 소리쳤다. "저놈들은 필라지 사원에서 여지를 산제물로 불태워 죽이려 했단 말입니다."

승려들은 더욱 놀라고, 오바디아 판사도 깜짝 놀랐다.

"산제물이라니, 그게 무슨 소리요? 도대체 누구를 불태워 죽이려 했다는 거요? 게다가 봄베이 시내 한복판에서……."

"봄베이라고요?" 파스파르투가 큰 소리로 되물었다.

"그렇소. 지금 문제가 되고 있는 것은 필라지 사원이 아니라, 봄베이의 말라바르 언덕에 있는 사원에서 있었던 일이오."

"증거품으로 범인이 남기고 간 구두가 있습니다." 서기가 덧붙이고는 책상 위에 신발 한 켤레를 올려놓았다.

"내 구두다!" 파스파르투가 외쳤다. 너무 놀란 나머지, 그만 저도 모르는 사이에 그렇게 외쳐버린 것이다.

"내 구두다!" 하고 파스파르투가 외쳤다

주인과 하인의 머릿속에 일어난 혼란이 어느 정도였는지는 짐작하고도 남는다. 그 봄베이 사원에서 일어난 사건을 그들은 까맣게 잊고 있었다. 그런데 바로 그 사건 때문에 그들은 지금 캘커타의 법정에 끌려온 것이다.

사실을 말하자면, 픽스 형사는 저 불운한 사건에서 이익을 끌어낼 수 있음을 간파했던 것이다. 그래서 그는 출발을 12시간 뒤로 미루고, 말라바르 언덕의 승려들을 찾아가 상담역을 자청했다. 영국 정부가 이런 종류의 위법 행위에 대해 매우 엄격하다는 것을 잘 알고 있었으므로, 승려들에게 손해 배상을 두둑이 받게 해주겠다고 약속했다. 그러고는 다음 열차에 그들을 태워 범인을 뒤쫓아가게 하는 한편, 캘커타 경찰에다 전보를 보내, 주인과 하인이 기차에서 내리자마자 체포하도록 조치해두었다. 그러나 필리어스 포그와 하인이 젊은 미망인을 구출하기 위해 시간을 빼앗기고 있는 동안, 픽스와 승려들이 캘커타에 먼저 도착했다. 필리어스 포그가 아직 인도의 수도에 도착하지 않은 것을 알았을 때 픽스가 실망하는 모습은 보지 않아도 눈에 선하다. 픽스는 그가 뒤쫓고 있는 도둑이 어느 역에서 중도 하차하여 북부 지방으로 달아난 게 틀림없다고 생각했을 것이다. 24시간 동안 픽스는 이루 말할 수 없는 불안 속에서 기차역을 감시했다. 따라서 오늘 아침에 포그가 열차에서 내리는 것을 보았을 때는 얼마나 기뻤는지 모른다. 어떤 관계인지는 알 수 없지만, 포그는 한 젊은 여인과 함께 있었다. 사정은 잘 알 수 없었지만, 어쨌든 픽스는 당장 경찰관을 포그에게 보냈다. 그리하여 포그 씨와 파스파르투와 분델칸드 토후의 미망인을 오바디아 판사 앞으로 연행해온 것이다.

그리고 파스파르투의 머릿속이 재판에 대한 생각으로 가득차 있지 않았다면, 방청석 한구석에 형사가 앉아 있는 것을 알아보았을 것이다. 픽스가 재판 과정을 관심 있게 지켜본 까닭은 쉽게 이해할 수 있다. 봄베이나 수에즈에서와 마찬가지로 이곳 캘커타에서도 아직 체포영장을 받지 못했기 때문이다.

한편 오바디아 판사는 파스파르투의 입에서 무심코 나온 자백을 서류에 적고 있었다. 파스파르투는 자신의 얼빠진 말을 다시 주워담을 수만 있다면 가진 것을 몽땅 내던져도 좋다는 심정이었다.

"기소 사실을 인정합니까?"

"인정합니다." 포그 씨가 침착하게 대답했다.

"그럼 판결문을 읽겠소." 판사가 말했다. "영국 법률은 인도 민중의 온갖 종교를 영국의 그것과 마찬가지로 엄중히 보호하고 있으며, 또한 피고 파스파르투가 10월 20일 봄베이의 말라바르 언덕에 있는 사원을 구둣발로 더럽힌 범죄 사실을 자백하고 인정했으므로, 피고 파스파르투를 금고 15일 및 벌금 300파운드에 처한다."

"300파운드라고요?" 파스파르투는 금고 일수보다 벌금 액수에 깜짝 놀라서 큰 소리로 외쳤다.

"정숙!" 정리가 고함을 질렀다.

판사는 판결문을 계속 낭독했다.

"또한 하인과 주인이 공모하지 않았다는 물적 증거가 없고, 또 어찌되었든 주인은 제 고용인의 모든 행위에 대해 책임을 져야 하므로, 피고 필리어스 포그를 구류 8일 및 벌금 150파운드에 처한다. 서기, 다음 사건 관계자를 부르시오!"

한구석에서 방청하고 있던 픽스는 뭐라 말할 수 없는 만족감을 맛보았다. 필리어스 포그가 캘커타에 8일 동안 구류되면, 그동안 체포영장은 도착하고도 남을 것이기 때문이다.

파스파르투는 망연자실했다. 이 처벌 때문에 주인은 파산한다. 2만 파운드의 내깃돈이 날아가버린다. 이게 다 쓸데없는 호기심으로 그 빌어먹을 사원에 들어갔기 때문이다.

필리어스 포그는 이 판결이 자기와는 아무 관계도 없는 사건인 것처럼 조금도 동요하지 않고, 눈살을 찌푸리지도 않았다. 하지만 서기가 다음 사건으로 넘어가려고 하자 포그는 일어나서 이렇게 말했다.

"보석을 신청하고 싶습니다."

"그건 당신의 권리요." 판사가 대답했다.

픽스는 등골이 오싹해지는 것을 느꼈다. 하지만 판사가 '필리어스 포그와 그의 하인이 외지인 신분임을 감안하여' 보석금을 각자 1천 파운드라는 막대한 액수로 결정하는 것을 듣고는 다시금 안도하여 가슴을 쓸어내렸다.

포그 씨가 형벌을 면하려면 무려 2천 파운드를 내야 한다. 그러나 그는 "내겠습니다" 하고 말했다.

그러고는 파스파르투가 삿고 있던 가방에서 돈뭉치를 꺼내 서기의 책상 위에 올려놓았다.

"이 돈은 당신들이 형을 마치고 출옥할 때 돌려주겠소." 판사가 말했다. "어쨌든 보석금을 냈으니 이제 당신들을 보석으로 석방하겠소."

"가자." 필리어스 포그가 하인에게 말했다.

"하지만 구두만이라도 돌려주세요!" 파스파르투는 몸짓으로 분노를 표현하면서 외쳤다.

그래서 그는 구두를 돌려받았다.

"정말 비싼 구두로군. 한 짝에 1천 파운드라니! 황송해서 신을 수 있어야지!"

파스파르투는 잔뜩 울상을 한 얼굴로 포그 씨를 뒤따라갔다. 포그 씨는 젊은 여인에게 팔을 내주고 앞장서서 걸어갔다. 픽스는 설마 도둑들이 2천 파운드나 되는 돈을 버리랴, 틀림없이 8일 동안의 금고형으로 때울 것이라고 기대했었다. 그래서 그는 포그를 따라 법정 밖으로 뛰어나갔다.

포그 씨는 마차를 불러, 아우다 부인과 파스파르투와 함께 마차에 올라탔다. 픽스는 마차를 따라 달렸다. 마차는 곧 부두에 닿았다.

부두에서 1킬로미터 떨어진 앞바다에 '랭군' 호가 닻을 내리고 있었다. 출범을 알리는 깃발이 돛대 끝에 걸려 있었다. 11시였다. 포그 씨는 한 시간 일찍 도착한 것이다. 픽스는 포그 씨가 마차에서 내려 아우다 부인과 하인과 함께 거룻배에 타는 것을 보았다. 형사는 발을 동동 굴렀다.

"나쁜 놈, 가버리고 말았어." 그는 소리를 질렀다. "2천 파운드를 내버리고도 눈 하나 깜짝하지 않다니! 정말로 도둑처럼 돈을 쓰고 있군! 좋아, 필요하다면 지구 끝까지라도 따라갈 테다. 하지만 이런 식으로 낭비를 계속하면 훔친 돈도 금세 바닥나버릴 텐데!"

형사가 이렇게 걱정하는 것도 무리는 아니었다. 필리어스 포그는 런던을 떠난 뒤 여비와 사례금, 코끼리 구입비, 보석금과 벌금 등으로 벌써 5천 파운드가 넘는 돈을 길바닥에 뿌렸다. 따라서 훔친 돈을 회수했을 때 형사가 받게 될 보상금도 계속 줄어들고 있는 셈이었다.

16

픽스 형사, 파스파르투의 이야기를 듣고도 모르는 체하다

'랭군' 호는 '인도-극동 해운회사'에서 중국 및 일본 항로에 취항하고 있는 정기선 가운데 하나로, 적재량 1770톤에 정격 출력 400마력인 스크루 철제 증기선이었다. 속력은 '몽골리아' 호에 필적했지만 설비면에서는 다소 뒤지고 있었다. 그래서 아우다 부인에게 쾌적한 선실을 마련해주고 싶다는 필리어스 포그의 희망은 이루어지지 않았다. 하지만 이 항해는 거리로 3500해리, 날수로 11일이나 12일밖에 걸리지 않는 짧은 여행이고, 아우다 부인도 그다지 까다로운 승객이 아니었다.

항해가 시작된 뒤 처음 며칠 동안 아우다 부인은 필리어스 포그를 좀더 잘 알게 되었다. 기회가 있을 때마다 부인은 포그 씨에게 진심으로 감사의 뜻을 전했다. 이 차분한 신사는 그녀의 이야기를 적어도 겉으로는 냉정하게 듣고 있었다. 그의 말투나 태도에서는 마음이 흔들리는 기미를 털끝만큼도 엿볼 수 없었다. 그는 이 젊은 여인에게 필요한 것이 전부 갖추어지도록 세심하

그녀는 포그 씨에게 진심으로 감사의 뜻을 전했다

게 신경을 썼다. 그는 날마다 일정한 시간에 모습을 나타냈다. 그녀와 대화를 나누기 위해서라고는 말할 수 없지만, 적어도 그녀의 이야기에 귀를 기울이기 위해서였다. 그의 태도는 정중하기 이를 데 없었지만, 우아하고 기계적인 태도는 예의바르게 행동하도록 설계된 자동인형을 연상시켰다. 아우다 부인은 어떻게 생각해야 좋을지 알 수 없었다. 파스파르투는 그녀에게 주인의 괴팍한 성격을 설명해주었다. 그리고 그 양반이 어떤 내기 때문에 세계일주를 하게 되었는지도 가르쳐주었다. 아우다 부인은 미소를 지었다. 어쨌든 그녀에게 그는 생명의 은인이었다. 그 고마움 때문에도 그녀는 구원자를 다시 볼 수밖에 없었다.

아우다 부인은 앞서 인도인 안내인이 이야기한 비극적인 신세를 새삼 들려주었다. 실제로 그녀는 인도 원주민 가운데 가장 높은 계층인 파르시족 출신이었다. 인도에는 면화 거래로 큰 재산을 모은 파르시 사업가가 몇 명 있었는데, 그중 한 사람인 제임스 제제브호이 경은 영국 정부로부터 귀족의 작위까지 받은 인물이었다. 아우다 부인은 봄베이에 사는 이 부호의 친척이었다. 그리고 그녀가 지금 홍콩으로 만나러 가는 제제흐 씨는 제임스 제제브호이 경의 사촌이었다. 하지만 과연 그에게 몸을 의탁하고 도움을 받을 수 있을까. 그녀도 확신할 수 없었다. 포그 씨는 아무것도 걱정할 필요 없다고, 모든 일은 수학적으로 처리될 거라고 대답했다. '수학적으로'라는 말은 그의 입버릇이었다.

젊은 여성이 이 '수학적으로'라는 부사의 의미를 이해할 수 있었을까. 그것은 뭐라고 말할 수 없다. 하지만 그녀의 큰 눈이, 저 '히말라야의 신성한 호수처럼 맑은' 눈이 포그 씨의 눈에 못 박힌 것은 사실이었다. 하지만 쉽게 마음을 열지 않는 포그 씨는 여전히 단정한 태도를 유지하고 있어서, 이 호수에 몸을 던질 사람으로는 보이지 않았다.

'랭군' 호 항해의 제1막은 최고의 조건에서 이루어졌다. 날씨도 아주 좋았다. 뱃사람들이 '벵골의 내해'라고 부르는 깊고 넓은 만은 항해하기에 더없이 좋은 상태였다. 안다만 열도의 핵심을 이루는 대안다만 제도가 시야에 들어왔다. 그림 같은 해발 720미터의 새들피크 봉은 섬들의 존재를 상당히 멀리서도 뱃사람들에게 알려준다.

배는 해안선에 바싹 붙어서 달렸다. 이 섬에 사는 미개한 파푸아인은 모습을 보이지 않았다. 그들은 인류의 사다리에서 맨 밑에 있는 존재지만, 그들을 식인종이라고 부르는 것은 잘못이다.

섬들의 경치는 볼 만했다. 야자나무 · 빈랑나무 · 대나무 · 육두구 · 티크 · 거대한 자귀나무 · 교목 같은 양치류가 섬 앞쪽을 뒤덮고, 뒤쪽에는 첩첩한 산들의 우아한 윤곽이 떠올라 있었다. 해안에는 진귀한 바다제비가 수백만 마리나 무리지어 있었다. 바다제비 둥지는 요리 재료로 쓰이는데, 중국에서는 고급 별미 요리로 소중히 여겨지고 있다. 하지만 안다만 제도의 다채로운 풍경은 이내 시야에서 사라지고, '랭군' 호는 남중국해로 통하는 관문인 말라카 해협을 향해 빠른 속도로 나아갔다.

이 항해 동안 뜻하지 않게 세계일주 여행에 휩쓸린 픽스 형사는 무엇을 하고 있었을까. 캘커타를 떠날 때 그는 체포영장이 도착하면 홍콩으로 보내달라고 지시해두었다. 그러고는 파스파르투에게 들키지 않고 '랭군' 호에 올라탈 수 있었다. 배가 홍콩에 도착할 때까지 숨어 있고 싶었다. 파스파르투는 그가 봄베이에 있다고 생각하고 있을 테니, 만약 배에서 발견된다면 의심을 살게 분명하고, 또 배에 타고 있는 이유를 설명하기도 곤란했을 것이다. 그러나 픽스 형사는 이 선량한 젊은이와 다시 마주칠 수밖에 없는 상황에 몰렸다. 어떻게? 그 사정은 다음과 같다.

형사의 모든 기대와 온갖 희망은 이제 세계의 한 지점, 즉 홍콩에 집중되어 있었다. 배가 싱가포르에 정박하는 시간은 너무 짧아서, 그 도시에서는 손을 쓸 여유가 없었기 때문이다. 따라서 도둑은 반드시 홍콩에서 체포해야 한다. 만일 거기서 놓친다면 영영 돌이킬 수 없게 되고 말 것이다.

사실 홍콩은 영국 영토이지만, 이 항로에 있는 마지막 영국령이기도 했다. 그 너머에 있는 중국과 일본과 미국은 포그에게 안전한 피난처를 제공하게 된다. 하지만 픽스는 홍콩에서 포그 씨를 붙잡아 현지 경찰에 넘길 작정이었다. 체포영장은 지금 뒤따라오고 있을 것이다. 체포영장이 제때에 도착하기만 하면 아무런 문제도 없다. 그러나 홍콩을 지나쳐버리면, 체포영장만으로는 충분치 않다. 범죄인 인도 절차가 필요하다. 그 과정에 어떤 지연이나 지체나 장애가 일어나면, 악당은 그 틈을 타서 영원히 달아나버릴 것이다. 홍콩에서 기회를 놓친다면, 또다시 기회를 붙잡는 일은 불가능하지는 않더라도 지극히 어려워질 것이다.

'그러므로 체포영장이 홍콩에 도착하여 놈을 붙잡든지, 아니면 무슨 수를 써서라도 놈의 출발을 지연시켜야 한다.' 픽스는 선실에 틀어박혀 지내는 동안 속으로 되풀이 생각하고 있었다. '나는 봄베이에서 실패했고, 캘커타에서도 실패했다! 홍콩에서 또 실패하면 내 평판은 땅에 떨어질 것이다. 어떤 일이 있어도, 어떤 대가를 치르더라도 반드시 성공해야 한다. 과연 어떤 방법을 쓰면 그 빌어먹을 포그의 출발을 지연시킬 수 있을까?

픽스는 마지막 수단으로 파스파르투에게 모든 사정을 털어놓고 그가 모시는 주인의 정체를 알려주기로 마음먹었다. 그 하인은 아무래도 공범이 아닌 것 같으니까, 사정을 듣게 되면 틀림없이 사건의 연루자가 되는 것을 겁내고 내 편이 될 것이다. 하지만 이 방법은 위험천만한 방법이므로, 다른 방법이 없을 때 마지막 수단으로 써야 한다. 파스파르투가 한마디라도 주인에게 벙끗하는 날에는 모든 게 물거품이 되고 말 것이다.

그래서 형사가 결단을 내리지 못하고 있을 때, 필리어스 포그와 함께 '랭군' 호에 타고 있는 아우다 부인의 존재가 그에게 생각할 거리를 주었다.

저 여자는 대체 누구일까? 어떤 사정으로 포그와 동행하게 되었을까? 두 사람은 봄베이와 캘커타 사이에서 만난 게 분명한데, 인도 반도의 어디쯤에서 만났을까? 필리어스 포그와 그 젊은 여인이 만난 것은 단순한 우연이었을까? 아니면 포그가 인도 횡단 여행을 계획한 것은 저 미인과 만나기 위해서였던 게 아닐까? 픽스가 캘커타 법정의 방청석에서 보았듯이, 그녀는 정말 매력적이었다.

형사가 흥미를 느낀 것은 쉽게 이해할 수 있다. 이 사건에는 범죄적인 납치가 얽혀 있는 게 아닐까 하고 그는 생각했다. 그래. 그게 틀림없어! 이 생각이 그의 머리에 들러붙었다. 그리고 그는 그 상황에서 얻을 수 있는 이익을 깨달았다. 그 젊은 여자가 유부녀든 아니든, 포그는 그 여자를 유괴했어. 홍콩에서 놈을 유괴범으로 고발하면 쉽게 문제를 일으킬 수 있을 거야. 이번에는 돈으로 해결할 수 없어.

그러나 '랭군' 호가 홍콩에 도착할 때까지 마냥 기다리고만 있을 수는 없었다. 저 포그란 자는 배에서 배로 건너뛰는 가증스러운 버릇이 있으므로, 내가 체포 작전을 세우기도 전에 멀리 달아나버릴지도 몰라.

따라서 '랭군' 호가 홍콩으로 가고 있다는 것을 영국 관헌에 미리 통보해둘 필요가 있었다. 이것은 어려운 일이 아니었다. 배는 싱가포르에 기항할 예정이었고, 싱가포르는 전신으로 중국 연안과 연결되어 있기 때문이다.

하지만 픽스는 어떤 조치를 취하기 전에 좀더 안전하게 작전을 펼 수 있도록 먼저 파스파르투를 조사해보기로 했다. 그 젊은 이에게 말을 시키기는 그다지 어렵지 않다는 것을 그도 알고 있었다. 그래서 지금까지 숨어 있던 선실에서 나가기로 결심했다. 우물쭈물할 시간이 없었다. 오늘은 10월 30일이고, '랭군' 호는 이튿날 싱가포르에 입항할 예정이었기 때문이다.

그래서 그날 픽스는 선실에서 나와 갑판으로 올라갔다. 파스파르투를 보면, 뜻밖에 만나게 되어 몹시 놀란 체하면서 먼저 인사를 할 작정이었다. 파스파르투가 앞갑판에서 산책하고 있을 때, 형사가 갑자기 달려가면서 소리를 질렀다.

"아니, 당신도 이 배에!"

"픽스 씨! 댁도 이 배에 타고 있었나요?" 파스파르투는 '몽골리아' 호에서 만난 길동무를 알아보고 깜짝 놀라서 대답했다. "봄베이에서 헤어졌다고만 생각했는데, 홍콩으로 가는 길에 다시 만나다니! 댁도 세계일주를 하고 계신가요?"

"아니, 아니오. 나는 홍콩에 들를 작정이오. 적어도 며칠 동안은."

"아아, 그렇습니까!" 파스파르투는 잠시 어리둥절한 표정을 지으며 말했다. "하지만 캘커타를 떠난 뒤 지금까지 어떻게 한 번도 갑판에서 뵙지 못했을까요?"

"실은 몸이 별로 안 좋았어요…… 배멀미가 좀……. 그래서 선실에 줄곧 누워 있었지요. 벵골 만은 나한테 인도양의 절반만 큼도 편하지 못했거든요. 그런데 당신 주인인 필리어스 포그 씨는 안녕하신가요?"

"아주 건강합니다. 일정표와 똑같을 만큼 꼼꼼하답니다. 하루도 늦지 않았어요. 아아, 픽스 씨, 댁은 아직 모르시겠지만, 우리에겐 젊은 부인이 동행하게 되었답니다."

"젊은 부인이라고?" 형사는 무슨 말인지 모르겠다는 듯 시치미를 떼고 되물었다.

파스파르투는 당장 털어놓기 시작했다. 봄베이의 사원에서 일어난 뜻하지 않은 사건, 2천 파운드를 주고 코끼리를 산 일, 서티의 참극, 아우다를 탈취한 일, 캘커타 법정에서 유죄 판결을 받은 일, 보석금을 내고 석방된 일. 픽스는 이야기의 마지막 부분은 알고 있었지만, 그런 내색은 조금도 하지 않았다. 파스파르투는 상대가 흥미를 가지고 들어주자 더욱 신이 나서 지껄였다.

"하지만 당신 주인은 그 젊은 여자를 결국 유럽까지 데려갈 작정은 아니겠지요?"

"천만에요! 그럴 생각은 전혀 없습니다. 부인의 친척이 홍콩에 사는데, 돈 많은 상인이랍니다. 그 사람한테 맡길 작정이지요."

"그럼 다 틀렸군!" 형사는 실망감을 감추면서 속으로 중얼거렸다. 그러고는 파스파르투에게 말했다. "어떻습니까, 술이나 한잔 할까요?"

  "좋지요. '랭군' 호에서 이렇게 다시 만났으니 축배라도 들어
야죠."

17

싱가포르에서 홍콩으로 가는 동안
갖가지 일이 일어나다

그날 이후 파스파르투와 형사는 자주 만났지만, 형사는 길동무에게 더는 말을 시키려 하지 않고 지극히 신중한 태도를 유지했다. 그는 포그 씨를 한두 번 언뜻 보았다. 포그 씨는 대개 '랭군' 호의 휴게실에서 아우다 부인을 상대하거나 여전히 휘스트 게임에 열중해 있었다.

한편 파스파르투는, 픽스가 또다시 주인의 여행길에 나타난 이 놀랍고 기묘한 우연에 대해 아주 진지하게 생각하기 시작했다. 이 친절하고 다정한 신사를 처음 만난 것은 수에즈였고, '봉골리아' 호에서 다시 만났다. 그는 봄베이에서 내리면서 그곳에 머물 작정이라고 말했다. 그런데 홍콩으로 가는 '랭군' 호에서 또다시 만났다. 요컨대 포그 씨를 줄곧 따라오고 있는 것이다. 그것이 파스파르투에게 생각할 거리를 주었다. 우연이라고 하기엔 좀 지나치게 기묘하다. 저 픽스란 자는 대체 어떤 사람일까? 파스파르투는 소중히 간직하고 있는 가죽신에 걸고 맹세했

그는 포그 씨를 한두 번 언뜻 보았다

다. 픽스는 우리와 똑같이, 아마 같은 배를 타고 홍콩을 떠날 게 틀림없다고.

파스파르투가 백 년을 생각해도 형사에게 어떤 임무가 주어져 있는지는 짐작할 수 없었을 것이다. 필리어스 포그가 마치 도둑처럼 '미행'을 당하면서 지구를 돌고 있다는 것도 상상하지 못했을 것이다. 하지만 모든 일에 설명을 붙이고 싶어하는 것이 인간의 본성이다. 파스파르투도 문득 깨달은 바가 있어, 픽스가 계속 나타나는 이유를 다음과 같이 해석했다. 그 해석은 자못 그럴듯했다. 그에 따르면 픽스는 포그 씨가 합의한 경로를 따라 제대로 세계일주 여행을 하고 있는지 확인하도록 혁신 클럽 회원들이 보낸 밀정이라는 것이다.

"그래! 틀림없어!" 훌륭한 젊은이는 자신의 명석한 두뇌가 자랑스러워서 몇 번이나 그 말을 되풀이했다. "픽스는 클럽의 신사들이 우리를 따라다니도록 붙여놓은 미행자야. 하지만 이 얼마나 비열한 짓인가! 포그 씨는 그렇게 성실하고 정직한 분인데! 탐정을 시켜서 미행하다니! 혁신 클럽의 신사분들, 쓸데없는 돈만 쓰게 될 거요!"

파스파르투는 픽스의 정체를 알아낸 것이 기뻤지만, 주인에게는 아무 말도 하지 않기로 했다. 내기 상대들이 의심한 것을 알면 주인의 기분이 상할 것 같았기 때문이다. 하지만 기회가 있는 대로, 귀찮은 일이 일어나지 않을 정도로 은근히 픽스를 곯려주기로 작정했다.

10월 30일 수요일 오후, '랭군' 호는 말레이 반도와 수마트라 섬을 갈라놓고 있는 말라카 해협으로 들어갔다. 매우 험준한 산으로 이루어진 작은 섬들이 흩어져 있고, 그 너머 수마트라 섬의 그림 같은 경치가 승객들의 눈길을 빼앗아갔다.

이튿날 새벽 4시에 '랭군' 호는 석탄을 싣기 위해 예정보다 열두 시간 일찍 싱가포르에 입항했다.

필리어스 포그는 절약한 시간을 수첩의 이득란에 적어넣었다. 그리고 이번에는 아우다 부인과 함께 상륙했다. 부인이 몇 시간이라도 땅을 밟고 싶다고 말했기 때문이다.

픽스는 포그 씨의 일거수일투족을 수상하게 여겼으므로, 들키지 않게 그 뒤를 밟았다. 파스파르투는 픽스의 행동을 보고 속으로 쓴웃음을 지으며 여느 때처럼 물건을 사러 갔다.

싱가포르 섬은 별로 크지도 않고 경치도 그다지 인상적이지 않았다. 산들이, 말하자면 섬에 개성을 주는 얼굴이 없었다. 그러나, 그렇게 초라함에도 불구하고 아름다웠다. 그것은 이를테면 아름다운 도로가 교차하는 공원이었다. 아우다 부인과 필리어스 포그는 오스트레일리아에서 수입한 우아한 말들이 끄는 멋진 마차에 올라탔다. 그들을 태운 마차는 잎사귀가 무성한 야자나무와 꽃봉오리가 반쯤 벌어진 정향나무 사이를 누비고 다녔다. 그곳에는 유럽의 시골 풍경을 이루는 가시나무 산울타리 대신 후추나무 덤불이 있었다. 희한하게 생긴 잎사귀를 가진 커다란 선인장과 사고야자가 이 열대지방의 풍경에 변화를 주고 있었다. 니스를 바른 것처럼 번들거리는 잎사귀를 육두구나무가 짙은 향기로 대기를 가득 채우고 있었다. 숲속에서는 떼지어 뛰어다니는 원숭이들이 경계 태세를 취하고 있었다. 이곳 밀림에는 호랑이도 살고 있을 것이다. 이 비교적 작은 섬에 맹수들이 전멸되지 않고 있다는 게 이상하지만, 호랑이는 말레이 반도에서 헤엄을 쳐서 해협을 건너온다고 한다.

160

섬은 초라한 행색에도 불구하고 아름다웠다

아우다 부인과 그 동반자―그는 시골 풍경을 건성으로 바라보았다―는 두 시간쯤 시골길을 달리고 나서 시내로 돌아왔다. 시내는 짓눌린 듯 낮게 웅크린 집들의 거대한 집합체였다. 망고스틴과 파인애플을 비롯하여 세상에서 가장 맛있는 과일이 주렁주렁 매달려 있는 아름다운 정원이 시내를 둘러싸고 있었다.

10시에 그들은 배로 돌아갔다. 형사도 큰마음 먹고 마차를 세내어 그들을 뒤밟고 다녔지만, 두 사람은 조금도 눈치채지 못했다.

파스파르투는 '랭군' 호 갑판에서 기다리고 있었다. 이 선량한 젊은이는 망고스틴 열매를 수십 개나 사왔다. 망고스틴은 크기가 능금만 하고, 겉은 짙은 갈색이지만 속은 새빨간 색이었다. 입 안에 넣으면 살살 녹는 하얀 과육은 진짜 식도락가에게는 비할 데 없는 기쁨을 준다. 파스파르투는 그 맛있는 과일을 아우다 부인에게 줄 수 있는 것이 그저 기쁠 따름이었다. 부인은 아주 우아하게 고마움을 표했다.

11시에 '랭군' 호는 석탄을 가득 싣고 닻을 올렸다. 그리하여 몇 시간 뒤에는 지구에서 가장 아름다운 호랑이들을 그 숲속에 품고 있는 말레이 반도의 높은 산들이 승객들의 시야에서 사라져갔다.

싱가포르는 중국 연안에 외따로 있는 작은 영국령 홍콩 섬까지 1300해리쯤 떨어져 있다. 필리어스 포그가 11월 6일 홍콩을 떠나 일본의 주요 항구인 요코하마로 가는 배를 타려면, 이 거리를 적어도 엿새 안에 건너갈 필요가 있었다.

'랭군' 호는 만원이었다. 싱가포르에서 인도인·실론인·중국인·말레이인·포르투갈인 등 많은 손님들이 승선했다. 그러나 그들은 대부분 2등실 승객이었다.

지금까지는 날씨가 아주 좋았지만, 달이 하현으로 기울자 날씨도 함께 바뀌어 바다가 거칠어지기 시작했다. 바람도 이따금 강하게 불었지만, 다행히 동남풍이어서 배의 항해를 도와주었다. 선장은 돛을 쓸 수 있을 때는 돛을 폈다. 쌍돛대를 갖춘 '랭군' 호는 두 개의 윗돛과 앞돛을 이용하여 항해할 때가 많았고, 그러면 증기와 바람의 힘이 함께 작용하여 속도가 더욱 빨라졌다. 이런 식으로 배는 밀어닥치는 파도를 헤치며 안남(베트남)과 코친차이나(인도차이나 남부) 연안을 따라 달렸다. 이런 항해는 이따금 승객들을 몹시 지치게 했다.

그러나 이것은 바다 탓이 아니라 선박 탓이었다. 승객들 대부분이 배멀미에 시달리고 고통을 겪은 것도 그 원인이 배에 있었다.

사실 중국해를 항해하는 '인도-극동 해운' 소속의 배들은 그 구조에 중대한 결함을 안고 있었다. 짐을 가득 실었을 때의 흘수선[46]과 갑판에서 용골[47]까지의 비례가 잘못 계산되어 있어, 파도에 대한 저항력이 낮았다. 또한 밀폐된 수밀실[48]의 용적이 불충분했다. 뱃사람들 말로 한다면 배가 '들떠 있는' 상태였다. 이런 구조 때문에 조금만 파도가 높아도 배가 심하게 흔들린다. 따라서 이 배들은, 발동기나 증기기관은 어떨지 모르지만 적어도 구조면에서는 '프랑스 우편회사' 소속의 '앵페라트리스' 호나 '캉보주' 호 같은 선박보다 설계가 뒤떨어진다. 기술자의 계산에 따르면, 프랑스 배는 선박 자체의 무게와 같은 양의 물을 실어도 가라앉지 않지만, '골콘다' 호나 '코리아' 호나 '랭군' 호 같은 '인도-극동 해운회사'의 배들은 자체 무게의 6분의 1도 안 되는 물만 뒤집어써도 기라앉을 수 있다.

그래서 날씨가 나쁘면 '렝군' 호는 아주 조심할 필요가 있었다. 이따금 배는 돛을 줄이고 출력도 떨어뜨려야 했다. 그래서 시간이 지체되었다. 이 손실에 대해 필리어스 포그는 조금도 걱정하지 않는 것 같았지만, 파스파르투는 몹시 울화를 터뜨렸다. 배가 속도를 늦출 때면 파스파르투는 선장과 기관사와 회사를 욕하고, 승객 수송에 관계된 모든 사람을 저주했다. 새빌로의 저택에서 계속 타고 있는 가스 요금을 내야 한다는 생각도 그를 더욱 안달하게 했을지 모른다.

하루는 형사가 파스파르투에게 말했다.

"당신은 정말로 홍콩에 빨리 도착하고 싶어서 안달하는 것 같군요."

"그럼요!"

"포그 씨가 요코하마로 가는 배에 빨리 타고 싶어하는가 보죠?"

"물론이죠."

"그럼 당신도 이제는 80일간의 세계일주라는 그 별난 여행을 진짜로 믿고 있군요?"

"그럼요. 댁은 어떤데요?"

"나요? 나는 안 믿습니다."

"시치미떼기는!" 파스파르투는 픽스에게 윙크를 하면서 대답했다.

이 말은 형사를 생각에 잠기게 했다. 왠지는 모르지만 불안한 생각이 들었다. 이 프랑스인이 내 정체를 눈치챈 걸까? 어떻게 생각해야 좋을지 알 수가 없었다. 하지만 지금까지 형사라는 신분을 그토록 철저히 감추었는데, 파스파르투가 어떻게 알아챘을까? 이 녀석이 그런 말을 하는 것은 분명 뭔가 속셈이 있어서일 것이다.

그러던 어느 날, 이 정직한 젊은이는 좀더 깊이 파고든 생각을 했지만, 그것을 마음속에 간직해둘 수가 없었다. 그는 입이 가벼운 사람이었다. 그래서 다소 짓궂은 어조로 길동무에게 말을 걸었다.

"저, 픽스 씨. 홍콩에 도착하면 유감스럽게도 작별해야겠군요?"

픽스는 좀 당황하면서 대답했다.

"글쎄요. 모르겠습니다…… 어쩌면……."

"댁이 함께 가주시면 저는 정말 기쁠 겁니다. 이 배의 회사 직원이 도중에 내리면 안 되지 않습니까. 댁은 봄베이까지만 갈 작정이었는데 이제 곧 중국입니다. 미국도 그리 멀지 않아요. 그리고 미국에서 유럽까지는 엎어지면 코 닿을 거리지요."

픽스는 상대를 지그시 바라보았다. 그러나 상대는 더없이 상냥한 표정을 짓고 있었다. 그래서 상대와 함께 소리내어 웃어버렸다. 하지만 파스파르투는 더욱 신이 나서 "그런 일을 하면 꽤 돈벌이가 될 테죠?" 하고 물었다.

"그렇다고 할 수도 있고, 아니라고 할 수도 있지요." 픽스는 눈썹 하나 까딱하지 않고 대답했다. "일이 잘 풀릴 때도 있고 안 풀릴 때도 있으니까요. 하지만 내 돈으로 여행하고 있는 건 아닙니다."

"그야 물론 그렇겠지요!" 파스파르투는 더욱 큰 소리로 껄껄 웃으며 대꾸했다.

픽스는 선실로 돌아와 생각에 잠겼다. 녀석은 확실히 눈치를 챈 모양이다. 어떻게 눈치챘는지는 모르지만, 녀석은 내가 형사라는 것을 알아차렸어. 그런데 벌써 주인한테 얘기했을까? 녀석은 그 사건에서 어떤 역할을 맡았을까? 공범일까? 나의 계획은 들통이 나고, 그래서 실패로 끝난 것일까? 형사는 선실에서 괴로운 몇 시간을 보냈다. 모든 노력이 수포로 돌아갔다고 생각하다가도 다음 순간에는 포그가 여전히 상황을 모르고 있는 게 아닐까 하는 기대를 품기도 했다. 결국에는 어떻게 생각해야 할지 갈피를 잡을 수 없게 되어버렸다.

하지만 이윽고 그의 머리가 다시 냉정해졌다. 그는 파스파르투에게 솔직히 털어놓고 부딪쳐보기로 결심했다. 홍콩에서 포그를 체포할 수 있는 여건이 갖추어지지 않고, 또한 포그가 드디어 영국 땅을 떠나버릴 작정이라면, 파스파르투에게 모든 사정을 털어놓자. 하인과 주인이 한통속이라면 주인도 모든 것을 알고 있을 테니 만사 끝장이다. 하지만 하인이 도둑질에 전혀 관여하지 않았다면, 주인과 손을 끊는 것이 그에게는 이로울 것이다.

두 사람이 놓여 있는 처지는 그러했다. 하지만 필리어스 포그는 당당하고 무관심하게 그들의 머리 위를 날고 있었다. 그는 인력에 이끌려 자기 둘레에 모여드는 소행성에는 도무지 관심이 없는 채 세계일주의 궤도를 따라 움직이고 있었다.

그러나 포그 옆에는, 천문학자들의 말을 빌리면 섭동[49]을 일으키는 천체가 하나 있었다. 그 존재는 신사의 마음에 동요를 일으켜야 마땅하다. 그런데 전혀 그렇지 않았다! 아우다 부인의 매력은 포그에게 아무 영향도 미치지 않았다. 파스파르투는 놀라지 않을 수 없었다. 섭동력이 존재한다 해도, 그 힘은 해왕성의 발견으로 이어진 천왕성의 섭동력보다 계산하기가 훨씬 어려웠을 것이다.

그렇다! 파스파르투는 젊은 여인의 눈 속에 주인에 대한 감사의 마음이 가득 담겨 있는 것을 보고 놀랐다. 그러나 그 감사의 과녁인 필리어스 포그는 사랑이 아니라 영웅적인 용기를 발휘하는 데 필요한 심장만 갖고 있는 모양이었다. 그도 속으로는 여행의 성공을 걱정하고 있었을지 모르나, 겉으로는 전혀 걱정하는 기색을 보이지 않았다. 파스파르투는 잠시도 불안에서 벗어나지 못했다. 하루는 기관실 난간에 기대어 강력한 기계를 바라보고 있었다. 이따금 배가 심하게 흔들리면 스크루가 물 밖에서 헛돌아 엔진이 신음소리를 내곤 했다. 그러면 증기가 밸브에서 뿜어나왔다. 선량한 젊은이는 그때마다 화를 내며 소리질렀다.

　"압력이 모자라기 때문이야! 배가 도무지 나아가질 않고 있잖아! 영국인은 이래서 곤란하단 말야. 이게 미국 배였다면 좀더 까불긴 하겠지만, 그래도 지금보다는 훨씬 빨리 달리고 있을 텐데!"

18

필리어스 포그, 파스파르투, 픽스,
저마다 자기 일에 몰두하다

항해의 마지막 며칠 동안은 날씨가 더욱 나빠졌다. 바람은 상당히 거세지고 계속 서북쪽에서 불어와 배의 진행을 방해했다. 좀 불안정한 '랭군' 호는 심하게 흔들렸다. 난바다에서 불어오는 바람이 일으키는 거친 파도에 승객들이 짜증을 내는 것도 당연했다.

11월 3일과 4일에는 폭풍이 몰아쳤다. 강한 돌풍이 바다를 채찍질했다. '랭군' 호는 12시간 동안 뱃머리를 바람이 불어오는 쪽으로 돌린 채, 가라앉지 않도록 스크루를 분당 10번씩만 돌리면서 거친 파도 속을 비스듬히 나아가야 했다. 돛을 모두 접었지만, 그래도 많은 삭구[50]가 강풍을 받아 휙휙 소리를 냈다.

배의 속력은 상당히 떨어졌다. 이런 속도로 나아가면 홍콩에는 예정보다 20시간쯤 늦게 도착할 것으로 예상되었다. 폭풍이 가라앉지 않으면 그보다 더 늦어질 것이다.

필리어스 포그는 마치 그 자신을 방해하기 위해 음모라도 꾸미는 듯이 미쳐 날뛰는 바다의 광경을, 여느 때의 그 침착한 태도로 바라보고 있었다. 예정보다 20시간이 늦어지면 요코하마행 배편을 놓치게 될 테고, 따라서 여행 일정 전체가 위험에 빠질 수 있었지만, 그의 얼굴에는 낙담한 기색이 조금도 드러나 있지 않았다. 이 냉정한 인물은 초조감도 짜증도 전혀 느끼지 않았다. 폭풍을 예상하고 처음부터 계산에 넣어둔 듯한 태도였다. 아우다 부인도 일정이 지체되고 있는 사태에 대해 포그 씨와 이야기를 나누었지만, 그녀 또한 그가 여느 때와 다름없이 침착하다고 느꼈다.

픽스는 이 상황을 그런 눈으로 보지 않았다. 실은 정반대였다. 폭풍은 그를 기쁘게 해주었다. '랭군' 호가 폭풍을 피해 먼 길을 돌아가야 했다면, 그는 더없이 만족했을 것이다. 항해의 지연은 어떤 이유에서든 그에게 바람직했다. 요코하마행 배를 놓치면 포그 씨는 며칠 동안 홍콩에 발이 묶일 것이기 때문이다. 마침내 하늘이 폭풍과 풍랑으로 그를 도와주고 있었다. 배멀미로 구역질이 났지만, 그것은 문제가 아니었다. 몇 번을 토했는지 헤아릴 수도 없을 정도였지만, 배멀미로 허리가 꺾일 만큼 고통을 겪으면서도 그의 마음은 끝없는 만족감을 맛보고 있었다.

그렇다면 파스파르투는 이 시련의 시기를 어떻게 보냈을까. 숨길 수 없는 분노로 길길이 날뛰었으리라는 것은 상상이 되고도 남는다. 지금까지는 모든 게 순조로웠는데! 땅도 바다도 주인님 앞에 굴복한 것처럼 보였는데! 기선도 기차도 주인님한테 고분고분했는데! 바람과 증기도 힘을 합쳐 주인님의 여행을 도왔는데! 그런데 이제 불운의 경종이 울릴 때가 온 것인가? 파스파르투는 2만 파운드의 내깃돈을 제 주머니에서 내주기라도 해야 하는 것처럼 제정신이 아니었다. 폭풍은 그를 격분시키고, 돌풍은 그를 광란으로 몰아넣었다. 할 수만 있다면 저 반항적인 바다를 채찍으로 마구 때려주고 싶었다. 가엾은 녀석! 픽스는 자신의 만족감을 드러내지 않도록 조심했다. 그것은 잘한 일이었다. 파스파르투가 픽스의 은밀한 만족감을 알아챘다면, 픽스는 큰 곤경에 빠졌을 것이기 때문이다.

파스파르투는 폭풍이 몰아치는 동안 줄곧 '랭군' 호 갑판에 버티고 있었다. 도저히 선실에서 가만히 있을 수가 없었던 것이다. 그는 돛대 위로 올라가 원숭이처럼 민첩하게 모든 일을 도와주었기 때문에 선원들은 놀라서 눈이 휘둥그래졌다. 그는 선장과 항해사와 선원들을 붙잡고 같은 질문을 수없이 되풀이했다. 그들은 젊은이가 안달하는 것을 보고 웃지 않을 수 없었다. 파스파르투는 폭풍이 언제까지 계속될 것인지 알고 싶어했다. 그러면 선원들은 가서 청우계를 보라고 말했다. 청우계 눈금은 고집스럽게 올라가기를 거부했다. 파스파르투는 청우계를 계속 흔들어댔지만, 그런다고 눈금이 올라갈 리는 없었다. 청우계를 아무리 흔들어도, 그 죄 없는 기구에 저주를 퍼부어도 아무 소용이 없었다.

마침내 폭풍이 가라앉았다. 11월 4일 낮에 바다 상태가 바뀌었다. 바람은 남쪽으로 2포인트[51] 돌아가 다시금 순풍이 되었다.

파스파르투도 날씨와 함께 평온을 되찾았다. '랭군' 호는 윗돛과 아랫돛을 다시 펼치고, 빠른 속도로 항로를 내달렸다.

하지만 잃어버린 시간을 모두 되찾을 수는 없었다. 이제 불가피한 사태를 받아들일 수밖에 없었다. 11월 6일 오전 5시에야 겨우 육지가 보이기 시작했다. 필리어스 포그의 일정표로는 5일

그는 돛대 위로 올라가 원숭이처럼 민첩하게 도와주었다

홍콩에 도착할 예정이었다. 그러니 24시간 연착한 셈이다. 요코하마행 배는 도저히 탈 수 없게 되었다.

6시에 수로 안내인이 '랭군' 호에 올라와, 홍콩 항으로 배를 인도하기 위해 브리지에 자리를 잡았다.

파스파르투는 요코하마행 배가 벌써 떠났는지 어떤지 그 남자에게 묻고 싶어 견딜 수가 없었다. 그러나 마지막 순간까지 한 가닥 희망이라도 간직하고 싶어서 감히 물어볼 수가 없었다. 그는 픽스에게 걱정을 털어놓았다. 교활한 픽스는 그를 위로하면서, 다음 배편을 이용해도 늦지 않을 거라고 말했다. 이 말을 듣고 파스파르투는 얼굴이 파래지도록 화를 냈다.

파스파르투는 수로 안내인에게 감히 묻지 않았지만, 포그 씨는 브래드쇼의 《여행 안내》를 조사하고 나서, 차분한 태도로 홍콩발 요코하마행 정기선이 언제 떠나는지 아느냐고 수로 안내인에게 물었다.

"내일 아침 만조 때 떠납니다."

"아, 그렇군요." 포그 씨는 놀란 기색을 조금도 드러내지 않고 말했다.

옆에 있던 파스파르투는 수로 안내인을 껴안아주고 싶었겠지만, 픽스는 수로 안내인의 목을 비틀어버리고 싶었으리라.

"배의 이름은 뭡니까?" 포그 씨가 물었다.

"'카르나티크' 호라고 합니다."

"그 배는 어제 떠날 예정이 아니었던가요?"

"예. 하지만 보일러 하나가 고장나서 수리를 해야 했어요. 그래서 출발이 내일로 연기된 겁니다."

"고맙습니다." 포그 씨는 이렇게 대답하고, 자동인형 같은 동작으로 '랭군' 호의 휴게실로 내려갔다.

파스파르투는 수로 안내인의 손을 움켜잡고 힘차게 흔들면서 말했다.

"고맙습니다. 정말 친절하신 분이군요!"

수로 안내인은 자신의 대답이 왜 그런 친밀감을 불러일으켰는지 전혀 이해하지 못했을 것이다. 뱃고동이 울리자 그는 수많은 정크(중국배)와 탱커(유조선)와 어선을 비롯하여 홍콩의 좁은 해협을 메우고 있는 온갖 배들 사이로 기선을 이끌어갔다.

'랭군' 호는 1시에 부두에 도착했다. 승객들이 상륙하기 시작했다.

이런 경우, 행운은 이상하게도 필리어스 포그를 편들었다. 그것은 인정할 수밖에 없다. 보일러를 수리할 필요가 없었다면 '카르나티크' 호는 11월 5일 떠났을 테고, 그랬다면 일본행 여객들은 다음 배가 떠날 때까지 꼬박 일주일을 기다려야 했을 것이다. 포그 씨가 예정보다 24시간 늦어진 것은 사실이지만, 이 시연이 남은 여행에 지장을 초래하는 것은 아니었다.

요코하마에서 태평양을 건너 샌프란시스코로 가는 배는 홍콩에서 오는 배와 직접 연계되고, 따라서 그 배가 도착하지 않으면 떠날 수 없었기 때문이다. 그러니 요코하마에는 24시간 늦게 도착하겠지만, 그 정도는 태평양을 건너는 22일 동안에 쉽게 만회할 수 있을 터였다. 따라서 24시간의 지연을 별도로 한다면, 일정표대로, 즉 런던을 떠난 뒤 35일이라는 계산이 되었다.

'카르나티크' 호는 이튿날 아침 5시에 떠날 예정이었기 때문에, 포그 씨에게는 자신의 일을 할 수 있는 16시간의 여유가 있었다. 아니, 그의 일이라기보다 아우다 부인의 일이었다. 그는 배에서 내리자 젊은 여인의 팔짱을 끼고 가마가 있는 곳으로 갔다. 그러고는 가마꾼에게 좋은 호텔이 어디냐고 물었다. 그러자 가마꾼은 '클럽 호텔'이 좋다고 대답했다. 가마가 출발했다. 파스파르투는 그 뒤를 따라 걸어갔다. 그들은 20분 뒤에 호텔에 도착했다.

필리어스 포그는 젊은 여인을 위해 방을 잡고, 불편한 것이 없도록 마음을 썼다. 그리고 이제부터 홍콩에서 부인을 맡길 친척을 찾으러 나가보겠다고 아우다 부인에게 말했다. 또한 파스파르투에게는, 아우다 부인이 혼자 있지 않도록 자기가 돌아올 때까지 호텔에 남아 있으라고 일렀다.

포그 씨는 마차를 타고 증권거래소로 달려갔다. 홍콩에서 가장 부유한 사업가로 알려진 제제흐 씨 같은 사람이라면 증권거래소 사람들도 알고 있을 거라고 생각한 것이다.

아니나다를까, 포그 씨와 말을 나눈 주식 중개인은 그 파르시 상인을 알고 있었다. 그런데 제제흐 씨는 2년 전부터 중국에 살고 있지 않았다. 큰 재산을 모은 뒤 유럽으로 주거를 옮긴 것이다. 그는 사업을 하는 동안 네덜란드와 많은 거래를 했으니까, 아마 네덜란드로 갔을 거라고 중개인은 말했다.

필리어스 포그는 곧장 호텔로 돌아왔다. 그러고는 곧바로 아우다 부인에게 면회를 청했다. 그녀가 나타나자마자 당장 요점으로 들어가서, 제제흐 씨는 이제 홍콩에 살고 있지 않다, 네덜란드로 간 모양이라고 말했다.

아우다 부인은 아무 대답도 하지 않은 채 이마에 손을 얹고 잠시 생각하다가, 부드러운 목소리로 말했다.

"그럼 전 어떡하면 좋죠, 포그 씨?"

"그건 간단합니다. 우리와 함께 유럽으로 갑시다."

"하지만 너무 신세를……."

"그렇지 않습니다. 부인이 함께 간다고 해도 내 여행에는 아무 지장이 없어요. 이보게, 파스파르투!"

"예, 나리."

"'카르나티크' 호에 가서 선실을 세 개 예약하고 오게."

파스파르투는 그토록 친절히 대해주는 아우다 부인과 함께 여행을 계속하게 된 것을 기뻐하며 클럽 호텔을 나왔다.

19

파스파르투, 주인에게 너무
지나치게 관심을 가지다

　홍콩은 하나의 작은 섬에 불과하다. 1842년에 아편전쟁이 끝난 뒤 난징조약에 의해 영국의 영유가 인정되었다. 그후 몇 년 동안에 대영제국의 천재적인 식민지 건설자들은 이곳에 중요한 도시를 세우고 빅토리아 항구를 만들었다. 이 섬은 광둥 강 어귀에 위치해 있고, 맞은편 연안의 포르투갈령 마카오와는 60킬로미터 정도밖에 떨어져 있지 않다. 홍콩은 상업 분야에서 마카오를 쓰러뜨리지 않으면 안 되었고, 그래서 지금은 중국 무역의 대부분이 이 영국 도시를 통해 이루어지고 있었다. 계선장·병원·부두·창고·고딕 성당·총독 관저·포장도로 등 모든 것이 영국의 켄트 주나 서리 주에 있는 시장 도시들 가운데 하나가 지구를 꿰뚫고 거의 정반대 지점에 있는 중국의 이곳으로 불쑥 솟아오른 것처럼 여겨질 정도였다.

　파스파르투는 두 손을 주머니에 찔러넣고, 가마와 휘장을 씌운 손수레, 길거리에 북적거리는 중국인과 일본인과 유럽인들을 바라보면서 빅토리아 항구 쪽으로 갔다. 이 훌륭한 젊은이가 항구로 가면서 본 것은 이번에도 역시 봄베이나 캘커타나 싱가포르와 거의 비슷한 풍경이었다. 영국 도시들이 길게 꼬리를 끌면서 지구를 돌고 있는 듯한 느낌이 들었다.

파스파르투는 빅토리아 항구에 도착했다. 그곳 광둥 강 어귀에는 영국 · 프랑스 · 미국 · 네덜란드 등 온갖 국적의 상선과 군함, 일본이나 중국의 화물선, 정크, 삼판(바닥이 평평한 목선), 탱커가 북적거리고 있고, 심지어 꽃배들도 있었는데, 이 배들은 물위에 떠 있는 꽃밭을 이루고 있었다. 파스파르투는 여기저기 어슬렁거리면서, 주민들이 대부분 노란 옷을 입고 있고, 거의 다 노인이라는 것을 알아차렸다. 파스파르투는 '중국풍으로' 수염을 깎으려고 이발소에 들어가서 그 노인들에 대해 물어보았다. 영어를 꽤 잘하는 이발사가 대답하기를, 그 노인들은 모두 여든 살이 넘었고, 그 나이가 되면 제국의 색깔인 노란색 옷을 몸에 걸칠 수 있는 특권이 주어진다는 것이다. 그 이유는 잘 납득되시 않았지만, 파스파르투는 무척 재미있는 일이라고 생각했다.

그는 깨끗이 면도를 하고 '카르나티크' 호가 정박해 있는 부두로 갔다. 그리고 그곳을 서성거리고 있는 픽스를 보았다. 그는 조금도 놀라지 않았다. 하지만 형사는 몹시 낙담한 표정을 짓고 있었다.

"잘됐어! 사정이 혁신 클럽 신사들에게는 재미없게 돌아가고 있나 보군!" 파스파르투는 혼자 중얼거렸다.

그리고 픽스의 곤혹스러운 표정은 모른 체하면서 쾌활한 미소를 지으며 다가갔다.

그런데 형사는 자신을 줄곧 따라다니는 지긋지긋한 불운을

파스파르투는 여기저기 어슬렁거리면서 ……

저주할 충분한 이유가 있었다. 아직도 체포영장이 도착하지 않은 것이다! 체포영장이 그를 바싹 뒤따라오고 있는 것은 분명하지만, 그 영장을 손에 넣으려면 이 도시에 며칠 더 머물러 있어야 한다. 그런데 홍콩은 포그 씨의 여정에서 마지막 영국령이기 때문에, 만약 그를 이 항구에 붙들어두지 못하면 영영 놓치게 되는 것이다.

"아하, 픽스 씨. 우리랑 함께 미국에 가기로 결심하셨나요?" 파스파르투가 물었다.

"그렇소." 픽스는 이를 악물고 대답했다.

"그것 보세요!" 파스파르투는 큰 소리로 웃으면서 말했다. "나는 댁이 우리와 도저히 헤어질 수 없는 운명이라는 것을 잘 알고 있었지요. 자, 선실을 예약하러 갑시다. 어서요!"

그래서 두 사람은 해운회사 사무실에 가서 네 사람 분의 선실을 예약했다. 사무원은 '카르나티크' 호의 수리가 끝났기 때문에 전에 예고된 내일 아침이 아니라 오늘 저녁 8시에 떠날 예정이라고 말했다.

"그거 잘됐군!" 파스파르투가 말했다. "주인님이 기뻐하시겠어. 어서 가서 말씀드려야지."

그때 픽스는 극단적인 결심을 했다. 파스파르투에게 모든 것을 털어놓기로 마음먹은 것이다. 필리어스 포그를 사나흘만이라도 홍콩에 붙들어두기 위해서는 그것밖에 방법이 없었다.

사무실을 나오자 픽스는 어디 술집에라도 가서 한잔 하자고 제의했다. 시간이 충분했기 때문에 파스파르투도 이 제의를 받아들였다.

부둣가에 술집 하나가 영업을 하고 있었다. 그래서 두 사람은 그 술집으로 들어갔다. 깨끗이 장식된 널찍한 방 안쪽에 쿠션을 깐 간이침대가 놓여 있고, 그 위에는 몇 명이 나란히 누워 잠자고 있었다.

홀에는 서른 명쯤 되는 손님들이 등나무로 만든 작은 탁자를 둘러싸고 앉아 있었다. 에일이나 포터 같은 영국 맥주를 마시는 사람도 있고, 진이나 브랜디 같은 독한 술을 홀짝이는 사람도 있었다. 그리고 대부분은 붉은 도기의 긴 담뱃대에 장미 향유와 아편을 섞어 뭉친 것을 담아서 피우고 있었다. 이따금 아편 연기에 취해 탁자 밑으로 굴러 떨어지는 사람도 있었다. 그러면 사동들이 재빨리 나타나 머리와 발을 잡고 간이침대로 데려가서 동료 옆에 눕혔다. 취해서 인사불성이 된 사람들이 벌써 스무 명이나 나란히 누워 있었다.

픽스와 파스파르투는 아편굴에 들어왔음을 알아차렸다. 장삿속이 지독한 영국은 정신이 몽롱해지고 몸도 수척해지고 백치가 되어버린 중독자들에게 아편이라고 불리는 그 치명적인 마약을 매년 1천만 파운드어치나 팔아먹고 있는 것이다. 그것은 인간성 가운데 가장 해로운 악덕을 이용하여 벌어들이는 슬픈 돈이다.

중국 정부는 엄중한 법률로 그런 악폐를 없애려 했지만 아무 성과도 거두지 못했다. 처음에는 부유층만 즐겼던 아편이 하층 계급에까지 퍼졌고, 사회 전체가 황폐해지는 것을 더는 막을 수 없게 되었다. 중국에서는 언제 어디서나 아편을 피운다. 남자도 여자도 그 개탄스러운 정열에 몸을 맡긴다. 일단 아편에 중독되면 도저히 끊을 수 없다. 억지로 끊으려 하면 끔찍한 위경련에 시달린다. 심한 사람은 하루에 여덟 대까지 피워야 하지만, 그런 사람은 5년 안에 죽고 만다.

홍콩에도 이런 종류의 아편굴이 많았는데, 픽스와 파스파르투가 한잔 하러 들어간 곳도 바로 그런 곳이었다. 파스파르투는 돈이 한푼도 없었지만, 적절한 기회에 보답하면 되리라 생각하고 픽스의 친절한 제의를 기꺼이 받아들였다.

그들은 포도주 두 병을 주문했다. 파스파르투는 프랑스인답게 포도주를 즐겼지만, 좀더 자제심이 있는 픽스는 별로 마시지 않고 파스파르투의 동정을 살폈다. 그들은 이런저런 이야기를 나누었지만, 특히 픽스가 '카르나티크' 호를 타기로 한 멋진 생각이 주로 화제에 올랐다. 파스파르투는 출항이 몇 시간 앞당겨진 것을 생각해내고, 마침 술병도 비었기 때문에 주인에게 가서 알리려고 자리에서 일어났다.

하지만 픽스가 그를 붙잡았다.

"잠깐만."

"왜요?"

"중대한 문제를 의논하고 싶소."

"중대한 문제요?" 파스파르투는 술잔 바닥에 남은 포도주 몇 방울을 마저 마시고 나서 말했다. "그건 내일 이야기합시다. 오늘은 시간이 없으니까요."

"아무든 앉으시오! 실은 낭신 수인과 관련된 일이오."

이 말에 파스파르투는 픽스의 얼굴을 지그시 바라보았다.

픽스의 표정이 여느 때와 달라져 있었다. 파스파르투는 다시 자리에 앉았다.

"무슨 얘기인데요?"

픽스는 파스파르투의 팔에 손을 얹고 목소리를 낮추었다.

"내가 누군지는 벌써 알아차렸겠지요?"

"그럼요!" 파스파르투는 빙긋 웃으면서 말했다.

"그럼 다 털어놓겠소……."

"저도 대강은 짐작하고 있어요. 근거는 없지만 말입니다. 아무튼 얘기해보세요. 하지만 그 전에 말씀드리고 싶은데, 그 신사들은 헛된 돈을 썼어요!"

"헛된 돈? 멋대로 말하는군. 당신은 그 금액이 얼마나 되는지 모르는 모양인데……."

"아니, 알고 있어요. 2만 파운드죠."

"5만 5천 파운드." 픽스는 파스파르투의 손을 잡으면서 말했다.

"뭐라고요? 5만 5천 파운드! 포그 씨가 그런 거액을? 그렇다면 더더욱 한시도 우물쭈물하고 있을 수가 없지." 그는 다시 일어나면서 말했다.

"5만 5천 파운드요!" 픽스는 파스파르투를 억지로 앉히고 브랜디 한 병을 주문하면서 다시 한 번 말했다. "만약 내가 성공하면 2천 파운드를 보상금으로 받게 돼요. 나를 도와준다면 5백 파운드를 드리겠소."

"당신을 도와준다고요?" 파스파르투는 눈을 크게 뜨고 소리쳤다.

"그렇소. 포그 씨를 홍콩에 며칠 더 붙들어둘 수 있도록 도와주면."

"뭐라고요? 도대체 무슨 소리를 하고 있는 겁니까? 아니 그래, 그 신사들은 내 주인님의 성실성을 의심해서 뒤를 밟게 해놓고, 이제는 그것으로도 부족해서 훼방까지 놓겠다는 겁니까? 부끄러운 줄 알아야지!"

"도대체 무슨 소리를 하는 거요?"

"이건 반칙이나 마찬가지라는 겁니다. 차라리 포그 씨를 발가 벗기고 주머니에서 돈을 꺼내가는 편이 나아요!"

"우리가 하려고 하는 게 바로 그거요!"

"이건 음모예요!" 픽스가 계속 따라주는 브랜디를 저도 모르게 계속 들이켠 파스파르투는 술기운으로 점점 흥분하여 소리를 질렀다. "강도짓이라고요. 그러고도 신사라니! 그러고도 동료라니!"

픽스는 오리무중에 빠진 기분이었다.

"동료라는 자들이! 혁신 클럽 회원이라는 자들이! 분명히 말해두겠는데요, 내 주인님은 정직한 사람입니다. 도박을 하더라도 정정당당하게 이기려 애쓰고 있지요."

"그런데 당신은 도대체 나를 누구라고 생각하고 있소?" 픽스는 파스파르투를 뚫어지게 바라보면서 물었다.

"그야 물론 혁신 클럽 회원들이 보낸 첩자겠죠. 주인님의 경유지를 감시하도록 보낸 첩자 말입니다. 정말 수치스러운 일입니다. 나는 얼마 전부터 댁이 누군지 눈치채고 있었지만 포그 씨한테는 알리지 않고 있었어요."

"그럼 그 사람은 아무것도 모르고 있겠군?" 픽스가 다그치듯 물었다.

"그래요. 아무것도 몰라요." 파스파르투는 또다시 술잔을 비우면서 대답했다.

형사는 이마를 문질렀다. 말을 다시 시작하기 전에 잠시 뜸을 들였다. 어떻게 할까? 파스파르투는 시작부터 잘못 생각하고 있는 모양이다. 그 때문에 오히려 계획을 실행에 옮기기가 더 어려워졌다. 이 젊은이는 아주 솔직하게 털어놓고 있는 게 분명하다. 주인의 공범이 아닌 것도 명백하다.

'공범이 아니라면 나를 도와줄 거야.' 픽스는 속으로 생각했다.

형사는 두 번째 결심을 했다. 어쨌든 꾸물거릴 시간이 없었다. 무슨 수를 써서라도 홍콩에서 포그를 체포해야 한다.

"이봐." 픽스는 무뚝뚝하게 말했다. "내 말 잘 들어. 나는 자네가 생각하는 그런 사람이 아니야. 혁신 클럽 회원들이 보낸 첩자가 아니라……."

"흥!" 파스파르투는 조롱하듯 픽스를 바라보며 코웃음을 쳤다.

"나는 런던 경찰이 파견한 형사야."

"댁이…… 형사라고?"

"그래. 증거를 보여주지. 이게 내 신분증이야."

형사는 수첩에서 서류를 꺼내, 런던 경찰청장의 서명이 들어 있는 증명서를 보여주었다. 깜짝 놀란 파스파르투는 아무 말도 못하고 픽스를 뚫어지게 바라보았다.

"포그 씨의 내기는 자네와 혁신 클럽 동료들을 속이기 위한 속임수였을 뿐이야. 자네가 아무것도 모르고 협력해주는 것이 포그한테는 이로웠으니까."

"하지만 왜?"

"잘 들어. 지난 9월 28일 영국은행에서 5만 5천 파운드가 도난당했고, 범인의 인상서가 작성되었는데, 이게 그 인상서야. 모든 게 포그와 똑같아!"

"말도 안 돼요!" 파스파르투는 큼지막한 주먹으로 탁자를 내리치면서 소리쳤다. "제 주인님은 세상에서 가장 정직한 사람이

"이봐, 내 말 잘 들어" 하고 픽스는 무뚝뚝하게 말했다

라고요!"

"그걸 자네가 어떻게 알아? 자네도 실제로는 포그를 모르잖아! 자네는 포그가 런던을 떠나던 날 고용되었고, 포그는 되지도 않는 구실을 내세워 짐도 꾸리지 않고, 돈다발만 안고서 서둘러 런던을 떠났어. 그런데도 자네는 그가 정직한 사람이라고 말할 수 있겠나?"

"그렇습니다. 그래요!" 가엾은 젊은이는 기계적으로 되풀이했다.

"그럼 자네는 공범으로 체포되고 싶나?"

파스파르투는 두 손에 얼굴을 묻었다. 형사의 말을 도저히 받아들일 수가 없었다. 형사를 쳐다볼 용기가 나지 않았다. 필리어스 포그 씨가 도둑이라고? 아우다 부인을 구출해준 용감하고 관대한 분이? 하지만 불리한 증거가 너무 많았다! 파스파르투는 마음속에 스며드는 의심과 싸우려고 애썼다. 주인이 도둑이라고는 아무래도 믿어지지 않았다.

"그래, 저한테 원하는 게 뭡니까?" 그는 간신히 자신을 다잡으면서 형사에게 물었다.

"실은 말이지, 나는 여기까지 포그의 뒤를 쫓아왔는데, 런던에 요청한 체포영장이 아직 도착하지 않았어. 그래서 포그를 여기 홍콩에 잡아두는 데 자네가 도와달라는 거야."

"제가요? 제가 뭘……."

"나를 도와주면 은행에서 받게 될 보상금 2천 파운드의 반을 나누어주겠어!"

"싫습니다!" 파스파르투는 일어나려고 했지만, 머리가 어지럽고 기력이 몸에서 빠져버린 느낌이어서 다시 주저앉았다.

"픽스 씨." 그는 더듬거리며 말했다. "당신 이야기가 모두 사실이라 해도…… 제 주인님이 정말로 당신이 찾고 있는 도둑이라 해도…… 설마 그럴 리는 없겠지만…… 나는 전에도 그랬고 지금도 그분의 하인입니다…… 그분은 줄곧 친절하고 너그러우셨어요…… 그런데 그분을 배신하다니…… 천만에…… 온 세계의 황금을 다 준대도 싫습니다…… 내 고향에서는 절대 그런 짓을 안 합니다."

"그래서 거절하겠다?"

"거절합니다."

"그럼 내가 한 말은 깨끗이 잊어버리고 술이나 마시세."

"예, 그럽시다!"

파스파르투는 점점 취기가 오르는 것을 느꼈다. 픽스는 무슨 수를 써서라도 파스파르투를 주인한테서 떼어놓아야 한다는 것을 깨닫고, 그를 고주망태로 만들고 싶었다. 마침 탁자 위에 아편을 채운 파이프가 몇 개 뒹굴고 있었다. 픽스는 파이프 하나를 파스파르투의 손에 쥐어주었다. 파스파르투는 무심코 그것을 받아들고 입술로 가져가서 불을 붙였다. 그리하여 몇 모금 빨자 당장 마약 때문에 머리가 무거워져서 바닥으로 굴러 떨어지고 말았다.

픽스는 파스파르투가 쓰러지는 것을 보고 말했다.

"이제 포그란 놈은 '카르나티크' 호의 출항이 앞당겨졌다는 사실을 통보받지 못하겠군. 그 배를 타고 떠난다 해도 이 괘씸한 프랑스 놈은 데려가지 못할걸!"

픽스는 술값을 치르고 밖으로 나갔다.

20

픽스, 필리어스 포그와 직접 관계를 맺다

포그 씨는 그의 장래에 중대한 영향을 미칠 이 사건이 일어나는 동안, 아우다 부인과 함께 영국령 도시의 거리를 산책하고 있었다. 아우다 부인이 유럽으로 데려다주겠다는 그의 제의를 받아들였기 때문에, 긴 여행에 필요한 온갖 자질구레한 것을 갖추지 않으면 안 되었다. 포그 씨 같은 사람이라면 손가방 하나만 달랑 들고도 세계일주를 할 수 있겠지만, 숙녀에게 그런 여행을 요구할 수는 없었다. 그래서 옷가지며 여행에 필요한 물품을 사서 갖출 필요가 있었다. 포그 씨는 여느 때처럼 침착하게 그 일을 해냈다. 그런 친절에 당황한 젊은 미망인이 이런저런 구실로 도움을 거절하거나 하면, 그는 이렇게 말하곤 했다.

"모두 내 여행을 위해서입니다. 이것도 다 예정에 있었던 일이에요."

쇼핑이 끝나자 포그 씨와 젊은 여인은 호텔로 돌아와 식당에서 호화로운 저녁을 먹었다. 식사가 끝나자 좀 피곤해진 아우다 부인은 냉정한 은인과 '영국식으로' 악수를 나누고 자기 방으로 올라갔다.

훌륭한 신사는 〈타임스〉와 〈런던 뉴스〉를 읽으면서 저녁을 보냈다.

그가 무슨 일에 놀라는 사람이었다면, 잠잘 시간이 다 되어도 하인이 나타나지 않는 것을 그냥 넘기지 않았을 것이다. 하지만 그는 요코하마행 배가 내일 아침에야 홍콩을 떠나는 줄 알고 있었기 때문에 거기에 별로 신경을 쓰지 않았다. 그런데 이튿날 아침이 되어 포그 씨가 초인종을 울렸는데도 파스파르투는 나타나지 않았다.

하인이 밤새 호텔로 돌아오지 않은 것을 알고 그 훌륭한 신사가 무슨 생각을 했는지는 아무도 모른다. 포그 씨는 그저 가방을 집어들고, 아우다 부인에게 전갈을 보내고, 가마를 불렀을 뿐이다.

아침 8시였다. '카르나티크' 호가 수로를 빠져나가기는 데 필요한 만조는 9시 반에 찾아올 예정이었다.

가마가 호텔 현관에 도착하자 포그 씨와 아우다 부인은 그 편안한 탈것에 올라탔다. 짐을 실은 수레가 그 뒤를 따랐다.

30분 뒤, 여행자들은 부두에 도착했다. 그리고 '카르나티크' 호가 간밤에 이미 떠나버린 것을 알았다.

부두에 가면 배와 하인을 만나게 되리라 생각했던 포그 씨는 둘 다 잃어버린 처지가 되었다. 하지만 그의 얼굴에서는 낙담한 기색을 조금도 찾아볼 수 없었다. 아우다 부인이 걱정스럽게 바라보자 그는 다만 이렇게 대답했다.

"하찮은 사고입니다, 부인. 별일 아니에요."

그때 조금 전부터 그를 유심히 지켜보고 있던 남자가 다가왔다. 픽스 형사였다. 형사는 포그 씨에게 인사를 했다.

"댁도 나와 같은 처지에 빠지셨군요. 어제 도착한 '랭군' 호를 타고 오시지 않았습니까?"

"그렇습니다. 그런데 뵌 적이 없는 것 같군요." 포그 씨가 쌀쌀하게 대답했다.

"실례했습니다. 댁의 하인을 여기서 만날 수 있을 줄 알았지요."

"그가 어디 있는지 아세요?" 젊은 여인이 다그치듯 물었다.

"뭐라고요!" 픽스는 놀란 척하면서 대답했다. "두 분과 함께 있지 않습니까?"

"아뇨. 어제부터 못 봤어요. 혼자서 '카르나티크' 호를 타고 간 게 아닐까요?"

"두 분을 여기 두고서 말입니까? 그런데, 실례지만 그 배를 타실 작정이셨나요?"

"그럼요."

"저도 그랬지요. 정말 실망이 큽니다. '카르나티크' 호는 수리를 마치고는 아무한테도 알리지 않고 열두 시간 일찍 홍콩을 떠나버렸어요. 다음 배가 떠날 때까지 일주일을 기다려야 합니다!"

'일주일'이라는 말을 입에 올렸을 때 픽스는 기쁨으로 가슴이 뛰는 것을 느꼈다. 일주일! 포그는 꼬박 일주일 동안 홍콩에 발이 묶인다. 그때쯤에는 체포영장이 도착하고도 남을 것이다. 행운이 마침내 법률의 대리인에게 미소를 짓기 시작했다.

따라서 필리어스 포그가 여느 때처럼 침착한 목소리로 "하지만 홍콩 항구에는 '카르나티크' 호 말고도 다른 배가 있을 거요"

하고 말하는 것을 들었을 때 몽둥이로 얻어맞은 듯한 느낌이 들었으리라는 것은 쉽게 짐작할 수 있다.

포그 씨는 아우다 부인의 팔짱을 끼더니, 출항을 앞둔 배를 찾아 계선장으로 갔다.

픽스는 아연실색하여 그 뒤를 따랐다. 마치 포그에게 끈으로 묶여 있는 것 같았다.

그러나 지금까지 그렇게 은총을 베풀었던 행운도 이번에는 포그를 저버린 것 같았다. 필리어스 포그는 만일 필요하다면 요코하마까지 배를 세내어 가도 좋다고 생각하고는 세 시간이나 부두를 구석구석 돌아다녔다. 그러나 배들은 모두 짐을 부리거나 싣고 있는 중이어서 당장 출항할 수 있는 배는 한 척도 없었다. 픽스는 겨우 희망을 되찾았다.

그러나 포그 씨는 실망하지 않고, 마카오까지 가서라도 배를 물색하려고 했다. 그때 외항에 있던 한 선원이 다가와서 말을 건넸다.

"배를 찾고 계신가요?" 그가 모자를 벗으면서 물었다.

"떠날 준비가 된 배가 있소?"

"있고말고요. 수로 안내선 43호인데, 으뜸가는 쾌속선이지요."

"빠른가요?"

"시속 8노트 내지 9노트 정도 됩니다. 배를 보시겠습니까?"

"그럽시다."

"마음에 드실 겁니다. 바다를 유람하실 건가요?"

"아니, 여행이오."

"여행이라고요?"

"나를 요코하마까지 데려다줄 수 있겠소?"

"배를 찾고 계신가요?"

이 말에 선원은 우뚝 멈춰서서, 두 팔을 축 늘어뜨리며 눈이 휘둥그레지고 말았다.

"농담이시죠?"

"아니, 진담이오. '카르나티크' 호를 놓쳤는데, 샌프란시스코행 정기선을 타려면 늦어도 14일까지 요코하마에 가야 하오."

"죄송합니다." 수로 안내인이 말했다. "그건 불가능합니다."

"하루에 백 파운드 내겠소. 그리고 제시간에 도착하면 사례금으로 2백 파운드를 더 주겠소."

"정말입니까?"

"정말이오."

수로 안내인은 잠시 비켜서서 바다를 물끄러미 바라보았다. 큰돈을 벌고 싶은 욕망과 그렇게 멀리까지 항해하는 데 대한 두려움 사이에서 갈등을 겪고 있는 게 분명했다. 픽스는 불안으로 죽을 지경이었다.

그동안 포그 씨는 아우다 부인을 돌아보았다.

"두렵지 않겠소?"

"당신과 함께인걸요. 조금도 두렵지 않아요, 포그 씨."

수로 안내인이 두 손으로 모자를 빙글빙글 돌리면서 돌아왔다.

"어떻소?"

"글쎄요, 나리. 20톤도 안 되는 배로, 그것도 1년 중 바다가 가장 사나워지는 시기에 그렇게 멀리까지 가는 것은 위험합니다. 선원들과 저와 나리의 목숨까지 위험에 빠뜨릴 수는 없습니다. 게다가 도저히 제시간에 도착할 수가 없습니다. 홍콩에서 요코하마까지는 1650해리나 되니까요."

"1600해리요."

"마찬가지지요."

픽스는 다시 한숨을 돌렸다.

"하지만 달리 좋은 방법이 없는 것도 아닙니다." 수로 안내인이 덧붙였다.

픽스는 다시 숨을 멈추었다.

"어떤 방법이오?" 포그가 물었다.

"홍콩에서 일본 남쪽 끝에 있는 나가사키까지는 1100해리, 상하이까지는 800해리입니다. 그런 곳이라면 중국 연안에서 그다지 떨어지지도 않았고, 조류도 북쪽으로 흐르기 때문에 형편이 좋지요."

"나는 미국행 배를 타기 위해 요코하마에 가고 싶은 것이지, 상하이나 나가사키에는 볼일이 없어요."

"왜요? 샌프란시스코행 배는 요코하마에서 떠나는 게 아니지요. 물론 요코하마와 나가사키에 들르기는 하지만, 상하이에서 떠나는 겁니다."

"그게 확실하오?"

"틀림없습니다."

"그래, 그 배는 언제 상하이를 떠나지요?"

"11일 오후 일곱 시에 떠납니다. 앞으로 나흘 남았습니다. 나흘이면 96시간이고 상하이까지는 800해리니까, 평균 시속 8노트로 달리면 제시간에 도착할 수 있습니다. 운이 좋아 바람이 계속 동남풍으로 불어주고 바다가 잔잔하면……."

"언제 떠날 수 있겠소?"

"한 시간 뒤에요. 식량도 사들이고 출범 준비도 해야 하니까요."

"좋소. 얘기는 결정을 본 거요. 당신이 선주요?"

"예. '탕카데르' 호의 선주 존 번스비라고 합니다."

"선금을 받고 싶소?"

"괜찮으시다면."

"그럼, 선불로 2백 파운드를 내겠소." 그러고는 픽스를 돌아보며 덧붙였다. "픽스 씨, 좋으시다면 함께 타시지요."

그러자 픽스도 마음을 정하고는 대답했다.

"실은 저도 부탁을 드리려던 참이었습니다."

"좋습니다. 그럼 30분 뒤에 배에서 만납시다."

"하지만 그 가엾은 사람은 어떻게……." 파스파르투가 없어진 것을 몹시 걱정하고 있던 아우다 부인이 말했다.

"걱정 마세요. 할 수 있는 일은 다 할 작정이니까." 포그가 대답했다.

픽스는 초조감과 흥분과 분노에 사로잡혀 수로 안내선 쪽으로 갔고, 필리어스 포그와 아우다 부인은 홍콩 경찰서로 갔다. 경찰서에서 필리어스 포그는 파스파르투의 인상서를 제출하고, 그가 본국으로 송환되는 데 필요한 돈을 맡겼다. 프랑스 영사관에서도 똑같은 조치를 취했다. 두 사람은 가마를 타고 호텔에 돌아가 짐을 찾은 다음 외항으로 향했다.

3시가 되었다. 수로 안내선 43호는 식량과 물을 싣고 선원도 모두 승선하여 당장이라도 돛을 올릴 수 있는 상태였다.

'탕카데르' 호는 아담한 쌍돛대 범선으로, 뱃머리가 뾰족하고 경쾌한 외관에 우아한 줄무늬가 새겨진 20톤급 배였다. 언뜻 보기에는 경주용 요트 같았다. 반짝이는 놋쇠 난간, 아연 도금한 철제 부품, 상아처럼 새하얀 갑판은 선주인 존 번스비가 얼마나 배를 소중히 하고 있는지를 잘 나타내고 있었다. 두 개의 돛대는 약간 뒤쪽으로 기울어져 있었다. 배는 뒤쪽 돛대의 세로돛, 앞쪽 돛대의 세로돛, 앞돛, 삼각돛, 윗돛을 갖추었고, 순풍이 불면 앞쪽 돛대에 가로돛을 펼 수도 있었다. 보기에도 속력이 빠른 듯한 배였다. 실제로 이 배는 수로 안내선 경주에서 몇 번이나 상을 탔다고 한다.

'탕카데르' 호의 승무원은 선주이자 선장인 존 번스비와 네 명의 선원이었다. 하나같이 바다를 잘 알고 어떤 날씨에도 선박들을 안전하게 항구로 안내하기 위해 바다로 나가는 건장하고 뱃심 두둑한 바다 사나이들이었다. 존 번스비는 햇볕에 새까맣게 그을린 마흔다섯 살쯤 된 정력적인 사내였다. 쾌활한 표정, 힘이 넘치는 얼굴, 건장하고 균형 잡힌 체격, 안정된 몸가짐은 신뢰감을 불러일으켰다. 아무리 겁많은 사람도 그가 모는 배에는 안심하고 탈 수 있었을 것이다.

필리어스 포그와 아우다 부인은 배에 올라탔다. 픽스는 벌써 배에 타고 있었다. 고물 쪽 해치를 열면 네모진 선실로 내려갈 수 있었다. 선실 양쪽은 바깥쪽으로 부풀어 있고, 거기에 침대가 매달려 있었다. 침대 밑에는 잠을 잘 수 있는 둥근 의자가 놓여 있었다. 방 한복판에는 탁자가 놓여 있고, 강풍에도 견딜 수 있는 램프가 탁자를 비추고 있었다. 방은 작지만 깨끗했다.

"더 좋은 방을 드릴 수 없어서 죄송합니다." 포그 씨가 픽스에게 말했다. 픽스는 말없이 고개만 숙였다.

형사는 포그에게 신세를 지는 데 일종의 굴욕감을 느꼈다.

'아주 예의바른 악당이로군.' 픽스는 속으로 생각했다. '그래도 악당은 악당이야!'

"더 좋은 방을 드릴 수 없어서 죄송합니다."

3시 10분에 돛을 올렸다. 활대에는 영국 국기가 나부꼈다. 승객들은 갑판에 앉았다. 포그 씨와 아우다 부인은 파스파르투가 나타나지 않을까 하고 마지막으로 부두를 살폈다.

픽스는 좀 걱정이 되었다. 그에게 그런 호된 취급을 받은 불운한 젊은이가 당장이라도 나타날 가능성이 있었기 때문이다. 파스파르투가 나타나면 한바탕 소동이 벌어질 테고, 그러면 형사의 처지는 상당히 불리해졌을 것이다. 하지만 프랑스인은 끝내 나타나지 않았다. 그는 아직도 마약에 취해 있는 게 분명했다.

존 번스비 선장은 마침내 난바다로 나갔다. '탕카데르' 호는 모든 돛에 바람을 받고 물결 위를 날듯이 달리기 시작했다.

21

'탕카데르' 호 선장, 하마터면
2백 파운드의 보너스를 잃을 뻔하다

겨우 20톤급 배로, 게다가 1년 중 가장 바다가 사나워지는 시기에 800해리를 항해하는 것은 실로 위험천만한 모험이었다. 중국해는 대체로 돌풍이 잦기 때문에 1년 내내 사나운 뱃길인데, 특히 춘분과 추분 무렵에 바람이 심했다. 지금은 아직 11월 초였다.

일당으로 보수를 받기로 했으니까, 승객을 요코하마까지 데리고 가는 것이 선장에게는 물론 이익이다. 하지만 이런 악조건 아래에서 그런 항해를 꾀하는 것은 무모하기 이를 데 없는 일이었다. 사실은 상하이까지 가는 일만도 대담하기 짝이 없는 짓이었다. 하지만 존 번스비는 갈매기처럼 파도를 잘 타는 '탕카데르' 호를 믿었고, 아마 그럴 만한 이유가 있었을 것이다.

그날 저녁 무렵, '탕카데르' 호는 홍콩 앞바다의 복잡하고 변덕스러운 수로를 무사히 통과했다. 순풍이 불든 역풍이 불든, 배는 어떤 바람도 교묘히 다루며 멋지게 질주했다.

범선이 넓은 바다로 나오자 포그가 말했다.

"굳이 이런 말을 할 필요는 없겠지만, 최대한 속력을 내주시오."

그러자 존 번스비 선장이 말했다.

"저만 믿으시면 됩니다. 돛은 바람에 견딜 만큼 쳐두었습니다. 윗돛은 올려도 헛일이고, 오히려 배의 속력을 떨어뜨려 방해가 될 뿐이지요."

"항해는 선장의 일이지 내 일은 아니니까, 모든 것을 당신한테 맡기겠소."

필리어스 포그는 두 다리를 벌리고 꼿꼿이 서서, 거친 바다를 뱃사람처럼 끄떡하지 않고 바라보았다. 고물에 앉아 있는 젊은 여인은 벌써 어스름이 깔리기 시작한 바다를 바라보며, 이렇게 연약한 배로 난바다를 항해하고 있는 데 감동했다. 머리 위에는 하얀 돛이 펄럭이고 있었다. 돛은 거대한 날개처럼 그녀를 허공으로 채어가는 것만 같았다. 사실 범선은 강풍에 들어올려져 공중을 날고 있는 듯했다.

밤이 왔다. 달은 겨우 초승달로 바뀌었을 뿐이다. 더구나 희미한 달빛은 수평선의 안개 속으로 사라지려 하고 있었다. 동쪽에서 구름이 몰려와, 벌써 하늘 한쪽을 뒤덮기 시작했다.

선장이 항해등을 켰다. 뭍이 가까운 바다에서는 많은 배가 지나다녔으므로 항해등이 필수적인 안전장치다. 선박의 충돌도 드물지 않았고, 범선이 지금 내고 있는 속력에서는 가벼운 충격에도 산산조각으로 부서지고 말 것이다.

픽스는 뱃머리에서 상념에 잠겨 있었다. 그는 포그가 과묵한 성질이라는 것을 알고 있기 때문에 그와 어울리지 않고 혼자 떨

그녀는 어스름이 깔리기 시작한 바다를 바라보며 ……

어져 있었다. 게다가 포그에게 신세를 진 것이 속상해서 그에게
말을 걸 마음도 내키지 않았다. 그는 또 앞으로의 일을 생각하고
있었다. 포그가 요코하마에 머물지 않고 곧바로 샌프란시스코
행 배를 탈 것은 확실하다. 미국으로 가버리면, 땅이 광대하므로
벌받는 일도 없이 안전하게 살 수 있다. 필리어스 포그의 계획은
너무나 분명해 보였다.

포그란 자는 여느 평범한 범죄자처럼 영국에서 미국으로 곧
장 달아나지 않고, 좀더 확실한 방법으로 지구의 4분의 3을 가
로지르는 대여행에 나섰다. 그리하여 경찰을 따돌리고 더욱 안
전하게 북아메리카에 도착하여, 은행에서 도둑질한 돈 5만 5천
파운드로 조용히 살아가겠다는 속셈인 것이다.

그런데 미국 땅으로 건너가면 나는 어떡하지? 거의 다 잡은
도둑을 포기해야 하나? 안 돼. 절대로 안 돼! 범죄인 인도 허가
를 받아낼 때까지 계속 뒤따라다닐 거야. 그건 내 의무고, 끝까
지 의무를 다할 거야. 어쨌든 진전은 있었어. 파스파르투가 주인
옆에 없다는 것. 더구나 그에게 비밀을 털어놓았으니, 주인과 하
인은 두 번 다시 만나면 안 돼.

필리어스 포그도 불가사의하게 사라져버린 하인을 생각하고
있었다. 곰곰 생각해보니, 그 가엾은 젊은이가 뭔가 오해하고 마
지막 순간에 '카르나티크' 호에 탔을 가능성도 있어 보였다. 아
우다 부인도 같은 생각이었다. 그 충직한 하인에게 큰 신세를 진
만큼, 그의 실종을 몹시 슬퍼하고 있었다. 파스파르투가 '카르
나티크' 호를 타고 요코하마에 도착했다면, 그곳에서 다시 만날
수 있을지도 모른다. 요코하마에서 그를 찾아내기는 어렵지 않
을 것이다.

10시쯤 바람이 더욱 거세졌다. 돛을 내리는 것이 신중한 일일지 모른다. 그러나 선장은 하늘의 상태를 살피고는 돛을 그대로 두었다. '탕카데르' 호는 흘수가 상당히 깊어서 돛을 충분히 지탱할 수 있었다. 어쨌든 돌풍이 불면 언제든지 돛을 내릴 준비도 되어 있었다.

한밤중에 필리어스 포그와 아우다 부인은 선실로 내려갔다. 픽스는 벌써 선실에 내려와 나무 침대에 길게 드러누워 있었다. 선장과 선원들은 밤새 갑판에 남아 있었다.

이튿날인 11월 8일 동틀녘까지 범선은 150킬로미터가 넘는 거리를 달렸다. 속력을 측정하는 밧줄이 자주 바다에 던져졌다. 배의 속력은 8노트에서 9노트 사이였다. '탕카데르' 호는 돛을 모두 펼치고 순풍을 받아 최고 속력으로 달리고 있었다. 바람을 비롯한 제반 조건이 이대로만 유지된다면 제시간에 도착할 가능성이 높았다.

'탕카데르' 호는 온종일 해안에서 그다지 떨어지지 않도록 거리를 유지했다. 연안 해류를 타는 것이 유리했기 때문이다. 해안에서 멀리 벗어난다 해도 기껏해야 5해리 정도였다. 날씨가 조금 맑아지면 이따금 좌현 쪽에 들쭉날쭉한 해안선이 보였다. 바람이 육지에서 불어왔기 때문에 육지와 가까운 바다는 덜 거칠었다. 범선에는 다행한 일이었다. 왜냐하면 톤수가 적은 배들은 높은 파도를 만나면 속력이 뚝 떨어지기 때문이다. 뱃사람들은 그런 경우 너울이 배를 '죽인다'고 말한다.

정오 무렵, 바람이 조금 약해지고 동남풍으로 바뀌었다. 선장은 윗돛을 펼쳤지만, 두 시간 뒤에는 바람이 다시 강해졌기 때문에 윗돛을 도로 접어야 했다.

포그 씨와 젊은 여인이 배멀미에 시달리지 않은 것은 다행이었다. 그들은 배에 실려 있던 통조림과 선원용 건빵을 왕성한 식욕으로 먹었다. 픽스는 함께 식사하자는 권유를 받아들일 수밖에 없었다. 위장도 배와 마찬가지로 바닥짐이 필요하다는 것을 알고 있었기 때문이다. 그래도 역시 그것은 분통터지는 일이었다. 도둑의 돈으로 여행을 하고 도둑의 음식을 얻어먹는 것이 배신 행위로 여겨졌던 것이다. 그러나 그는 먹었다. 먹었다기보다 집적거리듯 조금씩 께적거렸지만, 그래도 먹은 것은 먹은 것이다.

그래서 그는 식사가 끝나자 포그 씨를 한쪽 구석으로 데려가 이렇게 말하지 않을 수 없었다.

"선생님⋯⋯."

도둑놈을 '선생님'이라고 부르려니 입술이 바싹 말랐다. 그는 '선생님'의 멱살을 움켜잡고 싶은 것을 꾹 참았다.

"선생님, 친절하게도 이 배에 태워주셔서 정말 고맙습니다. 저는 돈이 없어서 선생님처럼 너그럽게 굴 수는 없지만, 제 몫의 비용은 치렀으면 합니다."

"그런 이야기는 그만둡시다."

"하지만 저로서는⋯⋯."

"아닙니다." 포그는 어떤 대꾸도 허용하지 않는 말투로 되풀이했다. "당신이 있든 없든, 비용에는 변함이 없으니까요."

픽스는 고개를 숙였지만 질식할 것만 같았다. 그래서 그는 곧장 갑판으로 올라갔다. 그리고 그날은 온종일 한마디도 하지 않았다.

그동안 배는 날듯이 달리고 있었다. 존 번스비는 희망에 부풀었다. 그는 제시간에 상하이에 도착할 것 같다고 여러 번 포그 씨에게 말했다. 포그 씨는 그랬으면 좋겠다고 간단히 대답했을 뿐이다. 어쨌든 작은 범선의 선원들은 모두 열심히 일하고 있었다. 푸짐한 보너스가 그들에게 박차를 가했다. 돛줄은 모두 팽팽하게 당겨졌고, 돛을 바람 부는 쪽으로 돌리는 손은 활기에 넘쳤다. 키잡이는 항로에서 벗어나는 실수를 단 한 번도 저지르지 않았다. 로열 요트 클럽 경주대회에 출전한 선수들도 이보다 정확하게 배를 조종할 수는 없었을 것이다.

저녁 때 선장은 속도계를 재보고 지금까지 온 거리가 220해리인 것을 확인했다. 이제 포그 씨는 요코하마에 도착했을 때 일정표에 지연된 시간을 적어넣을 필요가 없을 거라고 기대할 수 있었다. 런던을 떠난 뒤 처음으로 부딪친 심각한 장애였지만, 그에게 어떤 손실도 주지 않을 것 같았다.

그날 밤 1시쯤, '탕카데르' 호는 타이완 섬과 중국 연안 사이에 있는 해협으로 들어가 북회귀선을 넘었다. 이 해협은 역류가 맞부딪쳐 일어나는 소용돌이 때문에 항해하기가 무척 어려웠다. 배는 심하게 흔들렸다. 변덕스러운 파도 때문에 배는 추진력을 잃었다. 갑판에 서 있기도 거의 불가능해졌다.

새벽에는 바람이 더욱 거세졌다. 하늘은 강풍이 몰아칠 조짐을 보였다. 청우세도 날씨의 격변을 예고했다. 동이 튼 뒤에는 청우계의 움직임이 불규칙해져서, 수은주가 변덕스럽게 진동했다. 동남쪽 해상에 '폭풍우의 냄새가 나는' 커다란 너울이 넘실거리는 것이 보였다.

선장은 그 위협적인 바다를 오랫동안 바라보면서 입 속으로 뭔가 알아들을 수 없는 말을 중얼거리고 있었다. 그러다가 손님이 있는 곳으로 다가왔다.

"제 생각을 솔직히 말씀드려도 될까요?" 그는 낮은 목소리로 말했다.

"얼마든지."

"아무래도 태풍이 올 것 같습니다."

"북쪽이오 남쪽이오?"

"남쪽입니다. 보십시오. 태풍이 다가오고 있는 게 보일 겁니다."

"남쪽에서 오는 태풍이라면, 동행합시다. 어쨌든 순풍이니까."

"그렇게 생각하신다면 더 드릴 말씀이 없습니다."

존 번스비의 예측이 옳았다. 이렇게 늦은 계절이 아니었다면, 태풍은—유명한 기상학자의 말을 빌리면—전기 불꽃의 빛나는 폭포가 되어 떨어져버렸을 것이다. 하지만 겨울이 가까운 지금은 엄청난 힘으로 폭발할 우려가 있었다.

선장은 가능한 사전 대비를 모두 갖추었다. 돛을 모두 접고 활대를 갑판으로 내렸다. 한 방울의 물도 선체 안으로 들어가지 못하도록 승강구 뚜껑을 단단히 닫았다. 배가 뒷바람을 받을 수 있도록 뱃머리의 윗돛 대신 튼튼한 천으로 만든 폭풍용 삼각돛 하나만 올려놓았다. 그러고는 기다렸다.

존 번스비는 승객들에게 선실로 내려가라고 권했다. 하지만 공기도 탁하고 비좁은 선실에 갇혀 파도에 뒤흔들리는 것은 더욱 불쾌한 일이었다. 포그 씨도 아우다 부인도, 그리고 픽스까지도 갑판을 떠나지 않았다.

8시쯤 맹렬한 비바람이 배를 덮쳤다. '탕카데르' 호는 작은 돛 하나만 올렸는데도 깃털처럼 가볍게 떠올랐다. 바람이 폭풍으로 바뀔 때는 뭐라 형언할 수가 없다. 풍속이 전속력으로 달리는

'탕카데르' 호는 깃털처럼 가볍게 떠올랐다

기관차의 네 곱절이라고 말하는 것은 실상의 일부를 전달하는 데 그칠 뿐이다.

배는 엄청난 파도에 실려 온종일 북쪽으로 달렸다. 다행히 파도와 같은 속력을 유지할 수 있었다. 뒤쪽에서 솟아오른 산더미 같은 파도에 하마터면 삼켜질 뻔한 적도 수없이 많았지만, 그때마다 선장이 능숙하게 키를 돌려 재난을 피했다. 승객들은 이따금 물벼락을 뒤집어썼지만 꾹 참고 견뎌냈다. 픽스는 속으로 화를 내고 있었을 테지만, 대담한 아우다 부인은 조금도 동요의 빛을 보이지 않는 포그 씨의 냉정함에 감탄하면서 그의 쪽으로 지그시 눈길을 보내고 있었다. 그리고 포그 씨의 동행으로서 손색이 없을 만큼 묵묵히 곁에서 폭풍우를 견뎌냈다. 한편 필리어스 포그는 태풍이 예정에 들어 있기나 한 것처럼 태연했다.

그때까지 '탕카데르' 호는 계속 북쪽으로 달리고 있었지만, 그러나 저녁 무렵, 우려했던 대로 바람이 방향을 바꾸어 서북풍이 되었다. 범선은 옆구리에 파도를 받아 심하게 흔들렸다. 바다는 맹렬히 배를 때렸다. 배의 각 부분이 얼마나 단단히 붙들어 매어져 있는지 모르는 사람은 두려움에 휩싸였을 것이다.

밤이 되자 폭풍의 기세는 더욱 거세졌다. 어둠과 함께 폭풍이 점점 거세지는 것을 보고는 어지간한 선장도 걱정스러워졌다. 어딘가 항구로 피난하는 게 좋을 것 같다는 생각이 들어 선원들과 의논했다.

그 결과를 가지고 포그 씨에게 다가왔다.

"어딘가 항구로 들어가는 게 좋겠습니다."

"내 생각도 그렇소."

"그렇습니까? 그럼 어디로 갈까요?"

"내가 알고 있는 항구는 하나뿐이오." 포그 씨는 침착하게 대답했다.

"어느……."

"상하이."

선장은 이 대답이 무슨 뜻인지, 거기에 얼마나 굳은 고집과 집념이 담겨 있는지 얼른 이해하지 못했다. 잠시 후에야 그것을 깨닫고 선장은 소리를 질렀다.

"맞아요. 나리의 말씀이 옳습니다. 상하이로 갑시다!"

그래서 '탕카데르' 호의 진로는 확고부동하게 북쪽으로 고정되었다.

끔찍한 밤이었다. 그 작은 범선이 침몰하지 않은 것은 기적이었다. 두 번이나 큰 파도를 뒤집어썼다. 밧줄이 끊어졌다면, 갑판 위의 모든 것이 파도에 휩쓸려갔을 것이다. 아우다 부인은 기진맥진했지만, 불평 한마디 하지 않았다. 포그 씨는 몇 번이나 파도의 폭력으로부디 그녀를 지키기 위해 달려가야 했다.

날이 밝았다. 폭풍은 여전히 사납게 날뛰고 있었지만, 바람은 다시 동남풍으로 바뀌었다. 그것은 유리한 변화였다. '탕카데르' 호는 사납게 파도치는 바다 위를 빠른 속도로 달리기 시작했다. 바림이 진에 일으킨 파도와 새로 일어난 파도가 충돌하고 있었다. 배가 튼튼하지 않다면 양쪽에서 밀려와 부딪치는 파도 사이에 끼여 부서지고 말았을 것이다.

이따금 안개 사이로 해안이 보였지만, 배는 한 척도 보이지 않았다. 난바다에 나와 있는 배는 '탕카데르' 호뿐이었다.

정오 무렵, 태풍이 가라앉을 기미를 보였다. 해가 기울기 시작하자 이 조짐은 더욱 뚜렷해졌다.

태풍이 그나마 짧게 끝난 것은 기세가 그만큼 격렬했기 때문이다. 완전히 녹초가 된 승객들은 그제야 음식을 조금 먹고 휴식을 취할 수 있었다.

밤은 비교적 평온했다. 선장은 다시 돛을 낮게 올렸다. 배는 여전히 빠르게 달리고 있었다. 이튿날인 11일 새벽에 해안선이 보였다. 존 번스비는 상하이까지 100해리도 채 남지 않은 것을 확인했다.

100해리! 그러나 이 거리를 오늘 안으로 달려야 한다! 요코하마행 배에 늦지 않으려면 저녁때까지 상하이에 도착해야 한다. 태풍으로 몇 시간 손해보지 않았다면, 지금쯤은 상하이 항구에서 30해리도 떨어져 있지 않았을 것이다.

바람은 상당히 약해졌지만, 다행히 파도도 바람과 함께 가라앉았다. 선장은 돛을 모두 펼쳤다. 윗돛·옆돛·삼각돛이 모두 바람을 가득 안았고, 바다는 뱃머리 밑에서 거품을 일으켰다.

정오에는 상하이에서 45해리밖에 떨어져 있지 않았다. 하지만 요코하마행 배가 출항하기 전에 항구에 도착하려면 앞으로 여섯 시간밖에 남지 않았다.

배 위에서는 팽팽한 긴장을 느낄 수 있었다. 모두 무슨 수를 써서라도 항구로 들어가고 싶어했다. 포그를 제외하고는 모두 초조해서 가슴이 두근거리는 것을 느낄 수 있었다. 이 작은 범선은 평균 9노트의 속력을 유지해야 했고, 그러기 위해서는 계속 순풍이 불어줘야 했다. 그런데 바람은 계속 약해지고 있었다! 이제는 가끔씩 산들바람이 불고 해안에서 변덕스러운 돌풍이 불어올 뿐이었다. 바람이 지나가면 바다는 또 금세 잔잔해졌다.

하지만 해류가 배를 거들어주었고, 배가 워낙 가벼운 데다 올이 촘촘한 천으로 만들어진 돛을 높이 올려 변덕스러운 바람까지 모두 받아냈기 때문에, 저녁 6시에 존 번스비는 상하이 강어귀가 10해리도 남지 않았다고 계산할 수 있었다. 상하이는 하구에서 상류 쪽으로 20킬로미터 가까이 올라간 곳에 자리잡고 있었다.

7시, 아직도 상하이에서 3해리나 떨어져 있었다. 선장의 입에서 심한 욕설이 새어나왔다. 2백 파운드의 보너스가 날아가려 하고 있었다. 선장은 포그 씨를 바라보았다. 신사는 전 재산이 날아갈 위기에 놓였는데도 여전히 태연했다.

그 순간, 방추처럼 길쭉한 검은색 물체가 연기를 깃발처럼 날리며 수평선 위에 나타났다. 정시에 항구를 떠나는 미국 배였다.

"제기랄!" 존 번스비가 필사적으로 키를 밀면서 소리쳤다.

"신호를 보내시오!" 포그가 외쳤다.

청동제의 작은 대포가 '탕카데르' 호 앞갑판에 설치되어 있었다. 안개가 끼었을 때 신호를 보내는 데 쓰이는 대포였다.

선원들은 당장 대포에 화약을 채워넣었다. 선장이 부싯깃에 불을 붙이려는 순간 포그 씨가 말했다.

"반기(半旗)를 내리시오."

깃발이 돛대 중간까지 내려섰다. 반기는 조난 신호였다. 미국 기선이 그것을 보고 약간 방향을 바꾸어 구조하러 와주기를 기대한 것이다.

"발사!" 포그 씨가 말했다.

작은 대포의 포성이 허공을 때렸다.

22

파스파르투, 지구 반대쪽에서도 주머니에 돈을 얼마쯤 갖고 있어야 안전하다는 것을 깨닫다

'카르나티크' 호는 11월 7일 오후 6시 반에 홍콩을 떠나 일본을 향해 전속력으로 달리고 있었다. 배에는 화물과 승객이 가득 실려 있었다. 고물의 선실 두 개만 비어 있었다. 필리어스 포그가 예약해둔 선실이었다.

이튿날 아침, 앞갑판에 있던 사람들은 눈이 흐리멍덩하고 머리가 헝클어진 한 승객이 비틀거리며 걸어오는 것을 보고 적잖이 놀랐다. 그는 2등실 계단에서 나타나 삭구더미에 털썩 주저앉았다.

그 승객은 다름아닌 파스파르투였다. 일의 자초지종은 다음과 같다.

픽스가 아편굴을 떠나자마자, 그곳에서 일하는 두 종업원이 깊이 잠든 파스파르투를 들어올려 아편쟁이들을 위해 마련해둔 침상에 눕혔다. 하지만 악몽 속에서도 고정관념에 사로잡혀 있었던 파스파르투는 세 시간 뒤 잠에서 깨어나 아편의 마취력과 싸우기 시작했다. 의무를 다하지 못했다는 자책감이 마비된 머리를 흔들었다. 그는 아편쟁이들이 누워 있는 침상에서 일어나 벽에 몸을 의지하고 비틀거리면서 아편굴을 나왔다. 저항할 수 없는 본능에 떠밀린 그는 쓰러지면 다시 일어나기를 되풀이하면서 꿈이라도 꾸고 있는 것처럼 "'카르나티크' 호! '카르나티크' 호!" 하고 외쳐댔다.

'카르나티크' 호는 연기를 내뿜으며 출항할 준비를 하고 있었다. 파스파르투는 몇 걸음만 더 내디디면 되었다. 그는 건널판자로 돌진하여 간신히 그곳을 지났으나, 배가 막 닻을 올린 순간 의식을 잃고 갑판에 쓰러지고 말았다.

선원들은 이런 광경에 익숙해 있었기 때문에, 가엾은 젊은이를 2등 선실로 데려갔다. 그리하여 파스파르투는 이튿날 아침, 중국 본토에서 150해리나 떨어진 곳에서 겨우 잠이 깼다.

그리하여 그날 아침 '카르나티크' 호 갑판 위에 올라가 상쾌한 바닷바람을 가슴 가득 들이마시게 된 것이다. 신신한 공기를 마시자 정신이 들었다. 그는 생각을 정리하기 시작했지만, 그것은 쉬운 일이 아니었다. 마침내 그는 어제 있었던 일들을 기억해냈다. 픽스의 고백, 아편굴······.

"엉망으로 취해 있었던 게 분명해. 주인님이 뭐라고 하실까? 하지만 어쨌든 나는 배를 놓치지 않았어. 그게 중요해."

그러고는 픽스의 일을 생각하면서 중얼거렸다.

"그 녀석은 이제 떨쳐버렸나 보군. 나한테 그런 제안을 해놓고 감히 우리를 따라 이 배에 타지는 못했을 거야. 주인님을 두고 영국은행에서 돈을 훔친 도둑이라고 하면서 몰래 뒤쫓아 오다니. 어림도 없는 소리지! 주인님이 도둑이라면 나는 살인범이다."

하지만 주인님한테 그 이야기를 해야 하나? 이 사건에서 픽스가 맡고 있는 역할을 폭로해야 하나? 런던에 도착할 때까지 기다렸다가, 런던 경찰청 형사가 주인님을 따라 세계를 일주했다고 털어놓고 한바탕 웃는 편이 낫지 않을까? 그게 가장 좋을지도 몰라. 어쨌든 이 문제는 좀더 생각해보자. 우선 해야 할 일은 주인님을 찾아서 사과하는 거야.

파스파르투는 일어났다. 바다는 거칠었고 배는 심하게 흔들리고 있었다. 훌륭한 젊은이는 다리가 아직도 후들거리는 것을 느꼈지만, 어떻게든 고물 쪽으로 걸어갔다.

하지만 갑판 위에서는 주인이나 아우다 부인과 비슷한 사람이 보이지 않았다.

"이 시간이면 아우다 부인은 아직 주무시고 계실 거야. 주인님은 언제나처럼 휘스트 상대를 찾아서……"

그는 이렇게 중얼거리면서 휴게실로 내려갔다. 그러나 포그 씨는 거기에 없었다. 파스파르투가 할 수 있는 일은 이제 한 가지뿐이었다. 사무장을 만나 포그 씨의 선실이 어디냐고 묻는 것이다. 하지만 사무장은 그런 이름의 손님을 모른다고 대답했다.

"미안하지만……" 파스파르투는 고집스럽게 말했다. "포그 씨는 키가 크고 냉정하며 말이 없는 분인데, 젊은 부인을 동반하고 있습니다."

"이 배에는 젊은 부인이 하나도 없어요. 여기 승객 명부가 있으니 직접 조사해보시오."

파스파르투는 명부를 훑어보았으나 주인의 이름은 없었다.

잠시 그의 머리가 소용돌이쳤다. 이윽고 한 가지 생각이 문득 머리를 스쳤다.

"맙소사! 이 배는 '카르나티크' 호지요?"

"그렇소." 사무장이 대답했다.

"요코하마로 가는?"

"맞습니다."

파스파르투는 한순간 자기가 배를 잘못 탄 게 아닐까 싶었지만, 이 배가 확실히 '카르나티크' 호라면 주인이 타고 있지 않은 것은 너무도 분명한 사실이었다.

파스파르투는 의자에 털썩 주저앉았다. 날벼락을 맞은 기분이었다. 하지만 그 순간 모든 기억이 불현듯 되살아났다. '카르나티크' 호의 출항 시각이 앞당겨졌다는 것을 주인에게 알렸어야 하는데 그렇게 하지 않았다. 포그 씨와 아우다 부인이 배를 놓쳤다면 그것은 모두 자기 탓이었다.

그래, 그것은 내 탓이야. 하지만 비열한 속임수를 쓴 그놈 탓이 더 커. 그놈은 나와 주인님을 떼어놓고 주인님을 홍콩에 붙잡아두려고 나한테 술을 퍼먹였지! 파스파르투는 마침내 형사의 계략을 깨달았다. 이제 주인님은 내기에 졌어. 파산한데다 체포되어 감옥에 갇혀 있을지도 몰라……. 파스파르투는 머리를 쥐어뜯었다. 아, 픽스란 놈, 붙잡히기만 해봐라. 톡톡히 앙갚음을 해줄 테니!

하지만 절망의 순간이 지나자 파스파르투는 침착성을 되찾고 지금의 상황을 검토하기 시작했다. 상황은 좋지 않았다. 그는 지금 일본으로 가고 있었다. 일본에 도착할 것은 확실하지만, 홍콩으로 돌아가려면 어떻게 해야 좋단 말인가? 그의 주머니는 텅비어 있었다. 1실링은커녕 1페니도 없었다. 뱃삯과 배 안에서의

식비는 선불로 치렀다. 따라서 결정을 내릴 시간이 앞으로 대엿새는 남아 있었다. 배에 타고 있는 동안 그가 얼마나 먹고 얼마나 마셨는지는 이루 다 말할 수 없다. 자기 몫만이 아니라 주인과 아우다 부인의 몫까지 먹어댔다. 일본이란 나라가 먹을 것이 전혀 없는 무인도라도 되는 것마냥 먹어댔다.

13일 아침 만조 때, '카르나티크' 호는 요코하마 항구로 들어갔다.

이 도시는 태평양의 중요한 기항지로서, 북아메리카와 중국·일본·말레이 제도에서 우편물과 여객을 나르는 모든 정기선이 이곳에 기항한다. 요코하마는 에도 만에 자리잡고 있으며, 일본 제국의 제2수도인 에도(도쿄의 옛 이름)가 이웃해 있다. 에도는 세속의 황제인 '쇼군'[52]의 주거지로, 종교적 황제인 천황이 사는 대도시 교토와 대립하고 있었다.

'카르나티크' 호는 요코하마 부두에 접안했다. 방파제와 세관 창고가 근처에 있고, 세계 각국에서 온 수많은 배들이 정박해 있었다.

파스파르투는 태양의 자손들이 산다는 이 신기한 나라에 아무런 감흥도 없이 상륙했다. 이제는 운을 안내자로 삼아 발길 닿는 대로 거리를 헤맬 수밖에 없었다.

처음에 간 곳은 완전한 유럽풍의 동네로서, 베란다로 장식된 집들이 늘어서 있고, 베란다 아래에는 멋을 부린 기둥들이 이어져 있었다. 거리와 광장과 계선장과 창고가 개항조약에 따라 개방된 혼마키 곶과 강 사이에 가득 펼쳐져 있었다. 홍콩이나 캘커타와 마찬가지로 미국인·영국인·중국인·네덜란드인 등 온갖 인종이 뒤섞여 있는데, 그들 모두가 물건을 사고 파는 장사꾼이었다. 이들 틈에 섞여 들어간 프랑스인은 호텐토트족[53]의 땅에라도 내던져진 것처럼 어리둥절한 기분이었다.

파스파르투에게 남은 길은 하나뿐이었다. 요코하마에 있는 프랑스나 영국의 영사관을 찾아가는 것이다. 하지만 주인과 얽혀 있는 이야기를 털어놓기가 망설여졌다. 그래서 그 마지막 수단에 호소하기 전에 다른 가능성을 모두 시험해보고 싶었다.

유럽인 거리를 가로질렀지만, 우연은 그를 도우러 오지 않았다. 그래서 이번에는 일본인 거리에 들어섰다. 필요하다면 에도까지라도 걸어갈 결심이었다.

요코하마의 현지인 구역은 그 일대 섬에서 숭배하는 바다의 여신의 이름을 따서 '벤텐〔弁天〕'이라고 불린다. 그곳에는 전나무가 늘어서 있는 아름다운 가로수길, 이국적인 건축물로 통하는 신성한 문, 대나무숲과 갈대숲 한복판에 숨어 있는 다리가 있고, 울창한 삼나무숲 그늘에 서 있는 절도 보였다. 그 안에서는 불교 승려와 유교 신도들이 조용히 살고 있었다. 끝없이 이어지는 길거리에서는 분홍색 피부에 새빨간 볼을 가진 아이들이 놀고 있고, 이 나라의 병풍에서 빠져나온 듯한 작은 아이들이 게으르고 응석꾸러기인 꼬리 없는 노란 고양이들과 다리가 짧은 개들 사이에서 놀고 있었다.

거리에 있는 것은 북적거리는 사람들의 끊임없는 움직임뿐이었다. 북과 징을 단조롭게 울리면서 행진하는 승려들, 옻칠한 뾰족모자를 쓰고 허리에 칼 두 자루를 찬 세관원이나 경찰관 같은 관리들, 파란 바탕에 하얀 줄무늬가 든 무명옷을 입고 격발식 장총으로 무장한 보병들, 자루 같은 비단 저고리에 반짝이는 쇠사슬 갑옷을 입은 천황 근위병, 그 밖에 온갖 계급의 군인들―중국에서는 군인을 깔보지만, 그와는 반대로 일본에서는 군인이라는 직업을 존경하기 때문이다. 시주를 청하는 탁발승과 장삼을 걸친 순례자, 여느 시민들도 보였다. 평민들은 모두 흑단처럼 검은 머리카락에 얼굴이 크고 몸통이 길쭉하고 다리는 가늘고 키는 작달막했다. 피부색은 짙은 구릿빛에서 윤기 없는 흰색까지 다양했지만, 중국인처럼 노란 피부를 가진 사람은 하나도 없었다. 그 점에서 일본인과 중국인은 근본적으로 다르다. 끝으로, 마차와 말과 짐꾼들, 포장을 친 손수레, 옻칠을 한 인력거, 대나무로 만들어진 가마들이 오가는 사이를 헝겊신이나 짚신이나 나막신을 신은 사람들이 아장아장 걸어다녔다. 여자도 몇 명 보였지만 별로 예쁘지 않았다. 눈이 가늘고, 가슴은 납작하고, 이는 유행에 따라 검게 물들이고 있었다. 하지만 이 나라의 전통 의상인 '기모노'는 우아하고 아름다웠다. 허리에 두른 비단 끈은 뒤에서 커다란 매듭으로 펼쳐져 있었다. 유행의 첨단을 걷는 파리 여인들은 이 커다란 매듭을 일본 여자들로부터 빌려온 것 같다.

파스파르투는 몇 시간이나 이 잡다한 무리 속을 돌아다니며 진기한 물건을 산더미처럼 쌓아놓은 가게며 화려한 장신구를 늘어놓은 시장을 구경했다. 발이나 깃발로 장식한 요릿집도 보았지만, 그곳에는 들어갈 수 있는 처지가 아니었다. 찻집에서는 손님들이 향긋하고 뜨거운 차와 청주를 마시고 있었다. 아늑한 끽연실에서는 아편이 아니라 고급 담배를 피운다. 일본에서는 아편이 거의 알려져 있지 않다.

이윽고 파스파르투는 논으로 둘러싸인 들판으로 나왔다. 들판에는 흐드러지게 핀 꽃들이 계절의 마지막 색깔과 향기를 발하고 있었다. 눈부신 동백꽃을 매달고 있는 동백나무는 관목이라기보다 교목 같았다. 대나무 울타리 안에는 벚나무와 매화나무와 사과나무가 심어져 있었다. 일본인들은 열매보다 꽃을 즐기기 위해 이런 나무를 재배한다. 얼굴을 찡그린 허수아비와 빙빙 도는 풍차가 참새와 비둘기와 까마귀를 비롯한 약탈자들의 접근을 막고 있었다. 커다란 삼나무에는 어김없이 독수리가 앉아 있고, 수양버들의 그늘에는 백로들이 슬픈 듯 외다리로 서 있었다. 그리고 도처에 떼까마귀와 오리와 매와 기러기가 서 있고, 장수와 행복을 상징한다 하여 일본인들이 '귀인'처럼 다루는 두루미는 셀 수 없이 많았다.

이렇게 정처 없이 돌아다니던 파스파르투는 풀 속에서 제비꽃 몇 송이를 발견했다.

"옳거니! 이걸로 저녁을 때우자."

하지만 냄새를 맡아보니 아무 향기도 나지 않았다.

"재수가 없군!"

물론 그는 이런 사태를 예상하고 '카르나티크'호를 떠나기 전에 음식을 잔뜩 먹어두었다. 하지만 온종일 걷다 보니 배가 몹시 고팠다. 그는 이 나라 푸줏간 진열장에는 양고기나 염소고기나 돼지고기가 전혀 없다는 것을 알아차렸다. 또 소는 농사를 짓는 데에만 쓰고 소를 죽이는 것은 신성모독으로 여긴다는 것을 알고 있었기 때문에, 일본에는 고기가 귀하리라고 결론지었다. 그의 생각은 옳았다. 하지만 푸줏간에서 고기를 구할 수는 없다 해도 멧돼지나 사슴이나 꿩이나 메추라기나 자고새, 하다못해 쌀과 함께 일본인들의 거의 유일한 식량이라고 할 수 있는 생선이라도 먹을 수 있다면 그의 밥통은 대만족이었을 것이다. 하지만 그는 한푼도 없는 운명을 참고, 밥통을 채우는 일은 내일로 미룰 수밖에 없었다.

밤이 왔다. 파스파르투는 일본인 거리로 돌아가 다채로운 빛깔의 등불 사이를 돌아다니며, 묘기를 부리는 곡예사들과 점쟁이들을 구경했다. 점쟁이들이 밖에 내놓은 확대경 주위에는 많은 사람들이 모여 있었다. 다시 앞바다가 보였다. 그곳에는 어부들이 사르는 고기잡이 불이 점점이 반짝이고 있었다. 송진을 불태워 물고기를 모으고 있는 것이다.

이윽고 거리가 한산해졌다. 군중이 없어지자 관리들의 순찰이 시작되었다. 화려한 옷차림에 수행원을 몇 사람 거느린 관리들은 마치 외교사절처럼 보였다. 파스파르투는 그 화려한 행렬을 만날 때마다 빈정거렸다.

"이크, 나타나셨군! 또 일본 대사가 유럽으로 떠나신다!"

파스파르투는 다채로운 빛깔의 등불 사이를 돌아다니며……

23

파스파르투의 코가 엄청나게 길어진 사연

이튿날, 배가 고파서 맥이 다 빠져버린 파스파르투는 무슨 수를 써서라도 먹어야 한다고 생각했다. 그것도 빠를수록 좋다. 그에게는 마지막 수단이 남아 있었다. 회중시계를 파는 것이다. 하지만 그 귀중한 시계를 파느니 차라리 굶어죽는 게 나았다. 다행히 그에게는 자연이 준 선물이 있었다. 아름답지는 않지만 힘찬 목소리였다. 지금이야말로 그 목소리를 써먹을 기회였다.

그는 프랑스와 영국의 유행가를 몇 곡 알고 있었으므로, 그것을 써먹기로 마음먹었다. 일본에서는 모든 일이 심벌즈와 징과 북 소리에 맞추어 이루어지니까, 일본인들은 음악을 무척 좋아하는 게 분명했다. 그렇다면 유럽에서 온 명가수의 재능을 몰라보지는 않을 것이다.

그러나 독창회를 열기에는 좀 이른 시각이었다. 아무리 노래를 즐기는 사람이라 할지라도 느닷없이 잠을 깨운다면 천황의 초상이 새겨져 있는 돈을 가수에게 던져주지는 않을 것이다.

그래서 파스파르투는 두어 시간 기다리기로 했다. 그러나 길을 걸으면서, 떠돌이 연예인치고는 옷차림이 너무 훌륭하다는 생각이 들어, 지금의 빈털터리 처지에 좀더 잘 어울리는 헌옷과 바꾸기로 마음먹었다. 그러면 돈도 조금 생길 테고, 그 돈으로 당장 배를 채울 수도 있을 것이다.

그렇게 결정을 내렸으니, 이제 그것을 실행에 옮겨야 했다. 파스파르투는 한참 찾아다닌 끝에 일본인이 경영하는 고물상을 발견하고, 제 옷을 헌옷과 바꾸고 싶다고 말했다. 유럽제 옷은 고물상 주인의 마음에 들었다. 파스파르투는 헌 일본 옷을 입고 낡아서 색이 바랜 두건을 비뚜름히 쓰고서 가게를 나왔다. 하지만 주머니에는 동전 몇 닢이 짤랑거리고 있었다.

"좋아. 카니발에라도 왔다고 생각하면 돼."

이렇듯 일본 사람으로 변한 파스파르투가 맨 처음 한 일은 수수한 찻집에 들어가는 것이었다. 그곳에서 팔다 남은 닭고기 부스러기와 밥으로 점심을 때웠다. 저녁식사가 아직 해결되지 않은 문제로 남아 있는 사람에게는 적당한 점심식사였다.

배불리 먹은 그는 속으로 중얼거렸다.

"자, 이제부터 곰곰 생각해보자. 이 헌옷을 팔아 좀더 일본적인 옷으로 바꿀 수는 없어. 그러니끼 끔찍한 추억밖에 없는 이 일본이라는 나라를 되도록 빨리 떠날 방법을 찾아야 돼."

그래서 파스파르투는 미국행 기선을 찾아가 보기로 마음먹었다. 끼니만 해결해주고 공짜로 미국에 데려다주면 보수는 안 받아도 좋으니까 요리사나 급사로 써달라고 부탁할 작정이었다. 샌프란시스코에 도착하면, 거기서 어떻게 빠져나올지는 그때 가서 생각하면 된다. 문제는 일본과 신대륙 사이에 펼쳐져 있는

파스파르투는 헌 일본 옷을 입고 가게에서 나왔다

4700해리의 태평양을 건너는 일이다.

파스파르투는 한 가지 생각을 오랫동안 곱씹는 성격이 아니었기 때문에, 당장 요코하마 항구로 갔다. 하지만 계선장이 가까워질수록, 처음 생각했을 때는 그토록 간단해 보인 계획도 점점 실행하기 어려운 일로 여겨지기 시작했다. 미국 배가 무엇 때문에 급사나 요리사를 필요로 하겠는가? 그리고 이런 옷차림으로 어떻게 상대에게 신뢰감을 줄 수 있겠는가? 추천장도 없고, 신원보증서도 없지 않은가?

이런 생각을 하고 있을 때, 커다란 광고판을 들고 요코하마 시내를 누비는 광대가 눈에 띄었다. 광고판에는 영어로 이렇게 씌어 있었다.

윌리엄 배털카의 일본 곡예단

덴구[54]신의 보호를 받는

긴코배기들의 대공연

미국으로 떠나기 전의 마지막 흥행!

"미국으로 떠난다고! 나한테 안성맞춤이야!" 파스파르투가 외쳤다.

그래서 그는 광대를 따라 일본인 거리로 돌아갔다. 15분 뒤에 그는 수많은 깃발로 장식된 거대한 가설극장 앞에서 걸음을 멈추었다. 바깥벽에는 곡예사들의 모습이 원근법을 무시한 채 강렬한 색깔로 그려져 있었다.

이것이 존경할 만한 미국의 흥행사 윌리엄 배털카의 가설극장이었다. 광고에 따르면 그곳에서는 재주넘기와 체조를 전문으로 하는 곡예사, 어릿광대, 묘기를 부리는 곡예사, 줄타기 광대들이 일본을 떠나 미국으로 가기 전의 마지막 공연을 하고 있었다.

파스파르투는 극장 앞에 늘어선 기둥 사이로 들어가 배털카 씨를 찾았다. 이윽고 그 신사가 직접 나타났다.

"무슨 일이지?" 그는 파스파르투가 일본인인 줄 알고 물었다.

"하인은 필요없습니까?"

"하인?" 배털카는 턱 밑에 희끗희끗 자란 염소수염을 쓰다듬으면서 말했다. "나에게는 온순하고 충실한 하인이 둘이나 있지. 한번도 내 곁을 떠난 적이 없고, 배불리 먹여주기만 하면 공짜로 내 시중을 들어준다네……" 배털카는 튼튼한 두 팔을 내보이며 덧붙였다. "바로 이거야." 팔에는 콘트라베이스의 현만큼이나 굵은 심줄이 얼기설기 뻗어 있었다.

"그럼 제가 할 수 있는 일은 없겠군요?"

"아무것도 없어."

"정말 유감이군요. 단장님과 함께 이곳을 떠날 수 있다면 참 좋겠는데."

"잠깐만! 자네는 내가 원숭이가 아닌 것처럼 일본 사람이 아니잖아. 그런데 왜 그런 차림을 하고 있지?"

"사람은 제 취향대로 옷을 입는 거 아닌가요?"

"그야 그렇지만. 자네는 프랑스 사람이지?"

"예, 순순한 파리 토박이입니다."

"그렇다면 얼굴 찡그리는 법 정도는 알고 있겠군?"

파스파르투는 프랑스 사람이라는 대답에 이런 질문을 받게 되자 버럭 화를 내며 외쳤다.

"그래요! 프랑스인도 인상 쓰는 법은 알고 있지만, 미국인만큼 잘하지는 못합니다."

"좋아. 그럼 자네를 하인으로 고용할 수는 없지만, 광대로 고용하지. 알겠나, 젊은이? 프랑스에서는 외국인을 광대로 쓰고 있으니까, 외국에서는 프랑스인을 광대로 써보자는 거야."

"알겠습니다!"

"어때, 힘은 센가?"

"밥 먹고 나면 특히 세집니다."

"노래는 할 줄 아나?"

"새처럼 잘 부르지요." 한때 유랑극단 가수를 한 적이 있는 파스파르투는 자신 있게 대답했다.

"하지만 물구나무를 서고 왼쪽 발바닥으로 팽이를 돌리면서 오른쪽 발바닥 위에는 칼을 올려놓은 상태로 노래를 부를 수 있겠나?"

"물론이죠!" 파스파르투는 젊은 시절에 했던 체조를 생각해내고 대답했다.

"대단하군."

그리하여 그 자리에서 당장 계약이 이루어졌다.

파스파르투는 마침내 일자리를 찾았다. 그는 이세 유닝한 일본 곡예단에 만능 재주꾼으로 고용된 것이다. 별로 자랑할 만한 일거리는 아니지만, 어쨌든 일주일 뒤에는 샌프란시스코로 가고 있을 것이다.

배틸카 씨가 요란하게 예고한 공연은 3시에 시작될 예정이었다. 이윽고 북과 징을 갖춘 일본식 오케스트라의 요란스러운 악기들이 입구에서 우렁차게 연주를 시작했다. 물론 파스파르투는 아무런 역할도 연습할 겨를이 없었지만, 텐구 신의 코배기들이 연출하는 웅장한 '인간 피라미드'에 늠름한 어깨를 받침대로 내주도록 되어 있었다. 이 '대공연'을 끝으로 흥행은 막을 내릴 예정이었다.

3시에는 관객들이 벌써 거대한 가설극장을 가득 메우고 있었다. 유럽인과 중국인과 일본인, 남녀노소 모두 좋은 자리를 차지하려고 무대와 가까운 관람석으로 밀어닥쳤다. 악사들은 자리를 잡고 징과 북·캐스터네츠·피리·탬버린·큰북을 총동원하여 요란하게 음악을 연주하고 있었다.

이 흥행에는 온갖 곡예가 총출동했다. 하지만 세계에서 가장 뛰어난 곡예사는 일본인이라고 말할 수밖에 없다. 한 사람은 부채와 작은 종이조각을 이용하여 나비와 꽃들로 이루어진 우아한 장면을 연출했다. 또 한 사람은 담뱃대에서 나오는 향기로운 연기로 허공에 낱말들을 재빨리 썼는데, 푸르스름한 색깔의 그 낱말들은 관객에게 보내는 인사말이 되었다. 또 다른 사람은 불 켜진 초로 곡예를 하는데, 촛불이 입술 앞을 지나갈 때는 훅 불어서 불을 끄고 다른 촛불로 꺼진 초에 다시 불을 붙이는 경이로운 묘기를 잠시도 쉬지 않고 되풀이했다. 또 다른 곡예사들은 팽이를 돌리면서 신기에 가까운 재주를 부렸는데, 쉬지 않고 돌아가는 팽이들은 그들의 손에 이끌려 마치 생명이 있는 것처럼 보였다. 팽이들은 빙글빙글 돌면서 담뱃대를 통과하고, 칼날 위를 따라 달리고, 무대를 가로지른 머리카락 굵기의 철사 위를 달렸다. 커다란 유리 꽃병의 테두리를 따라 돌기도 하고, 대나무 사다리를 기어오르고, 다양한 음색을 조합하여 야릇한 음악적 효과음을 내면서 사방으로 뻗어나가기도 했다. 곡예사들은 돌아가는 팽이를 휙 집어 공중으로 던지지만, 팽이는 허공에서도 계속 빙글빙글 돌았다. 곡예사들은 팽이가 배드민턴의 셔틀콕이라도 되는 것처럼 나무 라켓으로 팽이를 주고받았다. 그래도 팽이는 여전히 돌고 있었다. 곡예사들이 주머니에 집어넣었다가 다시 꺼내도 팽이는 여전히 돌고 있었다. 그러다가 스프링이 다 풀리면 팽이는 폭발하여 불꽃이 물보라처럼 솟아올랐다.

곡예사들의 놀라운 묘기에 대해서는 더 이야기할 필요도 없을 것이다. 사다리타기 · 장대놀이 · 공타기 · 통굴리기 등 정확한 묘기를 보여주었다. 하지만 가장 중요한 공연은 역시 '코배기'들의 연기였다. 이들은 유럽에서는 한번도 보지 못한 놀라운 곡예사였다.

이 '코배기'들은 텐구 신의 특별 보호를 받는 별개의 단체였다. 그들은 어깨에 화려한 날개를 달고 중세 일본의 전령처럼 차려입고 있었다. 하지만 그들의 중요한 특징은 얼굴에 단 기다란 코와, 그 코를 이용하는 방법이었다. 코는 실제로는 길이가 다섯 자, 여섯 자, 심지어 열 자나 되는 대나무 토막이었다. 곧은 것도 있고 휜 것도 있었다. 매끄러운 것도 있고 울퉁불퉁한 것도 있었다. '코배기'들은 얼굴에 단단히 고정시킨 이 코 위에 올라가 온갖 묘기를 부렸다. 열두 명의 '코배기'들이 바닥에 등을 내고 누우면, 동료들이 피뢰침처럼 우뚝 솟은 그들의 코 위에서 장난을 쳤다. 펄쩍펄쩍 뛰는가 하면 이쪽에서 저쪽으로 건너뛰기도 하면서, 도저히 믿을 수 없는 묘기를 부렸다.

마지막 공연은 50명가량의 '코배기'들이 만드는 '인간 피라미드'였다. 그런데 배털카의 단원들은 어깨에서 어깨로 무동을 서며 피라미드를 만드는 게 아니라, 코 위에 올라타면서 피라미드를 만들었다. 그런데 '인간 피라미드'의 주춧돌 역할을 맡은 단원 하나가 곡예단을 떠났다. 그 역할을 맡는 사람에게 필요한 것은 힘과 기술뿐이기 때문에, 그를 대신할 사람으로 파스파르투가 뽑힌 것이었다.

다채로운 색깔의 날개로 장식된 중세 의상을 입고 여섯 자나 되는 긴 코를 얼굴에 달았을 때, 그는 젊은 시절의 슬픈 기억이 되살아나서 우울해졌다. 하지만 이 코는 그의 밥줄이었으므로, 그도 마음을 굳게 먹지 않을 수 없었다.

파스파르투는 무대에 올라가 '피라미드'의 주춧돌을 맡은 동료들과 함께 나란히 섰다. 그들은 모두 코를 위로 하고 바닥에 누웠다. 그러자 두 번째 무리가 그 긴 코 위에 누웠다. 이어서 세 번째 무리가 그 위에 눕고, 다시 네 번째 무리가 그 위에 반듯이 누웠다. 이렇게 끝만 닿아 있는 코를 이용하여 순식간에 무대의 천장까지 인간 기념비가 올라갔다.

박수갈채가 터져 나오고 오케스트라가 천둥처럼 울려 퍼진 순간, 피라미드가 갑자기 흔들리더니 균형이 깨졌다. 주춧돌에 있던 코 하나가 비틀거리면서 구조물 전체가 카드로 만든 성처럼 와르르 무너져 내렸다.

그것은 모두 파스파르투 탓이었다. 그는 제 위치를 버리고 빠져나오더니, 날개의 도움도 없이 난간을 뛰어넘어 오른쪽 관람석으로 기어올라가서 한 관객의 발 아래에 꿇어 엎드렸다.

"아아! 주인님! 주인님!"

"너로구나?"

"예, 접니다!"

"그렇다면 배로 가자!"

구조물이 카드로 만든 성처럼 와르르 무너져 내렸다

포그 씨와 아우다 부인과 파스파르투는 복도를 지나 극장 밖으로 달려나갔다. 거기서 그들은 배틸카 씨와 마주쳤다. 화가 머리끝까지 난 배틸카 씨는 '피라미드 붕괴'에 대한 손해배상을 요구했다. 필리어스 포그는 돈을 한 줌 던져주어 그를 달랬다. 6시 30분에 포그 씨와 아우다 부인은 막 떠나려는 미국행 기선에 올라탔다. 파스파르투가 그 뒤를 따랐다. 파스파르투는 아직도 등의 날개를 떼어내지 않았고 얼굴에는 여섯 자짜리 기다란 코를 달고 있었다.

파스파르투는 아직도 등의 날개를 떼어내지 않았고……

24

태평양 횡단을 무사히 끝내다

상하이 앞바다에서 무슨 일이 일어났는지는 쉽게 이해할 수 있다. 요코하마행 기선은 '탕카데르' 호가 보낸 신호를 포착했다. 그 배의 선장은 조난 신호인 반기가 걸려 있는 것을 보고 작은 범선 쪽으로 키를 돌렸다. 잠시 뒤에 필리어스 포그는 존 번스비 선장에게 약속한 배삯을 주었다. 존 번스비의 주머니에는 550파운드가 들어갔다. 이어서 그 존경할 만한 신사와 아우다 부인과 픽스는 기선에 올라탔고, 기선은 당장 나가사키와 요코하마를 향해 달리기 시작했다.

배는 예정대로 11월 14일 아침에 요코하마에 도착했다. 필리어스 포그는 볼일이 있다는 픽스와 헤어져 '카르나티크' 호로 갔다. 그리고 파스파르투라는 프랑스인이 어제 분명히 요코하마에 도착한 것을 알았다. 아우다 부인은 무척 기뻐했다. 포그 씨도 겉으로는 전혀 내색하지 않았지만 역시 기뻤을 것이다.

필리어스 포그는 그날 저녁에 샌프란시스코로 떠날 예정이었기 때문에 곧바로 하인을 찾아 나섰다. 프랑스 및 영국의 영사관에 문의했지만 헛수고였다. 요코하마의 거리를 여기저기 돌아다녔지만 그것도 헛수고였다. 그래서 파스파르투를 찾아내겠다는 희망을 막 포기하려 할 때 배털카의 가설극장이 눈에 띄었다. 그가 거기에 들어간 것은 우연이었다. 아니, 어쩌면 어떤 예감이 작용했는지도 모른다. 그는 야릇한 옷차림에 중세 일본의 전령으로 분장한 하인을 알아보지 못했지만, 파스파르투는 무대 바닥에 누운 상태에서도 관람석에 있는 주인을 알아보았다. 그래서 그만 코를 움직인 순간 균형이 흔들리고, 그 다음 앞에서 본 사태가 벌어진 것이다.

이상은 파스파르투가 아우다 부인한테 들은 것으로, 그녀는 픽스라는 사람과 함께 '탕카데르' 호라는 작은 범선을 타고 홍콩에서 상하이까지 건너간 자초지종도 자세히 이야기해주었다.

픽스라는 이름을 듣고도 파스파르투는 눈썹 하나 까딱하지 않았다. 지금은 그 형사와 자기 사이에 있었던 일을 주인에게 밝힐 때가 아니라고 생각했다. 그래서 파스파르투는 그동안 겪은 일을 털어놓을 때에도 홍콩의 아편굴에 잘못 들어가 아편에 취해버렸다고 하면서, 모든 것을 자신의 탓으로 돌리고 용서를 구했다.

포그 씨는 아무 대꾸도 하지 않고 냉징하게 듣고만 있었다. 그런 다음 배 안에서 적당한 옷을 사라면서 돈을 넉넉히 주었다. 한 시간 뒤, 코를 떼어내고 날개도 잘라낸 훌륭한 젊은이한테서는 텐구 신의 신봉자였다는 흔적을 전혀 찾아볼 수 없었다.

요코하마에서 샌프란시스코로 가는 배는 '태평양 해운회사' 소속의 정기선 '제너럴 그랜트' 호였다. 적재량이 2500톤에 달하는 커다란 외륜선으로, 설비도 좋고 속력도 빨랐다. 갑판 위에서는 거대한 흔들 지렛대가 올라갔다 내려갔다 하고 있었다. 한쪽 끝은 피스톤의 굴대에 연결되고 다른 끝은 크랭크축에 연결되어 있는데, 크랭크축은 외륜의 구동축과 직접 연결되어 직선운동을 회전운동으로 바꾸어주었다. '제너럴 그랜트' 호는 돛대도 셋이나 갖추고 있어서, 이 넓은 돛들이 증기기관에 큰 도움을 주었다. 시속 12노트로 달리기 때문에, 길어야 21일이면 태평양을 횡단할 수 있었다. 따라서 필리어스 포그는 늦어도 12월 2일까지는 샌프란시스코에 도착할 수 있고, 11일에는 뉴욕에, 20일까지는 런던에 도착하리라는 예산을 세울 수 있었다. 그러므로 12월 21일이라는 운명의 날에는 몇 시간의 여유를 가질 수 있을 터였다.

배에는 많은 승객이 타고 있었다. 영국인, 많은 미국인, 미국으로 이주하는 중국인 노동자, 그리고 휴가를 이용하여 세계일주 여행에 나선 인도의 장교들.

항해하는 동안 해상에서는 아무 사건도 일어나지 않았다. 커다란 외륜과 커다란 돛이 받쳐주고 안정시켰기 때문에 배는 거의 흔들리지 않았다. 태평양은 이름 그대로 태평했다. 포그 씨는 언제나처럼 침착하고 말이 없었다. 젊은 부인은 날이 갈수록 고마움과는 다른 감정으로 그에게 끌리는 것을 느꼈다. 과묵하지만 실제로는 더없이 너그러운 그 성품은 그녀가 스스로 깨달은 것보다 훨씬 강하게 그녀의 마음을 사로잡고 있었다. 그리하여 그녀는 자신도 모르는 사이에 사모의 정을 불태우기 시작했지만, 수수께끼 같은 포그 씨는 그것을 눈치채고 있는 기색조차 보이지 않았다.

아우다 부인은 포그의 여행 일정에 비상한 관심을 품게 되었다. 뜻밖의 장애라도 생기면 여행이 실패로 끝나지나 않을까 하고 조바심을 냈다. 그녀는 자주 파스파르투와 이야기를 나누었다. 파스파르투는 그녀의 속마음을 읽을 수 있었다. 이 충직한 젊은이는 이제 주인에 대해 카르보나리[55] 당원과도 같은 신앙을 가지고 있었다. 그래서 그는 포그 씨의 정직함과 관대함과 희생 정신을 칭찬해 마지않았다. 그는 이번 여행에서 가장 어려운 난관은 이미 돌파했고, 중국이나 일본 같은 터무니없는 나라를 떠나 다시 문명 세계로 돌아가는 중이며, 샌프란시스코에서 뉴욕으로 가는 기차와 뉴욕에서 런던으로 가는 기선은 얼마든지 있으니까 이 세계일주라는 어려운 여행도 제시간에 끝날 게 틀림없다는 말을 되풀이하면서 아우다 부인을 안심시켰다.

요코하마를 떠난 지 9일 뒤에 필리어스 포그는 지구를 정확히 반 바퀴 돌았다.

11월 23일에 '제너럴 그랜트' 호는 경도 180도인 자오선을 넘었다. 이 자오선을 따라 남반구로 내려가면 지구 중심을 축으로 런던의 대척점이 나온다. 포그 씨는 그에게 주어진 80일 가운데 벌써 52일을 써버렸고, 그래서 이제 28일밖에 남지 않았다. 그러나 '자오선의 상위(相違)'에 의하면 지구의 반을 돌았지만, 실제로는 전체의 3분의 2 이상을 답파했다고 볼 수 있다. 런던에서 아덴, 아덴에서 봄베이, 봄베이에서 캘커타, 캘커타에서 싱가포르, 싱가포르에서 요코하마까지 얼마나 먼 길을 우회해야 했는가! 런던에서 북위 50도의 선을 따라 지구를 돌았다면, 그 거리는 2만 킬로미터도 안 되었을 것이다. 하지만 포그 씨는 다양한 교통 수단의 변덕 때문에 4만 2000킬로미터를 답파하지 않으면 안되었고, 그 가운데 이미 2만 8000킬로미터를 끝냈다. 하지만 11월 23일 현재 남은 여정은 직선 코스니까 곧장 앞으로만 가면 되고, 도중에 훼방을 놓을 픽스도 이제 옆에 없었다.

또한 이 11월 23일에 파스파르투는 커다란 기쁨을 맛보았다. 독자들도 기억하고 있겠지만, 이 고집쟁이는 가보로 물려받은 시계를 계속 런던 표준시에 맞춘 채, 통과하는 나라들의 시계가 모두 틀렸다고 생각하고 있었다. 그런데 오늘 시곗바늘을 앞으로도 뒤로도 돌리지 않았는데 그의 시계가 배 안에 있는 정밀시계와 정확히 일치한 것이다.

파스파르투가 얼마나 우쭐했을지는 쉽게 짐작할 수 있다. 픽스가 옆에 있었다면 뭐라고 했을지, 누구라도 궁금했을 것이다.

"그 악당은 자오선이니 태양이니 달에 대해 온갖 허튼소리를 늘어놓았지. 흥, 기가 막혀서! 그런 인간의 말을 귀담아들으면 우리는 정말 터무니없는 시계를 갖게 될 거야! 나는 다 알고 있었어. 언젠가는 태양이 내 시계에 항복하리라는 것을!"

하지만 파스파르투가 모르는 사실이 하나 있었다. 그의 시계 문자반이 이탈리아제 시계처럼 24시간으로 나누어져 있었다면 기뻐할 이유가 전혀 없었을 거라는 점이다. 배의 정밀시계가 오전 9시를 가리킬 때 그의 시계는 오후 9시—자정보다 21시간 뒤—를 가리키고 있었을 것이다. 그 차이는 런던과 180도 자오선의 차이다.

그러나 픽스가 순수하게 물리적인 이 현상을 설명할 수 있었다 해도, 파스파르투는 순순히 받아들이려 하지 않았을 것이다. 머리로는 이해해도 마음으로 인정할 수는 없었을 테니까. 어쨌든 그럴 가능성은 거의 없지만 만에 하나라도 바로 이 순간 형사가 갑자기 배에 나타났다면, 당연히 그에게 화가 나 있는 파스파르투는 그것과는 조금 다른 화제를 조금 다른 방식으로 제기했을 가능성이 크다.

그런데 바로 그 순간 픽스는 어디에 있었을까?

사실 픽스는 '제너럴 그랜트' 호에 타고 있었다.

형사는 요코하마에 도착하자마자 포그 씨와 헤어져 곧장 영국 영사관으로 갔다. 포그 씨와는 그날 안으로 다시 만날 작정이었다. 영국 영사관에서 마침내 픽스는 발부된 지 40일이 지난 체포영장을 받았다. 봄베이에서 줄곧 그를 뒤따라온 체포영장은 픽스가 타기로 되어 있었던 '카르나티크' 호에 실려 홍콩에서 다시 요코하마로 보내졌다. 형사가 얼마나 실망했을지는 짐작이 가고도 남는다. 영장은 이제 아무 쓸모도 없어진 것이다! 포그 씨는 영국 영토를 떠나버렸다. 그를 체포하려면 범죄인 인도 허가를 받아야 한다.

"어쩔 수 없지!" 픽스는 분노가 가라앉자 속으로 중얼거렸다. "내 영장은 여기서는 쓸모가 없지만, 영국에 돌아가면 다시 효력을 가질 거야. 그 악당은 용케 경찰을 따돌린 줄 알고, 아무래도 고국으로 돌아갈 작정인 모양이야. 나는 끝까지 따라갈 거야. 그런데 제발, 놈이 훔친 돈이 조금은 남아 있기를! 여비에다 보너스·보석금·벌금·코끼리 값에 온갖 경비를 합치면 너석은 벌써 5천 파운드가 넘는 돈을 길바닥에 뿌렸어. 하지만 은행은 부자니까 그 정도 손해는 감당할 수 있을 거야."

이렇게 결심이 서자, 그는 곧바로 '제너럴 그랜트' 호를 타러 갔다. 포그 씨와 아우다 부인이 도착했을 때 픽스는 이미 배에 타고 있었다. 그는 중세 전령의 옷차림을 하고 있는 파스파르투를 알아보고 깜짝 놀랐다. 파스파르투와 마주치면 한바탕 소동이 벌어져 모든 일을 망쳐버릴 것이기 때문에, 픽스는 그런 사태를 피하려고 얼른 선실로 몸을 숨겼다. 승객이 많으니까 상대편에게 들키는 일은 없을 거라고 생각했다. 그런데 바로 그날 앞갑판에서 파스파르투와 딱 마주치고 말았다.

파스파르투는 다짜고짜 덤벼들어 픽스의 멱살을 틀어잡았다. 갑판에 있던 몇몇 미국인들은 당장 파스파르투가 이기는 쪽에 내기를 걸었고, 파스파르투는 가엾은 형사를 멋지게 때려눕혀 그들을 즐겁게 해주었고, 동시에 프랑스 권투가 영국 권투보다 한 수 위라는 사실을 증명해 보였다.

파스파르투는 형사를 때려눕히자 마음이 한결 차분해지고, 걱정거리에서 해방된 듯한 기분마저 느꼈다. 픽스는 아까보다 처량해진 몰골로 일어서더니 상대를 노려보면서 쌀쌀한 말투로 물었다.

"다 끝났나?"

"그렇소, 우선은."

"그럼 가서 얘기 좀 하세."

"무슨 얘기를……."

"자네 주인을 위해서야."

파스파르투는 상대의 침착한 태도에 압도되어 형사를 따라가서 앞갑판에 앉았다.

"자네는 나를 호되게 때렸지만, 그건 아무래도 좋아. 각오하고 있었으니까." 픽스가 말했다. "그러나 이번에는 내 말을 잘 듣게. 나는 지금까지 포그 씨의 적이었지만, 이제부터는 한편이야."

"아아, 드디어! 이제야 그분이 점잖은 신사라는 걸 아셨군?"

"아니, 나는 그가 악당이라고 생각하네." 픽스는 차갑게 대답했다. "쉿! 떠들지 말고 내 말을 마저 듣게. 포그 씨가 영국 영토 안에 있는 동안은 체포영장이 도착하기를 기다렸다가 그를 붙잡으려고 생각했어. 그러기 위해서 나는 온갖 수고를 아끼지 않았지. 봄베이에서 승려들을 부추겨 포그 씨를 고발하게 했고, 홍콩에서는 자네를 취해 곯아떨어지게 했고, 자네를 주인과 떼어놓고 요코하마행 배를 놓치게 하기도 했지."

파스파르투는 주먹을 불끈 쥐고 말없이 귀를 기울였다.

"포그 씨는 영국으로 돌아갈 것 같네. 나도 포그 씨를 뒤따라 영국으로 가겠어. 그러나 지금까지는 포그 씨의 앞길에 장애물을 놓으려고 애썼지만, 이제부터는 똑같은 노력과 열정으로 장애물을 치우는 데 힘을 쓰겠네. 알겠나? 나는 방침을 바꾸었어. 그게 나한테 이로우니까. 한 가지 덧붙여 말하면, 자네도 나와 이해관계가 일치해. 영국에 돌아가야만 비로소 자네가 모시고 있는 주인이 범죄자인지 정직한 사람인지 알 수 있을 테니까 말야."

파스파르투는 픽스의 말에 주의 깊게 귀를 기울이고, 픽스가 진지하게 말하고 있다는 것을 알았다.

"그럼 우린 친구지?"

"친구?" 파스파르투가 대답했다. "천만에. 한편일 뿐이오. 그것도 당분간만. 조금이라도 배신할 기미를 보이면 당장에 목을 비틀어버릴 테니까."

"좋아. 그럼 약속한 거야." 형사는 침착하게 대답했다.

11일 뒤인 12월 3일, '제너럴 그랜트' 호는 골든게이트 만으로 들어가 샌프란시스코에 도착했다.

포그 씨는 여전히 하루의 손실도 이득도 없었다.

25

샌프란시스코의 선거 집회 풍경

포그 씨와 아우다 부인과 파스파르투가 아메리카 대륙―아니, 물 위에 떠 있는 잔교에 첫발을 내디딘 것은 오전 7시였다. 잔교는 밀물이나 썰물과 함께 오르내리기 때문에 짐을 싣거나 부리기에 편리했다. 부두에는 크고 작은 쾌속 범선과 온갖 국적의 기선, 새크라멘토 강과 그 지류를 운항하는 여러 층의 증기선이 나란히 묶여 있고, 멕시코와 페루·칠레·브라질·유럽·아시아 및 태평양의 섬들에서 실려온 물건들이 산더미처럼 쌓여 있었다.

파스파르투는 마침내 미국 땅에 도착한 기쁨을 표출하기 위해 최고로 완벽한 공중제비를 돌아서 상륙하는 것이 좋겠다고 생각했다. 하지만 그가 착지한 잔교의 널빤지가 썩어 있어서 파스파르투는 하마터면 널빤지를 뚫고 바다에 빠질 뻔했다. 이런 식으로 신대륙에 첫발을 내딛게 된 데 화가 난 젊은이는 목청껏 고함을 질렀다. 그 바람에 잔교를 늘 차지하고 있는 가마우지와

파스파르투는 하마터면 바다에 빠질 뻔했다

사다새 무리가 놀라 달아났다.

포그 씨는 배에서 내리자마자 다음 뉴욕행 열차가 떠나는 시간부터 알아보았다. 그것은 오후 6시였다. 캘리포니아의 주도에서 꼬박 하루의 여유가 있는 셈이었다. 그는 마차 한 대를 불러 아우다 부인과 함께 탔다. 파스파르투는 마부 옆자리에 탔다. 한 번 타는 데 3달러인 마차는 인터내셔널 호텔을 향해 출발했다.

파스파르투는 미국의 대도시를 흥미롭게 둘러보았다. 넓은 도로, 질서정연하게 늘어서 있는 나직한 집들, 고딕 양식의 교회와 성당, 대규모의 계선장, 나무나 벽돌로 지은 궁전 같은 창고들이 보였다. 거리에는 수많은 마차와 자동차와 전차가 오가고, 사람들로 붐비는 인도에는 미국인과 유럽인만이 아니라 중국인과 인도인도 많이 눈에 띄었다. 샌프란시스코의 인구는 20만 명이 넘는다.

파스파르투는 눈앞에 펼쳐진 광경에 놀라지 않을 수 없었다. 그는 아직도 1849년 무렵의 전설적인 도시 샌프란시스코를 생각하고 있었다. 그것은 노다지를 쫓아 몰려든 강도와 방화범과 살인자들의 도시, 온갖 족속의 망나니들이 한 손에는 권총을, 한 손에는 나이프를 들고 사금에 목숨을 거는 거대한 잡동사니의 소굴이었다. 하지만 그 '좋은 시절'은 이미 가버렸다. 샌프란시스코는 이제 거대한 상업도시의 양상을 띠고 있었다.

파수꾼이 늘 경비를 서고 있는 시청 건물의 높은 망루가 바둑판처럼 질서 있게 교차하는 크고 작은 길들을 굽어보고 있었다. 군데군데 푸른 초목이 우거진 공원이 펼쳐져 있고, 중국인 거리는 중국 대륙의 도시를 장난감 상자에 담아서 통째로 운반해온 것 같았다. 솜브레로[56]는 하나도 남아 있지 않았다. 사금 채굴자들이 유행시킨 붉은 셔츠도, 머리에 깃털 장식을 단 인디언도 찾아볼 수 없었다. 대신 그곳에는 실크햇에 연미복을 입고 소비적인 활동에 종사하는 신사들이 우글거렸다. 일부 거리, 그중에서도 특히 몽고메리 가―이곳은 런던의 리젠트 가나 파리의 이탈리아 대로나 뉴욕의 브로드웨이에 견줄 수 있었다―에는 온 세계에서 들여온 물건이 진열되어 있는 화려한 가게들이 늘어서 있었다.

마차가 인터내셔널 호텔에 도착했을 때, 파스파르투는 애당초 런던을 떠난 적도 없는 듯한 기분을 느꼈다.

호텔 1층은 커다란 '바'가 차지하고 있었다. 그것은 일종의 뷔페 식당으로, 지나가는 이는 누구나 들어와 절인 고기·굴 수프·비스킷·체스터 치즈를 실컷 먹을 수 있었지만, 손님은 지갑을 열 필요가 없었다. 만약에 술―맥주나 포도주나 위스키―을 마시고 싶으면, 술값만 내면 되었다. 이 모든 것이 파스파르투에게는 지극히 미국적으로 보였다.

호텔 레스토랑은 쾌적했다. 포그 씨와 아우다 부인이 테이블에 앉자, 흑단처럼 새까만 흑인들이 작은 그릇에 담긴 요리를 차례로 가져왔다.

점심식사가 끝나자 필리어 포그는 영국 영사관에 가서 여권의 사증을 받기 위해 아우다 부인과 함께 호텔을 나섰다. 가는 도중에 하인을 만났는데, 파스파르투는 '퍼시픽 철도'를 타기 전에 소총과 권총을 수십 자루 사두는 편이 좋지 않겠느냐고 물었다. 수족과 포니족 같은 인디언이 스페인의 산적처럼 열차를 세운다는 이야기를 들었기 때문이다. 포그 씨는 대답하기를, 그것은 쓸데없는 걱정이지만 마음대로 하라고 말했다. 그러고는 영국 영사관으로 향했다.

필리어스 포그는 2백 걸음도 채 가기 전에 '더없이 놀라운 우연'으로 픽스와 딱 마주쳤다. 형사는 당황한 기색을 보이면서 말했다.

"이거 참 놀랍군요. 같은 배를 타고 태평양을 건넜다니! 그런데 배에서 한 번도 뵙지 못했군요. 어쨌든 큰 신세를 진 분을 다시 뵙게 되어 영광입니다. 저도 일 때문에 유럽으로 돌아가는 길이니까, 댁처럼 유쾌한 분과 함께 여행을 계속할 수 있다면 정말 기쁘겠습니다."

포그 씨는 자기야말로 영광이라고 대답했고, 포그 씨를 시야에서 놓치지 않고 계속 지켜보고 싶은 픽스는 샌프란시스코라는 이 흥미로운 도시를 관광하는 데 동행해도 좋겠느냐고 물었다. 포그 씨는 좋다고 대답했다.

그리하여 아우다 부인과 포그 씨와 픽스는 거리를 천천히 걸어갔다. 그들은 곧 몽고메리 가에 이르렀다. 거리에는 사람이 넘쳐흘렀다. 마차를 비롯한 갖가지 탈것이 쉴새없이 지나다니는데도 사람들은 인도와 차도와 선로를 가리지 않고 떼지어 돌아다녔다. 상점 입구와 모든 집들의 창문, 심지어는 지붕 위에도 사람들뿐이었다. 광고판을 앞뒤에 둘러멘 샌드위치맨이 군중 사이를 돌아다녔다. 깃발이 바람에 나부끼고, 사방에서 외침소리가 울려 퍼졌다.

"캐머필드 만세!"

"맨디보이 만세!"

그것은 정치 집회였다. 적어도 픽스는 그렇게 생각했고, 포그 씨에게 제 생각을 말했다.

"군중 틈에 끼여들지 않는 게 좋겠습니다. 주먹으로 얻어맞는 게 고작일 테니까요."

"맞습니다. 정권 다툼의 주먹이라 해도, 주먹은 역시 주먹이니까요."

픽스는 포그 씨의 이런 농담에 미소를 짓는 것이 예의라고 생각했다. 세 사람은 소동에 휘말리지 않은 채 집회를 구경하기 위해 몽고메리 거리 위쪽으로 통하는 돌층계 맨 위에 자리를 잡았다. 그들 앞에 있는 도로 건너편에는 석탄 장수의 창고와 석유 가게가 있고, 그 사이에 넓은 옥외 집회장이 펼쳐져 있었다. 군중은 숱한 흐름을 이루어 그곳으로 모여들고 있었다.

그런데 이 집회의 목적은 무엇일까? 무슨 이유로 집회를 여는 것일까? 필리어스 포그는 알 수가 없었다. 고위직 관리나 주지사나 국회의원을 뽑기 위한 선거일까? 시내 전체가 엄청난 흥분에 휩싸여 있는 것을 보면, 그렇게 추측하는 것도 당연했다.

비로 그 순간, 군중 사이에서 심한 동요가 일었다. 모든 사람들이 허공으로 손을 쳐들었다. 함성이 울려 퍼지자, 힘껏 움켜쥔 주먹들이 빠르게 오르내리는 것처럼 보였다. 그 동작은 아마 지지를 표현하는 효과적인 방법일 것이다. 군중이 앞뒤로 흐르면서 어지러운 소용돌이가 일어났다. 깃발이 흔들리는가 싶더니, 잠시 사라졌다가 너덜너덜해진 꼴로 다시 나타났다. 인파가 큰 물결처럼 돌층계까지 밀려왔다. 그리하여 그 표면에서는 모든 얼굴이 마치 바다가 돌풍으로 거칠어지듯이 굽이치고 있었다. 모자의 수가 눈에 띄게 줄어들고 있었다. 대부분의 모자는 정상적인 높이를 잃고 납작해진 것 같았다.

"정치 집회가 분명합니다." 픽스가 말했다. "그리고 뭔가 중요한 문제로 모인 것 같습니다. 어쩌면 '앨라배마' 호 사태[57] 때문일지도 모릅니다. 일단은 해결되었지만요."

"그럴지도 모르겠군요." 포그 씨는 그렇게만 대답했다.

"어쨌든 링에는 캐머필드와 맨디보이라는 두 명의 챔피언이 올라와 있군요."

아우다 부인은 필리어스 포그의 팔을 잡고 이 소란스러운 광경을 놀란 눈으로 지켜보았다. 픽스는 옆사람한테 사람들이 그렇게 흥분하는 이유를 물어보려 했지만, 그때 좀더 뚜렷한 움직임이 나타났다. 만세 소리가 점점 커지고, 거기에 욕설이 섞였다. 깃대가 공격용 무기로 변했다. 펼친 손바닥은 하나도 남지 않았고, 보이는 것은 온통 주먹뿐이었다. 오도 가도 못하게 된 마차의 지붕 위에서 주먹 싸움이 벌어지고, 온갖 물건이 던져졌다. 장화며 구두가 허공에 포물선을 그리며 날아갔다. 군중의 고함에 뒤섞여, 권총 몇 자루가 미국적인 파열음을 울렸다.

군중은 돌층계에 이르러 아래쪽 계단 위로 올라왔다. 한쪽 진영이 밀리고 있는 게 분명했다. 하지만 단순한 구경꾼으로서는 맨디보이 파가 이기고 있는지 캐머필드 파가 이기고 있는지 알 수가 없었다.

픽스는 '소중한 사람'이 부상을 당하거나 말썽에 휩쓸리면 곤란하다고 생각하여 말했다.

"이제 돌아가는 게 좋겠습니다. 이 소동이 영국과 관련된 것이라면, 그리고 저 사람들이 우리가 영국인인 것을 알게 되면, 엉뚱한 말썽에 휩쓸릴지 모르니까요."

"영국의 시민이⋯⋯" 하지만 필리어스 포그는 말을 끝맺지 못했다. 그의 뒤쪽 돌층계 꼭대기의 둑 위에서 어마어마한 함성이 일어났기 때문이다. "만세, 만세, 맨디보이 만세!" 한 떼의 유권자가 응원차 달려와, 캐머필드 지지파의 측면을 찌른 것이다.

포그 씨와 아우다 부인과 픽스는 두 진영 사이에 끼여버렸다. 달아나기에는 너무 늦었다. 징을 박은 지팡이와 곤봉으로 무장한 사람들의 물결에는 도저히 저항할 수 없었다. 필리어스 포그와 픽스는 젊은 아우다 부인을 보호하면서 앞뒤에서 거칠게 떠밀렸다. 포그 씨는 언제나처럼 침착하게, 자연이 모든 영국인의 팔 끝에 달아준 천연 무기로 몸을 지키려 했지만 소용이 없었다. 불그레한 얼굴에 붉은 수염을 기르고 딱 바라진 어깨에 건장한 체격을 가진, 이 무리의 우두머리인 듯싶은 거구의 사내가 포그 씨를 향해 커다란 주먹을 치켜들었다. 픽스가 희생정신을 발휘하여 그 주먹을 대신 받아내지 않았다면 포그 씨는 중상을 입었을 것이다. 형사의 실크햇은 빵떡모자처럼 납작해지고, 그 밑에서 순식간에 커다란 혹이 솟아났다.

포그 씨는 경멸의 눈길을 던지면서 말했다.

"양키 놈!"

"영국 놈!"

"나중에 다시 만나자!"

"언제든지! 이름이 뭐야?"

"필리어스 포그. 당신은?"

"스탬프 W. 프록터 대령이다."

이 대화가 끝난 뒤 물결도 지나갔다. 쓰러졌던 픽스는 다시 일어났다. 중상은 아니었다. 그의 여행용 코트는 두 쪽으로 찢어졌고, 바지는 일부 인디언들에게 유행인, 엉덩이 부분을 잘라내고 입는 반바지와 비슷했다. 하지만 아우다 부인은 무사했고, 픽스

픽스가 그 주먹을 대신 받아내지 않았다면……

혼자만 주먹에 맞았다.

인파 속에서 빠져나오자마자 포그 씨가 말했다.

"고맙소."

"천만에요. 자, 갑시다."

"어디로?"

"양복점에."

양복점에 가는 것은 적절해 보였다. 필리어스 포그와 픽스의 옷은, 마치 두 사람이 캐머필드와 맨디보이를 위해 맞붙어 싸우기라도 한 것처럼 엉망이 되어 있었다.

한 시간 뒤에 그들은 옷도 모자도 새것으로 갖추고 본래의 신사로 돌아갔다. 그리하여 인터내셔널 호텔로 돌아갔다.

거기에는 파스파르투가 6연발 권총 여섯 자루로 무장하고 주인을 기다리고 있었다. 픽스가 포그 씨와 함께 있는 것을 보고 얼굴을 찌푸렸지만, 아우다 부인이 좀전에 일어난 일을 간추려 설명해주자 파스파르투는 마음을 기라앉혔다. 이제 픽스는 분명 적이 아니라 한편이었다. 픽스는 약속을 지키고 있었다.

저녁을 먹은 뒤, 포그 씨는 역까지 태워다줄 마차를 불렀다. 그러고는 마차에 올라타면서 픽스에게 물었다.

"그후 프록터 대령을 다시 보지 못했지요?"

"예." 픽스가 대답했다.

"나중에 미국에 다시 와서 그 자를 만날 거요." 필리어스 포그는 쌀쌀한 투로 말했다. "그런 취급을 당하고도 가만히 있으면 영국 신사가 아니지요."

형사는 빙긋 웃기만 하고 아무 대꾸도 하지 않았다. 하지만 포그 씨는 명예를 지키기 위해서라면 국내에서는 금지된 결투를 외국에 나가서라도 벌이는 그런 영국인이었다.

6시 15분 전에 여행자들은 역에 도착했다. 기차는 막 떠날 준비를 하고 있었다.

열차에 오르기 직전에 포그 씨가 역무원에게 다가가서 물었다.

"이보시오, 오늘 샌프란시스코에서 뭔가 소동이 없었소?"

"집회가 있었습니다."

"하지만 거리가 꽤 소란스러웠던 것 같은데."

"선거 집회였을 뿐입니다."

"총사령관이라도 뽑았나 보군."

"아닙니다. 치안판사를 뽑는 선거였어요."

필리어스 포그는 기차에 올라탔다. 기차는 전속력으로 달리기 시작했다.

26

'퍼시픽 철도'의 급행 열차에 타다

'대양에서 대양까지'라고 미국인들은 말한다. 이 말은 미국 대륙을 횡단하는 '대동맥'의 총칭이다. 그러나 실제로는 두 부분으로 나뉘어 있다. 그 하나는 샌프란시스코와 오그던을 잇는 '센트럴 퍼시픽 철도'이고, 또 하나는 오그던과 오마하를 잇는 '유니언 퍼시픽 철도'이다. 오마하에서는 5개의 지선이 부채 모양으로 퍼져나와 뉴욕과 연결되고 있다.

그리하여 뉴욕과 샌프란시스코는 이제 6000킬로미터가 넘게 이어진 금속 띠로 연결되어 있다. 태평양과 오마하 사이에서 철도는 아직도 인디언과 야생동물이 자주 출몰하는 고장을 가로지른다. 이 광대한 땅은 일리노이 주에서 쫓겨난 모르몬 교도들이 1845년부터 이주하기 시작한 곳이다.

옛날에는 뉴욕에서 샌프란시스코까지 가는 데, 아무리 조건이 좋은 때라도 여섯 달은 걸렸다. 그러나 지금은 일주일이면 넉넉하다.

철도 노선이 좀더 남쪽을 지나기를 원했던 남부 출신 의원들의 반대에도 불구하고 북위 41도와 42도 사이를 지나도록 설계된 것은 1862년이었다. 암살당한 뒤에도 여전히 추앙받고 있는 당시 대통령 링컨이 새 철도망의 기점을 네브래스카 주의 오마하로 결정했다. 공사는 곧바로 착수되었고, 미국인들은 탁상공론이나 관료적 형식주의를 싫어하는 특유의 실행력으로 공사를 서둘러 진행했다. 토목공사가 빠르게 진행되었다고 해서 철도 선로가 부실하게 건설된 것은 아니었다. 평원에서는 하루에 2.5킬로미터의 비율로 공사가 진척되었다. 어제 만든 선로 위를 기관차가 달려 이튿날 공사에 필요한 레일을 실어왔고, 그 레일이 깔리면 다시 그 선로를 따라 앞으로 나아가는 방식이었다.

'퍼시픽 철도'는 도중에 아이오와 · 캔자스 · 콜로라도 · 오리건 등의 여러 주로 지선을 내보내고 있다. 오마하를 떠난 철도는 플랫 강의 남쪽 연안을 따라 노스플랫 강어귀까지 달린 다음, 사우스플랫 강을 따라 래러미 산맥과 워새치 산맥을 넘고 그레이트솔트 호를 돌아서 모르몬 교도의 중심 도시인 솔트레이크 시티에 이른다. 거기서 투일라 강 골짜기로 들어가 그레이트솔트레이크 사막 가장자리를 지나고, 시더 산과 험볼트 산과 험볼트 강과 시에라네바다 산맥을 지난 다음, 새크라멘토를 지나 태평양으로 내려간다. 로키 산맥을 넘을 때도 철도의 기울기는 1킬로미터당 20미터를 넘지 않는다.

그래서 이 긴 대동맥을 기차는 일주일에 달릴 수 있고, 그러면 필리어스 포그는 11일에 뉴욕에서 리버풀행 기선을 탈 수 있을 터였다. 적어도 그는 그렇게 되기를 바라고 있었다.

필리어스 포그가 탄 객차는 두 개의 차대 위에 얹혀 있는 길쭉한 합승마차와 비슷했다. 차대 하나에는 바퀴가 네 개 달려 있고, 바퀴의 방향을 바꾸면 급커브도 돌 수 있었다. 객차 안에 칸막이 객실은 하나도 없다. 양쪽에 좌석들이 통로와 직각으로 늘어서 있을 뿐이다. 통로는 객차마다 딸려 있는 화장실과 세면실로 통한다. 열차의 모든 차량은 연결 통로를 통해 이어져 있어서, 승객들은 한쪽 끝에서 반대쪽 끝까지 갈 수 있고, 중간에 마련되어 있는 휴게실·전망실·식당·끽연실 등에도 갈 수 있었다. 없는 것은 극장뿐이었지만, 언젠가는 이것도 설치될 것이다.

이 통로를 판매원들이 끊임없이 오가면서 책과 신문 따위를 팔고, 술과 음식과 담배를 팔았다.

기차는 오후 6시에 오클랜드 역을 떠났다. 밖은 벌써 밤이었다. 날씨는 춥고 하늘은 잔뜩 찌푸려 있어서 캄캄했다. 낮게 깔린 구름은 금방이라도 눈을 쏟아낼 것 같았다. 열차의 속력은 별로 빠르지 않았다. 역에서 정차하는 시간을 포함해도 시속 32킬로미터를 넘지 않았다. 하지만 그 정도로만 달려도 예정된 시간 안에 미국을 횡단할 수 있을 것이다.

승객들은 거의 대화를 나누지 않았다. 어쨌든 곧 잠잘 시간이 될 것이다. 파스파르투는 형사 옆자리에 앉았지만, 그에게 말을 걸지는 않았다. 최근에 여러 사건이 일어난 뒤, 그들 사이는 상당히 냉랭해져 있었다. 공감과 친밀감은 완전히 사라졌다. 픽스의 태도는 여전했지만, 이제 파스파르투는 극도로 말을 아끼면서 과거의 친구가 조금이라도 수상쩍은 짓을 하면 당장 목을 졸라버릴 태세를 갖추고 있었다.

떠난 지 한 시간쯤 지나자 눈이 내리기 시작했다. 다행히 가루눈이어서 열차의 진행을 방해할 정도는 아니었다. 곧이어 창밖에는 온통 하얀 눈으로 뒤덮인 풍경이 끝없이 펼쳐졌다. 그 위에서 소용돌이치는 기관차의 증기가 잿빛으로 보였다.

8시에 열차원이 나타나 취침 시간이 되었음을 알렸다. 이 객차는 침대차를 겸하고 있었으므로, 몇 분 만에 공동 침실로 탈바꿈했다. 열차원은 좌석 등받이를 눕히고, 교묘한 장치를 이용하여 그때까지 감추어져 있던 침대를 끌어냈다. 그러자 순식간에 작은 침실이 만들어졌다. 승객들은 저마다 안락한 침대를 차지할 수 있었다. 두꺼운 커튼이 드리워져, 남이 들여다볼 걱정도 없었다. 시트는 새하얗고 베개는 푹신했다. 이제는 거기에 드러누워 잠만 자면 되었다. 승객들은 마치 기선의 쾌적한 선실에라도 있는 것처럼 편안히 잠들었다. 그동안에도 열차는 캘리포니아 주를 가로질러 전속력으로 달리고 있었다.

샌프란시스코에서 새크라멘토까지는 지형이 대체로 평탄하다. '센트럴 퍼시픽 노선'이라고 불리는 이 구간의 철도는 처음에는 새크라멘토에서 출발했지만, 그후 동쪽으로 연장되어 오마하에서 오는 선로와 연결되었다. 샌프란시스코에서 새크라멘토까지는 선로가 샌파블로 만으로 흘러드는 아메리카 강을 따라 곧장 동북쪽으로 뻗어 있다. 기차는 200킬로미터가 넘는 두 대도시 사이를 6시간 만에 주파했고, 승객들은 풋잠이 든 자정 무렵에 새크라멘토를 통과했다. 그들은 캘리포니아 주정부 소재지인 이 중요한 도시를 전혀 보지 못했다. 아름다운 강기슭도, 넓은 도로도, 멋진 호텔도, 광장도, 교회도 보지 못했다.

이어서 기차는 정션·로친·오번·콜팩스 역을 지나 시에라네바다 산맥으로 들어갔다. 아침 7시에 기차는 시스코 역에 도착했다. 한 시간 뒤에 공동 침실은 다시 보통 객차로 돌아갔고,

시트는 새하얗고 베개는 푹신했다

승객들은 이 산악지방의 아름다운 풍경을 볼 수 있었다. 선로는 산맥의 다양한 지형에 따라 때로는 산허리에 매달리기도 하고 때로는 벼랑 위를 지나기도 했지만, 가파른 비탈을 피해 대담하게 급커브를 틀어 막다른 골목처럼 보이는 좁은 협곡으로 뛰어들기도 했다. 기관차는 성궤처럼 빛나고, 커다란 헤드라이트는 노란빛을 내뿜고, 은종은 깨끗이 문질러 닦아서 윤기가 나고, 배장기(排障器)는 기관차 앞에 박차나 충각처럼 튀어나와 있었다. 기관차의 기적과 굉음은 급류나 폭포 소리와 섞이고, 기관차가 내뿜는 연기는 새까만 전나무 가지 주위에서 소용돌이쳤다.

이 구간에는 터널도 철교도 거의 없었다. 선로는 지름길을 타거나 자연을 침범하려고 하지 않고, 지형에 순순히 따라 산허리를 감으며 나아갔다.

9시쯤 열차는 카슨 계곡을 지나 네바다 주로 들어갔다. 선로는 여전히 동북쪽으로 뻗어 있었다. 승객들은 리노에서 20분 동안 점심을 먹고, 12시에 리노를 떠났다.

이 지점에서 선로는 험볼트 강을 따라 잠시 북쪽으로 달린다. 그러다가 동쪽으로 방향을 꺾어, 여전히 강줄기를 따라 험볼트 강의 발원지인 험볼트 산맥까지 간다. 이 산맥은 네바다 주의 동쪽 경계선 가까이에 자리잡고 있다.

점심을 먹은 뒤, 포그 씨와 그 일행은 다시 객차로 돌아왔다. 푹신한 의자에 자리를 잡은 네 여행자는 눈 아래 펼쳐지는 다양한 풍경을 바라보았다. 드넓은 초원, 지평선에 우뚝 솟아 있는 산들, 거품을 일으키며 흐르는 시냇물. 이따금 엄청난 들소 떼가 움직이는 제방처럼 멀리 나타나곤 했다. 이 반추동물의 무리는 종종 열차의 통행을 방해하여 골칫거리가 되는 수도 있다.

수천 마리의 들소 떼가 밀집 대형을 이루어 꼬리에 꼬리를 물고 몇 시간에 걸쳐 선로를 넘어가는 광경이 목격된 적도 있었다. 그러면 기관차는 멈춰서서 장애물이 사라질 때까지 기다릴 수밖에 없다.

그런 일이 바로 이때 일어났다. 오후 3시쯤, 1만 마리가 넘는 들소들이 선로를 가로막고 말았다. 기관차는 속력을 늦추고 거대한 행렬 옆구리로 배장기를 들이대려고 했지만, 뚫고 들어갈 틈이 없어서 결국 멈출 수밖에 없었다.

이 반추동물─미국인들은 '버펄로'(물소)라고 부르지만, 그것은 알맞은 명칭이 아니다─은 이따금 요란한 울음소리를 내면서 침착하게 터벅터벅 지나가고 있었다. 이 짐승은 유럽 황소보다도 덩치가 크고, 다리와 꼬리가 짧고, 어깨뼈 사이에는 근육이 혹처럼 솟아 있고, 뿔은 뿌리가 벌어져 있고, 머리와 목과 어깨는 긴 갈기로 덮여 있었다. 이동하는 들소 떼를 멈추게 한다는 것은 생각조차 할 수 없는 일이다. 들소가 일단 방향을 정하고 내걷기 시작하면, 그 어떤 방법으로도 그들의 걸음을 막거나 방향을 바꿀 수 없다. 그들은 어떤 제방으로도 막을 수 없는 살아 있는 급류를 이룬다.

승객들은 승강구에 나가 이 진기한 광경에 넋을 잃고 있었다. 하지만 승객들 중에서 가장 갈 길이 바쁜 필리어스 포그는 자리에 남아서 들소들이 길을 비켜주기를 얌전히 기다리고 있었다. 파스파르투는 짐승들 때문에 열차가 늦어지는 것에 분통을 터뜨렸다. 가져온 권총을 쏘아대고 싶어 견딜 수가 없었다.

"뭐 이런 나라가 다 있어!" 파스파르투가 소리쳤다. "별것도 아닌 것이 열차를 세우고, 교통 방해도 아랑곳하지 않고 한가롭

들소 떼가 선로를 가로막았다

게 퍼레이드를 벌이다니! 제기랄! 주인님이 이런 사고도 다 예상하고 일정을 짰는지 궁금하군! 더구나 기관사 녀석은 어떻게 된 거야! 기관차를 저 괘씸한 짐승들 속으로 몰아넣을 배짱도 없나!"

사실 기관사는 장애물을 억지로 통과할 생각을 아예 하지도 않았지만, 그것은 현명한 태도였다. 물론 기관차 앞에 달린 배장기로 첫 번째 소는 밀어붙일 수 있을 테지만, 기관차가 아무리 힘이 세다 해도 결국은 멈추고 탈선할 게 뻔했다. 그렇게 되면 열차는 더 큰 혼란에 빠지고 말 터였다.

따라서 참을성 있게 기다리는 것이 상책이었다. 나중에 속력을 올려 손해본 시간을 만회하려고 애쓸 수밖에 없었다. 들소 떼의 행진은 꼬박 세 시간 동안 계속되었다. 선로가 다시 열렸을 때는 어느덧 어둠이 깔리고 있었다. 맨 뒤에 처진 낙오자들이 선로를 건넜을 때, 선두는 남쪽 지평선 너머로 모습을 감추고 있었다.

이런 사정 때문에 열차는 8시가 되어서야 험볼트 산맥의 골짜기를 넘었고, 그레이트솔트 호가 펼쳐져 있고 모르몬 교도들이 모여 사는 독특한 고장인 유타 주에 들어간 것은 9시 반이었다.

27

파스파르투, 시속 30킬로미터로 달리면서
모르몬교의 역사를 배우다

12월 5일에서 6일에 걸친 밤, 열차는 동남쪽으로 약 80킬로미터의 평원을 달린 뒤 동북쪽으로 방향을 바꿔 그레이트솔트 호를 향해 다시 80킬로미터를 달렸다.

아침 9시쯤, 파스파르투는 아침 공기를 마시러 바깥 통로로 나왔다. 날씨가 추웠고 하늘이 잿빛이었지만, 눈은 이제 그쳐 있었다. 안개 때문에 여느 때보다 더욱 커 보이는 태양은 마치 거대한 금화 같았다. 저게 정말 금화라면 몇 파운드나 될까 계산하고 있는데 기묘한 인물이 나타나 이 유용한 연구를 멈추게 했다.

그 인물은 엘코 역에서 열차를 탔는데, 큰 키에 진한 갈색 머리였고, 검은 콧수염, 검은 양말, 검은 실크햇, 검은 조끼, 검은 바지에 하얀 넥타이를 매고 개가죽 장갑을 낀 차림이었다. 목사인 듯싶었다. 그는 열차의 끝에서 끝까지 걸어다니며 모든 객차 문에 손으로 쓴 전단을 풀로 붙이고 있었다.

파스파르투는 다가가서 전단을 읽어보았다. 전단에는 모르몬

교 선교사인 윌리엄 히치 장로가 이 48호 열차에 탄 기회를 이
용하여 117호 객차에서 11시부터 12시까지 모르몬교에 대해 강
연을 하니, '말일성도'의 종교인 모르몬교의 교리를 알고 싶은
분들은 모두 와서 들어주기 바란다고 적혀 있었다.

파스파르투는 모르몬교가 그 사회의 기초로써 일부다처제를
취하고 있다는 것밖에 몰랐지만, "그래, 가보자" 하고 중얼거
렸다.

강연 소식은 순식간에 열차 안에 퍼져 백 명 남짓한 승객을 들
끓게 했다. 그들 가운데 서른 명 정도가 강연을 듣기 위해 11시
에 117호 객차의 좌석을 메웠다. 파스파르투는 독실한 신자들이
앉는 맨 앞줄에 자리를 잡았다. 그러나 그의 주인과 픽스는 이
강연에 흥미를 보이지 않았다.

예고된 시간이 되자 윌리엄 히치 장로가 일어나더니, 강연을
시작하기도 전에 미리 논박을 당하기라도 한 것처럼 성난 말투
로 외쳤다.

"분명히 말하건대, 조 스미스[58]는 순교자입니다. 그의 동생
하이럼도 순교자입니다. 우리의 예언자들에 대한 연방 정부의
박해로 말미암아 브리검 영도 순교자가 될 것입니다. 누가 감히
이 사실을 부징힐 수 있겠습니까?"

아무도 감히 선교사의 말을 반박하지 않았다. 그의 흥분은 천
성적으로 타고난 냉정한 얼굴과 뚜렷한 대조를 이루었다. 하지
만 그가 그렇게 화가 난 이유는 쉽게 설명할 수 있을 것이다. 당
시 모르몬교는 시련을 겪고 있었기 때문이다. 미국 정부는 얼마
전에 이 독립적인 광신자들을 가까스로 제압했다. 정부는 유타
주를 장악하여 연방법을 지키도록 강요하고, 브리검 영을 반역

죄와 중혼죄로 투옥했다. 그후 브리검 영의 제자들은 모르몬교를 지키려는 노력을 더욱 강화했지만, 아직 행동에 나서지는 않고 말을 통해서만 의회의 요구에 저항하고 있었다.

그리하여 윌리엄 히치 장로가 열차 안에까지 올라와 모르몬교 선전에 나선 것이다.

이어서 그는 격렬한 말투와 과장된 몸짓으로 이야기에 열을 올리면서, 창세기 이래의 모르몬교 역사를 이야기하기 시작했다―요셉의 부족에 속하는 한 예언자가 새로운 종교의 연대기를 저술하여 그것을 아들 모로니에게 전한 이야기, 그후 수 세기에 걸쳐 이집트 문자로 씌어진 이 귀중한 저술이 1825년에 이상한 예언자로 등장한 버몬트 주의 농부 조지프 스미스에 의해 번역된 이야기, 하늘의 사자가 찬란한 숲속에 나타나 스미스에게 '주님의 연대기'를 전해준 이야기.

그때 몇 사람이 선교사의 옛날 이야기에 싫증을 내고 객차를 떠났다. 하지만 윌리엄 히치는 이야기를 계속했다―스미스가 아버지와 두 형제와 몇몇 제자를 모아 '말일성도의 교회'를 세운 이야기, 이 종교는 미국뿐 아니라 영국과 스칸디나비아와 독일에도 퍼져 있고, 그 신자들 중에는 기술자에 전문직 종사자도 많다는 이야기, 오하이오 주에 이 종교의 집단 거주지가 세워진 이야기, 20만 달러(백만 프랑)의 자금으로 교회가 세워진 이야기, 커틀랜드에 한 도시를 건설한 이야기, 스미스가 대담한 은행가로 변신한 이야기, 미라를 구경거리로 전시하는 어느 흥행사로부터 아브라함과 저명한 이집트인들이 직접 기록한 파피루스 '연대기'를 얻은 이야기.

이 이야기는 다소 지루했기 때문에 청중은 더욱 줄어들어 스무 명 정도밖에 남지 않았다.

그러나 선교사는 청중이 빠져나간 것을 조금도 아랑곳하지 않고 이야기를 계속했다―1837년에 조 스미스가 파산한 이야기, 그 때문에 재산을 잃은 주주들이 그의 몸에 타르를 바르고 깃털을 붙여 괴롭힌 이야기, 몇 년 뒤 그가 다시 미주리 주 인디펜던스에 나타나 전보다 더 많은 존경과 명예를 얻고 3천 명 이상의 신도를 가진 융성한 교회 공동체의 지도자가 된 이야기, 스미스가 이단자들의 박해를 받아 미국 서부 끝으로 달아나야만 했던 이야기.

이제 청중은 열 명이 남았다. 선량한 파스파르투도 그들 틈에 끼여 열심히 귀를 기울이고 있었다. 그리하여 그는 '스미스가 오랫동안 박해를 받은 뒤 일리노이 주에 다시 나타나 1839년에 미시시피 강기슭에 노보라벨이라는 도시를 건설했으며, 그 도시의 인구가 2만 5000명에 이르렀으며, 스미스가 그 도시의 시장 겸 대법원장 겸 총사령관이 되었으며, 1843년에는 미국 대통령 선거에 출마했으며, 그러다가 마침내 카시지에서 계략에 걸려 감옥에 갇혔으며, 마침내 복면을 한 무리에게 암살당했다'는 것을 알았다.

이제 객차에 남은 사람은 파스파르투뿐이있다. 신교사는 파스파르투의 눈을 똑바로 바라보면서, 마치 말로 최면이라도 걸듯이, '스미스가 살해된 지 2년 뒤 그의 후계자이며 계시를 받은 예언자 브리검 영이 노보라벨을 떠나 솔트 호 연안에 정착했고, 유타 주를 가로질러 캘리포니아로 가는 이주민의 길목인 이 비옥한 고장에 새로운 공동체를 건설했으며, 이 집단촌은 일부다처제를 옹호하는 모르몬교의 교의 덕분에 크게 발전했다'는 것을 이야기했다.

이어서 윌리엄 히치는 이렇게 덧붙였다.

"의회가 우리를 그렇게 경계하는 것은 바로 그 때문입니다. 연방 군대가 유타 주로 쳐들어온 것도 그 때문이고, 우리 지도자인 예언자 브리검 영이 불법적으로 감옥에 갇힌 것도 그 때문입니다. 그런다고 우리가 폭력에 굴복할까요? 천만의 말씀! 우리는 버몬트에서 쫓기고 일리노이에서 쫓기고 오하이오에서 쫓기고 미주리에서 쫓기고 유타에서 쫓겼지만, 다시 어딘가에 새로운 독립의 영토를 찾아내어 우리의 텐트를 세우게 될 것입니다⋯⋯ 나의 충실한 신자여." 선교사는 성난 눈길을 유일한 청중에게 고정시킨 채 말을 이었다. "당신도 우리의 깃발 아래 몸을 던지지 않겠습니까?"

"싫습니다." 파스파르투는 용감하게 대답하고는 그 광신자가 광야에서 혼자 설교하도록 내버려두고 잽싸게 도망쳤다.

그러는 동안에도 열차는 빠른 속도로 달리고 있었다. 12시 반에 열차는 솔트 호의 서북단에 이르렀다. 거기서는 이 드넓은 내해와 그 주변을 한눈에 바라볼 수 있었다. '사해(死海)'라고도 부르는 이 호수에는 미국의 요르단(조던) 강이 흘러든다. 솔트 호는 웅장하고 거친 바위로 둘러싸인 아름다운 호수다. 바위 아래쪽에는 하얀 소금이 덕지덕지 달라붙어 있다. 이 호수가 전에는 훨씬 넓었지만, 둔덕이 서서히 올라와 이제 면적은 줄어들고 수심은 깊어졌다.

남북 길이 100킬로미터에 동서 너비 60킬로미터인 그레이트 솔트 호는 해발 1000미터가 넘는 고지대에 자리잡고 있다. 해수면보다 360미터나 낮은 중동의 사해와는 전혀 다르다. 그레이트

"나의 충실한 신자여……"

아름다운 솔트 호

솔트 호는 물에 많은 염분이 녹아 있어서 아주 짜다. 물에 함유된 염분을 고체 상태로 만들면 물 무게의 4분의 1이나 된다. 증류수의 비중이 1,000인 데 비해 이 호수의 비중은 1.170이다. 따라서 물고기는 살 수 없다. 조던 강과 웨버 강, 그밖의 작은 시내를 통해 그레이트솔트 호로 들어온 물고기는 금세 죽고 만다. 하지만 물의 밀도가 너무 높아서 사람이 뛰어들더라도 가라앉지 않는다는 말은 사실이 아니다.

호수 주변의 평야는 잘 개간되어 있다. 모르몬 교도는 훌륭한 농사꾼이기 때문이다. 목장과 축사, 밀밭과 옥수수밭과 수수밭, 싱싱한 풀이 우거진 목초지, 도처에 보이는 들장미 산울타리, 무리지어 자라는 아카시아와 등대풀…… 반 년만 지나면 그런 풍경이 펼쳐질 것이다. 하지만 지금은 얇게 바른 분처럼 덮인 눈 때문에 땅이 보이지 않았다.

2시에 승객들은 오그던 역에 내렸다. 기차는 6시가 되어야 다시 떠날 예정이었다. 그래서 포그 씨와 아우다 부인은 두 일행과 함께 오그던 역에서 지선 열차를 타고 솔트레이크 시티로 갔다. 미국의 온갖 도시를 모형으로 삼아 건설된 이 미국적인 도시를 구경하는 데에는 두 시간이면 충분했다. 길고 곧은 선으로 이루어진 거대한 바둑판 같은 도시에는 빅토르 위고[59]가 말했듯이 '직각의 애달픈 비애'가 가득 차 있었다. 이 '성자들의 도시'를 세운 사람은 앵글로색슨의 특징인 대칭에 대한 욕구를 떨쳐버리지 못했다. 제도는 제법 훌륭하지만 사람은 그에 걸맞은 수준에 이르지 못한 이 야릇한 나라에서는 모든 것이 —도시도, 집도, 심지어는 실수까지도— 정확히 네모반듯하게 이루어진다.

3시에 여행자들은 조던 강과 위새치 산맥의 기복이 시작되는 지점 사이에 건설된 이 도시의 거리를 천천히 걷고 있었다. 교회는 거의 눈에 띄지 않고, 보이는 것은 예언자의 집이며 법원과 무기고 같은 웅장한 건물들이었다. 푸르스름한 벽돌로 지은 집에는 베란다와 발코니가 딸려 있고, 집 주위에는 아카시아와 야자나무로 둘러싸인 정원이 있었다. 1853년에 진흙과 자갈을 섞어 지은 성벽이 도시를 에워싸고 있었다. 장이 서는 대로에는 깃발로 장식된 큰 건물이 몇 채 있었고, 그 가운데 솔트레이크 의회가 있었다.

포그 씨 일행은 도시가 별로 번화하지 않다고 생각했다. 대사원 부근을 제외하고는 거리에 사람이 거의 없었다. 대사원에 들어가려면 높은 담장으로 둘러싸인 구역을 여러 개 지나야 했다. 이곳에서는 여자가 많이 눈에 띄었는데, 그것은 모르몬 교도의 기묘한 가족 구성 때문이다. 하지만 모르몬 교도가 모두 일부다처라고 생각해서는 안 된다. 선택의 자유는 있다. 모르몬교에서는 결혼하지 않은 여자는 천국의 기쁨을 누릴 수 없다고 가르치기 때문에, 유타 주에서는 여자들이 더 결혼을 열망한다. 이 독신의 여자들은 풍족해 보이지도 않았고 행복해 보이지도 않았다. 부유해 보이는 여자들도 앞이 터진 검은 실크 자켓을 입고 수수한 모자나 숄로 머리를 가리고 있었다. 다른 여자들은 무늬를 염색한 무명 드레스만 입고 있었다.

파스파르투는 신념을 가진 독신자로서, 한 남자의 행복을 위해 여럿이 감당해야 하는 여자 모르몬 교도들을 바라보면서 일종의 공포를 느꼈다. 그는 특히 동정을 받아야 할 쪽은 오히려 남편이라고 생각했다. 온갖 기쁨이 가득한 모르몬의 낙원에서 최고의 꽃으로 군림하고 있을 게 분명한 영광스러운 스미스와 함께 영생을 누릴 수 있다는 기대를 안고, 그렇게 많은 여자들을 한꺼번에 이끌고 인생의 거친 파도를 헤치며 모르몬의 낙원으로 그들을 인도해야 한다는 것은 생각만 해도 끔찍했다. 파스파르투는 그런 인생에 어떤 사명감도 느낄 수 없었다. 아마 착각이겠지만, 솔트레이크 시티의 여자들이 심상치 않은 눈길로 그를 살피는 것 같아서 파스파르투는 불안해졌다.

다행히 '성자들의 도시'에는 오래 머물지 않았다. 여행자들은 4시가 조금 지나서 역으로 돌아가 다시 객차에 자리를 잡았다.

기적이 울렸다. 하지만 기관차 바퀴가 선로 위를 미끄러지고 기차가 막 속력을 내기 시작했을 때 외침소리가 울려 퍼졌다. "기다려요! 제발 멈춰요!"

움직이는 열차는 서지 않는다. 이런 식으로 소리를 지르고 있는 신사는 분명 출발 시간에 늦은 모르몬 교도였다. 그는 숨을 헐떡이며 있는 힘껏 달려왔다. 다행히도 그 역에는 입구도 없고 울타리도 없었다. 그는 선로로 돌진하여 마지막 객차의 승강구에 이르렀고, 결국 숨이 턱에 닿아서 자리에 앉았다.

이 묘기를 흥미진진하게 지켜보고 있던 파스파르투는 그 지각생을 찬찬히 살펴보기 시작했다. 그 유타 시민이 부부 싸움 끝에 도망친 것을 알고 파스파르투는 큰 흥미를 느꼈다.

모르몬 교도가 한숨을 돌리자, 파스파르투는 용기를 내어 아내가 몇이냐고 정중하게 물어보았다. 그렇게 허둥지둥 도망쳐 온 것을 보면 아내가 적어도 스무 명은 되리라 생각한 것이다.

모르몬 교도는 두 팔을 하늘로 쳐들면서 대답했다.

"하나요! 하나뿐입니다. 하나도 지긋지긋해요!"

28

파스파르투의 현명한 의견에
아무도 귀를 기울이지 않다

그레이트솔트 호와 오그던 역을 떠난 기차는 한 시간가량 북쪽으로 달려 웨버 강에 이르렀다. 샌프란시스코에서 약 1500킬로미터를 달려온 것이다. 그리고 여기서 다시 동쪽으로 방향을 돌려 기복이 심한 워새치 산맥을 넘었다. 이 산맥과 이른바 로키 산맥 사이에 있는 이 지역이야말로 철도를 건설한 토목기사들이 가장 큰 난관을 겪은 곳이다. 그래서 연방 정부의 보조금도 평지에서는 1킬로미터당 1만 달러(5만 프랑)밖에 안 되는데 이 구간에는 그 세 배인 3만 달러가 지급되었다. 하지만 앞에서도 말했듯이 토목기사들은 자연을 침범하지 않고 장애물을 우회하여 교묘히 자연을 제 편으로 끌어들였다. 대분지에 도달하기 위해 4200미터 길이의 터널을 뚫었지만, 노선 전체에서 터널이라고는 그것 하나뿐이다.

지금까지 선로의 고도가 가장 높았던 곳은 솔트 호였다. 거기서부터는 아주 완만한 커브를 그리며 비터 계곡으로 내려간 다음, 다시 대서양 쪽과 태평양 쪽으로 갈라지는 분수령까지 올라간다. 이 산악지방에는 계곡을 흐르는 하천이 많았고, 머디 강과 그린 강을 비롯한 수많은 강을 건너려면 철교가 필요했다. 파스파르투는 목적지가 가까워질수록 더욱 조바심이 났다. 픽스는 픽스대로 이 험준한 고장에서 빨리 벗어나고 싶었다. 그는 늦어질까 걱정하고 사고가 날까 두려워하면서, 필리어스 포그보다 더 빨리 영국 땅을 밟고 싶어서 안달했다.

기차는 밤 10시에 포트브리저 역에 잠깐 멈추었다가 30킬로미터를 더 달려 와이오밍 주로 들어갔다. 그동안 열차는 줄곧 비터 계곡을 따라 달렸는데, 이 계곡에서는 콜로라도 강의 수계를 이루는 물의 일부가 흘러나간다.

이튿날인 12월 7일, 기차는 그린리버 역에서 15분 동안 정차했다. 밤새 눈이 많이 내렸지만, 주로 진눈깨비였기 때문에 열차 운행에 방해가 되지는 않았다. 그래도 파스파르투는 나쁜 날씨를 계속 걱정했다. 눈이 많이 쌓이면 열차 바퀴가 꼼짝하지 못할 수도 있고, 그러면 여행이 차질을 빚을 것은 분명했기 때문이다.

"겨울철에 여행을 하다니, 주인님도 정신이 나갔지! 날씨가 좋아질 때까지 기다렸다면 성공할 가능성도 훨씬 높아졌을 텐데 말이야."

하지만 이 착한 젊은이가 날씨와 떨어지는 기온에 정신이 팔려 있는 동안, 아우다 부인은 다른 이유로 더욱 심각한 불안에 시달리고 있었다. 열차가 그린리버 역에 멈추자 일부 승객은 밖으로 나가서 플랫폼을 어슬렁거리고 있었는데, 창 밖을 내다보고 있던 젊은 여인은 샌프란시스코의 시민 집회에서 포그 씨에게 무례하게 굴었던 스탬프 프록터 대령을 발견한 것이었다. 아우다 부인은 눈에 띄지 않도록 얼른 몸을 뒤로 뺐다.

이 뜻하지 않은 만남은 젊은 여인을 몹시 불안하게 만들었다. 그녀는 비록 냉정한 태도이기는 하지만 날마다 절대적인 헌신을 보여주는 남자에게 깊은 애착을 느끼고 있었다. 생명의 은인이 그녀에게 불러일으킨 감정이 얼마나 깊은지는 그녀 자신도 아마 깨닫지 못했을 것이다. 그녀는 아직도 그 감정을 고마움으로만 생각하고 있었다. 하지만 그녀도 모르는 사이에 그녀의 마음속에는 단순한 고마움 이상의 감정이 자라고 있었다. 그래서 포그 씨가 조만간 빚을 갚으려 하는 그 거친 사내를 알아보았을 때 그녀는 심장이 멎는 것 같았다. 물론 프록터 대령이 이 열차에 탄 것은 우연이겠지만, 이유가 무엇이든 대령은 같은 열차에 타고 있었고, 따라서 무슨 수를 써서라도 필리어스 포그가 상대를 발견하지 못하도록 해야 했다.

열차가 다시 출발하자 아우다 부인은 포그 씨가 잠깐 조는 틈을 이용하여 픽스와 파스파르투에게 사정을 설명했다.

"그 프록터 녀석이 이 열차에 타고 있다고요?" 픽스가 소리쳤다. "안심하세요, 부인. 녀석은 포그 씨를 상대하기 전에 나를 먼저 상대해야 할 겁니다! 그때 가장 큰 모욕을 당한 것은 나니까요!"

"그리고······" 파스파르투가 끼여들었다. "저도 녀석을 손봐줄 겁니다. 대령이라고 용서해줄 수는 없어요."

"픽스 씨." 아우다 부인이 말했다. "포그 씨는 명예를 되찾는 일을 아무한테도 맡기지 않을 거예요. 그분은 자기를 모욕한 상대를 찾아내기 위해 일부러 미국으로 돌아올 각오가 되어 있다고 하셨어요. 그러니까 그분이 프록터 대령을 발견하면 우리는 결투를 막을 수 없을 거예요. 그렇게 되면 무서운 결과가 초래될지도 몰라요. 그러니까 그분이 대령을 보지 못하게 해야 돼요."

"맞습니다, 부인." 픽스가 대답했다. "둘이 마주치게 되면 모든 일이 망쳐질지도 몰라요. 이기든 지든 포그 씨는 시간을 낭비하게 될 테고, 그러면……."

"그렇게 되면……." 파스파르투가 또 끼여들었다. "혁신 클럽 회원들이 무척 기뻐하겠죠. 이제 나흘 뒤면 뉴욕에 도착할 겁니다. 그러니 앞으로 나흘 동안만 주인님이 객차에서 나가지 않으면 그 꼴보기 싫은 미국 놈과 마주치는 사태도 피할 수 있을지 모릅니다. 어떻게든 그렇게 하도록……."

그때 포그 씨가 잠에서 깨어났기 때문에 대화가 끊어졌다. 포그 씨는 눈발이 부딪치고 있는 차창을 통해 바깥 풍경을 내다보기 시작했다. 하지만 나중에 파스파르투는 주인이나 아우다 부인한테 들리지 않도록 형사에게 속삭였다.

"정말로 주인님을 위해 싸울 겁니까?"

"포그를 산 채로 유럽에 데려가기 위해서라면 무슨 짓이든 다 할 거야!" 픽스는 불굴의 의지를 보여주는 말투로 대답했다.

파스파르투는 온몸이 오싹하는 것을 느꼈지만, 그래도 주인에 대한 믿음은 흔들리지 않았다.

그러나 포그 씨를 대령과 마주치지 않도록 이 객차 안에 붙들어두는 방법에는 무엇이 있을까? 포그 씨는 원래 움직이는 것을 좋아하지 않는 데다 호기심도 별로 없기 때문에 그것은 그리 어려운 일이 아니었다. 어쨌든 형사는 그 방법을 찾아냈다고 생각했다. 그래서 잠시 후 필리어스 포그에게 말을 걸었다.

"열차에서 보내는 시간이란 참 길고 지루하군요."

"정말 그렇습니다. 하지만 그래도 지나가지요."

"배에서는 자주 휘스트를 하시는 것 같던데?"

"예. 하지만 여기서는 어렵습니다. 카드도 없고 상대도 없으니까요."

"아니, 카드라면 구할 수 있을 겁니다. 미국 열차에서는 뭐든지 다 파니까요. 그리고 상대라면 혹시 부인께서……."

"물론 할 수 있어요." 아우다 부인이 얼른 대답했다. "영국 교육 과정에는 휘스트도 들어 있으니까요."

"그 게임은 저도 꽤 합니다." 픽스가 말했다. "그러니 우리 세 사람에다 더미[60]를 하나 끼우면……."

"그거 좋겠군요." 포그는 좋아하는 휘스트 게임을 열차에서도 할 수 있게 된 게 기뻤다.

파스파르투는 곧 열차원을 찾으러 갔다가 이내 카드 두 벌과 점수표와 계산패, 초록색 천을 씌운 접이식 탁자를 가지고 돌아왔다. 카드놀이에 필요한 것은 모두 갖추어졌다. 게임이 시작되었다. 아우다 부인은 휘스트에 아주 능해서 엄격한 필리어스 포그에게 칭찬을 받았을 정도였다. 형사의 휘스트 솜씨는 초보였지만, 그럭저럭 신사에게 맞섰다.

"이제 됐어. 주인님은 꿈쩍도 하지 않을 거야." 파스파르투는 속으로 중얼거렸다.

열차는 11시에 대서양 쪽과 태평양 쪽으로 강물이 갈라지는 분수령에 이르렀다. 그곳은 해발 2250미터에 자리잡은 브리저 고개였다. 로키 산맥을 빠져나가는 선로에서 가장 높은 지점 가운데 하나다. 거기서 300킬로미터만 더 가면 나머지는 대서양까지 이어져 있는 대평원으로, 그곳의 자연은 선로를 깔기에 안성맞춤이었다.

처음에 만난 작은 강들은 벌써 비탈을 따라 대서양 쪽으로 흘러내리고 있었다. 그 강들은 모두 노스플랫 강의 지류였다. 래러미 산을 정점으로 반원을 이룬 북부 로키 산맥이 거대한 커튼처럼 북쪽과 동쪽 지평선을 가득 메우고 있었다. 이 반원 모양의 선로 사이에는 드넓은 평원이 펼쳐져 있었다. 선로 오른쪽에는 몇 개의 비탈을 층층이 쌓아올린 듯한 산맥의 첫 부분이 솟아 있고, 그 산맥은 남쪽으로 둥글게 뻗쳐 미주리 강의 큰 지류 가운데 하나인 아칸소 강의 발원지에 이른다.

12시 반에 승객들은 이 일대를 내려다보는 높은 곳에 자리잡은 할렉 요새를 언뜻 보았다. 두어 시간만 더 달리면 로키 산맥을 벗어날 수 있을 것이다. 이 험준한 지형을 무사히 통과하기를 기대할 수도 있었다. 눈은 이미 그쳐 있었다. 날씨는 춥고 건조해졌다. 기관차를 보고 놀란 커다란 새들이 멀리 달아났다. 평원에는 곰이나 늑대는 물론 어떤 들짐승도 보이지 않았다. 그곳에 있는 것은 완전히 발가벗은 야생뿐이었다.

객차에서 편안히 점심을 먹고 포그 씨와 파트너들이 끝없는 카드놀이를 다시 시작했을 때, 별안간 요란한 기적소리가 들려왔다. 열차기 멈추었다.

파스파르투는 창 밖으로 고개를 내밀었지만, 열차가 무엇 때문에 멈춰섰는지 알 수가 없었다. 근처에는 역도 보이지 않았다.

아우다 부인과 픽스는 포그 씨가 객차에서 나가지나 않을까 하고 잠시 걱정했다. 하지만 포그 씨는 하인에게 "가서 무슨 일인지 알아보게" 하고 말했을 뿐이다.

파스파르투는 객차 밖으로 달려나갔다. 40여 명의 승객이 벌써 밖으로 나와 있었고, 그 속에는 스탬프 프록터 대령도 있었다.

열차는 정지를 알리는 붉은 신호기 앞에 멈춰 서 있었다. 기관사와 차장이 벌써 밖으로 나와, 다음 정거장인 메디신보의 역장이 보낸 선로감시원과 활발하게 토론을 벌이고 있었다. 승객들도 토론에 끼여들었다. 프록터 대령도 큰 목소리와 고압적인 몸짓으로 토론에 참여하고 있었다.

파스파르투는 그들 틈에 끼여들어 선로감시원의 말을 들었다.

"도저히 건널 수 없습니다! 메디신보의 다리는 벌써 흔들거리고 있기 때문에, 도저히 열차 무게를 감당할 수 없습니다."

문제의 다리는 열차가 멈춰선 지점에서 2킬로미터 앞에 있는 계곡에 걸쳐진 현수교였다. 선로감시원에 따르면, 케이블 몇 개가 끊어져서 다리가 무너져 내릴 위험이 있기 때문에 건널 수 없다는 것이었다. 그의 말은 결코 과장이 아니었다. 어쨌든 무모하고 저돌적인 미국인들이 신중한 태도를 취할 때, 그 말을 무시하고 위험을 무릅쓰는 것은 미친 짓이라고 말할 수 있다.

파스파르투는 감히 주인에게 돌아가 사정을 이야기할 용기가 나지 않았다. 그는 이를 악물고 동상처럼 꼼짝도 하지 않은 채 선로감시원의 말을 듣고 있었다.

"제기랄!" 프록터 대령이 소리쳤다. "설마 우리더러 이 눈 속에 뿌리를 내리고 얼어죽으라는 얘기는 아니겠지."

"대령님." 차장이 대답했다. "오마하 역에 전보를 쳐서 다른 열차를 보내달라고 했습니다만, 그 열차는 아마 여섯 시간 뒤에나 메디신보 역에 도착할 겁니다."

"여섯 시간!" 파스파르투가 소리쳤다.

"어쨌든 메디신보 역까지 걸어가려면 여섯 시간은 꼬박 걸릴 겁니다." 차장이 말했다.

"걸어간다고?" 승객들이 일제히 소리쳤다.

"그 역은 얼마나 멉니까?" 한 승객이 물었다.

"강을 건너 20킬로미터쯤 더 가야 합니다."

"눈 속을 20킬로미터나 걸어간다고?" 프록터 대령이 외쳤다.

프록터 대령은 온갖 욕설을 쏟아내고, 철도회사와 차장을 무차별로 비난했다. 파스파르투도 화가 나서 하마터면 대령의 비난에 가담할 뻔했다. 이번 장애물은 주인의 돈을 몽땅 내던져도 제거할 수 없는 물리적인 장애였다.

하지만 낭비되는 시간을 계산에 넣지 않더라도 눈으로 덮인 평원을 20킬로미터가 넘게 걸어가야 한다는 사실이 모든 승객을 짜증스럽게 했다. 그래서 모두들 소리를 지르고 격렬하게 항의하며 소동이 벌어졌다. 포그 씨가 휘스트에 열중해 있지 않았다면, 그도 틀림없이 이 소동을 알아차렸을 것이다.

그래도 파스파르투는 여전히 주인에게 알릴 필요가 있었고, 그래서 고개를 푹 숙이고 막 객차 쪽으로 걸어가려는데 기관사가 목청껏 고함을 질렀다.

"여러분, 강을 건널 방법이 있을지도 모릅니다."

"다리 위로?"

"그렇습니다."

"이 열차로?"

"예, 이 열차로."

파스파르투는 멈춰서서 기관사의 말에 귀를 곤두세웠다.

"하지만 다리가 무너지고 있는데!" 차장이 말했다.

"그건 걱정 말게. 열차를 전속력으로 몰면 건널 가능성도 있어."

"맙소사!" 파스파르투가 말했다.

그러나 일부 승객은 당장 이 제안에 찬성하고 나섰다. 그것은 특히 프록터 대령의 마음에 쏙 들었다. 이 성마른 인물은 그것이 충분히 가능성 있는 계획이라고 생각했다. 그래서 기관사들 중에는 열차를 전속력으로 몰아 다리가 아예 없는 강을 건너보겠다는 엉뚱한 생각을 품은 사람도 있었다고 말했다. 그래서 결국에는 토론에 참여한 모든 사람이 기관사 편에 서게 되었다.

"가능성은 50퍼센트야." 한 사람이 말했다.

"60퍼센트는 되겠지." 또 다른 사람이 말했다.

"80퍼센트…… 아니, 90퍼센트는 돼!"

파스파르투는 몸이 오싹했다. 그는 메디신보 강을 건너기 위해서라면 무슨 짓이든 할 각오가 되어 있었지만, 기관사의 생각은 여전히 지나치게 '미국적'으로 여겨졌다.

"그보다 훨씬 간단한 방법이 있는데, 이 사람들은 그걸 아예 생각지도 않는군!" 파스파르투는 속으로 중얼거렸다. 그러고는 다른 승객에게 말을 걸었다. "기관사가 말한 방법은 아무래도 너무 위험한 것 같은데요. 하지만……."

"가능성이 80퍼센트예요!" 승객은 파스파르투에게 등을 돌리면서 대답했다.

"압니다." 파스파르투는 대답하고 다른 신사에게 말을 걸었다. "하지만 좀더 생각을……."

"생각은 필요없어요!" 그 미국인은 어깨를 으쓱하면서 대답했다. "기관사가 강을 건널 수 있다고 하잖소!"

"물론 건널 수는 있겠지요." 파스파르투는 다시 한 번 시도했다. "하지만 좀더 신중하게……."

"좀더 신중하게라니, 그게 무슨 소리야?" 프록터 대령이 우연히 엿들은 그 말에 격분하여 소리쳤다. "전속력으로 간다고 했잖아. 그 말뜻을 모르겠어? 전속력!"

"압니다. 하지만 그래도 역시 좀더 신중하게, 아니 신중이라는 말이 귀에 거슬리면 좀더 자연스럽게……." 파스파르투는 이번에도 말을 끝맺지 못했다.

"뭐? 뭐라고? 자연스럽게라니, 도대체 어떻게 하겠다는 거야?" 사방에서 외쳐댔다.

가엾은 파스파르투는 누구한테 말을 붙여야 할지 알 수 없게 되었다.

"겁이 나는 모양이군?" 프록터 대령이 말했다.

"내가? 겁이 난다고?" 파스파르투가 소리쳤다. "좋아. 프랑스인도 미국인 못지않게 미국적일 수 있다는 걸 보여주겠어!"

"모두 승차해주십시오. 승차!" 차장이 소리쳤다.

"그래. 승차!" 파스파르투는 차장의 말을 되풀이했다. "하지만 누가 뭐래도 나는 승객들이 먼저 걸어서 다리를 건넌 다음에 열차가 다리를 건너는 것이 더 자연스럽다고 생각해!"

하지만 아무도 이 현명한 의견에 귀를 기울이지 않았다. 설령 귀를 기울였다 해도, 아무도 그 의견이 이치에 닿는다고는 생각지 않았을 것이다.

모두 열차로 돌아갔다. 파스파르투는 밖에서 일어난 일에 대해서는 아무 말도 하지 않고 자리에 앉았다. 일행은 여전히 휘스트에 열중해 있었다.

기관차가 힘차게 기적을 울렸다. 기관사는 가속도를 내고 싶어하는 육상선수처럼 열차를 1.5킬로미터쯤 후진시켰다.

이어서 기관차는 두 번째 기적을 울리고 다시 전진하기 시작했다. 속력이 점점 빨라졌다. 얼마 후에는 놀랄 만한 속력에 이르렀다. 기관차 소리도 무시무시한 굉음으로 바뀌었다. 피스톤은 1초에 20회나 움직이고, 차축은 기름 상자 속에서 연기를 내뿜었다. 시속 150킬로미터로 달리는 열차 전체가 레일 위에 떠서 날아가는 것을 느낄 수 있었다. 속도가 중력을 흡수한 것이다!

그리고 그들은 해냈다! 그 일은 번개처럼 일어났다. 다리는 전혀 보이지 않았다. 열차는 이쪽 강둑에서 건너편 강둑으로 펄쩍 뛰어넘었다. 그렇게밖에는 표현할 수가 없다. 기관사는 역을 5킬로미터나 지나친 뒤에야 겨우 미쳐 날뛰는 엔진을 세울 수 있었다.

하지만 열차가 강을 건너자마자, 이미 파손되어 있던 다리는 요란한 소리를 내며 골짜기 아래로 무너져 내렸다.

다리는 요란한 소리를 내며 골짜기 아래로 무너져 내렸다

29

미국 철도에서만 일어날 수 있는 다양한 사건들

같은 날 저녁, 열차는 더 이상 아무 장애물도 만나지 않고 순조롭게 달려 샌더스 요새를 지나고 샤이엔 고개를 넘어 에번스 고개에 도착했다. 이 지점에서 선로는 전체 노선에서 가장 높은 해발 2430미터 고지에 이르렀다. 여기서부터는 자연이 평평하게 골라준 끝없는 평원을 가로질러 대서양에 이르기까지 줄곧 내리막이었다.

간선철도에서 갈라져 나간 지선이 콜로라도 주의 주요 도시인 덴버까지 뻗어 있었다. 이 지역에는 금은 광산이 많아서, 이미 5만 명이 넘는 사람이 이주해 살고 있었다.

샌프란시스코에서 이곳까지 2200킬로미터를 사흘 낮과 밤 동안에 달린 셈이었다. 앞으로 나흘 동안 밤낮으로 달리면 뉴욕에 충분히 도착할 수 있을 것이다. 필리어스 포그는 아직 규정된 시간을 벗어나지 않았다.

밤중에 선로 왼쪽에 있는 월바를 지났다. 로지폴 강이 와이오

열차는 전체 노선에서 가장 높은 지점에 이르렀다

밍 주와 콜로라도 주의 경계선인 직선을 따라 선로와 나란히 달렸다. 11시에 기차는 네브래스카 주로 들어가 세지윅 근처를 지나서 사우스플랫 강 연안에 있는 줄스버그에 도착했다.

1867년 10월 23일에 '유니언 퍼시픽 철도'의 개통식이 열린 곳은 바로 이곳이었다. 철도 건설을 총지휘한 기사는 J.M. 도지 장군이었다. 강력한 기관차 두 대가 초대 손님을 가득 실은 9개의 객차를 끌고 이곳에 멈추었다. 손님들 중에는 철도회사 부사장인 토머스 C. 듀런트 씨도 끼여 있었다. 이곳에서 환호성이 울려 퍼졌다. 이곳에서 수족과 포니족이 소규모 인디언 전쟁의 장관을 구경거리로 연출했다. 이곳에서 불꽃놀이가 벌어졌다. 이곳에서 휴대용 인쇄기로 찍어낸 〈철도 개척자〉지의 창간호가 발간되었다. 대동맥 철도의 개통은 그렇게 축하되었다. 진보와 문명의 도구인 철도는 사막을 가로질러 아직 존재하지도 않는 도시와 마을을 연결하도록 설계되었다. 암피온[61]의 하프보다 힘센 기관차의 기적소리는 이제 곧 미국 땅에서 도시와 마을이 쑥쑥 솟아나게 할 것이다.

기차는 오전 8시에 맥퍼슨 요새를 지났다. 오마하는 거기서 570킬로미쯤 떨어져 있었다. 선로는 변덕스러울 만큼 구불구불한 사우스플랫 강의 왼쪽 연안을 따라 달렸다. 9시에 기차는 플랫 강의 두 지류 사이에 세워진 노스플랫에 도착했다. 두 지류는 이 도시 주위에서 다시 만나 하나의 동맥을 이룬다. 플랫 강은 오마하보다 조금 위쪽에서 미주리 강과 합류하는 큰 하천이다.

서경 101도선에 도착했다.

포그 씨와 그 일행들은 다시 카드놀이를 시작했다. 아무도 여행이 지루하다고 불평하지 않았다. 처음에는 픽스가 몇 기니를 땄지만, 이제 다시 잃기 시작했다. 하지만 픽스도 휘스트 게임에 포그 씨 못지않은 열정을 보이고 있었다. 그날 아침에는 이상하게도 행운이 포그 씨를 편들었다. 으뜸패와 그림패가 수두룩히 그의 손으로 모여들었다. 한번은 대담한 수를 생각해낸 포그 씨가 막 스페이드를 내놓으려 할 때, 그의 자리 뒤에서 목소리가 들려왔다.

"나 같으면 다이아몬드를 내겠소."

포그 씨와 아우다 부인과 픽스는 일제히 고개를 들었다. 프록터 대령이 그들 옆에 서 있었다.

스탬프 프록터와 필리어스 포그는 당장 상대를 알아보았다.

"아아, 당신이었군, 영국인 친구." 대령이 소리쳤다. "당신은 스페이드로 나갈 작정이군 그래!"

"그렇소. 스페이드를 낼 거요." 필리어스 포그는 차갑게 대답하고 스페이드 10을 내놓았다.

"다이아몬드를 내놓았다면 훨씬 좋았을 텐데." 프록터 대령이 짜증스러운 목소리로 말했다.

그러고는 바닥에 나와 있는 카드를 집어들려는 동작을 하면서 덧붙였다.

"당신은 휘스트 게임을 전혀 모르는 것 같군."

"다른 승부에서는 훨씬 능숙하다는 걸 보여주겠소." 포그가 일어나면서 말했다.

"언제든지 상대해주마, 이 영국놈아." 무례한 대령이 대꾸했다.

아우다 부인의 얼굴이 하얗게 질렸다. 모든 피가 그녀의 심장으로 돌아갔다. 그녀는 필리어스 포그의 팔을 잡았지만, 포그는 그녀를 부드럽게 밀어냈다. 파스파르투는 미국인에게 몸을 던

"나 같으면 다이아몬드를 내겠소."

질 각오를 하고 일어났다. 미국인은 더없이 모욕적인 표정으로 포그를 노려보고 있었다. 하지만 픽스도 일어나서 프로터 대령에게 다가가 말했다.

"당신의 상대는 나야. 당신은 나를 모욕만 한 게 아니라 때리기까지 했어!"

"픽스 씨." 포그 씨가 말했다. "실례지만 이건 내 문제요. 대령은 내가 스페이드를 낸 게 잘못이라고 주장해서 또다시 나를 모욕했어요. 그러니 대령은 나한테 명예 회복의 기회를 주어야 합니다."

"언제 어디서든 상대해주지." 미국인이 대답했다. "무기도 당신 선택에 맡기겠어."

아우다 부인은 포그 씨를 말리려고 했지만 소용이 없었다. 형사는 싸움을 떠맡으려 했지만 역시 성공하지 못했다. 파스파르투는 대령을 문 밖으로 내던지고 싶었지만 주인이 몸짓으로 말렸다. 필리어스 포그는 객차에서 나갔고, 미국인도 그 뒤를 따라 승강구로 나갔다.

포그 씨가 상대에게 말했다.

"이보시오, 대령. 나는 서둘러 유럽으로 돌아가야 하오. 조금만 늦어도 니는 막대한 손해를 보게 될 거요."

"그게 나하고 무슨 상관이야?"

"샌프란시스코에서 당신을 만난 뒤, 나는 구세계에서 볼일을 끝마치는 대로 당신을 만나러 다시 미국에 올 작정이었소."

"그래서?"

"6개월 뒤에 나를 만나주겠소?"

"아예 6년 뒤로 하는 게 어때?"

"6개월이오. 6개월 뒤에 반드시 돌아오겠소."

"그건 도망치려는 수작일 뿐이야!" 스탬프 프록터 대령이 소리쳤다. "지금 당장 하든가, 아니면 아예 그만둬!"

"정 그렇다면 좋소. 당신은 뉴욕까지 갈 거요?"

"아니."

"그럼 시카고?"

"아니."

"오마하?"

"그건 당신이 알 바 아니야. 플럼크리크라는 곳을 아나?"

"아니, 모르오." 포그 씨가 대답했다.

"다음 역이지. 기차는 한 시간 뒤에 거기 도착해서 10분 동안 정차할 거야. 10분이면 총알을 꽤 많이 주고받을 수 있지."

"좋소. 그럼 플럼크리크에서 잠깐 내리겠소."

"거기에 영원히 머물게 될걸." 미국인은 믿을 수 없을 만큼 무례하게 말했다.

"그건 해봐야 알겠지." 포그 씨는 그렇게 대답하고 여느 때처럼 냉정하게 객차로 돌아왔다.

포그 씨는 우선 아우다 부인에게 그런 허풍선이는 두려워할 게 없다면서 안심시켰다. 그런 다음 픽스에게 이제 곧 벌어질 결투에 입회인이 되어달라고 부탁했다. 픽스는 거절할 수 없었다. 필리어스 포그는 침착하게 스페이드를 내놓으면서 중단한 게임을 다시 시작했다.

11시에 기관차의 기적소리가 플럼크리크 역이 가까워지고 있음을 알렸다. 포그 씨는 일어나서 픽스를 데리고 승강구로 나갔다. 파스파르투도 권총 두 자루를 들고 그 뒤를 따라갔다. 아우다 부인은 죽은 사람처럼 창백해져서 객차에 남아 있었다.

다른 객차의 문이 열리고 프록터 대령이 승강구에 나타났다. 대령과 똑같이 생긴 미국인이 입회인으로 따라왔다. 하지만 두 적수가 선로로 내리려 할 때 차장이 달려오면서 외쳤다.

"내리면 안 됩니다, 여러분."

"왜 안 된다는 거야?" 대령이 물었다.

"열차가 20분 지연되었기 때문에 이 역에서는 멈추지 않습니다."

"하지만 나는 이 사람과 결투를 해야 해."

"죄송하지만 우리는 이제 곧 떠날 겁니다. 보십시오. 기적이 울리고 있잖습니까."

정말로 기적이 울리고 있었다. 열차가 다시 움직이기 시작했다.

"죄송합니다." 차장이 말했다. "다른 경우였다면 얼마든지 손님들의 요구를 들어드렸겠지만, 여기서는 싸울 시간이 없었으니까 열차 안에서 싸우시면 어떻겠습니까? 그걸 방해하는 건 아무것도 없을 텐데요."

"이 신사께서 그걸 좋아하지 않을 수도 있지." 프록터 대령이 빈정거렸다.

"나는 전혀 상관없소." 필리어스 포그가 대꾸했다.

"여기가 미국이라는 게 정말 실감나는군." 파스파르투는 속으로 중얼거렸다. "그리고 열차의 차장까지 완벽한 신사 같은걸!"

파스파르투는 주인을 따라갔다.

두 적수와 그 입회인들은 차장을 앞세우고 객차와 객차를 지나 마지막 객차까지 갔다. 그곳에는 여남은 명의 승객만 타고 있었다. 차장은 두 사람이 명예와 관련된 문제를 해결해야 하니까 잠시만 자리를 비켜달라고 승객들에게 부탁했다.

승객들은 두 신사에게 은혜를 베풀 수 있는 것을 더없이 기뻐하며 선선히 승강구로 나갔다.

길이가 15미터쯤 되는 이 객차는 결투 장소로 안성맞춤이었다. 두 사람은 좌석 사이의 통로를 따라 마주보고 전진하면서 마음껏 총을 쏠 수 있을 것이다. 이보다 더 간단한 결투도 없었다. 포그 씨와 프록터 대령은 6연발 권총을 두 자루씩 들고 객차로 들어갔다. 밖에 남은 입회인들은 객차 문을 닫았다. 기관차가 첫 번째 기적을 울리면 총을 쏘도록 되어 있었다. 그리고 정확히 2분 뒤에 두 신사 가운데 한 사람은 객차에서 치워질 것이다.

어떤 일도 이보다 더 간단할 수는 없었을 것이다. 너무 간단해서 픽스와 파스파르투는 심장이 금방이라도 터질 것처럼 고동치는 것을 느꼈다.

이리하여 기적이 울리기를 기다리고 있는데, 그때 별안간 사나운 함성이 일어났다. 총소리도 들렸지만, 두 결투자가 갇혀 있는 객차에서 난 소리는 아니었다. 반대로 총성은 기차 앞쪽에서 들려와 열차 전체에 울려 퍼졌다. 가운데 객차에서 공포에 질린 비명소리가 들려왔다.

프록터 대령과 포그 씨는 권총을 손에 든 채 당장 객차에서 나와 앞쪽으로 달려갔다. 그곳에서는 이제 총성과 비명소리가 더욱 커지고 있었다.

열차가 수족 인디언의 습격을 받은 것이다.

이 대담한 인디언들이 열차를 습격한 것은 이번이 처음은 아니었다. 열차를 세운 것도 벌써 한두 번이 아니었다. 그들은 열차가 멈출 때까지 기다리지 않고, 달리는 말에 뛰어오르는 곡마사처럼 백여 명이 승강구에 뛰어올라 객차 위로 기어올라왔다.

수족은 소총으로 무장하고 있었다. 그래서 총성이 들렸던 것인데, 승객들도 거의 다 권총으로 무장하고 있었기 때문에 그것으로 응사하고 있었다. 인디언들은 우선 기관차를 습격했다. 기관사와 화부는 몽둥이에 맞아 초주검이 되었다. 수족 추장은 기차를 세우려고 했지만 속도 조절기의 핸들 조작법을 몰라서 증기 배출구를 완전히 열어버렸다. 기관차는 갑자기 앞으로 달려나가 무시무시한 속도로 달리기 시작했다.

동시에 수족은 객차로 쳐들어왔다. 그들은 성난 원숭이들처럼 객차 지붕 위를 뛰어다니고, 출입문을 부수고 들어와 승객들과 육박전을 벌였다. 화물칸은 약탈당했고, 가방과 트렁크가 선로에 던져졌다. 아우성과 총소리가 끊이지 않았다.

하지만 승객들은 열차를 용감하게 지켰다. 일부 객차에서는 바리게이드를 치고, 시속 150킬로미터 딜리면시 진짜 이동하는 요새처럼 포위 공격을 견뎌냈다.

인디언의 습격이 시작되었을 때부터 아우다 부인은 용감하게 활약했다. 그녀는 손에 권총을 들고 자신을 지키면서, 야만인이 시야에 나타날 때마다 깨진 유리창을 통해 총을 쏘았다. 스무 명 남짓한 수족이 치명상을 입고 선로에 쓰러졌다. 승강구에서 선로 위로 떨어진 수족은 열차 바퀴에 깔려 벌레처럼 으깨졌다.

총알이나 몽둥이에 중상을 입은 몇몇 승객은 좌석에 눕혀졌다.

무언가 조치를 취해야 했다. 전투는 벌써 10분 동안 계속되었고, 열차가 서지 않으면 수족의 승리로 끝날 수밖에 없었다. 커니 요새 역까지 3킬로미터가량 남겨두고 있었다. 이곳은 미국

수족 인디언들은 객차로 쳐들어왔다

군대의 전초기지였지만, 그곳을 지나쳐버리면 다음 역에 도착하기 전에 수족이 열차를 장악해버릴 것이다.

차장은 포그 씨 옆에서 싸우다가 총에 맞고 쓰러졌다. 쓰러지면서 외쳤다.

"5분 안에 열차를 세우지 못하면 우리가 집니다!"

"내가 세우겠소!" 필리어스 포그는 객차에서 달려나가면서 말했다.

"잠깐만요, 나리!" 파스파르투가 소리쳤다. "그 일은 저한테 맡겨주세요!"

필리어스 포그가 미처 말릴 새도 없이 이 용감한 젊은이는 인디언들에게 들키지 않게 문을 열고 객차 밑으로 미끄러져 내려갔다. 전투는 치열했고 총알이 씽씽 날아다녔지만, 그는 옛날의 민첩성과 광대의 유연성을 되찾아 객차 아래를 빠져나갔다. 객차를 연결한 쇠사슬에 매달리고 브레이크 레버와 차대를 이용하면서, 놀라운 기술로 객차에서 다음 객차로 기어나갔다. 그리하여 마침내 열차 맨 앞부분에 이르렀다. 그는 누구에게도 들키지 않았다. 사실 들킬 가능성도 없었다.

거기서 그는 한 손으로 화물차와 탄수차 사이에 매달린 채, 다른 손으로 안전사슬을 풀었다. 하지만 기관차의 견인력 때문에 연결장치를 풀 수가 없었다. 기관차가 갑자기 덜커덩 흔들려 연결핀이 빠지지 않았다면 그는 결코 성공하지 못했을 것이다. 연결핀이 빠지자, 기관차와 분리된 객차는 차츰 뒤에 처졌고 기관차는 더욱 빠른 속도로 달아났다.

열차는 달려온 여세로 몇 분 동안 계속 달렸다. 하지만 곧 객차 안쪽에서 브레이크가 작동하여, 마침내 열차는 커니 역에서

그는 한 손으로 화물차 사이에 매달린 채……

100미터도 채 떨어지지 않은 곳에 멈춰섰다.

요새에 있던 병사들이 총성을 듣고 재빨리 달려왔다. 수족은 병사들을 기다리지 않고, 열차가 완전히 멈추기도 전에 모두 도망쳐버렸다.

하지만 커니 역 플랫폼에서 점호를 해보니, 승객 몇 명이 보이지 않았다. 행방불명된 승객들 중에는 헌신적인 행위로 승객들의 목숨을 구해낸 그 용감한 프랑스인도 섞여 있었다.

30

필리어스 포그, 태연히 의무를 다하다

파스파르투를 포함하여 승객 세 명이 실종되었다. 싸우다가 살해되었을까? 아니면 수족의 포로가 되었을까? 단정하기는 아직 일렀다.

부상자는 많았지만, 치명상을 입은 사람은 없다는 것이 곧 밝혀졌다. 가장 심한 중상을 입은 사람은 프록터 대령이었다. 그는 용감하게 싸우다가 사타구니에 총알을 맞고 쓰러졌다. 그는 응급 치료를 필요로 하는 다른 승객들과 함께 역으로 옮겨졌다.

아우다 부인은 무사했다. 필리어스 포그도 몸을 아끼지 않고 싸웠지만 긁힌 상처 하나 입지 않았다. 픽스는 팔에 총알을 맞았지만 대단한 것은 아니었다. 하지만 파스파르투가 없어졌기 때문에 젊은 여인은 눈물을 흘리며 슬퍼했다.

승객들은 모두 열차에서 내렸다. 기차 바퀴는 피로 얼룩지고, 떨어져 나간 살점이 바퀴통과 바퀴살에 달라붙어 있었다. 붉은 핏자국이 하얀 설원에 길게 뻗어 있었다. 마지막 인디언의 모습이 리퍼블리컨 강이 있는 남쪽으로 사라지고 있었다.

포그 씨는 팔짱을 낀 채 꼼짝도 하지 않았다. 중대한 결정을 내려야 했다. 아우다 부인은 옆에서 말없이 그를 지켜보고 있었다. 포그 씨는 그 눈길의 의미를 이해했다. 하인이 포로가 되었다면, 무슨 수를 써서라도 구출해야 하지 않느냐고 말하고 있는 것이다.

"반드시 찾아내고야 말겠소. 죽었든 살았든."

"아아, 포그 씨!" 젊은 여인은 그의 손을 잡고 눈물로 덮으면서 소리쳤다.

"만일 그가 살아 있다면, 한시도 지체할 수 없습니다." 포그 씨가 말했다.

이 결단으로 필리어스 포그는 모든 것을 희생했다. 방금 자신의 파산을 선고한 셈이나 마찬가지였다. 하루만 늦어도 뉴욕을 떠나는 배를 타지 못할 것이다. 그렇게 되면 내기에는 절대 이길 수 없다. 하지만 '이것은 나의 의무!'라고 생각하자 그는 망설이지 않았다.

커니 요새를 지휘하는 대위가 거기에 와 있었다. 백 명쯤 되는 그의 부하들이 수족이 습격해올 경우에 대비해서 역을 경비하고 있었다.

"대위님." 포그 씨가 대위에게 말했다. "승객이 세 명 실종되었습니다."

"죽었습니까?"

"죽었거나 포로가 되었겠지요. 찾아내야 합니다. 수족을 추적할 작정이십니까?"

"그러면 문제가 심각해질 겁니다. 그 인디언들은 아칸소 강

너머로 달아날지도 모릅니다. 내가 책임지고 있는 요새를 내버려두고 떠날 수는 없습니다."

"하지만 세 사람의 목숨이 위태롭습니다."

"물론 그렇지만…… 세 사람을 구하기 위해 쉰 명의 목숨을 위험에 빠뜨릴 수는 없습니다."

"당신 입장에서는 어떨지 모르지만, 그것은 당신의 의무입니다."

"이것 보세요." 대위가 대답했다. "나한테 의무를 가르칠 자격이 있는 사람은 여기에 한 사람도 없어요."

"좋소." 필리어스 포그는 냉정하게 말했다. "그럼 나 혼자 가겠소."

곁에 다가와 있던 픽스가 소리쳤다.

"당신 혼자서 인디언을 추적하겠다고요?"

"그럼, 그 가엾은 젊은이를 그냥 죽게 내버려두라는 겁니까? 여기 있는 모든 사람들의 목숨을 구해낸 그 젊은이를! 나는 가야 합니다."

"혼자 가시면 안 됩니다! 당신은 정말 용감한 분이군요." 대위가 저도 모르게 감동하여 소리쳤다. 그러고는 병사들을 향해 명령했다. "지원자 서른 명!"

중대 전체가 앞으로 나섰다. 대위는 그들 중에서 서른 명을 골라야 했다. 서른 명의 병사가 지명되었고, 나이든 중사가 지휘를 맡게 되었다.

"고맙습니다, 대위님!" 포그 씨가 말했다.

"저도 함께 가면 안 될까요?" 픽스가 말했다.

"좋도록 하십시오. 하지만 나한테 은혜를 베풀고 싶다면, 아우다 부인 곁에 남아 있어주지 않겠습니까? 나한테 무슨 일이 생기면……."

형사의 얼굴이 별안간 창백해졌다. 지금까지 고집스럽게 한 걸음 한 걸음 뒤를 따라온 사내와 헤어진다고? 그 사내가 황야로 훨훨 날아가게 내버려두라고? 픽스는 포그 씨를 지그시 바라보았다. 그의 마음속에서는 온갖 추측이 소용돌이치고 온갖 생각이 서로 싸우고 있었지만, 포그 씨의 침착하고 솔직한 표정 앞에서는 눈을 내리깔 수밖에 없었다.

"그럼 저는 여기 남겠습니다."

잠시 후 포그 씨는 젊은 여인의 손을 굳게 잡고 소중한 여행가방을 맡긴 다음, 중사가 이끄는 병사들과 함께 떠났다.

하지만 떠나기 전에 그는 병사들에게 말했다.

"여러분, 만일 운좋게 포로들을 구해낼 수 있다면 천 파운드의 상금을 드리겠습니다."

정오기 조금 지난 시각이었다.

아우다 부인은 역에 마련된 작은 방에 틀어박혀 필리어스 포그를 생각하고, 그의 숭고한 의협심과 침착한 용기를 생각하며 잠자코 기다렸다. 포그 씨는 이미 재산을 희생했고, 이제는 목숨까지 걸고 있었다. 조금도 망설임 없이, 오로지 의무감 때문에, 한마디의 군소리도 없이! 그녀가 보기에 필리어스 포그는 영웅이었다.

그러나 픽스 형사는 그렇게 생각지 않았다. 그는 이제 불안한 마음을 억누를 수 없었다. 초조하게 플랫폼을 오락가락하며 안절부절못하고 있었다. 잠시 억눌렀던 그의 본마음이 다시 나타나고 있었다. 포그가 떠난 뒤에야 그는 포그를 보낸 것이 얼마나 어리석은 짓이었나를 깨달았다. 이게 무슨 짓인가! 지구를 돌아 여기까지 따라왔는데, 그 사내가 떠나도록 내버려두다니! 그는 실수를 저지른 경찰관을 꾸짖는 경찰청장이라도 되는 것처럼 자신에게 온갖 욕설을 퍼부으면서 자신을 꾸짖고 비난했다.

'나는 정말 바보였어! 파스파르투는 포그에게 내가 누구인지 말해주었을 게 분명해. 이제 포그는 가버렸고, 다시는 돌아오지 않을 거야. 어떻게 녀석을 다시 잡을 수 있을까? 내가 어떻게 그런 식으로 최면에 걸릴 수 있었지? 체포영장까지 갖고 있는 내가! 나는 정말 바보 천치야!'

형사는 그렇게 생각했다. 그러는 동안 시간은 천천히 지나갔다. 그는 정말로 어떻게 해야 할지 알 수가 없었다. 이따금 아우다 부인에게 모든 것을 털어놓고 싶은 충동에 사로잡히곤 했지만, 젊은 여인이 어떤 반응을 보일지는 뻔했다. 그럼 어떻게 해야 하지? 그는 포그를 따라 드넓은 설원으로 나가고 싶은 유혹에 사로잡혔다. 포그를 다시 찾는 것은 불가능하지 않을 것이다. 구조대의 발자국은 아직 눈 위에 남아 있었다. 하지만 새로 눈이 내려 쌓이면 그 발자국은 곧 사라질 것이다.

픽스는 낙담했다. 모든 게임을 포기하고 싶은 마음이 굴뚝같았다. 그런데 바로 그때 게임을 그만두고 지금까지 그토록 많은 실망을 안겨준 여행을 계속할 기회가 찾아왔다.

오후 2시쯤, 함박눈이 내리고 있을 때 동쪽에서 긴 기적소리가 들려왔다. 황갈색 불빛을 앞세운 거대한 그림자가 천천히 다가오고 있었다. 그 그림자는 안개 때문에 상당히 확대되어 환상적인 양상을 띠고 있었다.

하지만 이 시간에 동쪽에서 올 기차는 한 대도 없었다. 다른

불빛을 앞세운 거대한 그림자가 다가오고 있었다

기차를 보내달라는 전보를 쳤지만, 그 기차가 이렇게 일찍 도착할 리는 없었다. 오마하에서 샌프란시스코로 가는 기차는 이튿날에나 도착할 예정이었다. 하지만 수수께끼는 곧 풀렸다.

요란하게 기적을 울리며 천천히 다가온 것은 앞서 열차에서 분리되어 기절한 기관사와 화부를 실은 채 무서운 속도로 달려가버린 그 기관차였다. 기관차는 선로를 따라 수십 킬로미터를 달렸지만, 연료가 바닥나 불이 꺼지고 증기 압력이 줄어들었다. 한 시간 뒤에는 서서히 속력이 떨어지더니, 커니 역에서 30킬로미터쯤 떨어진 곳에서 마침내 멈춰섰다.

화부도 기관사도 아직 살아 있었다. 한동안 의식을 잃었던 그들은 겨우 정신을 차렸다.

그때쯤 기관차는 이미 멈춰서 있었다. 기관사는 뒤에 딸린 객차도 없이 기관차만 황야 한복판에 서 있는 것을 보고 사정을 이해했다. 기관차가 어떻게 열차에서 떨어져 나왔는지는 짐작도할 수 없었지만, 뒤에 남겨진 열차가 곤경에 빠져 있을 것은 분명했다.

기관사는 망설이지 않았다. 아직도 인디언들에게 약탈당하고 있을지 모르는 열차로 돌아가는 것은 위험했고, 오마하를 향해 계속 달리는 편이 훨씬 안전했을 것이다. 그러나 그게 문제냐! 기관사와 화부는 석탄과 장작을 보일러에 가득 넣고 불을 지폈다. 불길이 다시 이글거리며 타올랐다. 증기 압력이 올라갔고, 2시쯤 기관차는 줄곧 기적을 울리며 안개를 뚫고 커니 역으로 되돌아갔다.

승객들은 기관차가 다시 열차 앞의 제 위치에 들어서는 것을 보고 뛸 듯이 기뻐했다. 불행히 중단되었던 여행을 이제 다시 계속할 수 있게 된 것이다.

기관차가 도착하자 아우다 부인은 역사에서 나와 차장에게 물었다.

"곧 떠날 건가요?"

"예, 이제 곧 떠납니다."

"하지만 인디언한테 붙잡혀 간 사람들은…… 가엾은 우리 일행은……."

"운행을 늦출 수는 없습니다. 벌써 세 시간이나 늦었어요."

"그럼 샌프란시스코에서 오는 다음 기차는 언제 도착하죠?"

"내일 저녁입니다."

"내일 저녁? 그건 너무 늦군요! 당신은 기다려야……."

"그건 안 됩니다. 우리와 함께 가고 싶으시면 어서 타세요."

"저는 그럴 수 없어요!"

픽스는 이 대화를 엿듣고 있었다. 조금 전, 운송 수단이 전혀 없었을 때에는 커니 역을 떠나려고 마음먹었다. 그러나 지금 당장이라도 떠날 준비가 된 열차가 바로 눈앞에 있고, 객차에 타기만 하면 되는데, 저항할 수 없는 힘이 그를 땅바닥에 묶어놓았다. 플랫폼에 닿은 발이 불타듯 뜨겁게 느껴졌지만, 발을 뗄 수가 없었다. 미음속에서 다시 투쟁이 시작되었다. 성공하지 못한 것이 너무 화가 나서 숨이 막혔다. 그는 끝까지 싸우고 싶었다.

하지만 그러는 동안 승객들과 부상자들―그중에는 중상을 입은 프록터 대령도 섞여 있었다―은 모두 열차에 올라탔다. 과열된 보일러는 요란한 소리를 내며 으르렁거리고, 배기 밸브에서 증기가 뿜어나오고 있었다. 기관사는 기적을 울리고 기차를 출발시켰다. 하얀 증기와 연기가 소용돌이치는 눈송이와 뒤섞이는 가운데 열차는 곧 시야에서 사라졌다.

형사는 움직이지 않았다.

몇 시간이 지났다. 날씨는 혹독했다. 추위가 살을 에는 듯했다. 픽스는 역의 벤치에 앉아 꼼짝도 하지 않았다. 마치 잠자고 있는 것처럼 보였다. 아우다 부인은 방을 하나 얻었지만, 몇 분마다 한 번씩 눈보라가 몰아치는 밖으로 나오곤 했다. 그녀는 플랫폼 끝까지 걸어가, 시야를 좁히고 있는 안개를 뚫고 눈보라 속을 들여다보려고 애쓰면서 무슨 소리가 들리지 않나 하고 귀를 기울였다. 하지만 거기에는 아무것도 없었다. 몸이 뼛속까지 얼어붙으면 그녀는 안으로 들어갔다가 잠시 뒤에 다시 나오곤 했다. 하지만 언제나 헛걸음이었다.

날이 저물었다. 구조대는 여전히 돌아오지 않았다. 그들은 지금 이 순간 어디 있을까? 인디언들을 따라잡았을까? 전투가 벌어졌을까? 안개 속에서 길을 잃고 정처없이 헤매고 있는 것은 아닐까? 커니 요새의 수비대장도 내색하지 않으려고 애썼지만, 몹시 걱정하고 있었다.

어둠이 내렸다. 눈발은 약해졌지만 추위는 더욱 심해졌다. 아무리 대담한 사람도 이 거대한 어둠을 두려움 없이 바라볼 수는 없었을 것이다. 완전한 정적이 평원을 지배했다. 새 한 마리도 날아가지 않았다. 어떤 들짐승도 가까이에서 서성거리지 않았다. 무한한 적막을 어지럽히는 것은 아무것도 없었다.

아우다 부인은 밤새도록 평원 가장자리를 헤맸다. 마음은 불길한 예감으로 가득 차고, 가슴에는 고통이 가득했다. 상상력은 그녀를 멀리 데려가 수천 가지 위험을 그녀에게 보여주었다. 그 긴 시간 동안 그녀가 겪은 고통은 이루 형언할 수 없다.

픽스는 한 자리에서 꼼짝도 하지 않았지만, 잠을 자지 않은 것은 그도 마찬가지였다. 한번은 누군가가 다가와 말을 걸었지만, 형사는 말없이 고개를 저어 그 사람을 물리쳤다.

밤이 지나갔다. 새벽에 반쯤 불이 꺼진 듯한 태양이 안개낀 지평선 위로 떠올랐다. 그래도 이제는 3킬로미터 앞까지 내다볼 수 있었다. 필리어스 포그와 구조대는 남쪽으로 갔다…… 하지만 그쪽에는 사람 그림자 하나도 보이지 않았다. 아침 7시였다.

대위는 너무 걱정이 되어 어찌할 바를 모르고 있었다. 첫 번째 구조대를 구원하기 위해 두 번째 구조대를 보내야 하나? 처음의 희생자들을 구조할 가망도 거의 없는데, 더 많은 사람을 위험에 빠뜨려야 하나? 하지만 그는 오래 망설이지 않았다. 그는 중위 한 사람을 불러서 남쪽으로 척후대를 보내도록 지시했다. 바로 그때 몇 발의 총소리가 울려 퍼졌다. 저 소리는 신호일까? 병사들은 요새에서 달려나갔다. 그리고 1킬로미터쯤 떨어진 저쪽에서 작은 부대가 질서정연하게 돌아오고 있는 것을 보았다.

포그 씨가 앞장서서 걷고 있었다. 그 옆에는 그가 수족의 손에서 구출한 파스파르투와 두 명의 승객도 있었다.

커니에서 남쪽으로 15킬로미터 지점에서 싸움이 벌어졌다. 구조대가 도착하기 몇 분 전에 파스파르투와 두 승객은 이미 인디언들과 싸우고 있었다. 주인과 병사들이 그들을 도우러 달려갔을 때는 이미 프랑스인이 주먹으로 세 명을 때려눕힌 뒤였다.

구조대도 구조된 사람들도 커니에서 열렬한 환영을 받았다. 모두 기쁨의 환성을 질렀다. 필리어스 포그는 병사들에게 약속한 상금을 나누어주었다. 그동안 파스파르투는 이런 말을 되뇌고 있었다.

프랑스인은 주먹으로 세 명을 때려눕힌 뒤였다

"나는 정말 돈이 많이 드는 하인이구나." 사실 이 말은 틀린 것도 아니었다.

픽스는 한마디도 하지 않고 포그 씨를 바라보았다. 이 순간 그의 마음속에서 서로 싸우고 있는 복잡한 감정을 분석하기는 어려웠을 것이다. 아우다 부인은 아무 말도 못하고 그저 포그 씨의 손을 두 손으로 힘껏 움켜잡았다.

파스파르투는 역에 도착하자마자 기차를 찾았다. 그는 기차가 아직 역에 있을 줄 알았다. 기차는 전속력으로 오마하를 향해 떠날 준비가 되어 있을 테고, 그러면 잃어버린 시간을 되찾을 수 있을 거라고 생각했다.

"기차! 기차는 어디 있지?" 파스파르투가 외쳤다.

"떠나버렸어." 픽스가 말했다.

"다음 기차는 언제 도착합니까?" 포그가 물었다.

"오늘 저녁에."

"그래요?" 이 침착한 신사는 태연히 이렇게 한마디 했을 뿐이다.

31

픽스 형사, 필리어스 포그의 이익을
진지하게 생각하기 시작하다

필리어스 포그는 예정보다 20시간 늦어졌다. 본의 아니게 이 지연의 원인이 된 파스파르투는, 자기가 주인을 파산시켰다는 생각에 절망의 구렁텅이에 빠졌다.

그때 형사가 포그 씨에게 다가와 그의 눈을 똑바로 들여다보았다.

"진지하게 말해서, 당신은 급합니까?"

"진지하게 말해서, 급합니다."

"다시 한 번 묻겠는데, 당신은 정말로 리버풀행 기선이 떠나는 11일 오후 9시까지 뉴욕에 도착하고 싶습니까?"

"정말로 그러고 싶습니다."

"인디언의 습격으로 방해를 받지 않았다면, 11일 아침에는 뉴욕에 도착했겠지요?"

"물론입니다. 기선의 출항보다 열두 시간 일찍 도착했을 겁니다."

"알았습니다. 그럼 당신은 지금 스무 시간 늦어진 셈이겠군요. 그러나 20에서 12를 빼면 8이니까, 실제로는 여덟 시간 늦어진 셈입니다. 그러니 여덟 시간만 따라잡으면 됩니다. 한번 해보시지 않겠습니까?"

"걸어서 말입니까?" 포그 씨가 물었다.

"아니, 썰매를 타는 겁니다. 돛을 단 썰매인데, 어떤 사람이 그걸 이용해보라고 저한테 권하더군요."

그것은 간밤에 형사에게 말을 건 사람이었고, 형사는 그 권유를 일단 거절했다.

필리어스 포그는 대답하지 않았다. 하지만 형사가 역전에서 어슬렁거리고 있는 사람을 가리키자, 포그 씨는 그에게 다가갔다. 잠시 후 필리어스 포그와 머지라는 그 미국인은 커니 요새 밑에 있는 오두막으로 들어갔다.

포그 씨는 희한한 탈것을 보고 주의 깊게 조사했다. 그것은 썰매날처럼 앞쪽이 약간 올라간 두 개의 긴 널빤지 위에 차체의 뼈대 같은 나무틀을 얹어놓은 것으로 대여섯 명이 탈 수 있는 공간이 있었다. 앞에서 3분의 1쯤 되는 곳에 높은 돛대가 서 있고, 거대한 돛이 펼쳐져 있었다. 철사로 단단히 고정된 이 돛대에는 기대한 삼각돛을 들어올리는 데 쓰이는 쇠줄이 달려 있었다. 고물에는 노와 키 역할을 하는 장치가 달려 있어서 방향을 조종할 수 있었다.

이것은 돛단배 같은 장비를 갖춘 일종의 썰매였다. 눈 때문에 열차가 운행되지 않는 겨울철에 이 탈것은 엄청나게 빠른 속도로 얼어붙은 평원을 달려 역과 역 사이를 이어준다. 썰매에 달린 돛은 어마어마하게 커서, 뒤집힐 위험을 무릅쓰는 경주용 요트보다 더 컸다. 순풍을 받으면 급행 열차와 맞먹는 속도로, 아니 오히려 더 빠른 속도로 평원을 미끄러져 나간다.

이 육상용 요트의 주인과 포그 씨는 몇 분 만에 흥정을 끝냈다. 바람은 이제 서쪽에서 강하게 불어오고 있어서 항해에 유리했다. 쌓인 눈도 단단하게 굳었다. 머지는 몇 시간 안에 오마하까지 데려다줄 수 있다고 장담했다. 오마하에만 가면 시카고와 뉴욕으로 가는 기차가 많다. 지체된 시간을 만회하는 것도 불가능하지는 않았다. 따라서 이 모험을 망설일 이유가 전혀 없었다.

그러나 포그 씨는 이 추위에 바깥 공기를 쐬면서 여행하는 불편을 아우다 부인에게 강요하고 싶지 않았다. 빨리 달리면 달릴수록 추위를 견디기가 더욱 어려워질 것이다. 그래서 그는 아우다 부인에게 파스파르투의 보호를 받으며 커니 역에 남아 있으라고, 그러면 충직한 젊은이가 좀더 적당한 여건에서 좀더 나은 길을 찾아 유럽으로 데려다줄 거라고 말했다.

그러나 아우다 부인은 포그 씨와 헤어지기를 한사코 거절했다. 그래서 파스파르투는 무척 기뻤다. 픽스가 주인을 따라붙고 있는 한, 무슨 일이 있어도 주인 곁을 떠나고 싶지 않았던 것이다.

이때 형사는 어떤 심정이었을까. 그것을 말로 표현하기는 어렵다. 포그 씨가 커니 역으로 돌아온 것을 보고 그의 확신이 흔들렸을까? 아니면 포그를 세계일주 여행만 끝내면 영국에서 안전하게 살 수 있다고 생각하는 영리한 범죄자로 생각했을까? 어쩌면 픽스는 필리어스 포그를 전과는 달리 평가하게 되었는지도 모른다. 하지만 의무를 다하겠다는 결심에는 변함이 없었고, 일행 중에서 영국으로 돌아가고 싶어 가장 안달하는 사람도 바로 픽스였다. 그는 한시라도 빨리 영국으로 돌아가기 위해 모든 노력을 아낌없이 쏟아부을 작정이었다.

오전 8시에 썰매가 떠날 준비를 끝냈다. 여행객들은 썰매에 올라타고 여행용 담요로 몸을 완전히 감쌌다. 썰매는 두 개의 거대한 돛을 올리고 단단하게 굳은 빙판 위를 미끄러져 나갔다. 속도는 순식간에 40노트에 이르렀다.

커니 요새에서 오마하까지는 직선 거리―미국인들의 표현을 빌리면 '벌집으로 돌아오는 꿀벌의 지름길'―로 불과 320킬로미터다. 계속 순풍이 불어주면 5시간 안에 달릴 수 있는 거리다. 도중에 사고가 일어나지 않으면, 오후 1시에는 오마하에 도착할 것이다.

얼마나 지독한 여행인가! 여행자들은 서로 바싹 붙어앉아 몸을 웅크렸다. 말을 나눌 수도 없었다. 말을 해봤자 속도 때문에 더욱 심해진 추위가 말을 빼앗아갔을 것이다. 썰매는 파도가 없다 뿐이지, 수면 위를 달리는 배나 마찬가지로 가볍게 평원 위를 미끄러져 갔다. 바람이 더욱 거세지고 땅바닥에 바싹 붙어 낮게 불면, 활짝 편 거대한 날개 같은 돛이 썰매를 땅에서 들어올리는 듯했다. 키를 잡은 머지는 직선 코스를 유지했고, 걸핏하면 한쪽으로 벗어나는 썰매를 바로잡기 위해 노를 젓곤 했다. 모든 돛이 바람을 가득 안았다. 삼각돛은 이세 마름모꼴 돛 뒤에 숨어 있지 않고 꼿꼿이 서 있었다. 윗돛도 올라갔다. 바람에 활짝 펼쳐진 윗돛은 다른 돛들의 추진력을 더욱 높여주었다. 수학적으로 판단할 수는 없지만, 썰매의 속도가 40노트를 밑돌지 않는 것은 분명했다.

"이대로 가면 제시간에 도착할 수 있을 겁니다!" 머지가 말했다.

여행자들은 서로 바싹 붙어앉아 몸을 웅크렸다

제시간에 도착하는 것이 머지에게도 이익이었다. 포그 씨가 여느 때의 방식대로 보너스를 듬뿍 주겠다고 약속했기 때문이다.

썰매는 바다처럼 드넓은 평원 위에 직선의 궤적을 그렸다. 평원은 얼음으로 뒤덮인 거대한 호수 같았다. 이 지역을 지나는 철도는 서남쪽에서 동북쪽으로 그랜드아일랜드와 네브래스카 주의 주요 도시인 콜럼버스와 프리먼트를 거쳐 오마하에 이른다. 철도는 플랫 강의 왼쪽 기슭에 바싹 붙어 강줄기를 따라갔다. 하지만 썰매는 지름길을 택해 선로가 그리는 원호의 현을 따라갔다. 머지는 프리먼트 앞에서 고리 모양을 그리는 플랫 강이 앞길을 막을까봐 걱정하지 않았다. 강물도 꽁꽁 얼어 있었기 때문이다. 따라서 썰매가 달리는 길에는 장애물이 전혀 없었다. 필리어스 포그가 걱정해야 할 것은 두 가지뿐이었다. 하나는 썰매가 망가지는 것이었고, 또 하나는 풍향이 바뀌거나 풍속이 약해지는 것이었다.

히지만 바람은 약해지기는커녕 쇠줄로 단단히 고정된 돛대가 휠 만큼 거세게 휘몰아쳤다. 쇠줄이 현악기처럼 진동했다. 활로 현악기를 켜고 있는 것처럼 쇠줄이 진동하며 소리를 냈다. 썰매는 놀랄 만큼 강렬하게 울리는 구슬픈 화음 속을 날 듯이 달렸다.

"이 현들은 참으로 온갖 화음을 내고 있군." 포그 씨가 말했다.

이것이 포그 씨가 평원을 가로지르는 동안 입 밖에 낸 유일한 말이었다. 아우다 부인은 털가죽과 여행용 담요로 몸을 감싼 채추위의 손길에서 최대한 몸을 지키고 있었다.

파스파르투는 안개를 뚫고 저물어가는 태양처럼 새빨개진 얼굴로 살을 에는 듯한 공기를 들이마시고 있었다. 그는 반석처럼 흔들리지 않는 자신감으로 다시금 희망을 품기 시작했다. 뉴욕에는 아침이 아니라 저녁에 도착하겠지만, 그래도 리버풀행 기선이 떠나기 전에 도착할 가능성은 있었다.

파스파르투는 동맹자인 픽스의 손을 꼭 쥐어주고 싶은 마음까지 들었다. 육상용 요트는 그들이 너무 늦기 전에 오마하에 도착할 수 있는 유일한 방법이었고, 그런 탈것이 있다는 정보를 입수한 사람이 다름아닌 형사라는 사실을 파스파르투는 잊지 않았다. 하지만 막연한 예감 때문에 파스파르투는 신중한 태도를 계속 유지했다.

어쨌든 파스파르투가 평생 잊지 않고 기억할 한 가지는 포그 씨가 자기를 인디언의 손에서 구출하기 위해 서슴없이 감내한 희생이었다. 주인님은 하인을 위해 목숨과 재산을 위험에 내맡겼어. 절대로 잊지 않을 거야! 절대로!

여행자들이 저마다 이런 다양한 생각에 잠겨 있는 동안, 썰매는 거대한 카펫 같은 눈밭을 계속 날 듯이 달렸다. 몇 개의 작은 하천을 지나고 리틀블루 강의 지류를 지났지만, 아무도 알아차리지 못했다. 들판과 물줄기는 한결같은 순백색의 카펫 아래 모습을 감추어버렸다. 평원에는 사람 그림자 하나 보이지 않았다. 그곳은 '유니언 퍼시픽 철도'의 간선과 커니와 세인트조지프를 잇는 지선 사이에 놓여 있어서, 거대한 무인도 같은 인상을 주었다. 마을도 역도 요새조차도 없었다. 이따금 험상궂게 눈살을 찌푸린 듯한 나무가 섬광처럼 지나가곤 했다. 새하얀 해골 같은 나뭇가지가 바람에 뒤틀리고 있었다. 때로는 들새 떼가 일제히 날아오르기도 했다. 또 때로는 굶주림으로 비쩍 마른 초원의 늑대 무리가 잔인한 욕망에 사로잡혀 썰매와 경주를 벌이기도 했다.

굶주린 늑대 무리가 잔인한 욕망에 사로잡혀……

그럴 때면 파스파르투는 권총을 꺼내들고 가장 가까이 쫓아온 늑대를 쏠 준비를 했다. 이 순간 무슨 사고가 일어나 썰매가 멈추었다면 여행자들은 잔인한 짐승들의 공격을 받아 끔찍한 위험에 빠졌을 것이다. 하지만 썰매는 계속 좋은 상태를 유지했고, 조금씩 앞서 나가 결국에는 으르렁거리는 늑대 무리를 멀찌감치 따돌리곤 했다.

정오 무렵, 머지는 얼어붙은 플랫 강을 건너고 있다는 것을 몇 가지 낌새로 알아차렸다. 그는 아무 말도 하지 않았지만, 30킬로미터만 더 가면 오마하 역에 도착할 수 있다고 확신하고 있었다.

실제로 이 능란한 안내인이 키를 놓고 돛끈으로 달려가 한쪽으로 끌어내린 것은 아직 1시도 되기 전이었다. 돛을 내린 뒤에도 썰매는 저항할 수 없는 여세에 떠밀려 발가벗은 돛대를 드러낸 채 다시 1킬로미터 가까이나 미끄러져 갔다. 하지만 마침내 썰매가 멈추자, 머지는 옹기종기 모여 있는 눈덮인 지붕들을 손가락으로 가리켰다.

"다 왔습니다."

정말로 도착했다. 날마다 수많은 기차로 미국 동부와 연결되고 있는 오마하 역에 도착한 것이다!

파스파르투와 픽스는 벌써 썰매에서 뛰어내려 저린 다리를 풀고 있었다. 그들은 포그 씨와 젊은 여인이 내리는 것을 도와주었다. 필리어스 포그는 머지에게 썰매삯을 넉넉히 치렀고, 파스파르투는 친구처럼 다정하게 머지의 손을 잡았다. 이어서 그들은 모두 오마하 역을 향해 달려갔다.

미시시피 강 유역과 태평양을 연결하는 이른바 '퍼시픽 철도'는 네브래스카 주의 이 대도시에서 끝난다. 오마하에서 시카고까지는 '시카고-록아일랜드 노선'이 도중에 50개 역을 연결하면서 곧장 동쪽으로 뻗어 있다.

시카고행 직통 열차가 막 떠나려 하고 있었다. 필리어스 포그와 그의 일행은 간신히 열차에 뛰어오를 시간밖에 없었다. 오마하는 전혀 보지 못했지만, 파스파르투는 아쉬워할 이유는 전혀 없다고, 관광 따위는 아무 의미도 없다고 자신을 타일렀다.

열차는 아주 빠른 속도로 달려 아이오와 주로 들어가, 카운슬 블러프스와 디모인과 아이오와 시티를 지났다. 밤사이에 열차는 대번포트에서 미시시피 강을 건너 록아일랜드를 통해 일리노이 주로 들어갔다. 그리하여 이튿날인 10일 오후 4시에는 벌써 시카고에 도착했다. 시카고는 어느새 화재[62]의 참극을 딛고 일어나 미시간 호의 아름다운 연안에 전보다 더욱 당당한 모습으로 서 있었다.

시카고는 뉴욕에서 1500킬로미쯤 떨어져 있다. 시카고에서 뉴욕으로 가는 열차는 얼마든지 있었다. 포그 씨는 당장 뉴욕행 열차로 갈아탔다. '피츠버그-포트웨인-시카고 노선'을 달리는 특급 열차는 이 영국 신사가 시간 여유가 없다는 것을 알고 있기라도 한 듯 전속력으로 출발했다. 그리하여 인디에니 주와 오하이오 주와 펜실베이니아 주와 뉴저지 주를 순식간에 가로질렀다. 통과한 도시들은 하나같이 고풍스러운 이름을 가지고 있었고, 전차가 다닐 만큼 번창한 곳도 있었지만, 아직 집 한 채 세워지지 않은 곳도 있었다. 마침내 허드슨 강이 보이기 시작했다. 12월 11일 오후 11시 15분에 열차는 허드슨 강 오른쪽 연안에 있는 역으로 들어갔다. 역은 '영국-북아메리카 우편선 회사'—통칭 '큐나드 해운'—의 기선이 떠나는 부두 바로 앞에 있었다.

리버풀행 '차이나' 호는 그러나 45분 전에 이미 떠나버린 뒤였다!

32

필리어스 포그, 불운과 직접 맞서 싸우다

'차이나' 호의 출항은 필리어스 포그의 마지막 희망도 함께 싣고 떠나버린 것만 같았다.

미국과 유럽 사이를 정기적으로 왕복하는 다른 기선들 가운데 포그 씨에게 도움이 되는 것은 한 척도 없었다. 프랑스의 정기선도, '화이트스타 해운'의 우편선도, '인먼 회사'나 '함부르크 회사'의 기선도, 그밖의 어떤 기선도 이 신사의 목적에는 맞지 않았다.

'프랑스 대서양 해운회사'의 웅장한 배들은 모두 다른 어떤 정기선 못지않게 빠르고 쾌적하지만, 이 회사의 '페레르' 호는 이틀 뒤인 12월 14일에나 떠날 예정이었다. 게다가 어쨌든 그 배는 리버풀이나 런던으로 곧장 가지 않고 프랑스의 르아브르에 들렀다 간다. '함부르크 회사'의 기선들도 마찬가지였다. 르아브르에서 사우샘프턴으로 가는 시간을 더하면 시간이 너무 오래 걸려, 필리어스 포그의 마지막 노력을 물거품으로 만들어버릴 것이다.

'인먼 회사'의 '시티 오브 패리스' 호는 이튿날 떠날 예정이었지만, 이 배는 고려해볼 필요도 없었다. 주로 이민 수송용으로 쓰이는 배인 데다 엔진도 별로 강력하지 않고, 증기만이 아니라 돛의 힘에도 크게 의존하기 때문에 속력이 별로 나지 않는다. 뉴욕에서 영국까지 가는 데 걸리는 시간도 포그 씨에게 남겨진 시간을 훨씬 웃돈다.

이런 사실을, 포그 씨는 대서양 횡단 정기선들의 내역이 자세히 실려 있는 브래드쇼의 《여행 안내》를 보고 모두 알았다.

파스파르투는 맥이 풀리고 말았다. 겨우 45분 차이로 배를 놓친 것을 생각하면 주눅이 들었다. 내 탓이야. 모두 내 잘못이야. 주인님을 도와드리기는커녕 줄곧 방해만 했으니! 파스파르투는 여행 중에 일어난 온갖 사건들을 돌이켜 생각하고, 주인이 그를 구하기 위해 그야말로 낭비한 돈을 계산하고, 이제 헛일이 되어버린 여행 경비에다 막대한 내깃돈을 합하면 주인이 완전히 파산할 거라고 생각하면서 자신에게 비난을 퍼부었다.

하지만 포그 씨는 파스파르투를 나무라지 않았다.

"내일 생각해보기로 하고 그만 가자."

대서양 횡단 기선 전용 부두를 떠나면서 그가 한 말은 이것뿐이었다.

포그 씨와 아우다 부인과 픽스와 파스파르투는 나룻배를 타고 허드슨 강을 건넌 다음, 삯마차를 타고 브로드웨이에 있는 세인트니콜러스 호텔로 갔다. 각자 방이 정해지고, 하룻밤이 지났다. 잠을 푹 잔 필리어스 포그에게는 짧은 밤이었지만, 심란해서 잠을 설친 아우다 부인과 다른 두 사람에게는 무척 긴 밤이었다.

이튿날은 12월 12일이었다. 12일 오전 7시부터 21일 오후 8시 45분까지는 9일 13시간 45분이 남아 있었다. 따라서 필리어스 포그가 어제 '큐나드 해운'의 기선들 가운데 가장 빠른 '차이나' 호를 타고 떠났다면, 예정된 기일 안에 리버풀과 런던에 도착했을 것이다.

포그 씨는 하인에게 기다리라고 말하고, 아우다 부인에게는 언제든지 떠날 준비를 하고 있으라고 부탁한 뒤 혼자 호텔을 나갔다.

그는 허드슨 강 연안으로 가서 선창에 묶여 있거나 강 한복판에 닻을 내리고 있는 배들 가운데 떠날 준비가 된 배를 찾았다. 출발 신호로 삼각기를 올리고 아침 밀물 때에 맞춰 출항할 준비를 하고 있는 배가 몇 척 있었다. 이 광대하고 훌륭한 뉴욕 항에는 수백 척의 배가 세계 곳곳을 향해 떠나지 않는 날이 단 하루도 없었기 때문이다. 하지만 대부분은 범선이어서 필리어스 포그에게는 도움이 되지 않았다.

신사의 마지막 시도도 실패로 끝날 듯이 보였다. 그런데 바로 그때 200미터쯤 떨어진 포대 앞에 정박해 있는 배가 눈에 띄었다. 스크루가 달려 있고 선체의 곡선이 우아한 상선이었다. 굴뚝에서 연기가 크게 소용돌이치며 뿜어나오는 것으로 보아, 떠날 준비를 하고 있는 것이 분명했다.

필리어스 포그는 작은 거룻배를 불러 거기에 올라탔다. 사공이 몇 번 노를 저은 뒤, 포그 씨는 어느새 '헨리에타' 호의 사다리를 오르고 있었다. 그 배는 선체는 강철이지만 윗부분은 목재로 되어 있는 기선이었다.

'헨리에타' 호의 선장은 배에 있었다. 필리어스 포그는 갑판으로 올라가 선장에게 면회를 신청했다. 선장은 곧 나타났다.

쉰 살 남짓해 보이는 노련한 뱃사람이었다. 무뚝뚝하고 고집스런 표정으로 보아 만만찮은 상대가 분명했다. 부리부리한 눈, 구릿빛 얼굴, 붉은 머리, 굵고 짧은 목―사교계 사람의 풍모는 하나도 찾아볼 수 없었다.

"선장이십니까?"

"그렇소."

"나는 런던의 필리어스 포그라고 합니다."

"나는 카디프⁶³⁾의 앤드루 스피디요."

"지금 출항합니까?"

"한 시간 뒤에."

"어디로 갑니까?"

"보르도."

"화물은?"

"밑바닥에 실은 돌멩이뿐이오. 화물은 없소. 짐 없이 항해할 거요."

"승객은 있습니까?"

"없소. 승객은 태우지 않습니다. 공간만 차지하고 귀찮게 따지고 드는 화물은 질색이오."

"배는 빠른가요?"

"11노트 내지 12노트. '헨리에타' 호는 빠르기로 유명하지요."

"나와 일행 세 사람을 리버풀까지 태워다줄 수 있겠습니까?"

"리버풀? 왜, 중국까지 태워다달라지 그러쇼?"

"나는 리버풀이라고 말했습니다."

"싫소."

"싫다고요?"

"싫소. 나는 보르도에 갈 예정이고, 보르도가 내 목적지요."

"뱃삯을 아무리 많이 주어도 싫습니까?"

"얼마를 주어도 싫소."

선장은 말도 하기 싫다는 투였다.

"하지만 이 배의 주인들은……."

"주인은 나요. 이 배는 내 거요."

"그럼 이 배를 빌려주십시오."

"싫소."

"그럼 파십시오."

"싫소."

필리어스 포그는 눈썹 하나 까딱하지 않았다. 하지만 상황은 심각해 보였다. 뉴욕은 홍콩이 아니었고, '헨리에타' 호의 선장은 '탕카데르' 호의 선장이 아니었다. 지금까지는 돈의 힘으로 온갖 장애를 이겨왔지만, 이번에는 돈도 먹혀들지 않았다.

그래도 어떻게든 대서양을 건널 방법을 찾아야 했다. 기구를 타고 대서양을 횡단할 수 있다면 모르지만, 그것은 너무 위험할 테고 어쨌든 불가능한 일이었다.

필리어스 포그에게 한 가지 묘안이 떠오른 것 같았다.

"그렇다면 보르도까지는 태워다줄 수 있습니까?"

"2백 달러를 준대도 싫소!"

"2천 달러를 드리지요."

"한 사람당?"

"한 사람당."

"네 명이라고 했소?"

"네 명입니다."

스피디 선장은 가죽을 벗겨내려고 애쓰는 것처럼 이마를 북북 긁어대기 시작했다. 항로를 바꾸지 않고도 8천 달러를 벌 수 있다. 그는 어떤 승객도 질색이라고 선언했지만, 8천 달러라면 그 혐오감을 잠시 마음 한구석으로 밀쳐놓을 만한 가치가 있었다. 1인당 2천 달러짜리 승객은 더 이상 승객이 아니라 귀중한 상품이다. 그래서 선장은 무뚝뚝하게 말했다.

"아홉 시에 떠날 거요. 당신 일행이 그때까지 나타난다면……."

"좋습니다. 아홉 시까지 오겠소!" 포그 씨도 선장 못지않게 무뚝뚝하게 대답했다.

벌써 8시 반이었다. '헨리에타' 호에서 내려 마차를 타고 세인트니콜러스 호텔로 달려가 아우다 부인과 파스파르투는 물론 도저히 떼어버릴 수 없는 픽스까지—포그 씨는 픽스한테 공짜로 배에 태워주겠다고 제의했다—데려오는 일을 신사는 어떤 상황에서도 잃어버리지 않는 그 침착하고 냉정한 태도로 해냈다.

'헨리에타' 호가 출항했을 때 네 사람은 모두 배에 타고 있었다.

이 마지막 항해에 얼마나 많은 돈이 들었는가를 알고, 파스파르투는 반음계를 모두 거치면서 내려가는 '아아!' 소리를 길게 내질렀다.

한편 픽스는 영국은행도 이번 사건으로 손해가 적지 않겠다고 생각했다. 영국에 도착해도, 포그가 앞으로 더 많은 뭉칫돈을 바다에 내던지지 않더라도, 돈가방에서는 벌써 7천 파운드 이상이 사라졌을 거라고 짐작되었기 때문이다.

33

필리어스 포그, 어떤 상황에서도
능력을 유감없이 발휘하다

한 시간 뒤, '헨리에타' 호는 허드슨 강어귀를 나타내는 등대선을 지나고 샌디후크 곶을 돌아 바다로 나갔다. 낮 동안 배는 처음에는 롱아일랜드 해안을 끼고 파이어아일랜드 등대의 바다쪽을 항해하다가, 동쪽을 향해 빠른 속도로 나아갔다.

이튿날인 12월 13일 정오에 한 사내가 위치를 확인하러 브리지로 올라갔다. 여러분은 당연히 그 사내가 스피디 선장이라고 생각하겠지만, 그렇지 않았다. 그 사람은 바로 필리어스 포그였다.

스피디 선장은 자물쇠가 채워진 선실에 갇힌 채, 미칠 듯이 화가 나서 고함을 질러대고 있었다.

그동안 일어난 사건은 아주 간단했다. 필리어스 포그는 리버풀로 가고 싶었다. 그러나 선장은 그를 리버풀로 데려가고 싶어하지 않았다. 그래서 필리어스 포그는 보르도로 가는 데 일단 동의했다. 그리고 배에 오른 뒤 30시간 동안 그는 수부며 화부 등 선원들―이들은 하나같이 수상쩍은 자들로, 선장과 사이가 나빴다―을 돈의 힘으로 구워삶았다. 그리하여 필리어스 포그가 스피디 선장을 대신하여 배를 지휘하게 되었고, 선장은 선실에 갇혔으며, '헨리에타' 호는 리버풀을 향해 나아가고 있었던 것이다. 포그 씨가 배를 조종하는 솜씨를 보면 전에 선원이었던 게 분명했다.

이 모험이 어떻게 끝날지는 시간이 지나봐야 알 수 있을 것이다. 아우다 부인은 아무 말도 하지 않았지만 걱정을 떨쳐버리지 못했다. 픽스는 소스라치게 놀랐다. 파스파르투는 물론 그것을 멋진 일로 여겨 감탄할 뿐이었다.

'11노트 내지 12노트'라고 스피디 선장은 말했고, 실제로 '헨리에타' 호는 평균 그 정도 속도를 유지했다.

만일―'만일'이 몇 번이나 나오는 것일까!―바다가 그다지 험해지지만 않는다면, 만일 바람이 동풍으로 바뀌지만 않는다면, 만일 배가 아무 고장도 일으키지 않는다면, 만일 보일러가 견뎌준다면, '헨리에타' 호는 뉴욕에서 리버풀까지 3000해리를 12월 12일부터 21일까지 9일 동안에 달릴 수 있을 것이다. 물론 리버풀에 도착하면 영국은행 절도사건에다 '헨리에타' 호 탈취 사건까지 겹쳐서 포그 씨가 원치 않는 곤경에 빠질 수도 있지만.

처음 며칠 동안 항해는 아주 순조롭게 계속되었다. 바다는 별로 거칠지 않았고, 바람은 동북쪽으로 고정된 것 같았다. 돛을 높이 올리고 작은 세로돛까지 펼친 '헨리에타' 호는 대서양을 횡단하는 진짜 정기선처럼 빠르게 달렸다.

파스파르투는 기뻐서 어쩔 줄 몰랐다. 그가 감히 생각지도 못한 결과를 가져온 주인의 이 마지막 활약이 그의 열정에 불을 붙였다. 선원들은 그보다 더 쾌활하고 활동적인 사람을 본 적이 없었다. 파스파르투는 많은 점에서 선원들에게 도움이 되었고, 곡예사 같은 묘기로 그들을 즐겁게 했다. 그는 친절한 말과 맛있는 술을 그들에게 아낌없이 쏟아부었다. 그가 보기에 선원들은 신사처럼 배를 조종했고, 화부들은 영웅처럼 보일러에 불을 지폈다. 강한 전염성을 가진 그의 쾌활한 기분은 모든 사람에게 전염되었다. 그는 과거의 문제와 위험을 모두 잊어버렸다. 이제 거의 이루어진 목표만 생각했다. 이따금 조바심이 나서 초조해지면, 보일러의 열기에 덥혀지기라도 한 것처럼 땀을 뻘뻘 흘렸다. 또한 이 충직한 젊은이는 자주 픽스 주위를 맴돌면서 복잡한 표정으로 형사를 바라보곤 했다. 그의 표정은 수많은 말을 하고 있었지만, 형사한테 직접 말을 걸지는 않았다. 두 사람 사이에는 친밀감이 완전히 사라졌기 때문이다.

어쨌든 픽스는 이제 뭐가 뭔지 영문을 알 수 없게 되었다. '헨리에타' 호는 탈취되었고, 선원들은 매수되었고, 포그는 타고난 선원처럼 능숙하게 배를 조종하고 있었다. 그는 이 모든 사태에 어리둥절할 수밖에 없었다. 어떻게 생각해야 할지, 이제는 도무지 알 수가 없었다. 하지만 처음에 5만 5천 파운드를 훔친 신사라면 마지막에는 배를 훔칠 수도 있을 것이다. 그리고 당연히 픽스는 포그가 조종하는 '헨리에타' 호가 리버풀로 가지 않고 다른 곳으로 갈 거라고 생각했다. 해적이 된 도둑은 그곳에서 안전하게 살 수 있을 것이다! 이 가설이 그럴듯하다는 것은 인정해야 한다. 형사는 애당초 이 모든 일에 뛰어든 것을 진심으로 후회하기 시작했다.

스피디 선장은 선실에서 계속 고함을 질러댔다. 파스파르투는 선장에게 음식을 가져다줄 의무가 있었지만, 아무리 그가 힘이 세더라도 이 일을 할 때는 철저한 사전 대책을 강구했다. 포그 씨는 배에 선장이 타고 있다는 것을 기억하지도 못하는 듯이 보였다.

13일에 배는 뉴펀들랜드 섬의 꼬리 끝을 지났다. 이곳은 위험한 수역이다. 특히 겨울에는 안개가 자주 끼고, 폭풍도 만만치 않다. 전날 청우계 눈금이 갑자기 내려가고, 머지않아 날씨가 바뀔 것을 예고하고 있었다. 실제로 밤사이에 기온이 변했다. 추위는 더욱 심해졌고, 바람도 남동풍으로 바뀌었다.

이것은 배의 전진을 방해했다. 포그 씨는 배가 항로에서 벗어나지 않도록 돛을 접고 증기 압력을 늘려야 했다. 그래도 거친 바다와 뱃머리에 부딪쳐 부서지는 파도 때문에 배의 속력이 계속 떨어졌다. 바람은 서서히 폭풍으로 변해가고 있었다. '헨리에타' 호가 계속 바다 쪽으로 전진할 수 없는 사태도 충분히 예견할 수 있었다. 하지만 폭풍에 쫓겨 달아나야 한다 해도, 결국에는 온갖 위험을 감추고 있는 미지의 존재와 맞서게 될 것이다.

파스파르투의 얼굴은 하늘과 똑같이 흐려졌다. 이틀 동안 이 충직한 젊은이는 무서운 불안에 사로잡혀 있었다. 하지만 필리어스 포그는 대담하기 이를 데 없는 뱃사람이었다. 그는 증기를 줄이지도 않고 계속 전진했다. '헨리에타' 호는 파도를 타지 못할 때는 파도를 헤치며 나아갔고, 그러면 바닷물이 갑판을 휩쓸고 지나갔다. 그래도 배는 무사히 통과했다. 때로는 산더미 같은 파도가 고물을 들어올려 스크루가 물 밖으로 드러나고, 스크루 날이 공기를 맹렬히 때리기도 했다. 하지만 배는 계속 앞으로 전진했다.

바람은 걱정했던 것만큼 심해지지는 않았다. 시속 150킬로미터로 휘몰아치는 폭풍까지는 되지 않았다. 바람은 여전히 거셌지만, 불행히도 고집스럽게 남동쪽에서 불어왔기 때문에 돛을 펼 수가 없었다. 돛이 증기를 도와줄 수 있었다면 큰 도움이 되었을 것이다.

12월 16일은 런던을 떠난 지 75일째 되는 날이었다. '헨리에타' 호는 사실 걱정스러울 만큼 늦지는 않았다. 대서양을 절반쯤 건넜고, 가장 위험한 수역은 이미 통과했다. 지금이 여름이라면 성공은 보장된 거나 마찬가지였을 것이다. 하지만 겨울에는 날씨의 변덕에 맡길 수밖에 없었다. 파스파르투는 한마디도 하지 않았지만, 속으로는 아직 낙관적이었다. 바람이 불지 않아도 증기에 의존할 수 있었기 때문이다.

그날 기관사가 갑판에 올라와 포그 씨에게 다가가더니, 아주 심각한 투로 무언가를 의논했다.

그것을 보고 파스파르투는—아마 어떤 예감이 들어서였겠지만—막연한 불안을 느꼈다. 두 사람이 주고받는 말을 한쪽 귀로 들을 수만 있다면, 다른 한쪽 귀는 남에게 주어버려도 아깝지 않을 것 같았다. 그래도 그는 몇 마디 알아들을 수 있었다.

"그게 확실한가?"

"확실합니다. 출항한 뒤로 줄곧 모든 보일러에 불을 땠다는 걸 잊지 마세요. 배에 실은 석탄은 뉴욕에서 보르도까지 천천히 가기에는 충분했지만, 리버풀까지 전속력으로 달릴 정도는 아니었습니다."

"생각해보겠네."

파스파르투는 사태를 알아차렸다. 그리고 불안에 사로잡혔다. 석탄이 바닥을 드러내고 있었던 것이다!

'아아, 주인님이 이 위기를 벗어난다면 정말로 비범한 분이야!'

그는 픽스와 마주치자 이 상황을 알려주지 않을 수 없었다. 그러자 형사는 얼굴을 찌푸리며 대답했다.

"그럼 자네는 이 배가 리버풀로 가고 있다고 생각하나?"

"물론이죠!"

"바보 같으니!"

형사는 어깨를 으쓱거리며 가버렸다.

파스파르투는 이 욕말의 참된 의미를 이해할 수는 없었지만, 그 보답으로 형사를 혼내주리라고 마음먹었다. 그러나 다시 생각해보면, 바보처럼 엉뚱한 사람을 따라 세계를 돌았으니 가엾은 픽스도 깊은 실망과 굴욕감을 느끼고 있을 게 분명하다는 생각이 들어, 픽스를 용서해주었다.

그런데 필리어스 포그는 어떻게 할 작정일까? 그것은 상상하기 어려운 일이었다. 하지만 냉정한 신사는 결정을 내린 모양이었다. 바로 그날 저녁에 기관사를 불러 이렇게 말했기 때문이다.

"화력을 최대한으로 올려서, 연료가 바닥날 때까지 계속 불을 때게."

잠시 후, '헨리에타' 호의 굴뚝은 맹렬하게 연기를 내뿜고 있었다.

그래서 배는 계속 전속력으로 전진했다. 하지만 이틀 뒤인 18일이 되자, 기관사가 경고한 대로 그날 안에 석탄이 바닥날 거라고 말했다.

"불을 끄지 말게. 밸브에 증기를 계속 채워두어야 하네."

정오 무렵, 필리어스 포그는 배의 위치를 측정한 다음 파스파르투를 불렀다. 파스파르투는 스피디 선장을 데려오라는 지시를 받았다. 충직한 젊은이는 호랑이를 풀어주라는 지시라도 받은 것처럼 놀랐지만, 그래도 이렇게 중얼거리면서 뒷갑판 아래 선실로 내려갔다.

"선장은 분명 미친 듯이 날뛸 거야!"

과연 몇 분 뒤 폭탄 하나가 고함과 욕설을 뿌리면서 뒷갑판에 올라왔다. 그 폭탄은 스피디 선장이었다. 폭발 직전이었다.

"여기가 어디야?" 분노로 숨을 헐떡이면서 그가 맨 처음 입 밖에 낸 말이었다. 그 당당한 선장이 조금이라도 뇌졸중에 걸리기 쉬운 체질이었다면 절대 살아남지 못했을 것이다.

"도대체 여기가 어디야?" 그는 얼굴이 시뻘개져서 다시 한 번 물었다.

"리버풀에서 770해리 떨어진 곳이오." 포그 씨가 침착하게 대답했다.

"해적 놈아!" 스피디 선장이 소리쳤다.

"당신을 부른 것은……."

"이 해적 놈아!"

"당신을 부른 것은 이 배를 팔라고 부탁하기 위해서요."

"싫다! 절대로 안 팔아!"

"왜냐하면 이 배를 불태울 수밖에 없기 때문이오."

"뭐? 내 배를 태운다고?"

"그렇소. 적어도 윗부분은 태워야겠소. 연료가 바닥나고 있어서 말이오."

"내 배를 태운다고?" 스피디 선장은 고함을 질렀다. 이제는 발음도 제대로 못할 정도였다. "5만 달러나 되는 이 배를!"

"해적 놈아!" 하고 스피디 선장이 소리쳤다

"여기 6만 달러가 있소." 필리어스 포그는 선장에게 돈뭉치를 내밀었다.

돈뭉치는 앤드루 스피디에게 엄청난 영향을 미쳤다. 6만 달러를 보고도 마음이 흔들리지 않는다면 미국인이 아니다. 선장은 순식간에 분노를 잊어버렸다. 선실에 갇혔던 일도, 이 승객에 대해 품고 있었던 앙심도 말끔히 잊어버렸다. 그의 배는 나이가 20년이었다. 어쩌면 이건 금광인지도 모른다. 폭탄은 이미 터질 수 없게 되었다. 포그 씨가 도화선을 뽑아버린 것이다.

"그런데 강철 선체는 내 겁니다." 선장이 놀랄 만큼 부드러워진 목소리로 말했다.

"선체와 기계도 가지시오. 됐소?"

"좋습니다." 앤드루 스피디는 돈뭉치를 낚아채어 액수를 확인하고 주머니에 쑤셔넣었다.

이 광경을 지켜보면서 파스파르투는 새파랗게 질려 있었다. 픽스는 하마터면 심장마비를 일으킬 뻔했다. 지금까지 날아간 돈을 모두 합하면 2만 파운드에 가깝다. 그런데 이 포그라는 자는 배를 판 사람에게 배에서 가장 비싼 선체와 기계를 남겨주었다. 은행에서 도둑맞은 돈은 분명 5만 5천 파운드였다!

앤드루 스피디는 돈을 주머니에 다 집어넣었다.

"선장." 포그 씨가 말했다. "놀라지 마시오. 나는 12월 21일 오후 여덟 시 45분까지 런던에 돌아가지 않으면 2만 파운드를 잃게 될 형편이오. 나는 뉴욕에서 정기선을 놓쳤는데, 당신이 나를 리버풀까지 데려다줄 수 없다고 고집을 부렸기 때문에……."

"나한테는 좋은 일이었지요. 그 덕에 적어도 4만 달러[64]를 벌었으니까요." 앤드루 스피디는 이제 좀 차분해져 있었다. "이거

아십니까? 그런데 성함이……."

"포그요."

"포그 선장, 당신에게는 미국인다운 기질이 있군요."

그가 제 딴에는 칭찬이랍시고 이런 말을 남기고 막 돌아서려 할 때, 필리어스 포그가 말했다.

"그럼 이 배는 이제 내 거요?"

"물론입니다. 용골부터 돛대 꼭대기까지, 목재 부분은 몽땅 당신 겁니다!"

"좋소. 그럼 내부 설비를 해체해서 그 장작으로 보일러를 때겠소."

증기 압력을 유지하기 위해 얼마나 많은 나무를 태워야 하는지는 짐작이 갈 것이다. 그날 하루 동안 뒷갑판과 상갑판·선실·합숙소·아래갑판이 모두 장작으로 사라졌다.

이튿날인 12월 19일에는 돛대와 활대가 모두 불태워졌다. 돛대는 도끼로 잘라서 잘게 쪼갰다. 선원들은 믿을 수 없을 만큼 열심히 일했다. 파스파르투는 도끼와 칼과 톱으로 나무를 자르면서 혼자 열 사람 몫의 일을 해냈다. 그는 파괴의 흥분에 들떠 있었다.

이튿날인 20일에는 난간과 현판 등 갑판의 대부분이 불길의 먹이가 되었다. '헨리에타' 호는 이제 폐선과 다름없이 앙상한 뼈대만 남았다.

하지만 그날 아일랜드 해안과 페스닛 등대가 시야에 들어왔다.

그래도 오후 10시에 배는 아직 퀸스타운 앞바다에 있었다. 필리어스 포그에게 남은 시간은 24시간뿐이었다. 하지만 '헨리에타' 호가 리버풀까지 가려면 전속력으로 달려도 24시간은 필요

선원들은 믿을 수 없을 만큼 열심히 일했다

했다. 게다가 두려움을 모르는 신사도 마침내 기력을 잃어가고 있었다.

포그 씨의 계획에 흥미를 갖게 된 스피디 선장이 말했다.

"이거 정말 안됐군요. 모든 상황이 불리해서 말입니다! 이제 겨우 퀸스타운에 왔으니……."

"흠, 저기 불빛이 보이는 게 퀸스타운이오?"

"그렇습니다."

"저 항구에 들어갈 수 있소?"

"세 시간 뒤가 아니면 안 됩니다. 만조가 되어야 들어갈 수 있지요."

"그럼 기다립시다." 포그는 차분하게 대답했다. 그는 뛰어난 영감으로 다시 한 번 역경을 극복하려고 애써볼 작정이었지만, 얼굴에는 그런 기색을 전혀 드러내지 않았다.

퀸스타운은 아일랜드 해안에 있는 항구로, 미국에서 대서양을 가로질러 오는 정기선들은 이곳에 들러 우편물을 내려놓는다. 그러면 우편물은 항시 떠날 준비를 갖추고 있는 급행 열차에 실려 더블린으로 운반된다. 더블린에서 리버풀까지는 엄청난 속도의 쾌속선으로 운반된다. 그러면 가장 빠른 해운회사의 배보다 12시간이나 앞설 수 있다.

미국에서 오는 우편물이 버는 그 12시간을 필리어스 포그도 벌어보겠다는 것이다. 그러면 리버풀에는 이튿날 밤이 아니라 정오에 도착할 테고, 따라서 오후 8시 45분까지 런던에 돌아갈 수 있다.

오전 1시쯤, '헨리에타' 호는 밀물을 타고 퀸스타운 항구로 들어갔다. 필리어스 포그는 스피디 선장과 힘찬 악수를 나눈 뒤,

그를 뼈대만 남은 배에 남겨두고 떠났다. 하지만 잔해만으로도 스피디 선장이 받은 금액의 절반 가치는 있었다.

승객들은 당장 배에서 내렸다. 그 순간, 픽스는 포그를 체포하고 싶은 강렬한 욕망에 사로잡혔다. 하지만 무엇 때문인지 체포하지 않았다. 그의 마음속에서 어떤 싸움이 벌어지고 있었을까? 포그 씨에 대한 생각을 바꾸었을까? 자신의 잘못을 드디어 깨달았을까? 대답이 무엇이든, 픽스는 포그 씨를 단념하지 않았다. 이제 숨쉴 겨를도 없는 파스파르투와 포그와 아우다 부인과 함께 픽스는 오전 1시 30분에 퀸스타운에서 기차를 타고, 새벽에 더블린에 도착하여 당장 기선에 올라탔다. 진짜 강철 방추 같은 기선은 거친 파도에도 아랑곳하지도 않고 줄곧 파도를 가르며 달렸다.

12월 21일 오전 11시 40분, 필리어스 포그는 리버풀 항구에 상륙했다. 런던에서 여섯 시간 거리였다.

그러나 그 순간 픽스기 다가와 그의 이깨에 한 손을 올려놓고 체포영장을 내밀었다.

"당신은 확실히 필리어스 포그 씨지요?"

"그렇소."

"여왕의 이름으로 딩신을 제포하겠소."

"여왕의 이름으로 당신을 체포하겠소."

34

파스파르투, 전대미문의
신랄한 말장난을 할 기회를 얻다

필리어스 포그는 수감되었다. 리버풀 세관에 갇혀, 런던으로 이송될 때까지 거기서 밤을 보내야 할 터였다.

체포가 이루어지는 동안 파스파르투는 형사에게 덤벼들고 싶었다. 하지만 경찰관들이 그를 제지했다. 아무것도 모르는 아우다 부인은 깜짝 놀랄 뿐 상황을 이해하지 못했다. 파스파르투가 그녀에게 설명해주었다. 그녀의 목숨을 구해준 정직하고 용감한 신사 포그 씨가 도둑으로 몰려 체포되었다고. 젊은 여인은 그린 터무니없는 힘의에 항의했고, 그녀의 가슴은 분노로 가득 찼다. 하지만 은인을 구하기 위해 자기가 할 수 있는 일이 아무것도 없다는 것, 은인이 체포되는 것을 속수무책으로 바라볼 수밖에 없다는 것을 깨닫자 눈물이 하염없이 흘러내렸다.

픽스로서는 직책의 명령 때문에 이 신사를 체포했을 뿐, 그가 유죄든 아니든 문제가 아니었다. 그것은 법정이 판단할 일이다.

바로 그때 파스파르투의 머리에 한 가지 생각이 떠올랐다. 이 모든 불행의 원인은 바로 자기한테 있다는 절통한 생각이었다. 왜 주인님한테 내가 겪은 일을 털어놓지 않았을까? 픽스가 자기는 공식 임무를 띤 형사라고 정체를 밝혔을 때, 왜 그 사실을 주인님한테 말하지 않기로 마음먹었을까? 주인님이 알았다면 결백의 증거를 픽스한테 제시하고 그의 실수를 깨우쳐주었을 텐데. 어쨌든 주인님이 알았다면, 영국 땅을 밟자마자 주인님을 체포할 기회만 노리고 있는 그 비열한 형사를 여비까지 부담하면서 영국으로 데려오지는 않았을 텐데. 자신의 어처구니없는 실수와 자기가 초래한 위험을 생각하면서 가엾은 젊은이는 깊은 회한에 시달렸다. 그는 애처롭게 흐느껴 울었다. 스스로 머리통을 깨버리고 싶었다!

날씨가 몹시 추웠지만, 파스파르투와 아우다 부인은 세관 현관 앞에 남아 있었다. 둘 다 그 자리를 떠나려 하지 않았다. 다시 한번 포그 씨를 보고 싶었던 것이다.

포그 씨는 이번에야말로 파산하고 말았다. 더구나 목표 달성을 눈앞에 둔 순간에. 이 체포는 그에게 있어 돌이킬 수 없는 손실이었다. 그는 12월 21일 오전 11시 40분에 리버풀에 도착했다. 혁신 클럽에는 오후 8시 45분까지만 나타나면 된다. 9시간 5분의 여유가 있다. 리버풀에서 런던까지는 여섯 시간밖에 걸리지 않는데!

이 순간 누군가가 우연히 세관에 들어갔다면, 포그 씨가 화를 내고 있기는커녕 차분하게 나무 의자에 앉아서 꼼짝도 않고 있는 모습을 보았을 것이다. 체념한 것일까? 그렇게 말할 수는 없었다. 이 마지막 타격조차 적어도 겉으로는 그를 동요시키지 못했다. 내면에 억눌려 있기 때문에 더욱 무서운 분노, 마지막 순간에 억누를 수 없는 힘으로 폭발하는 분노가 그의 마음속에 생겨난 것일까? 그것은 알 수 없는 일이다. 하지만 필리어스 포그는 침착하게 기다리고 있었다. 무엇을? 그는 아직도 희망을 버리지 않고 있는 것일까? 아직도 자기가 이길 수 있다고 믿고 있는 것일까? 이렇듯 유치장 속에 갇혀 있는데도?

분명한 것은 포그 씨가 회중시계를 탁자 위에 조심스럽게 올려놓고, 시곗바늘이 돌아가는 것을 뚫어지게 바라보고 있었다는 것이다. 그의 입에서는 한마디도 나오지 않았지만, 그의 눈은 이상하리만큼 꼼짝도 하지 않았다.

어쨌든 상황은 끔찍했다. 그의 속내를 읽어내지 못하는 사람은 상황을 다음과 같이 요약할 수 있을 것이다.

정직한 남자 필리어스 포그가 파산했다.

부정직한 남자 필리어스 포그가 체포되었다.

그때 그는 제 몸을 구하는 일을 생각하고 있었을까? 빠져나갈 방법을 찾아보려고 했을까? 도망칠 궁리를 하고 있었을까? 그는 방 안을 한 바퀴 돌아다녔으니까, 어쩌면 그런 궁리를 했을 가능성도 있어 보인다. 하지만 문은 굳게 잠겨 있었고, 창은 쇠창살로 덮여 있었다. 그래서 그는 다시 의자로 돌아가 앉아서, 수첩에서 여행 일정표를 꺼냈다. 그러고는 '12월 21일 토요일, 리버풀'이라고 적혀 있는 구절 밑에 '80일째, 오전 11시 40분'이라고 써넣었다. 그러고는 기다렸다.

세관의 큰 시계가 1시를 쳤다. 포그 씨는 제 시계가 2분 빠르다는 것을 알았다.

이윽고 2시가 되었다! 지금 급행 열차를 타면 오후 8시 45분까지 런던의 혁신 클럽에 도착할 수 있을 것이다. 그의 미간에 살짝 주름이 잡혔다.

2시 33분에 밖에서 요란한 소리가 들려왔다. 문들이 큰 소리를 내면서 열리고 있었다. 파스파르투의 목소리가 픽스의 목소리와 함께 들려왔다.

필리어스 포그의 눈이 잠깐 빛났다.

문이 열렸다. 아우다 부인과 파스파르투와 픽스가 달려오는 것이 보였다.

픽스는 숨을 헐떡이고 있었다. 머리카락은 엉망으로 헝클어져 있었다. 숨이 차서 말도 할 수 없는 상태였다.

"포그 씨…… 포그 씨…… 정말 죄송합니다. 너무 닮아서…… 엉뚱한 짓을 했습니다. 도둑은 사흘 전에 붙잡혔습니다. 당신은 …… 자유입니다!"

필리어스 포그는 자유의 몸이 되었다! 그는 형사에게 다가가서 그의 눈을 똑바로 노려보았다. 그러고는 지금까지 한 번도 한 적이 없고 앞으로도 두 번 다시 하지 않으리라 생각되는 아주 재빠른 동작으로 두 팔을 뒤로 빼더니, 자동인형처럼 정확하게 두 주먹으로 그 가증스러운 형사를 때려눕혔다.

"좋았어!" 파스파르투가 외쳤다. 그러고는 오직 프랑스인만이 할 수 있는 신랄한 말장난으로 이렇게 덧붙였다. "이거야말로 '영국 주먹의 멋진 일격'이라고 부를 만하군!"[65]

납작하게 뻗어버린 픽스는 한마디도 하지 않았다. 그는 받아 마땅한 벌을 받았을 뿐이다. 포그 씨와 아우다 부인과 파스파르투는 곧 세관에서 나왔다. 그러고는 마차에 올라타고 몇 분 만에 리버풀 역에 도착했다.

필리어스 포그는 런던으로 떠나는 급행 열차가 있느냐고

물었다.

2시 40분이었다. 급행 열차는 35분 전에 떠난 뒤였다.

그러자 필리어스 포그는 특별 열차를 주문했다.

역에는 증기 압력을 올려놓은 고속 기관차가 여러 대 있었다. 하지만 배차 관계로 특별 열차는 3시 전에는 역을 떠날 수 없었다.

오후 3시, 필리어스 포그는 기관사에게 특별 보너스를 주겠다고 말한 뒤 젊은 여인과 충직한 하인을 데리고 곧장 런던으로 달렸다.

리버풀에서 런던까지의 거리를 5시간 30분 안에 주파해야 했다. 선로가 줄곧 비어 있다면 충분히 가능한 일이었다. 하지만 실제로는 부득이한 일로 시간이 늦어져, 신사가 런던 역에 도착했을 때는 도시의 모든 시계가 8시 50분을 가리키고 있었다.

필리어스 포그는 세계일주 여행을 끝냈지만, 약속된 시간보다 5분 늦은 것이다.

그는 마침내 내기에 지고 말았다!

35

파스파르투, 주인에게 같은 지시를
두 번 되풀이하지 않게 하다

이튿날, 새빌로 거리의 사람들은 포그 씨가 집에 돌아온 것을 알았다면 깜짝 놀랐을 것이다. 문도 창문도 모두 여전히 닫혀 있었다. 겉으로는 아무 변화도 엿보이지 않았다.

사실 어젯밤 필리어스 포그는 역에서 나올 때 파스파르투에게 음식을 좀 사오라고 지시하고는 그대로 집으로 돌아왔던 것이다.

이 신사는 엄청난 타격을 받았음에도 언제나처럼 침착하게 견뎌냈다. 그는 파산한 것이다! 그 엉터리 형사의 실수 때문에! 숱한 장애를 극복하고, 온갖 위험과 용감하게 맞서고, 그러면서도 도중에 짬을 내어 선행도 베풀면서 그 먼 길을 여행했는데, 예상할 수도 없었고 피할 수도 없는 야만적 폭력 때문에 간신히 항구에 들어선 찰나에 침몰하다니! 정말 처참한 일이었다! 떠날 때 가져간 막대한 돈은 이제 몇 푼밖에 남지 않았다. 베어링 형제 은행에 맡겨둔 2만 파운드가 그의 전 재산이지만, 그 돈은 이제 혁신 클럽의 동료들에게 넘겨주어야 한다. 여행 경비로 그렇게 많은 돈을 썼으니, 내기에 이겼다 해도 부자가 되지는 못했을 것이다. 사실 그는 명예를 위해 내기를 하는 사람이었으니까, 애당초 내기에 이겨서 부자가 될 생각은 없었을 것이다. 하지만 이제 내기에 졌으니 그는 빈털터리가 되었다. 어쨌든 신사는 마음을 굳혔다. 그는 이제 어떻게 해야 할지 알고 있었다.

그는 새빌로의 저택에 아우다 부인의 방을 마련해주었다. 젊은 여인은 절망하고 있었다. 포그 씨의 몇 마디 말에서 그녀는 그가 불길한 계획을 세우고 있다는 것을 눈치챘다.

고정관념에 사로잡힌 편집광적인 영국인들이 자포자기에 빠지면 얼마나 절망적인 종말로 치닫는지는 잘 알려져 있다. 그래서 파스파르투는 겉으로는 내색하지 않고 주인을 철저히 감시했다.

하지만 이 착한 젊은이는 우선 자기 방으로 뛰어 올라가, 80일 전부터 내내 켜져 있는 가스등을 껐다. 우편함에서 가스회사가 보낸 청구서를 발견하고는, 자기한테 책임이 있는 지출을 끝내는 것이 먼저라고 생각했기 때문이다.

그 밤이 지나갔다. 포그 씨는 잠자리에 들었지만, 과연 잠을 이루었을까? 아우다 부인은 한숨도 자지 못했다. 파스파르투는 주인의 방문 밖에서 개처럼 불침번을 섰다.

이튿날 포그 씨는 파스파르투를 불러 아우다 부인의 점심식사를 준비시키고, 자기는 차 한 잔과 토스트 한 쪽만 먹으면 된다고 말했다. 그리고 신변을 정리해야 하기 때문에 점심과 저녁 식사는 함께 할 수 없으니 아우다 부인에게 양해를 구하고, 자기는 아래층 식당에 내려가지 않겠지만, 밤이 되면 아우다 부인과

우편함에서 가스회사가 보낸 청구서를 발견하고……

잠깐 이야기를 나누고 싶다고 전하라고 말했다.

파스파르투는 그날 할 일을 지시받았기 때문에, 지시에 따를 수밖에 없었다. 그는 여느 때와 다름없이 냉정한 주인을 바라보았다. 아무래도 방을 떠날 결심이 서지 않았다. 후회로 가슴이 찢기는 것 같았다. 돌이킬 수 없는 재난은 모두 자기 때문이라는 양심의 가책에 시달리고 있었던 것이다. 주인님께 사실을 알렸다면, 주인님은 절대로 형사를 리버풀까지 데려오지 않았을 테고, 그랬다면……

파스파르투는 더 이상 참을 수가 없었다.

"나리! 나리! 저를 저주해주십시오. 이 모든 게 다 제 탓입니다……"

"나는 아무도 탓하지 않아." 포그 씨는 더없이 평정한 말투로 대답했다. "이제 가보게."

파스파르투는 방을 나와 젊은 여인을 만나러 갔다. 그리고 주인의 뜻을 전했다.

"부인, 저로서는 어떻게 할 수가 없습니다. 저에겐 주인님의 마음을 움직일 힘이 없어요. 하지만 부인이라면 아마……"

"저에게도 그런 힘은 없어요. 게다가 포그 씨는 누구의 영향도 받지 않아요! 그분에 대한 고마움이 내 마음에 넘칠 만큼 가득 차 있다는 걸 그분이 알아차린 적이 있나요? 그분이 제 마음속을 들여다본 적이 있나요? 파스파르투 씨, 그분을 혼자 내버려두면 안 돼요. 한순간도. 오늘밤 그분이 저에게 하실 말씀이 있다고 하셨죠?"

"예, 부인. 부인께서 영국에 안전하게 자리를 잡을 수 있도록 계획을 세우실 작정인가 봅니다."

"그럼 기다리고 있겠어요." 그녀는 대답하더니 깊은 생각에 잠겼다.

그리하여 일요일 하루 동안 새빌로의 저택은 빈집 같았다. 필리어스 포그는 이 집에 살게 된 이후 처음으로 의사당의 큰 시계가 11시 반을 쳤는데도 클럽에 가지 않았다.

무엇 때문에 혁신 클럽에 가야 하겠는가? 어젯밤, 그 운명의 날인 12월 21일 토요일, 8시 45분, 필리어스 포그는 혁신 클럽 휴게실에 나타나지 못했다. 따라서 그는 내기에 졌다. 그는 2만 파운드를 인출하러 은행에 갈 필요도 없었다. 상대들은 그가 서명한 수표를 이미 갖고 있기 때문에, 그것을 베어링 형제 은행에 가져가서 몇 자 적기만 하면 2만 파운드의 돈은 그들의 것이 되는 것이다.

그래서 포그 씨는 외출할 이유가 없었고, 그래서 외출하지 않았다. 그는 온종일 방에 틀어박혀서 신변 서류를 정리했다. 파스파르투는 쉬지 않고 계단을 오르내렸다. 이 가엾은 젊은이에게는 시간이 멈춰버린 것 같았다. 그는 주인의 방문 밖에서 엿듣기도 했는데, 그것을 무례한 짓이라고는 전혀 생각지 않았다. 심지어는 열쇠 구멍으로 들여다보기까지 했다. 자기는 그럴 권리가 있다고 생각했다! 그는 언제라도 비극적인 사태가 일어날 수 있다고 걱정했다. 이따금 그는 픽스를 생각했지만, 그에 대한 태도도 달라져 있었다. 그는 이제 형사를 조금도 원망하고 있지 않았다. 픽스도 다른 사람들과 마찬가지로 실수를 저질렀을 뿐이다. 주인님을 그림자처럼 따라다닌 것도, 주인님을 체포한 것도 의무를 수행했을 뿐이다. 그런데 나는……. 이 생각이 그를 끝없이 괴롭혔다. 세상에 자기만큼 비참한 놈은 없다고 생각했다.

그러다가 혼자 있는 것이 너무 비참해지면, 파스파르투는 아우다 부인의 방문을 노크하고 그녀의 방에 들어가 말없이 한구석에 앉아 있곤 했다. 그는 여전히 깊은 생각에 잠겨 있는 젊은 여인을 그저 바라보기만 했다.

7시 반쯤, 포그 씨는 파스파르투를 불러 지금 방으로 찾아가도 좋은지 아우다 부인에게 물어보라고 지시했다. 몇 분 뒤, 젊은 여인과 포그 씨는 그녀의 방에서 단둘이 만났다.

필리어스 포그는 의자를 가져와서 난롯가에 아우다 부인과 마주앉았다. 그의 얼굴에는 어떤 감정도 드러나 있지 않았다. 돌아온 포그는 떠날 때의 포그와 똑같았다. 여전히 침착하고, 여전히 냉정했다.

그는 5분 동안 한마디도 하지 않았다. 그러다가 다시 아우다 부인을 바라보았다.

"부인, 내가 당신을 영국으로 데려온 것을 용서해주실 수 있겠습니까?"

"어머나, 포그 씨." 아우다 부인은 두근거리는 가슴을 억누르면서 말했다.

"끝까지 들어주십시오. 당신을, 당신에게 더없이 위험해진 그 나라에서 데리고 나오자는 생각을 했을 때만 해도 나는 부자였습니다. 그래서 내 재산의 일부를 당신이 마음대로 쓸 수 있도록 해놓을 생각이었어요. 그러면 당신도 이곳에서 행복하고 자유롭게 살 수 있었을 테지요. 그런데 나는 파산하고 말았습니다."

"알아요, 포그 씨. 하지만 이번에는 제가 여쭈어볼게요. 당신과 동행해서 당신의 걸음을 늦추고 그래서 결국 당신을 파산시킨 원인이 된 저를 용서해주시겠어요?"

"당신은 인도에 남아 있을 수 없는 처지였습니다. 목숨을 지키려면 그 광신자들이 다시 납치할 수 없도록 멀리 달아나야만 했어요."

"그래서 당신은 저를 끔찍한 죽음에서 구해주신 것만으로는 만족하지 않고, 외국에서의 생활까지 보살펴줄 의무가 있다고 생각하셨나요?"

"그렇습니다. 그런데 일이 뜻대로 되지 않았어요. 하지만 나한테 약간의 돈이 남아 있으니, 그 돈을 받아주시기 바랍니다."

"그러면 당신은 어떻게 되죠?"

"나는 아무것도 필요없습니다." 신사는 침착하게 대답했다.

"하지만 빈손으로 어떻게 앞날을 헤쳐나갈 작정이세요?"

"어떻게든 되겠지요."

"어쨌든 당신과 같은 분이 가난에 시달리는 일은 없을 거예요. 친구분들이……"

"나한테는 친구가 하나도 없습니다."

"그럼 가족이……"

"나한테는 가족도 없습니다."

"정말 안됐군요. 고독은 슬픈 거니까요. 어려움을 함께 나눌 사람이 하나도 없다니! 둘이 함께라면 어떤 괴로움도 견딜 수 있다고 하잖아요!"

"그렇게들 말하지요."

그러자 아우다 부인은 일어나서 손을 내밀었다.

"포그 씨, 가족이자 친구인 사람을 갖지 않으실래요? 저를 아내로 맞아주시지 않겠어요?"

이 말을 듣고 포그 씨도 일어났다. 그의 눈이 여느 때에는 볼 수 없는 빛으로 반짝이고, 입술은 거의 떨리고 있는 것처럼 보였다. 아우다 부인은 그를 똑바로 바라보았다. 은인을 구하기 위해서라면 어떤 일도 마다하지 않는 이 고상한 여인의 아름다운 눈 속에는 진지함과 정직함, 굳은 결심과 상냥함이 가득 담겨 있었다. 그 눈빛은 처음에는 그를 놀라게 하고, 다음에는 그의 마음을 꿰뚫었다. 그는 그녀의 눈빛이 더 깊이 들어오는 것을 막으려는 듯 잠시 눈을 감았다. 그러고는 다시 눈을 뜨고 말했다.

"당신을 사랑합니다. 그렇습니다. 이 세상에서 가장 신성한 것에 맹세코 당신을 사랑합니다. 나의 모든 것은 당신의 것입니다!"

"아아……" 아우다 부인은 가슴에 한 손을 대고 한숨을 내쉬었다.

파스파르투를 부르는 종이 울렸다. 파스파르투는 즉시 달려왔다. 포그 씨는 아직도 아우다 부인의 손을 잡고 있었다. 파스파르투는 사정을 한눈에 알아차렸다. 그 넓적한 얼굴이 중천에 떠오른 열대의 태양처럼 환히 빛났다.

포그 씨는 파스파르투에게, 메리르본 교회의 새뮤얼 윌슨 목사에게 결혼 의사를 알리러 가기에 시간이 너무 늦지 않았느냐고 물었다.

파스파르투는 얼굴 가득 함박웃음을 지었다.

"전혀 늦지 않았습니다."

이제 겨우 저녁 8시 5분이었다.

"그럼 식은 내일 월요일로 할까요?" 파스파르투가 물었다.

"내일 월요일은 어떻소?" 포그 씨가 아우다 부인을 바라보며 물었다.

"네, 좋아요. 내일 월요일!" 젊은 여인이 대답했다.

그래서 파스파르투는 집에서 뛰어나가 줄곧 달려갔다.

36

필리어스 포그, 다시 주가를 올리다

여기서 말해둘 것이 있는데, 은행 절도사건의 진범인 제임스 스트랜드가 12월 17일 에든버러에서 잡혔다는 소식이 알려진 뒤, 영국 여론은 완전히 달라졌다.

사흘 전만 해도 필리어스 포그는 경찰의 추적을 받고 있는 범죄자였는데, 이제 그는 별난 세계일주 여행을 수학적일 만큼 정확하게 진행하고 있는 더없이 정직한 신사가 되었다.

얼마나 큰 충격인가! 신문은 또 얼마나 요란하게 떠들어댔는가! 어느 쪽으로든 이 내기에 침여했다가 그 일을 까맣게 잊어버렸던 사람들이 모두 마법에라도 걸린 것처럼 활기를 되찾았다. 모든 거래가 다시 유효해졌다. 모든 약속어음이 되살아났다. 내기도 다시금 활기차게 시작되었다. 필리어스 포그라는 이름은 또다시 시장에서 비싼 값에 날개돋친 듯이 팔렸다.

포그 씨와 내기를 건 혁신 클럽의 다섯 동료는 그후 사흘을 불안하게 보냈다. 애써 잊어버렸던 필리어스 포그가 다시 눈앞에 등장한 것이다! 포그는 지금 이 순간 어디에 있을까? 12월 17일—제임스 스트랜드가 체포된 날—은 필리어스 포그가 떠난 지 76일째 되는 날이었지만, 그동안 그의 소식은 전혀 들려오지 않았다! 도중에 쓰러진 것일까? 이 승부를 포기한 것일까? 아니면 예정대로 여행을 계속하고 있을까? 그리하여 '시간 엄수의 달인' 답게 12월 21일 토요일 오후 8시 45분에 혁신 클럽 휴게실 문간에 나타나는 것일까?

영국의 모든 사교계 사람들이 그 사흘 동안 어떤 불안 속에서 살았는지는 형언하기 어렵다. 필리어스 포그의 소식을 알려달라는 전보가 미국과 아시아로 보내졌다. 날마다 아침과 저녁으로 새빌로의 저택에 사람을 보내 집을 조사하게 했다. 하지만 아무 소용이 없었다. 불운하게도 엉뚱한 범인을 뒤쫓아다닌 픽스 형사가 어디서 뭘 하고 있는지는 경찰에서도 알지 못했다. 하지만 그런데도 불구하고 도박은 더욱 넓은 계층에 퍼지고 더욱 큰 규모로 확대되었다. 필리어스 포그는 경주마처럼 마지막 코너에 접어들고 있었다. 그의 승산은 이제 100 대 1이 아니라 20 대 1, 10 대 1, 5 대 1로 높아졌다. 중풍 환자인 앨버메일 경은 그에게 1 대 1의 비율로 돈을 걸었다.

따라서 토요일 밤에 팰맬 가와 그 주변 도로는 엄청난 인파로 메워졌다. 수많은 주식 중개인이 혁신 클럽 진입로 주변에 진을 치고 아예 눌러앉았다. 그 때문에 교통도 막혔다. 사람들은 토론하고 논쟁하고, 정부 공채라도 매매하듯 '필리어스 포그 주(株)'의 가격을 외쳐댔다. 경찰은 구름처럼 모여든 군중을 정리하느라 진땀을 뺐다. 필리어스 포그가 도착할 시간이 다가오자 흥분은 엄청나게 고조되었다.

필리어스 포그의 다섯 동료는 9시간 전부터 혁신 클럽 휴게실에 모여 있었다. 은행가인 존 설리번과 새뮤얼 폴런틴, 토목기사인 앤드루 스튜어트, 영국은행 부총재인 고티에 랠프, 양조업자인 토머스 플래너건ー모두 불안하게 기다리고 있었다.

휴게실의 시계가 8시 25분을 새긴 순간, 앤드루 스튜어트가 벌떡 일어났다.

"여러분, 앞으로 20분만 지나면 필리어스 포그 씨와 우리가 약정한 마감 시간이 됩니다."

"리버풀에서 오는 마지막 기차는 언제 도착하나?" 토머스 플래너건이 물었다.

"일곱 시 23분." 고티에 랠프가 대답했다. "그 다음 기차는 열두 시 10분에나 도착하지."

"여러분." 앤드루 스튜어트가 말을 이었다. "필리어스 포그가 일곱 시 23분에 도착했다면 지금쯤은 벌써 여기 나타났을 겁니다. 따라서 우리는 내기에 이겼다고 생각해도 됩니다."

"기다려보세. 단정하기는 아직 일러." 새뮤얼 폴런틴이 끼여들었다. "아다시피 그 사람은 별나기로 제일급인 괴짜일세. 포그가 매사에 정확하다는 것은 널리 알려져 있지. 포그는 절대로 니무 이르거나 니무 늦게 도착하는 법이 없이. 포그가 마지막 순간에 나타난다 해도 나는 결코 놀라지 않을 걸세."

"내 생각은 다릅니다." 앤드루 스튜어트가 여느 때처럼 신경질적으로 말했다. "비록 그의 모습을 이 눈으로 보더라도 믿지 않을 겁니다."

"동감이야." 토머스 플래너건이 말했다. "필리어스 포그의 계획은 처음부터 실행할 수 없는 것이었어. 포그가 아무리 시간을 엄수하려고 애써도 지연을 막을 수는 없었을 테고, 사나흘만 지연되어도 여행 일정은 엉망이 되었겠지."

"내가 한마디 덧붙이면……" 존 설리번이 말했다. "그동안 그에게서 아무런 소식도 받지 못했다는 사실에도 주목해야 하네. 여행길에 얼마든지 전보를 보낼 수 있었을 텐데 말이야."

"포그는 내기에 졌습니다." 앤드루 스튜어트가 되풀이 말했다. "틀림없습니다! 여러분도 아시다시피 '차이나' 호는 어제 도착했습니다. 포그는 뉴욕에서 그 배를 타야만 제시간에 리버풀에 도착할 수 있었을 겁니다. 여기 〈해운신문〉에 실린 승객 명단이 있는데, 필리어스 포그의 이름은 없습니다. 행운이 따랐다 해도 그는 지금쯤 겨우 미국에나 도착했을 겁니다. 나는 그가 적어도 20일은 늦을 테고, 앨버메일 경은 5천 파운드를 잃을 거라고 생각합니다!"

"그건 분명해." 랠프가 맞장구쳤다. "그리고 우리는 내일 베어링 형제 은행에 가서 포그 씨의 수표를 제시하기만 하면 돼."

그 순간, 휴게실의 시계가 8시 40분을 알렸다.

"이제 5분 남았습니다." 앤드루 스튜어트가 말했다.

다섯 동료는 서로 얼굴을 마주보았다. 그들의 심장 고동이 조금 빨라진 것은 여러분도 쉽게 짐작할 수 있을 것이다. 그렇게 대담한 도박꾼들한테도 이번의 내기는 워낙 컸기 때문이다. 하지만 그들은 흥분한 기색을 드러내고 싶지 않아서, 카드놀이나 하자는 폴런틴의 제의에 따라 휘스트 테이블로 자리를 옮겼다.

앤드루 스튜어트가 자리에 앉으면서 말했다.

"나는 누가 3999파운드를 준다 해도 내 몫인 4천 파운드를 절대 팔지 않을 겁니다."

그 순간, 시계 바늘이 8시 42분을 가리켰다.

그들은 카드를 집어들었지만, 그들의 눈은 몇 초마다 한 번씩 시계 쪽으로 돌아갔다. 승리를 확신하고 있기는 했지만, 그 몇 분이 그토록 길게 느껴진 적은 일찍이 없었을 것이다.

"43분." 플래너건이 랠프가 내민 카드를 떼면서 말했다.

잠시 침묵이 흘렀다. 널찍한 홀은 쥐죽은 듯 조용했다. 하지만 건물 밖에서는 운집한 군중이 떠드는 소리가 들리고, 이따금 날카로운 외침소리가 그 소음을 압도했다. 시계추는 규칙적으로 1초에 한 번씩 재깍거렸다. 휘스트를 하는 사람들은 저마다 60분의 1 단위로 귀에 들려오는 그 소리를 헤아렸다.

"여덟 시 44분!" 존 설리번이 말했다. 그는 흥분을 감추려고 애썼지만, 그 목소리에는 숨길 수 없는 감정이 담겨 있었다.

1분만 더 지나면 내기에 이긴다. 스튜어트와 동료들은 더 이상 카드놀이를 하고 있지 않았다. 모두 카드를 내려놓고 초를 헤아렸다.

40초. 아무 일도 일어나지 않았다. 50초. 여전히 아무 일도 일어나지 않았다.

55초. 밖에서 우레와 같은 소리가 들렸다. 박수 소리, 만세 소리, 그와 함께 욕설도 끊임없이 이어지는 파도처럼 퍼져갔다.

다섯 동료는 벌떡 일어났다.

57초에 휴게실 문이 열렸다. 시계추가 60번째로 재깍거리기 직전에 필리어스 포그가 나타났다. 그의 뒤를 이어 열광한 군중이 클럽 안으로 쏟아져 들어왔다. 그리고 차분한 목소리가 들렸다.

"여러분, 돌아왔습니다."

"여러분, 돌아왔습니다."

37

필리어스 포그, 세계일주여행을 달성했지만,
얻은 것은 행복뿐

그렇다! 필리어스 포그, 바로 그였다!

오후 8시 5분—여행자들이 런던에 도착한 지 약 23시간 뒤—에 파스파르투가 이튿날 거행할 결혼식을 새뮤얼 윌슨 목사에게 알리라는 지시를 받은 것은 여러분도 기억할 것이다.

파스파르투는 무척 기뻐하며 집을 나섰다. 그리고 새뮤얼 윌슨 목사의 집으로 달려갔지만, 목사는 아직 집에 돌아와 있지 않았다. 물론 파스파르투는 기다렸다. 적어도 20분은 꼬박 기다렸다.

결국 그가 목사의 집을 나온 것은 8시 35분이었다. 그런데 이게 웬일인가! 머리는 엉망으로 헝클어지고, 모자도 쓰고 있지 않았다. 그는 달리고 또 달렸다. 이제껏 그렇게 달린 사람은 인류의 기억 속에 남아 있지 않았다. 그는 지나가는 행인들을 넘어뜨리며 거리를 휩쓰는 회오리바람처럼 내달렸다.

3분 뒤, 그는 새빌로의 집에 돌아왔다. 그리고 숨이 턱에 닿아

그는 거리를 휩쓰는 회오리바람처럼 내달렸다

비틀거리며 포그 씨의 방으로 들어갔다.

그런데 말이 나오지 않았다.

"도대체 왜 그러나?"

"나리……" 파스파르투는 헐떡거리며 말했다. "식은…… 안 됩니다."

"안 된다고?"

"안 됩니다…… 내일은."

"왜?"

"내일은…… 일요일이니까요!"

"월요일이야."

"아니…… 오늘이…… 토요일……."

"토요일이라고? 그럴 리가!"

"그렇다니까요!" 파스파르투가 비명을 질렀다. "계산이 하루 틀렸어요! 우리는 24시간 일찍 도착한 겁니다. 하지만 이제 7분밖에 안 남았어요!"

파스파르투는 주인의 멱살을 움켜잡고는 있는 힘껏 밖으로 끌어냈다.

필리어스 포그는 생각할 겨를도 없이 그렇게 끌려 방을 나오고 집을 나와 마차를 타고, 미부에게 1백 파운드를 약속하고, 개 두 마리를 치고 마차 다섯 대와 충돌한 뒤 혁신 클럽에 도착했다.

그가 휴게실에 나타난 순간, 시계는 8시 45분을 가리키고 있었다.

필리어스 포그는 80일 동안에 세계일주를 끝마쳤다.

포그 씨는 내깃돈 2만 파운드를 땄다.

그런데 그렇게 정확한 사람이, 그렇게 꼼꼼한 신사가 그날이

며칠인지를 어떻게 모를 수 있었을까? 그가 런던에 도착한 날이 실제로는 떠난 지 79일밖에 지나지 않은 12월 20일 금요일이었는데, 왜 12월 21일 토요일 밤이라고 생각하게 되었을까?

그가 착각한 이유는 다음과 같다. 아주 간단한 일이다.

필리어스 포그는 지구를 '동쪽으로' 돌았기 때문에 '자신도 모르는 사이에' 하루를 벌었던 것이다. 만약 반대 방향으로, 즉 '서쪽으로' 지구를 돌았다면, 반대로 하루를 손해보았을 것이다.

동쪽으로 간 필리어스 포그는 태양을 향해 나아갔고, 따라서 경도를 1도씩 지날 때마다 하루가 4분씩 짧아졌다. 지구 둘레는 360도이고, 이 360에 4분을 곱하면 정확히 24시간이 된다. 다시 말해서 자신도 모르는 사이에 하루를 버는 셈이다. 동쪽으로 간 필리어스 포그는 태양이 자오선을 지나는 것을 '80번' 보았지만, 런던에 남아 있는 동료들은 태양이 자오선을 지나는 것을 '79번' 밖에 보지 못했다는 뜻이다. 그들이 바로 그날 혁신 클럽 휴게실에서 포그를 기다리고 있었던 것은 그 때문이다. 포그 씨는 그날이 일요일 줄 알았지만, 런던에서는 그날이 토요일이었기 때문이다.

파스파르투의 회중시계—줄곧 런던 표준시에 맞추어져 있었던 시계—가 분과 시만이 아니라 날짜까지 알려주었다면, 그날이 12월 21일 토요일로 나타났을 것이다!

그래서 필리어스 포그는 2만 파운드를 땄다. 하지만 여행 경비로 1만 9천 파운드를 썼기 때문에 이익은 보잘것없었다. 그래도 우리가 이미 지적했듯이, 그 괴팍한 신사는 내기에 이겨서 큰 돈을 벌려고 한 것이 아니라 내기를 통해 어려운 일에 도전하고 싶었을 뿐이다. 여행 경비를 빼고 남은 1천 파운드도 그는 파스파르투와 불행한 픽스에게 나누어주었다. 그는 픽스에게 원한을 품을 수 없었다. 그래도 규칙은 규칙이니까, 하인의 부주의로 소비된 1920시간 동안의 가스 요금은 하인에게 부담시켰다.

그날 밤 포그 씨는 여느 때처럼 침착하고 냉정하게 아우다 부인에게 물었다.

"아직도 나와 결혼하고 싶소?"

"포그 씨, 그 질문을 해야 할 사람은 저예요. 조금 전까지만 해도 당신은 빈털터리였지만, 이제는 부자니까……."

"하지만 그 재산은 당신 거요. 당신이 나와 결혼하고 싶다는 말을 하지 않았다면 하인을 새뮤얼 윌슨 목사한테 보내지 않았을 것이고, 내 실수도 깨닫지 못했을 거요. 그리고……."

"사랑하는 포그 씨……."

"사랑하는 아우다……."

결혼식은 예정보다 48시간 늦게 올려졌다. 파스파르투가 얼굴을 빛내며, 기운차게 젊은 신부의 들러리를 맡았다. 그가 그녀를 구했으므로, 그에게 그런 영광이 주어진 것은 당연하지 않을까?

그런데 이튿날 꼭두새벽에 파스파르투가 주인의 방문을 쾅쾅 두드리기 시작했다.

문이 열리고 침착한 신사가 나타났다.

"무슨 일인가, 파스파르투?"

"일도 아주 큰일이죠! 저도 방금 깨달았는데……."

"무엇을?"

"우리는 겨우 78일 동안에 세계일주를 마칠 수도 있었다는 겁니다."

"인도를 지나지 않았다면 그랬겠지. 하지만 인도를 지나지 않았다면 아우다를 구출하지 못했을 테고, 그러면 아우다가 내 아내도 되지 않았을 테고, 그러면……."

포그 씨는 이렇게 말하고 조용히 문을 닫았다.

이렇게 하여 필리어스 포그는 내기에 이겼다. 그는 80일 동안에 세계일주를 끝마쳤다. 그러기 위해 온갖 탈것을 이용했다. 기선·기차·마차·요트·상선·썰매, 심지어는 코끼리까지. 처음부터 끝까지 이 별난 신사는 놀라운 침착성과 정확성을 보여주었다. 하지만 그 결과는 어떠했는가? 이 여행에서 그가 얻은 이익은 무엇인가? 그는 이 여행에서 무엇을 가지고 돌아왔는가?

아무것도 없다고 사람들은 말할까? 확실히, 한 아리따운 여성 말고는 아무것도 얻은 게 없었다. 그러나 좀 믿어지지 않는 일이지만, 그 여성은 그를 세상에서 가장 행복한 남자로 만들었다.

사실 우리는 그보다 훨씬 하찮은 것을 위해서라도 세계일주를 하지 않을까?

■ 옮긴이 주

1) 리처드 셰리던(1751~1816): 영국의 극작가 · 정치가. 한때 영향력 있는 인사였으나, 도박으로 파산한 뒤 불우한 만년을 보내다 죽었다. 연구자에 의하면 셰리던은 새빌로 가 14번지에 살았다고 한다.

2) 혁신 클럽: 1836년에 창설되었으며, 정치가인 글래드스턴 같은 저명인사가 회원이었다.

3) 조지 고든 바이런(1788~1824): 영국의 대표적인 낭만파 시인. 선천적으로 다리가 불편한 장애자였고, 자유분방한 생활을 보내다가 36년의 짧은 생애를 마쳤다.

4) 시티: 런던 상업 · 금융의 중심지인 옛 시가지.

5) 법학원: 영국에서 변호사 자격을 얻기 원하는 사람에게 필요한 교육을 실시하고 소정의 시험을 치르게 하여 그 자격을 부여하는 독점적 특권을 가진 법조 단체.

6) 베어링 형제: 영국의 실업가 집안. 은행과 보험회사를 설립했으며, 동인도회사를 경영하기도 했다.

7) 파스파르투(Passepartout): 프랑스어로 '만능열쇠' 라는 뜻.

8) 쥘 레오타르(1830~70), 샤를 블롱댕(1824~97): 둘 다 프랑스의 곡예사.

9) 타소 부인(1761~1850): 런던의 유명한 밀랍인형 박물관의 설립자.

10) 안젤리카 카우프만(1741~1807): 스위스의 여류화가. 1766~81년에 런던에서 활동하여 왕립 아카데미 창립 회원이 되었고, 초상화를 많이 그렸다.

11) 쥘리앙 르루아(1686~1759) 또는 그의 아들 피에르 르루아(1717~85): 프랑스의 시계 제작자. 토머스 언쇼(1749~1829): 영국의 시계 제작자.

12) 프롱탱: 프랑스의 소설가 · 극작가인 르사주(1668~1747)의 풍자극 《튀르카레》(1709)에 나오는 뻔뻔스럽고 교활한 하인. 마스카리유: 프랑스의 극작가 몰리에르(1622~73)의 《우스꽝스러운 재녀(才女)》(1671)에 나오는 영리한 하인.

13) 미네르바: 로마 신화에 나오는 지혜와 공예의 여신. 그리스 신화의 아테네 여신과 동일시되며, 전쟁의 여신이기도 했다.

14) 헤이마켓: 런던 서남부에 있는 번화가. 옛날 이곳에 건초시장이 있었기 때문에 그 이름이 남아 있다.

15) 브래드쇼: 영국의 출판업자.

16) '앨라배마' 호 사태: 미국 남북전쟁 때 영국은 남부를 편들어 많은 군함을 파견했는데, 순양함 '앨라배마' 호는 그 대표였다. 전쟁이 끝난 뒤 미국이 영국에 손해배상을 청구하여 문제가 되었고, 1871년 워싱턴 조약에 의해 영국이 미국에 1500만 달러의 배상금을 지불하여 화해가 이루어졌다.

17) 레셉스(1805~94): 프랑스의 외교관으로 수에즈 운하의 개척자. 운하가 완성된 것은 1869년이었고, 이 소설의 시대적 배경은 1872년이다.

18) 조지 스티븐슨(1781~1848): 영국의 증기기관차 발명가. 그의 아들 로버트(1803~59)도 아버지의 뒤를 이어 기관차 개량과 철도 건설에 힘을 쏟았다.

19) 포트사이드: 이집트 북동부, 수에즈 운하의 지중해 어귀에 있는 항구도시.

20) 잭 셰퍼드(1702~24): 영국의 유명한 강도. 런던 감옥에서 네 번이나 극적으로 탈출한 뒤 공개 처형되었다.

21) 세포이: 영국 동인도회사에 고용된 인도 원주민 보병.

22) 동인도회사: 동인도 무역을 진흥하기 위해 1600년에 영국 정부의 특허

를 얻어 설립된 무역회사. 1874년에 해산했다.

23) 〔원주〕 문관의 봉급은 훨씬 많다. 말단 사무 보조원도 1년에 480파운드를 받고, 판사는 2400파운드, 고등법원 판사는 1만 파운드, 태수는 1만 2000파운드, 총독의 연봉은 무려 2만 4000파운드가 넘는다.

24) 바브엘만데브 해협: 아라비아 반도 남서쪽 끝과 아프리카 대륙 사이에 가로놓인 해협.

25) 스트라본(BC 63~AD 21): 그리스의 지리학자. 플라비우스 아리아누스 (95~175): 고대 로마의 역사가. 아르테미도로스: 2세기 후반에 활동한 그리스의 역사가. 이드리시 (1099~1164): 아랍의 지리학자.

26) 고아: 인도 반도의 서해안에 있는 항구도시. 1962년까지 포르투갈의 식민지였다.

27) 모카: 아라비아 반도 남서부에 있는 항구도시. '모카 커피'의 생산·수출항으로 유명하다.

28) 파르시: 7~8세기에 이슬람 교도의 박해에 쫓겨 인도로 도망친 페르시아계 조로아스터 교도.

29) 지브롤터: 유럽 남부 이베리아 반도 남단에 있는 영국령.

30) 솔로몬 왕: 고대 이스라엘 왕국의 제3대 임금. 평화와 번영을 구축하여 '솔로몬의 영화'로 칭송을 받았다.

31) 여왕: 영국의 빅토리아 여왕을 말한다. 1876년에 인도 여제(女帝)를 겸했다.

32) 세포이의 반란: 1857년 5월, 영국 동인도회사의 지배에 반항해서 일어난 항쟁. 세포이(동인도회사에 고용된 인도 원주민 병사)가 항쟁의 주역으로 활동했기 때문에 영국에서는 이를 '세포이의 반란'이라고 불렀다. 1858년까지 계속된 세포이의 반란이 끝나면서 동인도회사는 폐지되고, 영국이 직접 통치하는 인도 제국이 성립되었다.

33) 칼리 여신: 파괴와 생식의 남자신 시바의 아내. 여성의 에너지를 상징한다.

34) 아우랑제브(1658~1707): 인도 무굴 제국의 제6대 황제.

35) 투그: 칼리 여신을 섬기며 여행자들을 목졸라 죽이는 광신적인 암살단. 13세기 무렵에 생겨나 1828년부터 1835년에 걸쳐 소탕되었다고 전해진다.

36) 헤나: 부처꽃과의 관목으로, 꽃은 노란색 염료가 된다. 빈랑자: 빈랑나무의 열매.

37) 크리슈나: 힌두교 신화에 나오는 영웅신. 비슈누의 여덟 번째 화신으로 알려져 있다. 크리슈나 신상이 실린 수레에 깔려 죽으면 극락에 갈 수 있다는 미신이 있다.

38) 서티: 죽은 남편의 시체와 함께 아내를 산 채로 화장하는 인도의 옛 풍습. 1829년에 영국 정부가 폐지했다.

39) 《라마야나》: 산스크리트어로 씌어진 고대 인도의 대서사시.

40) 리젠트 가: 런던의 고급 쇼핑가.

41) 유수프 아딜(1489~1510): 인도 데칸 지방 남부의 이슬람 왕조인 비자푸르 왕국의 임금.

42) 카마: 고대 인도의 사랑의 신. 손에 활을 들고 앵무새를 타고 있는 젊은 이로 형상화된다.

43) 골콘다: 봄베이 동남쪽, 지금은 폐허가 된 도시. 다이아몬드 생산과 연마로 유명했다.

44) 빅바카르마: 공예를 담당하는 인도의 신.

45) 찰스 콘월리스(1731~805): 영국의 군인·정치가. 미국 독립전쟁 당시 영국군 사령관을 지냈고, 1789~93년에 인도 총독 겸 벵골군 사령관을 지냈으며, 1805년에 다시 인도 총독으로 부임하여 병사했다.

46) 홀수선(吃水線): 수면 밑에 잠겨 있는 선체의 깊이를 홀수라고 한다. 수면에서 용골 밑바닥까지 이르는 수직선의 길이가 홀수선이고, 뱃짐이 늘어나면 그만큼 홀수가 깊어지기 때문에 홀수선은 높아진다.

47) 용골(龍骨): 큰 배 밑바닥 한가운데를, 이물에서 고물에 걸쳐 선체를 받치는 길고 큰 목재.

48) 수밀실(水密室): 배의 외부가 파손되었을 때 침수를 일부분에 그치게 하기 위해 방수 차단벽으로 선체 내부를 여러 방으로 구획하는데, 그 차단벽을 수밀격벽(水密隔壁)이라고 하고, 그 격벽에 의해 구획된 방을 수밀실이라고 한다.

49) 섭동(攝動): 천체가 다른 행성의 인력에 끌려 궤도에서 벗어나는 것.

50) 삭구(索具): 배에서 쓰는 밧줄이나 쇠사슬 따위를 통틀어 이르는 말.

51) 포인트: 나침반이 가리키는 방위의 수. 1포인트는 11도 15분.

52) 쇼군(將軍): 카마쿠라 · 무로마치 · 에도 바쿠후(幕府) 등 일본 무가(武家) 정권의 우두머리.

53) 호텐토트족: 아프리카 남서부에 사는 원주민. 부시먼와 비슷하다.

54) 텐구(天狗): 하늘을 자유로이 날고 깊은 산에 살며 신통력이 있다는, 얼굴이 붉고 코가 높은 괴물. 예술가나 초자연적 기술을 부리는 사람을 보호해준다.

55) 카르보나리: 19세기 초반에 이탈리아와 프랑스에서 활약한 정치적 비밀결사. 당원들이 숯굽는 인부로 변장한 데서 이런 이름으로 불렸다.

56) 솜브레로: 스페인이나 멕시코, 미국 남서부 등지에서 특히 스페인계 아메리카인이 쓰는 챙 넓은 모자.

57) '앨라배마' 호 사태: 옮긴이 주 16을 참조.

58) 조지프 스미스(1805~44): 미국의 모르몬교 창시자. 브리검 영(1801~77): 모르몬교의 제2대 지도자.

59) 빅토르 위고(1802~85): 프랑스의 대문호.

60) 더미: 카드놀이에서 인원수가 모자랄 때 빈자리를 채우기만 하고 자신은 게임에 참가하지 않는 역할.

61) 암피온: 그리스 신화에서 제우스의 아들이자 니오베의 남편. 하프 소리로 돌을 움직여 테베의 성벽을 쌓았다.

62) 화재: 시카고는 1871년 10월 8일 일어난 대화재로 1만 8천 채의 가옥이 불타고 200여 명이 목숨을 잃는 참극을 겪었다.

63) 카디프: 영국 웨일스 지방 남동부 해안의 항구도시.

64) 스피디 선장은 배를 6만 달러에 팔았지만, 남은 철제 부분을 수리하는 데 2만 달러가 든다고 치고 4만 달러를 벌었다고 말한 듯싶다.

65) '영국 주먹의 멋진 일격(une belle application de poings d'Angleterre)' 은 '아름다운 영국제 레이스(une belle application de point d'Angleterre)' 와 발음이 같은 것을 이용한 말장난이다.

"쥘 베른은 과거의 낭만주의와
미래의 사실주의가 만나는
문학의 교차로에 서 있었다."

빅터 코헨, 〈컨템퍼러리 리뷰〉(1966년)에서

1. 쥘 베른과 그의 시대

쥘 베른(Jules Verne)은 과학의 시대가 시작될까 말까 한 1828년에 태어나 20세기가 막 시작된 1905년에 세상을 떠났다. 그러니 그는 19세기 사람이었다. 게다가 그는 기술자도 아니고 과학자도 아니었다. 그런데도 그는 20세기에 이룩된 놀라운 과학기술의 진보에 실질적으로 참여했다. 그는 영감을 받은 몽상가, 앞으로 인류에게 일어날 일을 오래전에 미리 '보고' 글로 쓴 예언자였기 때문이다.

베른의 주요 업적은 분명 동시대인들의 과학적·낭만적 열망을 표출한 것이었다. 그는 언뜻 보기에 불가능해 보일 수도 있는 것에다 기존 지식과 그럴듯한 추론을 적용하여, 독자 대중이 미래를 미리 맛볼 수 있게 해주었다. 하지만 그는 거기에서 그치지 않았다. 베른은 진보와 과학과 산업주의에 대한 믿음을 자극하는 한편, 산업시대와 불가피하게 결부될 것으로 여겨진 비인간성과 비참한 사회현실에서 벗어날 수 있는 탈출구를 제공했다.

하지만 무엇보다도 그는 뛰어난 몽상가였다. 그는 내면의 눈으로 본 장면들을 놀랄 만큼 정확하고 생생하게 묘사했기 때문에, 수많은 독자들도 저자만큼 또렷하게 그 장면들을 볼 수 있을 정도였다. '경이의 여행'(Voyages extraordinaires) 시리즈를 이루고 있는 60여 편(중편과 작가 사후에 발표된 작품을 포함하면 80편에 이른다)의 책을 보면, 지상이나 지하나 하늘에 그가 묘사하지 않은 곳이 한 군데도 없고, 실제 과학에서 이루어진 발전들 가운데 그가 풍부한 상상력으로 미래의 상황을 정확하게 예측하고 과감하게 이용하지 않은 것이 하나도 없었다.

간단히 말해서 쥘 베른은 이 세상에 'SF'(Science Fiction)를 가져다주었다. 물론 신기한 이야기는 오래전부터 존재해왔다. 베른이 한 일은 당시의 과학적 성취를 넘어서지만 인간의 꿈을 이루는 아이디어를 진지하게 다루고 체계적으로 개발한 것이었다. 그는 정보와 이야기를 결합했고, 이 새로운 공식을 근대 테크놀로지의 테두리 안에 도입함으로써 모험과 판타지를 과학소설로 변화시켰다.

하지만 베른이 문학에 이바지한 것이 과학소설뿐이라고 생각하는 것은 잘못이다. 좀더 자세히 살펴보면, 모험소설 작가들도 모두 베른에게 큰 빚을 지고 있다는 것을 알 수 있기 때문이다. 베른의 소설을 읽다 보면 작가는 동시대의 과학자나 탐험가들을 실명 그대로 등장시켜, 그들의 현재진행형 업적을 끊임없이 독자들에게 일깨운다. 그럼으로써 베른이 만들어낸 허구의 과학자들과 그들의 장래 계획도 독자들이 믿지 않을 수 없게 한다. 현재의 과학을 언급함으로써 미래의 과학을 '실재'시킨다고나 할까. 베른 연구의 권위자인 I.O. 에번스는 이런 기법의 소설을 일컬어 '테크니컬 픽션'이라고 불렀다.

이렇게 놀라운 상상력과 천재적인 통찰력을 가진 작가 쥘 베른은 어떤 사람이었는가? 그는 어떤 인생을 살았을까? 사실은 놀랄 만큼 평범하다.

쥘 베른은 1828년 2월 8일에 프랑스 북서부의 항구도시 낭트의 페이도 섬에서 태어났다. 낭트는 1598년에 앙리 4세가 '낭트 칙령'을 발표하여 36년간에 걸친 종교전쟁에 마침표를 찍은 곳으로 유명하지만, 대서양으로 흘러드는 루아르 강 연안에 위치한 지리적 여건 때문에 예로부터 해외무역 기지로 발달한 도시다. 특히 18세기 초에는 프랑스의 잡화와 아프리카의 노예와 아메리카 대륙의 산물을 교환하는 이른바 '삼각무역'으로 프랑스 제1의 무역항이 되어 번영을 누렸다.

쥘 베른의 외가는 15세기에 귀족의 지위를 얻은 지방 명문 집안이지만, 일찍부터 낭트로 나와 해운업과 무역업에 종사하고 있었다. 쥘의 어머니 소피 드 라 퓌의 친할아버지는 유복한 선주였고 외할아버지는 항해사였다고 한다. 한편 베른 집안은 대대로 법관을 배출한 법률가 가문인데, 원래 낭트에 연고가 있었던 것은 아니지만 1825년에 쥘의 아버지 피에르가 낭트에 법률사무소를 차리고 이곳으로 이주했다. 이렇게 낭트에서 두 집안이 인연을 맺어, 이윽고 쥘이 태어나게 된 것이다.

그 무렵 낭트는 혁명기의 내란과 동인도회사 폐지 등의 영향으로 100년 전의 활기는 잃어버렸지만, 이국정서가 풍부한 항구도시로서 번영의 흔적을 간직하고 있었다. 그런 환경 속에서 태어나 자란 덕에 쥘 소년의 마음에도 일찍부터 바다와 이국에 대한 동경이 싹튼 모양이다.

그의 생애를 이야기할 때면 반드시 인용되는 에피소드가 하나 있다. 열한 살 때인 1839년, 동갑내기 사촌누이에게 연정을 품고 있던 쥘은 산호목걸이를 구해다 선물하려고 인도로 가는 원양선에 몰래 탔다가 배가 프랑스 해안을 벗어나기 직전에 루아르 강어귀에서 아버지에게 붙잡혀 호된 꾸지람을 들었다. 그때 소년은 "앞으로는 상상 속에서만 여행하겠다"고 맹세했다고 한다. 이 유명한 '전설'이 사실인지 아닌지는 알 수 없지만, 낭만적인 꿈을 좇아 미지의 나라로 여행을 떠나려는 소년의 모습은 과연 쥘 베른답다는 생각이 든다.

현실의 여행을 금지당한 쥘은 집안의 전통과 아버지의 뜻에 따라 법조계에 진출하려고 파리로 나와 법률 공부를 시작한다. 베른 집안처럼 법조계와 관계가 깊은 가문이 아니더라도 19세기 부르주아 집안의 자제들은 법률가가 되는 것이 일반적인 진로의 하나였다. 유명한 작가들 중에도 발자크, 메리메, 플로베르, 모파상 등이 젊은 시절에 법률을 공부했다.

파리로 나온 베른은 샤토브리앙(프랑스 낭만주의의 선구적 작가)의 누나와 결혼한 삼촌의 소개로 문학 살롱에 드나들게 되었고, 거기서 알렉상드르 뒤마(아버지)와 사귀게 되었다. 뒤마는 《삼총사》와 《몬테크리스토 백작》의 작가로 유명하지만, 무엇보다도 연극계의 거물이었다. 소년 시절부터 문학(특히 극작)에 관심을 가지고 있었던 베른은 1849년에 법학사 학위를 받았지만, 낭트로 돌아가지 않고 문학의 길을 걷기로 결심한다. 20대 초반부터 30대 초반까지 그는 희극이나 중편소설, 특히 오페레타의 대본을 쓰고, 셰익스피어와 에드거 앨런 포의 작품, 여행기, 과학서 등 많은 책을 읽었다. 베른에게는 화려한 비약을 앞둔 수련기였다.

1857년에 베른은 두 아이가 딸린 젊은 과부 오노린과 결혼했다.

이 결혼에는 수수께끼 같은 부분이 많고, 그후의 생활에 대해서도 베른 자신은 거의 언급하지 않았다. 이윽고 아들도 태어나고, 겉보기에는 죽을 때까지 평온한 가정생활이 계속되지만, 여러 가지 점으로 보아 그에게는 여성과 결혼을 혐오하는 경향이 있었던 것 같다. 작품의 등장인물을 보아도 독신 남자가 압도적으로 많고, 여성 등장인물은 거의 판에 박힌 조역에 머물러 있다.

어쨌든 이 결혼으로 베른의 생활은 가정 밖에서도 크게 달라지게 되었다. '생계를 위해' 처남의 소개로 증권거래소에 취직한 것이다. 베른과 주식은 전혀 어울리지 않는 듯 보이지만, 19세기 후반부터 20세기 초까지 주식시장의 발전과 함께 투자는 대중적으로 널리 보급되어 있었고, 당시 문인들 중에도 주식에 관여한 사람이 많았다. 베른도 주식거래를 통해 과학기술과 산업의 발전 및 사회생활의 변화를 실감하고, 전 세계의 정보를 간접적으로 얻고 있었다. 그런 관점에서 생각하면 당시 문인과 주식의 관계는 재미있는 연구 과제가 될지도 모른다.

증권거래소에 드나들면서도 베른의 문학 활동은 계속되었다. 작품은 역시 가벼운 희곡이 중심이었지만, 〈가정박물관〉이라는 잡지가 그의 주된 활동 무대였다. 이 월간지는 가족용 교양오락잡지로시, 문학 이외에 과학이나 지리적 발견을 삽화와 함께 세세하고 있었다. 베른은 나중에 소설의 원형이나 소재가 될 만한 이야기를 이 잡지에 많이 발표했다.

1862년, 베른은 기구를 타고 아프리카를 탐험하는 이야기를 썼다. 기구는 당시 사람들의 관심을 모으고 있었고, 특히 유명한 사진작가이자 소설가·저널리스트·평론가·만화가로도 활약한 나다르(Nadar, 1820~1910)가 1863년에 기구 '거인호'로 실험 비행을 한 것은 엄청난 센세이션을 불러일으켰다. 베른과 나다르는 기구에 대한 열정을 계기로 의기투합하여 평생 친구가 되었지만, 나다르의 비행 계획은 유럽 전역에서 큰 반향을 얻은 반면 베른의 소설은 출판할 전망조차 보이지 않았다. 그는 원고를 들고 여기저기 출판사를 찾아다니는 형편이었다. 그 무렵, 베른의 생애에서 가장 중요한 만남이 이루어진다. 피에르 쥘 에첼(Pierre-Jules Hetzel, 1814~86)과의 만남이었다.

에첼은 단순한 출판업자가 아니었다. 직접 펜을 들고 많은 작품을 쓴 작가였고, 철저한 공화주의자로서 2월혁명 이후 수립된 임시정부에서는 각료급 요직을 맡기도 했다. 출판에서는 빅토르 위고나 조르주 상드 같은 위대한 낭만주의 작가들의 보급판 책을 펴내고 있었지만, 나폴레옹 3세의 제2제정이 시작되자 벨기에로 잠시 망명했다가 파리로 돌아온 뒤에는 아동도서 출판에 힘을 쏟게 된다. 당시 프랑스에서는 교회가 아동 교육을 지배하고 있었다. 프랑스의 미래는 교육에 달려 있다고 생각한 에첼은 젊은 두뇌가 시대에 뒤떨어진 교육에 묶여 있는 현실을 개탄하고, '재미있고 유익한 책', 특히 당시의 교회 교육에서는 무시되고 있던 유용한 과학 지식을 알기 쉽게 가르치는 서적을 출판하여 새 시대에 어울리는 아이들을 키우려고 한 것이다.

1862년 당시, 에첼은 청소년용 잡지인 〈교육과 오락〉을 창간할 계획을 세우고 집필자를 찾고 있었다. 따라서 두 사람의 만남은 양쪽에 결정적인 사건이 되었다. 에첼은 아직 다듬어지지 않은 베른의 원고를 읽고 그 재능을 간파하여 장기 계약을 제의했다. 베른은 물론 크게 기뻐하며 승낙하고, 이리하여 소설가 베른이 탄생하게 된 것이다.

베른의 원고는 에첼의 조언에 따라 수정된 뒤, 1863년에 《기구를 타고 5주간》이라는 제목으로 출판되어 대성공을 거두었다. 그후 풍부한 결실을 맺은 2인3각의 활동이 시작된다. 베른은 쌓여 있던 것을 토해내듯 차례로 작품을 써냈고, 그의 작품은 대부분 〈교육과 오락〉을 비롯한 잡지나 신문에 연재된 뒤 에첼의 출판사에서 단행본으로 간행되고, 다시 삽화를 넣은 선물용 호화장정본으로 재출간된다. 수많은 판화로 장식된 호화장정본은 당시 선물용으로 인기를 끌었을 뿐 아니라 지금도 애호가들이 군침을 흘리는 대상이고, 파리에는 '쥘 베른'이라는 전문 고서점까지 있을 정도다.

이리하여 '경이의 여행' 시리즈로 지금도 전 세계 독자들에게 사랑받고 있는 걸작들이 1년에 두세 권이라는 놀랄 만한 속도로 잇따라 태어났다. '알려져 있는 세계와 알려지지 않은 세계'라는 부제로도 알 수 있듯이 '경이의 여행'은 인간이 아직 발을 들여놓지 않은 미개지, 망망대해에 떠 있는 무인도로의 여행으로 끝나는 것은 아니다. 지구의 중심으로 들어가거나, 극지방으로 가거나, 공중으로 떠오르거나, 바다 밑바닥으로 내려가거나, 지구의 대기권을 뚫고 우주로 날아가는 등 웅장한 규모를 갖는 모험 여행이다. '경이의 여행'에는 지리학·천문학·동물학·식물학·고생물학 등 많은 정보와 지식이 들어 있기 때문에 '백과사전 여행'으로도 볼 수 있다. 또한 인간 형성의 통과의례가 아니라 유럽인의 근저에 숨어 있는 신화나 종교에 도달하기 위한 '통과의례 여행'이기도 하다.

'경이의 여행'은 요즘 말하는 SF의 선구이기도 했다. 실제로 잠수함, 포탄에 의한 우주여행, 비행기계, 입체 영상 장치, 움직이는 해상 도시 등 현실보다 앞선 작품 속에서 '발명'되거나 실용화된 기계와 장치도 많다. 그런 것이 등장하지 않는 경우에도 베른의 작품은 언제나 학문적인 지식이나 기술적인 정보를 많이 담고 있어서, 계몽적 과학소설의 면모를 갖추고 있다.

이런 작품들이 태어난 배경에는 물론 당시의 과학기술이나 산업의 발달, 그에 수반되는 세계의 확대, 정보량의 증가 등의 현상이 있다. 19세기 후반에는 전기를 중심으로 하는 온갖 발명과 발견이 잇따랐을 뿐 아니라, 철도와 기선이 눈부시게 발달했고 전신망이 전 세계로 뻗어갔으며, 증권거래소는 활기에 넘쳤고, 신문 발행 부수는 크게 늘어났다. 런던과 파리에서는 세계박람회가 열려, 최신 과학기술과 전 세계의 문물을 전시하여 사람들의 꿈을 자극했다. 인류는 지식을 통해 커다란 힘을 얻고 끝없이 진보할 거라고 당시 사람들은 믿었다. 베른은 그런 낙관적인 미래를 작품 속에 끌어들여 소년의 꿈과 결부시킨다. 그의 작품에 자주 등장하는 만물박사는 그런 세계에서의 이상적인 인물상이라고 할 수 있다.

물론 현대의 관점에서 보면 과학기술의 진보가 좋은 결과만 가져온 것은 아니다. 산업의 발달은 한편으로는 빈부격차와 생활환경 악화를 낳았고, 과학의 발달은 전쟁 기술의 진보를 가져왔다. 유럽인의 세계 진출은 인종차별과 결부된 식민지 지배가 되어, 이윽고 20세기에 일어난 두 차례의 세계대전으로 이어진다.

베른이 평화사상과 인도주의의 입장에 선 작가였다는 것은 작품에 묘사된 이상사회의 모습과 전쟁 비판, 노예제 폐지, 민족해방 등의 메시지를 보아도 분명하지만, 한편으로는 졸라나 디킨스와는 달리 현실의 사회적 모순에는 별로 눈을 돌리지 않았음도 인정해야 한다. 또한 그의 작품에 되풀이 묘사되는 탐험이나 건설의 꿈이 당시 제국주의적인 식민지 확대 경쟁과 보조를 맞춘 것도 부인할 수 없다. 휴머니즘을 호소하면서 식민지 지배를 긍정하는 것은 모순된 태도지만, 당시 사람들에게는 그런 의식이 거의 없었다. 베른도 미개지에 문명을 가져다주는 한 식민지 지배도 나쁘지 않다고 생각한 것 같다. 문학에 과학기술을 도입하고 소년 독자층을 개척했다는 면만이 아니라 그런 면에서도 베른은 시류를 탄 작가, 또는 시류보다 한 걸음 앞서 나아간 작가였다고 말할 수 있다.

1869년에 《해저 2만리》를 발표한 뒤, 1872년에는 전쟁(1870년의 프랑스-프로이센 전쟁)과 혁명(1871년의 파리코뮌)으로 불안정해진 파리를 떠나 아내의 고향인 아미앵으로 이주한다. 이 무렵부터 그는 국민적, 아니 세계적인 명성을 얻게 되었다. 《80일간의 세계일주》 연재가 유럽과 미국의 독자들까지 들끓게 한 것을 비롯하여 《신비의 섬》과 《황제의 밀사》 등이 차례로 베스트셀러가 되었고, 연극으로 각색되어 대성공을 거두었다. 레지옹도뇌르 훈장, 아카데미 프랑세즈 문학상 등의 영예도 얻었고, 사교계에서도 인기를 얻게 된다.

하지만 만년에 가까워질수록 베른의 사상은 차츰 염세적인 색채를 띠기 시작한다. 진보에 대한 의문, 미래에 대한 회의, 나아가서는 인간에 대한 불신이 작품 속에 감돌게 된다. 물론 《해저 2만리》의 네모 선장의 모습에서 볼 수 있듯이, 그의 작품에는 원래 수수께끼 같은 어두운 정념이 숨어 있었다. 하지만 《카르파디아 성》과 《깃발을 바라보며》 등 후기로 갈수록 회의적인 분위기가 짙어지는 것도 분명하다.

이런 작풍 변화에 대해서는 베른의 사생활에 일어난 불행이 영향을 미쳤다는 설도 있다. 1886년 3월, 정신장애를 가진 조카의 총에 맞아 상처를 입었고, 그로부터 일주일 뒤에는 그의 문학적 아버지라고 해야 할 에첼이 여행지인 몬테카를로에서 죽는다. 그의 시신은 파리로 운구되어 장례식이 치러지지만 베른은 참석하지 않았다. 에첼의 죽음은 베른에게 깊은 슬픔을 안겨주었을 뿐 아니라, 그의 몽상의 어두운 면을 억제하는 역할을 맡아온 인물이 없어진 것을 의미하기도 했다. 다시 이듬해에는 어머니가 세상을 떠난다. 부와 명예가 늘어나면서 세 번이나 바꾼 호화 요트도 처분하고, 그후로는 여행도 떠나지 않게 되었다.

1888년에 그는 아미앵 시의회 의원에 당선되었다. 하지만 사생활에서는 인간혐오증이 더욱 심해져, 사교를 좋아하는 아내가 아무리 부탁해도 좀처럼 사람을 만나려 하지 않은 모양이다. 그런 가운데서도 창작에 대한 정열만은 결코 잃지 않았다. 백내장으로 말미암은 시력 저하와 싸우면서도 규칙적인 집필 생활을 계속하여 해마다 꾸준히 작품을 발표했다.

1905년, 전부터 앓고 있던 당뇨병이 악화했다. 증상이 시시각각 전 세계에 보도되는 가운데, 3월 24일 베른은 가족에게 둘러싸여 숨을 거둔다. 향년 77세. 장례식에는 수많은 사람들이 모여들었고, 전 세계에서 조사(弔詞)가 밀려들었다고 한다.

최근 유네스코(UNESCO)가 조사한 바에 따르면, 쥘 베른은 외국어로 가장 많이 번역된 작가 순위에서 다섯 손가락 안에 꼽히는 것으로 밝혀졌다.* 이처럼 그는 상당히 널리 알려져 있는 작가지만, 좀더 들여다보면 상당히 잘못 알려져 있는 작가이기도 하다. 많은

---

* 유네스코에서 펴내는 《번역서 연감》(Index Translationum)에는 해마다 전 세계에서 새로 출간된 번역서의 총수가 실려 있다. 이 통계 조사가 실시되기 시작한 1948년 이래 쥘 베른은 'Top 10'의 자리를 벗어난 적이 없는데, 21세기에 들어선 이후에는 순위가 더욱 높아져 줄곧 3~5위를 차지하고 있다. 2006년 6월에 발표된 자료에 따르면 베른을 앞선 저자는 월트 디즈니사와 애거사 크리스티뿐이다.

사람들이 베른을 아동용 판타지 작가로만 알고 있는데, 이렇게 된 데에는 물론 그만한 이유가 있다. 그가 성공을 거둔 것은 아동도서 출판업자와 손잡은 결과였고, 베른의 작품 중에는 아동도서 시장을 겨냥한 것도 여럿 있었다. 또한 그의 작품에 나오는 발명품들은 그것을 난생처음 접하는 19세기 독자들에게는 경탄할 만한 것이었지만, 과학 발전의 현실은 곧 그것을 능가해버렸기 때문에 그후의 세대에게는 시시하고 평범해 보였을 것이다.

하지만 이제 그는 더 이상 아동문학가로 여겨지지 않는다. 오히려 과학기술 전문 잡지가 그의 작품을 연구 분석하는 일이 점점 늘어나고 있다. 사실 베른만큼 독특하고 다양한 작품을 창작했거나 교양과 오락을 겸비한 소설을 쓴 작가는 거의 없었다.

이 고독하고 부지런하고 창의적인 작가가 불멸의 존재가 된 이유를 프랑스의 평론가인 장 셰노는 이렇게 설명하고 있다.

"쥘 베른과 '경이의 여행'이 아직도 살아 있다면, 그것은 그 작품들이 20세기가 피하지 못했고, 앞으로도 피하지 못할 문제들을 일찌감치 제기하고 있었기 때문이다."

2. 작품 해설

《80일간의 세계일주》는 쥘 베른의 '경이의 여행' 시리즈 중에서도 경향이 좀 색다르고, 유머와 서스펜스가 넘치는 재미난 소설이다. 근엄하고 과묵하지만 본질적으로는 친절하고 다정다감한 영국 신사 필리어스 포그, 언제나 쾌활하고 선량하며 용감하고 익살 넘치는 성격의 프랑스인 파스파르투, 이 두 사람의 뒤를 끈질기게 따라다니는 형사 픽스. 독자들은 이들 세 사람이 자아내는 웃음과, 과연 80일간에 세계를 일주할 수 있을까 하는 기대와 걱정에 말려들어, 한번 책을 펼치면 단숨에 끝까지 읽지 않고는 책을 놓을 수 없을 것이다.

처음에는 〈르 탕〉지에 연재되었는데(1872. 11. 6~12. 22), 대단한 호평을 얻은 덕분에 신문도 불타나게 팔렸다. 독자들은 포그 씨가 80일 안에 세계를 일주할 수 있을까를 진지하게 토론하고, 내기를 거는 사람도 있었다고 한다. 어느 선박회사에서는 베른을 찾아와, 포그 씨가 자기네 회사 배를 이용하게 해주면 반드시 정해진 날짜에 혁신 클럽까지 모셔다드리겠다면서 막대한 프리미엄까지 약속했다는 일화가 남아 있을 정도다.

이 소설은 1874년에 연극으로 각색되어 2년이나 공연되면서 큰 인기를 모았다. 이런 대성공은 물론 원작의 유머와 흥미진진한 스릴 때문임은 말할 나위도 없지만, 19세기에 들어와 급속한 과학의 진보가 산업계의 발명과 발견을 가져왔고, 그것이 과거에는 머나먼 곳이었던 아시아나 아메리카를 가까이 느끼게 하여 이국 취미를 자극한 것도 하나의 요인이다.

베른 작품의 특징인 이국 취미는 이 작품에서도 찾아볼 수 있지만, 경이로움에 대한 취향은 그를 지구 표면에서 지구 내부로, 다시 해저로, 나아가서는 달세계로 몰아댔다. 게다가 그는 지금은 공상처럼 보이는 것도 미래에는 실현할 수 있다는 생각으로 글을 썼고, 여기에서 베른은 미래에 눈을 돌리고 있는 작가라는 평이 생겨났다.

이 책의 주인공 필리어스 포그는 매사에 냉정하게 대처하고, 말이 아니라 행동으로 실천하고, 자신이 뜻한 바는 끝까지 관철하는 굳은 의지의 소유자로서, 작자가 이상으로 삼는 초인적인 성격을 갖고 있다. 이런 초인적인 작중 인물은 베른의 작품에서 이루 열거할 수 없을 만큼 많이 찾아볼 수 있는데, 모두 겉으로는 냉정하고 까다로워서 범접하기 어렵고 허무주의적이며 세상과 담을 쌓고 사는 존재지만 내면에는 따뜻한 인간성이 담겨 있다. 이런 휴머니즘은 감정적이 아니라 냉정한 정의감에 바탕을 둔 휴머니즘이다.

"지구는 작아졌다"는 필리어스 포그의 지적에 맞장구를 치면서 은행가인 고티에 랠프가 말한다. "물론이다. 지금은 백 년 전보다 열 배나 빠른 속도로 지구를 돌 수 있으니까, 지구가 그만큼 작아진 셈이다."

로마 시대부터 19세기 초반까지 사람들이 100킬로미터를 이동하는 데 걸린 시간은 거의 변하지 않았다고 한다. 증기기관의 발달로 이동 속도가 엄청나게 빨라졌고, 동시에 거리와 시간에 대한 사람들의 감각에 큰 변화가 일어났다. 속도가 빨라지면 이동하는 공간이나 거리의 감각이 점점 약해져서, 여행은 '시간'으로 환원되어진다.

《철도의 역사》(1863년)를 쓴 뱅자맹 가스티노는 이렇게 말했다. "거리는 이제 관념적인 존재에 불과하다. 공간은 모든 현실성을 잃은 형이상학적 관념일 뿐이다." 1843년에 파리-오를레앙 철도와 파리-루앙 철도가 개통될 때 프랑스에 머물고 있었던 하인리이 하이네도 이런 글을 남겼다. "우리가 사물을 보고 생각하는 방식에 지금 어떤 변화가 일어나고 있는가. 시간과 공간에 대한 우리의 기본적인 관념까지도 흔들리기 시작했다. 철도로 말미암아 공간은 소멸하고, 우리에게는 이제 시간밖에 남지 않았다."

'80일간의 세계일주!' 이것은 곧 '세계'의 공간적 넓이를 '80일'이라는 시간으로 환원한 표현이었다. 실제로 필리어스 포그는 수첩에다 여행에 소요된 시간만 기입한다. 〈모닝 크로니클〉지에 실린 세계일주 일정표도 역시 이동하는 공간을 소요 시간으로 나타낸 것이었다.

여행에서 거리 관념이 후퇴하고, 이동하는 데 걸린 시간으로 여행을 파악하게 된다. 소요 시간 자체도 기술의 진보와 함께 끝없이 단축되어간다. 요컨대 세계가 작아져간다. 그것은 서로 다른 여러 공간을 동시에 소유할 가능성이 커진 것을 의미한다. 실제로 앞에서 인용한 하이네의 글은 이렇게 이어진다. "벨기에나 독일로 가는 노선이 개통되고 그것이 그 지역의 철도와 연결되면 도대체 무슨 일이 일어날까. 그 모든 지방의 산이며 숲들이 파리를 향해 걸어오는 광경이 보이는 듯하다. 벌써 독일의 보리수 향기가 풍겨오는 듯하다. 내 집 문간에 북해의 파도가 밀려와 부서지고 있다."

파리에 있으면서 독일의 숲을, 북해의 파도를, 보리수 향기를 동시에 경험하는 것. '작아진' 세계를 구석구석까지 탐사하고 거기에 대한 지식을 손에 넣는 것. 말하자면 세계를 카탈로그나 앨범처럼 파악하고, 그 다양한 공간이나 다양한 경이를 순식간에 소유하는 것. 컴퓨터 모니터 화면에 세계의 다양한 공간을 순식간에 불러내어 '소유'한다는 현대적 감각의 실마리를 여기에서 이미 포착할 수 있다. 그리고 그것은 여행자 자신보다 오히려 여행자가 쓴 수기나 여행을 소재로 한 이야기를 읽는 사람들을 강하게 지배한 감각이었을 것이다.

1860년, 에두아르 샤르통은 〈세계일주〉라는 잡지를 창간했다. 그것은 동시대인들이 쓴 여행기를 판화와 함께 수록하여 일반 대중에게 세계의 자연·문화·풍속을 널리 알리는 것을 목적으로 한 계몽 잡지였다. 창간 첫해에는 시클레르의 모로코 기행, 고생의 타히티

풍물 해설, 기욤 루장의 아프리카 탐험기, 모주 후작의 중국 · 일본 여행기 등이 게재되었다. 샤르통은 1833년에 이미 〈르 마가쟁 피토레스크〉지를 창간하여 역사와 사회에서부터 생물학 · 천문학 · 수학에 이르기까지 다양한 지식을 보급해왔다. 말하자면 〈세계일주〉는 지구 규모로 확대된 샤르통의 백과사전적 관심의 소산이었다고 말할 수 있다.

1869년 11월 17일 수에즈 운하가 개통되자, 이 운하를 이용하면 80일 만에 세계를 일주할 수 있다는 기사가 〈르 마가쟁 피토레스크〉지에 자세한 일정표와 함께 실렸다. 베른은 이 기사를 보고 소설의 힌트를 얻었다고 한다. 뿐만 아니라 《80일간의 세계일주》는 〈세계일주〉에서 다양한 요소를 빌렸다. 예컨대 1869년 하반기의 〈세계일주〉에 실린 알프레드 그랑디디에의 '인도 남부 여행기'에는 남편이 죽으면 아내를 함께 화장하는 '사티' 풍속이 기술되어 있다. 설탕과 버터만 먹여서 싸움용으로 사육한 코끼리 이야기는 1871년 상반기의 〈세계일주〉에 실린 루이 루슬레의 '토후들의 인도'에 언급되어 있다. 그뿐만이 아니다. 홍콩의 아편굴 풍경, 미국의 퍼시픽 철도 열차 안의 상황, 수족의 습격이나 기차 운행을 방해하는 들소떼, 모르몬교의 역사도 모두 〈세계일주〉에서 찾아볼 수 있다.

하지만 베른이 소설 《80일간의 세계일주》기 샤르통의 집지 〈세계일주〉에서 빌려온 것은 그런 구체적 사례보다 오히려 세계를 카탈로그처럼 파악하려는 태도 자체가 아닐까. 세계의 온갖 '경이'에 대한 '지식'이 이국적 신비나 관광적 관심으로 환원되어 강한 호기심을 불러일으키는 개개의 단편으로 나열된다.

《80일간의 세계일주》에서 이처럼 카탈로그화한 세계의 단편들은 작품 전체를 관통하는 '경제지상주의'의 원리 속에서 서술되어 있다.

베른의 소설에서는 돈을 거기에 상응하는 노동이나 상품과 바꾸는 '등가교환' 현상을 곳곳에서 찾아볼 수 있다. 인도 철도의 일부가 아직 완성되지 않은 것을 알고, 필리어스 포그는 그 구간을 짧은 시간에 통과하기 위해 코끼리 키우니를 2천 파운드라는 거금을 주고 사들인다. 홍콩에서는 거친 바다로 나가기 싫어하는 '탕카데르' 호 선장을 하루 백 파운드의 배삯과 2백 파운드의 보너스로 매수한다. 미국의 커니 요새에서는 파스파르투를 구출하러 가는 병사들에게 1천 파운드의 보상금을 약속하여 그들의 '사기'를 돈으로 산다. 뉴욕에서 유럽으로 가는 '헨리에타' 호에서는 리버풀로 가기를 완강하게 거부하는 스피디 선장을 선실에 가두고, '돈을 교묘히 사용하여' 승무원들을 모두 매수해버린다. 배의 연료가 바닥나자, 이번에는 선장에게 6만 파운드를 주고 불태울 수 있는 배의 목재 부분을 사들인다. 이처럼 곤경에 빠질 때마다 '돈으로 궁지에서 벗어나는 것'은 베른 소설의 특징이라고 말할 수 있다.

그뿐만이 아니다. 이 소설에서는 온갖 사물이 이득과 손실, 빚을 주고 받는 이해관계로 파악된다. 봄베이에서 포그는 이틀을 '벌고', 아우다 부인을 구출하느라 이틀을 '손해' 본다. 싱가포르에서 홍콩으로 간 포그는 '번' 시간을 '이익란'에 기입한다. 헌신적으로 일해준 파르시 젊은이에게 코끼리 키우니를 상으로 준 뒤, 포그는 '그래도 자네한테 진 빚을 다 갚을 수는 없을 거'라고 말한다. 마지막에는 세계일주 자체의 수지 결산까지 시도된다.

이렇게 필리어스 포그는 내기에 이겼다. 그는 80일 동안에 세계일주를 끝마쳤다. (중략) 하지만 그 결과는 어떠했는가? 이 여행에서 그가 얻은 이익은 무엇인가? 그는 이 여행에서 무엇을 갖고 돌아왔는가?

　아무것도 없다고 사람들은 말할까? 확실히, 한 아리따운 여성 말고는 아무것도 얻은 게 없었다. 그러나 좀 믿어지지 않는 일이지만, 그 여성은 그를 세상에서 가장 행복한 남자로 만들었다!

　이 원칙은 내용만이 아니라 이야기 구조 자체에 대해서도 지적할 수 있다. '정밀시계'처럼 규칙적인 필리어스 포그라는 주인공을 묘사하면서, 베른은 그와 마찬가지로 규칙적으로 진행되는 37개 장을 설정하고 그 내용을 명확하게 정리하고 있다. 이제는 줄거리 전개의 필요에 따라 이미 준비된 '세계의 단편' 가운데 어느 것을 어느 부분에 어느 정도의 길이로 사용하는 것이 가장 효율적인가 하는 '경제'만 생각하면 된다. 이리하여 인도의 서티 풍습, 일본의 긴코배기 서커스, 인디언 습격, 퍼시픽 철도 같은 '단편'들은 이런 '이야기의 경제' 속에서 각각 할당된 역할을 맡아 흔들리지 않는 이야기 구조의 각 부분을 이루어간다.

　하지만 이런 베른의 경제지상주의를 근본적으로 부정하는 계기를 소설 속에서 찾아볼 수 있음도 흥미롭다. 이 이야기의 출발점이기도 한 필리어스 포그의 터무니없는 '내기'가 바로 그것이다. 그는 오로지 '명예를 위해' 2만 파운드를 걸고, 출발할 때 가져간 2만 파운드는 거의 다 경비로 써버린다. 2천 파운드짜리 코끼리, 6만 달러짜리 배, 1천 파운드의 보상금은 '등가교환'이 아니라, 제공된 노력과 지불된 대가의 균형을 파괴하는 '낭비'에 가깝다.

　또한 80일 동안 포그는 자신의 의지로 적어도 두 번 내깃돈 2만 파운드를 잃을 수도 있는 결단을 내린다. 한번은 자신을 모욕한 프록터 대령과 결투로 결말을 내려는 장면, 또 한번은 인디언 포로가 되었을 가능성이 있는 파스파르투를 구출하러 가기로 결심하는 장면이다. 이때 보여주는 필리어스 포그의 영웅성은 극단적 경제주의와 모순되는 강력한 '무상성(無償性)'의 희구에서 유래한다고 말할 수 있다.

물론 결투는 결국 무산되고, 파스파르투는 구출된다. 모든 지연은 만회되고, 막판에 극적인 '환상의 하루'가 출현하여 포그는 내기에 이기고 아우다 부인을 아내로 맞는다. 포그 씨의 '장부'는 보기 좋게 수지를 맞춘다.

그런데 흥미롭게도 이 소설은 경제성과 무상성이 다시 한번 충돌하는 기묘한 문장으로 끝난다. 거기에는 여행에서의 '등가교환'(무언가를 얻기 위해)과 '무상성'(아무 대가가 없어도)에 대한 강한 욕구가 다시금 긴장 관계를 보이면서 병치되어 있는 것이다.

'사실 우리는 그보다 훨씬 하찮은 것을 위해서라도 세계일주를 하지 않을까?'

이 책에 실린 삽화는 뇌빌과 브네가 판화로 제작한 것이다.

알퐁스 드 뇌빌(Alphonse de Neuville, 1835~85)은 낭만주의 회화의 거장인 들라크루아의 제자로서, 이 책 이외에《달나라 탐험》과《해저 2만리》의 삽화를 일부 그렸으며, 1870년 이후에는 본격적인 유화를 그리게 되었고, 특히 전쟁화가로서 명성을 떨쳤다.

레옹 브네(Léon Benett, 1839~1916)는 '경이의 여행' 시리즈를 위해 쥘 에첼이 동원한 삽화가의 한 사람으로, 이 책 이외에《15소년 표류기》,《마티아스 산도르프》,《정복자 로뷔르》등의 삽화를 맡았으며, 쥘 베른의 작품에 실린 그의 목판 삽화만 해도 무려 1500점이 넘는다.

80일간의 세계일주

초판 1쇄 발행 2003년 8월 18일
2판 1쇄 발행 2007년 1월 12일
3판 1쇄 인쇄 2022년 6월 14일
3판 1쇄 발행 2022년 6월 30일

지은이 쥘 베른
옮긴이 김석희
펴낸이 정중모
펴낸곳 도서출판 열림원

출판등록 1980년 5월 19일(제406-2000-000204호)
주소 경기도 파주시 회동길 152
전화 031-955-0700
팩스 031-955-0661
홈페이지 www.yolimwon.com
이메일 editor@yolimwon.com

페이스북 /yolimwon
트위터 @yolimwon
인스타그램 @yolimwon

주간 김현정
편집 조혜영 황우정 최연서
디자인 강희철

마케팅 홍보 김선규 최가인
온라인사업 서명희
제작 관리 윤준수 이원희 고은정 원보람

ISBN 979-11-7040-104-9 04860
979-11-7040-098-1 (세트)